작가와 비평

2009년 상반기

9호

강경석

이숭원

고봉준

이경수

최강민

정주아

박진영

2009년 상반기

편집동인 최강민 이경수 고봉준 정은경 김미정
전자우편 writercritic@chol.com
홈페이지 http://user.chol.com/~writercritic

비평 대 비평

이 작가를 주목한다 : 이시백·진은영

연속기획 : 우리 시대의 이론 읽기 1

정영훈

조효원

박대현

이훈

이정현

이근화

이상복

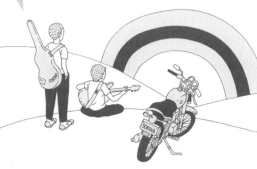

작가와 비평 09

2009

상반기

작가와 비평

9호를 발간하면서

세월이 수상하다. 전세계 금융위기로 인한 경제적 위기가 촉발한 불황의 그림자는 사회 곳곳을 무겁게 지배하고 있다. 이명박 정권이 들어선 지 불과 2년 만에 MB정권 타도라는 목소리가 시위에서 단골 메뉴로 등장했고, 그 목소리가 더 이상 낯설게 들리지 않는다. 경제일등주의로 표방되는 이명박 정부의 집권 속에 아이러니하게 우리의 삶은 더욱 궁핍해져 있다. 청장년 실업과 비정규직 고용의 증대, 빈부 격차의 확대, 국가인권위원회의 조직 축소, 용산 화재참사 사태, 장자연 자살 사건과 연예인 성상납 비리 등 삶의 황폐화는 더욱 가속화되고 있다. 야권인 민주당은 새로운 대안으로 자리하지 못한 채 아직도 방황하고 있다. 희망을 이야기하는 것이 점점 어려워지는 각박한 세태 속에서 세계 최고 수준의 자살율은 한국사회의 구조적 모순을 우울하게 말해주는 객관적 지표이다. 시간이 갈수록 삶이 나아져야 하는데 삶은 더욱 팍팍해지고 있는 셈이다.

문제는 절망 속에서 희망을 찾아갈 수 있는 길이 잘 보이지 않는다는 점이다. 기성세대를 비판하며 신선하게 등장했던 386세대 일부 정치인과 노무현 정권은 오만과 독선, 무능력과 부패 속에 몰락의 길을 걸었다. 그 많은 의석수를 주었음에도 불구하고 노무현 정권은 국가보

안법 철폐 등도 이루지 못한 채 내부 균열 속에 무너져내렸다. 노무현 대통령 측근의 비리 사건과 노무현 전 대통령의 검찰 소환은 노무현 정권의 한계와 문제점들을 상징적으로 보여주는 사건들이다. 노무현 정권의 이념 강조는 포즈만의 진보였을 뿐 실상은 포퓰리즘 정치를 벗어나지 못했다. 노무현 정권을 좌파정권이라고 규정하는 것은 지나가던 개가 웃을 일이다. 노무현을 대통령으로 당선시킨 주역이었던 386세대가 모두 무능력과 부패에 연루된 것은 분명 아니다. 하지만 386세대 주요 정치인과 노무현 전 대통령을 둘러싼 비리 사건은 국민들에게 진한 배신감을 안겨주었다. 도덕적 참신성을 주장하며 민주화의 희망을 이야기했던 지도층의 부패는 국민들에게 불신과 신뢰의 상실을 전염병처럼 퍼뜨린다. 우리들이 직면한 삶의 불확실성은 더욱 증가되었고, 미래의 밝은 전망은 더욱 불투명해졌다.

진보의 부패와 무능력 속에 보수 반동은 급격하게 이루어졌다. 지금의 이명박 정권은 보수반동의 산물이다. 그러나 보수반동 속에 우리의 삶은 앞에서도 이야기했듯이 더욱 궁핍해져 있다. 경제일등주의 속에 인문학적 가치는 쓰레기통에 처박혔고, 인간의 사물화 현상은 갈수록 심해져 소외 현상이 확대 일로로 치닫고 있다. 과연 삶의 희망은 있는가. 이 시대의 문인들은 절망하고 있는 사람들의 처지를 얼마나 잘 형상화하여 대변하고 있을까. 환상, 팩션, 칙릿소설, 만화적 상상력, 미래파 시인, 웃음의 미학 등을 보여준 2000년대 문학은 나름대로 선전했지만 절망의 늪에 빠져 허우적거리는 사람들의 가슴을 적셔주는 어둠의 등불이 되기에는 한참 모자랐다고 볼 수 있다. 무난한 작품들은 많았지만 당대 시대를 대변하는 문제작이 별로 없다는 것이 2000년대 문학의 진실이 아닐까. 386세대 정치인들만 아니라 한국의 문인들도 깊은 성찰과 반성이 필요한 시점이다. 문제작의 빈곤은 작가들만의 문제가 아니다. 작가들을 독려하고 새로운 전망을 제시해야 할 현장평론의 무능력은 어제 오늘의 이야기가 아니다. 비평무용론은 이제 낯익은 이야기에 불과하다. 비평전문지로서 ≪작가와비평≫은 시대의 중심에서 삶과 문학을 이야기하고자 했는데 과연 이것들이 얼마만한 성과를 냈는지 자괴감과 허탈감마저 든다. 그럼에도 불구하고 삶은 계속된다. 삶과 현실을 진실되게 담아내려는 ≪작가와비평≫의 노력은 계속될 것이다.

2009년이다. 사람들이 새로운 세기에 들어섰다고 감격했던 것이 엊그제 같은데 2000년대의 마지막 해를 맞고 있다. 세월은 더디게 가는 것 같지만 어느 새 보면 너무나 빨리 흘러가버린 세월을 문득 느낀다. 나는 무엇을 했고, 너는 무엇을 했을까. 그리고 우리는 2000년대에 무엇을 했을까. 그때는 제법 무엇인가를 이루어보려고 몸부림치면서 살아왔다고 생각했는데 문득 돌아보면 손에 쥔 것이 별로 없다. 우리들이 하루를 24시간, 일년을 365일로 정한 것은 영원불변의 진리가 아니다. 그것은 사람들이 정해놓은 사회적 약속에 불과하다. 그러나 이렇게 정해진 시간의 순서는 놀라운 마술을 펼친다. 시간의 시작은 놀람, 두려움, 설레임을 넘실거리게 한다면 시간의 끝은 아쉬움, 공허감, 회한 등의 감정을 떠올리게 한다. 시간의 마법 속에서 나도 예외일 수는 없다. 2009년이라는 아홉수의 시간은 현재와 미래보다 지나온 과거의 흔적을 좀 더 더듬게 하는 마법을 부린다.

그래서일까. 이번호 특집은 '2000년대 문학의 흔적과 새로운 희망 사이에서'란 2000년대 문학에 대한 결산서이다. 특집 좌담인 '2000년대 문학의 알리바이를 묻다'는 고봉준 사회로 박상수·백가흠·신용목·장성규·정은경이 참석하여 지난 2000년대 문학을 다양하게 성찰하는 시간을 가졌다. 참석자들은 2000년대 문학의 현장에서 시, 소설, 문학평론을 통해 당대 문학을 만드는 데에 일조했던 분들이다. 독자들은 2000년대의 시와 소설들이 보여준 경향 등 다양하게 쏟아진 논의 등을 통해 2000년대 문학을 나름대로 정리할 수 있는 기회를 가질 수 있을 것이다. 문학평론가 강경석은 「'세상에서 가장 작은 나라'에 관한 수상」에서 요즘 베스트셀러인 신경숙의 장편 『엄마를 부탁해』를 분석하면서 가족서사의 문제를 다루었다. 문학평론가 이승원은 「'시적인 것'의 운명」에서 1980년대나 1990년대에 등단한 중견 시인의 작품 중 주목할 만한 시들을 고찰하고 있다. 이 글은 새로움이라는 미명 아래 신세대 시인을 조명하는 과정에서 관심의 뒷전으로 밀려나는 중견시인들의 시적 작업이 신세대 시인 못지않은 새로움을 갖고 있다고 평한다. 이숭원은 중견시인들이 '서정 / 비서정 / 반서정'의 도식을 넘어 시적인 것을 추구했다고 긍정한다. 문학평론가 고봉준은 「우울, 슬픔, 그리고 애도 이후」에서 심보선, 진은영, 황성희의 시를 예로 들면서 2000년대 시단을 지배하는 시적 감각을 우울, 슬픔, 애도로 규정한다. 고봉준은 대상의 상실에서 오는 슬픔을 애도로, 우울증의 형태를 슬픔으로 표현한다. 이것들은 가야 할 삶의 목적지를 상실한 채 환멸의 시간을 고통스럽게 견뎌오면서 발생한 감정들의 파편들이다. 문학평론가 이경수는 「알레고리의 확장과 反詩의 미학」에서 미래파 시인 중 두 번째 시집을 출간한 황병승의 『트랙과 들판의 별』, 김경주의 『기담』, 장석원의 『태양의 연대기』를 통해 2000년대 우리 시의 알리바이를 묻는다. 이경수는 이들 미래파 시인의 두 번째 시집을 관통하는 핵심 코드로 알레고리의 기법을 손꼽는다. 이 알레고리 기법에는 '지금, 여기'에 대한 환멸과 몰락의 길로 접어든 인류의 역사에 대한 우울한 자각이 배후로 작용하고 있다고 평한다. 이경수는 '미래파' 시의 파편화된 알레고리에 대해 기존의 시를 부정하는 반시反詩의 미학으로 규정한다. 문학평론가 최강민은 「강단비평식 현장평론과 전면전을 선포하라!」에서 2000년대 비평이 강단비평식 현장평론에 물들면서 비평적 정체성을 상실한 채 일반 독자들에게 외면당했다고 날카로운 비판을 던진다. 그는 강단비평식 현장평론의 문제점과 사례를 조목조목 들면서 그에 대한 처방을 내린다. 강단비평식 현장평론이 비평의 위기를 확산시키면서 비평무용론을 낳게 한 주요 원인 중의 하나였다는 최강민의 주장은 신랄하다.

'우리 시대의 상상력' 꼭지의 주인공은 중견 소설가 이승우이다. 1981년 등단한 이승우는 꾸준한 작품 활동 속에 2000년대 들어 더욱 빛을 발하고 있다. ≪작가와비평≫은 소장 소설가 못지않게 주목할 만한 활동을 하고 있는 이승우의 소설을 통해 이 시대 중견작가의 자화상을 포착하고자 했다. 이승우와 관련한 평론은 생각지도 않게 4개가 실렸다. 문학평론가 정영훈 씨에게 특집원고로 중년 작가에 대해 전반적인 것을 써달라고 부탁했는데 공교롭게도 이승우의 소설세계만 주로 언급했다. 그래서 어쩔 수 없이 기존의 3꼭지에 하나를 추가시켜 이승우의 특집 꼭지를 구성했다. 문학평론가 정주아의 「벌레 혐오증의 역사」는 이승우의 소설을 혐오스러운 벌레의 이물감에서 시작되어 자유로운 감촉을 즐기는 바람의 단계에 들어섰다고 평한다. 문학평론가 박진영의 「주홍글씨와 이야기테라피」에서는 이승우의 소설을 실낙원의 모티프, 윤리적 관점의 지향성, 장소의 편애성, 죄의식의 기록지, 종교적이고도 형이상학적인 글쓰기로 규정한다. 박진영은 상처와 흉터를 치료하는 이승우의 소설들이 최근 관념의 옷을 벗고 구체적이고 유연하게 작고 편안한 세계로 독자들을 초대한다고 평한다. 정영훈의 「윤리적 주체의 자리」에서는 이승우의 소설을 윤리적 주체가 정립하는 자리로 파악한다. 정영훈은 이승우의 소설이 타인과의 관계 맺음 속에서 새로운 형태의 서사를 만들어 갈 때 소설의 또 다른 기원이 될 수 있다고 전망한다. 문학평론가 조효원은 「갑자기, 영원히 쓰는 소설가」에서 갑자기 쓰는 이를 시인으로 영원히 쓰는 이를 소설가로 분류한다. 조효원은 소설가 이승우를 갑자기 쓰면서 영원히 쓰는 소설가로 규정한다. 이것은 이승우의 소설이 아무 것도 아닌, 홀로 광야에 서 있음을 철저히 처절히 느끼는 자의 글쓰기라고 보기 때문이다.

이번 '비평 대 비평'은 ≪창작과비평≫과 ≪문학동네≫에 실린 비평을 메타비평하는 기획으로 구성되어 있다. 문학평론가 박대현은 「문학의 '시취'를 둘러싼 추문 혹은 추도」에서 문학과 정치의 괴리에서 오는 문제를 랑시에르의 논의를 빌려 이야기한다. 박대현은 2008년 겨울호 ≪창작과비평≫의 특집 '문학이란 무엇인가'에서 진은영의 「감각적인 것의 분배」와 ≪문학동네≫ 2009년 봄호에 실린 특집 '감각적인 것과 정치적인 것 사이에서—오늘날 시는 무엇을 할 수 있는가'라는 좌담을 대상으로 하여 문학과 정치의 문제를 다룬다. 문학평론가 이훈은 「성장과 그 불만, 2000년대 성장소설의 몇 가지 물음」에서 ≪문학동네≫ 2008년 겨울호에 실린 특집 '젊은이를 위한 나라는 없다'에 대한 메타비평과 개별 소설 비평이 혼합된 글을 선보인다. 이훈은 소영현의 「청년문학의 계보」와 이도연의 「2000년대 성장소설의 몇 가지 맥락들」을 통해 성장소설에 대해 이론적으로 성찰한다. 그 다음에 이훈은 김진경의 장편 『굿바이 미스터 하필』, 김려령의 『완득이』, 황석영의 『개밥바라기별』 등의 개별 작품을 통해 성장소설의 구체적 발현 양상을 고찰한다.

'이 작가를 주목한다' 꼭지의 주인공은 소설가 이시백과 시인 진은영이다. 문학평론가 이정현은 「우스꽝스러운 지옥도(地獄圖)가 생성되는 몇 가지 원리」에서 이시백의 소설이 농촌을 배경으로 하고 있지만 농촌을 이상화시키지는 않는다고 말한다. 이시백의 소설들은 농촌을 낭만적으로 이상화시키는 것이 아니라 현실을 직시하게 만든다는 것이다. 이런 논리의 연장선에서 이정현은 이시백의 소설을 농촌 소설이 아니라 노년을 바라보는 작가의 자기 세대에 대한 고발서이자 '정치적 우화'로 간주한다. 시인 이근화의 「야릇한 것의 시작」은 진은영의 시세계를 저자의 사적 체험과 결부시켜 섬세하게 다루고 있다. 이근화는 진은영의 시들이 독자성과 소통성을 함께 지향한다고 파악한다. 이근화는 진은영의 시들이 메시지 전달보다 서로 다른 것들을 만나게 하여 미지의 감각과 이질적인 경험을 제공한다면서 긍정적으로 평가한다.

이 책 9호의 마지막 꼭지는 연속기획 시리즈인 '우리 시대의 이론 읽기 1'이다. ≪작가와비평≫은 그 동안 메타비평과 텍스트 비평에 주력해왔던 것이 사실이다. 이 과정에서 한국문학에 적용시킬 수 있는 이론적 지평에 대한 고민이 상대적으로 적었던 것이 사실이다. 그래서 ≪작가와비평≫은 연속기획으로 우리 시대의 이론 읽기를 시도했다. 첫 번째로 이 기획에 참여한 분은 원광대 교수인 이상복 씨이다. 이상복의 「현실의 토대 위에 환상 건설하기」는 1916년생인 독일작가가 페터 바이스의 문예미학을 다루고 있다. 이상복에 따르면 유대인 작가 페터바이스는 아우슈비츠라는 역사적 비극을 간접 체험하면서 죄의식을 갖게 되었다고 한다. 문학은 페터 바이스에게 죄의식에서 벗어나기 위한 탈출구였다. 페터 바이스는 폭력의 역사가 과거형이 아니라 현재형이자 미래형이라고 파악하면서 문화적 패러다임의 변혁을 제시한다. 이상복은 페터 바이스가 인간의 자유로운 발전을 위해 절망보다 희망을 떠올리면서 실현 방안으로 저항의 전략을 채택했다고 말하면서 긍정적으로 바라본다.

이번호도 원고 수합이 늦어져서 다소 늦게 ≪작가와비평≫ 9호를 발간하게 되었다. ≪작가와비평≫을 기다려준 독자들에게 죄송할 따름이다. ≪작가와비평≫은 현재에 안주하지 않고 성찰하는 겸허한 마음으로 독자에게 다가가고자 앞으로 더욱 노력하고자 한다. ≪작가와비평≫이 창간한 지 벌써 6년째이다. 1세대 편집동인들인 최강민·이경수·고봉준·정은경 씨가 그 동안 ≪작가와비평≫을 지속적으로 발간하기 위해 많은 노력을 해왔다. 이제 ≪작가와비평≫에도 새로운 피가 필요한 시점이다. 그래서 2세대 편집동인으로 작년에 문학평론가 김미정 씨를 영입했다. 다음호에서는 다른 분들을 모실 예정이다. ≪작가와비평≫은 기성과 신인을 가리지 않고 원고를 모집하고 있다. 그 동안 투고 원고가 생각보다 많지 않았다. ≪작가와비평≫은 학연, 지연, 연령을 가리지 않고 글만 좋다면 게재할 것이다. 많은 투고를 바란다.

2009년 5월 편집동인을 대표해서 최강민 쓰다
≪작가와비평≫ 동인 : 최강민·이경수·고봉준·정은경·김미정

특집:

2000년대 문학의 흔적과 새로운 희망 사이에서

2000년대 문학의 알리바이를 묻다

참석자 : 고봉준 박상수 백가흠 신용목 정은경 장성규 / 사회 : 고봉준

고봉준 : 문학평론가, 경희대 연구교수, 본지 편집동인, 평론집으로 『다른 목소리들』과 『반대자의 윤리』가 있음. bj0611@hanmail.net
박상수 : 시인, 문학평론가, 시집으로 『후르츠 캔디 버스』가 있음. susangpark@hanmail.net
백가흠 : 소설가, 창작집으로 『귀뚜라미가 운다』와 『조대리의 트렁크』가 있음. gahuim@naver.com
신용목 : 시인, 시집으로 『바람의 백만번째 어금니』와 『그 바람을 다 걸어야 한다』가 있음. sinym74@hanmail.net
정은경 : 문학평론가, 원광대 교수, 본지 편집동인, 평론집으로 『디아스포라』가 있음. lenestrase@hanmail.net
장성규 : 문학평론가, 가톨릭대 강사. 68life@hanmail.net

때 : 2009년 3월 14일
곳 : 민족문학연구소 회의실

고봉준

박상수

백가흠

신용목

정은경

장성규

1990년대 문학에서 2000년대 문학으로

고봉준(사회) 여러 선생님들, 바쁘신 가운데 시간을 내 주셔서 감사합니다. 먼저, 이 좌담의 취지를 말씀드리겠습니다. 이 좌담은 1990년대 문학과 2000년대 문학의 차이, 그리고 2000년대 안에서의 시기별 차이를 짚어보자는 의도에서 기획되었습니다. 이와 관련해서 첫 번째 질문은 90년대 문학과 2000년대 문학의 구별지점에 관련된 것입니다. 문학을 10년 단위로 잘라서 보려는 이 고약한 취미를 하루 빨리 버려야겠지만, 습관의 힘이 무서운지라 또 이렇게 질문을 하네요. 2000년대 문학을 이끌어온 작가들의 문학정신을 어떻게 정리할 수 있고, 그것이 1990년대 문학과 어떤 점에서 구분될 수 있는가에 대해서 의견을 말씀해 주십시오. 시와 소설을 아울러서 말씀을 해주시면 좋겠습니다.

박상수 1990년대와 2000년대를 나누고는 있습니다만, 저는 최근 얘기되는 젊은 시인들의 첫 시집이 나온 2005년 전까지를 1990년대 문학의 연장선상으로 봐야 한다고 봅니다. 개인적인 체험을 얘기하자면 제가 93학번인데 학부 시절 박형준, 장석남, 이윤학, 나희덕의 시가 많이 읽혔는데요, 대학원에 들어간 2000년대 초반, 젊은 시인 특집하면서도 역시 이 시인들이 그대로 다뤄졌거든요. 2000년대의 시의 특징은 2005년 이후에 나타난 시인들에 대한 것이라고 느껴집니다.

2000년대의 시의 특징으로는 우선 '언어 자체에 대한 감각'이 아주 예민해졌다는 것을 들 수 있습니다. 약간은 도식적이기는 하지만, 예를 들자면 1980년대의 시가 '지시 대상', 즉 현실에 관심을 기울였다면 1990년대의 시는 '의미'에 관심을 기울였다고 할 수 있습니다. 몸, 여성, 죽음, 생태, 일상 등의 의미 추구가 그것이었죠. 이젠 그게 많이 약화되고, 기표 자체의 아름다움에 초점을 맞추게 되었다는 것을 주목해야 합니다. 다른 말로 하면 언어 그 자체로 시인들의 에너지가 쏠리고 있다는 것입니다. 황병승이 끌어들인 일본어라는 낯선 감각, 도저히 시로 옮길 수 없을 것 같은 비속어, 욕설, 구어 등을 태연하게 시 속에 끌어들인 김민정의 언어 감각, 장편 모노드라마와 같은 김경주의 낭만적 언어 감각, 조연호 시인 같은 경우 마치 국어 단어장을 보는 듯한 수많은 어휘들이 시 안으로 들어와서 그게 시가 됩니다. 이근화나 김행숙, 이장욱 같은 경우는 저는 이 시인들을 일종의 비문이 만들어내는 아름다움을 추구하는 사람들이라고 봅니다. 김근 시 같은 경우에는 전라도 고창의 주술적인 언어들이 들어 있습니다. 이들 시에서 지시대상이나 의미를 찾는 것은 무의미합니다. 기표가 만들어내는 낯선 느낌, 이상한 감각을 즐겨야 한다는 것이죠. 현실의 무엇을 재현하거나, 의미를 구성하려는 노력이 선행하는 것이 아니라 어떻게 보면 기표 자체가 먼저 나와서 행진하고 지시대상과 의미는 손 내밀어 그것을 따라가는 형국입니다. 그런데 이것은 꼭 필요한 과정이었다는 생각이 들고요. 우리 시의 폭을 넓히기 위한 자연스러운 움직임이라고 봅니다. 물론 다른 경향들의 시가 있지만, 2000년대 시의 특징이라고 한다면 모든 젊은 시인들이 언어주의자라고 할 만큼 언어에 대한 예민한 감수성이 생겼음을 먼저 꼽고 싶습니다.

정은경 저는 소설 비평가니까 소설 중심으로 이야기할 수밖에 없는데요. 말하셨듯이 10년 단위로 잘라서 말하는 것은 참 어불성설語不成說인 면이 있는데, 그래도 어떤 시대정신이라는 것, 시대의 공통 감각이라는 것은 있을 수밖에 없을 것 같아요. 그렇게 보자면 1990년대와 2000년대의 시대정신은 ≪작가와비평≫에서 펴낸 『비평, 90년대 문학을 묻다』(2005)와 그리고 올해 출간 예정인 2000년대 문학 단행본을 참고할 수 있을 것 같습니다. 1990년대 문학을 정리하는 키워드가 포스트모더니즘, 신세계, 생태, 세기말, 속도, 몸, 여성, 일상, 고백, 환상, 후일담, 역사, 대중화, 출판 상업주의, 논쟁 이런 것들이었는데, 이번 2000년대를 준비하면서 뽑은 키워드는 칙릿, 탈국가, 팩션, 세대, 성장소설, 표절, 가족, 유머, 탈서정, 키덜트, 신빈곤, 윤리, 환상, 탈장르, 종언, 디스토피아 이런 것들이거든요. 요렇게 키워드만 나열을 해 보면 좀 겹치면서도 약간의 변동을 느낄 수 있습니다. 2000년대의 시대 정신이라는 것은 흔히 얘기 되는 것처럼, 전 지구적인 자본주의화 위에서 이루어졌던 문학이 아닌가 생각이 들어요.

그런데 그런 것들이 딱히 2000년대 출판 상업주의에 의한 대중문학 양산과 폭발이었다기보다는 1990년대 후반부터 나타났던 과거 1980년대의 대타항으로서의 내면 천착에서 더 나아갔다고 보입니다. 1990년대하고 다른 게 있다면 후반에 개인 내면에 대한 천착 같은 것이 일종의 낭만주의에서 이루어졌다고 보이는데요, 그것이 자폐적인 것이든, 여성의 가부장제에 대한 항거이든. 그래도 그것이 이념이 아니라 낭만적 자아, 이상, 이런 것들의 기반 위에서 움직였다는 생각이 드는데, 2000년대의 문학은 그런 낭만에 대한 것이 전혀 없다는 것, 탈낭만화되었다는 것이 가장 큰 특징이 아닌가라는 생각이 들었어요. 그래서 오히려 판타지나 유머 이런 것들 많이 나오지만 그런 것들이 현실주의를 반영하는 것이라고 보입니다. 리얼리즘이 아니라 가장 현실주의적인 문학의 코드를 갖고 있는 게 아닌가라는 생각이 들었어요. 그래서 동시에 아까 말씀드렸던 전 지구본적인 자본주의화와 관련해서 탈국가의 문제, 디아스포라나 세계문학이나 논의되었던 것도 이런 맥락이고요. 유머라는 것도 어떤 진정성에 대해 쿨한 태도를 보여준 것의 상징이잖아요. 환상성도 그 한 가지 예라고 할 수 있는 데요. 이러한 특징들이 1990년대의 환멸적인 것이나 냉소하고는 좀 다른 것이라고 볼 수 있지 않을까, 저는 그렇게 생각합니다.

백가흠 일단 1990년대와 2000년대의 다른 지점으로써 가장 큰 특징은 1990년대는 문단에 제가 없었고……(웃음) 1999년에 윤성희 작가가 데뷔를 했고, 2000년에 천운영 작가가 등장을 했는데 개인적으로는 확연하게 뭔가가 갈리는 느낌을 받았어요. 아까 말씀하셨다시피 1990년대가 1980년대를 지나쳐 오면서 지나친 낭만주의의 팽배로 인해 작가들 대부분이 아주 개인적인 내면의식에 집중했다고 본다면, 2000년대에는 어느 정도 원형적인 서사에 대한 갈구, 회복 같은 것들에 대해 많은 작가들이 천착하는 계기가 됐다고 생각합니다. 이제 한 10년 정도가 지났는데, 어떻게 보면 이제는 하나의 작가군으로 묶을 수 없는 아주 개별적인 서사가 나타나는 것 같습니다. 물론 그전에 서사가 없었다는 것은 아닙니다. 서사의 변형에 관한 것이고요. 나중에 보면 거대서사라는 말도 나오지만 그건 너무 거창한 것 같고, 소설의 구조나 틀을 심화시키는 노력들이 많이 이루어졌다고 봅니다.

신용목 2005년을 전후로 해서 2000년대적 징후가 시에서 나타났다는 것은 분명한 것 같습니다. 2005년에 황병승과 김민정의 첫 시집이 나오면서부터 비로소 소위 우리가 2000년대적이라고 말하는 것에 집중하게 되었는데, 앞서 말씀하셨듯이 그 집중과 소요가 마치 축제가 지나간 것처럼 갑자기 정리되는 듯한 느낌을 받습니다. 1980년대에서 1990년대로의 이행이 거대담론에서 미시담론으로 가는 시기였다면, 2000년대는 개인담론 혹은 모색의 단계로 가지 않았나 생각됩니다. 1990년대 미시담론에서 그것이 분쇄된 것이 아니라 모색기로 가면서 내면으로 침착하고 내면을 무대화시키는 작업들이 시에서 계속 있어왔던 것 같아요. 그래서 그 내면의 현상들을 어떤 사람은 단어를 나열하는 것으로, 어떤 사람들은 자폐적이라고 이야기 하는데, 어쨌든 우리 시가 그러한 '현상들' 속으로 침투하지 않았나 생각합니다. 앞서 갑자기 폭발했다가 갑자기 정리되는 듯한 느낌을 이야기했는데요. 분명한 것은 2000년대에 시단에 벌어진 일련의 논의들이 사실은 '가치에 대한 평가'보다는 '가능성에 대한 평가' 위주로 돌아갔다는 것입니다. 미래파에 관한 논의도 그렇지만, 가능성에 대해 폭발적으로 이야기를 하는 것. 또는 그 가능성이 시간의 흐름에 따라 걸러질 것은 걸러지고, 버려질 것은 버려지고 하는 과정으로써 존재했던 것이 2000년대의 논의가 아니었나 생각합니다.

장성규 앞에서 여러 선생님들께서 말씀하셨듯이 1990년대 문학은 1980년대의 대타적인 성격이 강했던 것 같아요. 1980년대 문학에 강력한 정치경제학적 상상력이 있었고, 그것에 억압되어졌던 내면이나 욕망이 1990년대 문학의 주된 경향으로 분출된 것이지요. 그런데 2000년대 들어오면서부터 더 이상 전 시기에 대한 안티테제로서 무언가를 계속 쓸 순 없는 시대가 된 것 같아요. 물론 1990년대 문학과 구별되는 진테제가 2000년대 문학에 뚜렷한 흐름으로 대두되었는가의 여부는 섣불리 평가하기는 어렵겠지만요. 하지만 적어도 그런 징후들을 보인 것은 분명한 사실인 듯합니다. 소설 같은 경우 아까 정은경 선생님께서 말씀해 주셨는데, 분명히 새로운 현실주의에 대한 징후들이 있는 것 같아요. 특히 지적인 작업들과 함께 과거와는 다른 방식으로 현실을 재현하려는 시도가 많았다고 봅니다. 환상의 문제라든가, 반反성장의 문제, 버추얼 리얼리티에 대한 문제 같은 것들이 소설 쪽에서 꽤 많았다고 생각하고, 오히려 이런 시선들이 1980년대 문학으로부터 자유롭지 못했던 1990년대 문학과 구별되는 2000년대 문학의 특징이라고 할 수 있을 것 같아요. 시의 경우에도 1980년대적인 것으로부터의 강박으로부터 자유로워지면서 동시에 새로운 노동의 인식론을 보여주는 백무산이나 황규관, 김사이 등의 작업이 있었고요. 정리하자면 1990년대까지는 굉장히 거품이 많았던 것 같아요. 1980년에 대한 안티테제로서만 승인을 받을 수 있는 작가들로 많이 있었던 것 같고……. 반면 2000년대 문학은 나름의 진테제를 찾으려는 작업이 있었고, 가장 중요한 성과는 현실이라는 것, 리얼리티라는 것을 미메시스적인 방식과 어떻게 다르게 재현할 수 있는가를 탐색하면서 이에 기반한 윤리를 고민한 것이 아닌가 합니다.

2000년대의 젊은 작가들

고봉준 어느 시대나 젊은 작가들에 대한 조명과 관심이 있었지요. 2000년대에는 유독 더 심했던 것 같아요. 시에서는 '미래파', 소설에서는 '무중력' 얘기가 지배적인 담론이었구요, 독자뿐만 아니라 문단 내부에서도 젊은 작가들에 대한 요구가 굉장히 많은 시기였던 것 같아요. 젊은 작가의 대부분이 70년대 생으로 구성이 되어 있는데, 왜 이렇게 젊은 작가들에 대해 관심이 집중되었을까? 또 70년대 생 작가들이 아직 작품을 다 쓴 것은 아니지만 그들을 주목할 때 무엇을 놓치지 말아야 할지 그런 것에 대해 이야기를 나눠보도록 하지요.

장성규 젊은 작가들에 대해 손쉽게 평가한다는 것이 조금 섣부르다는 생각은 드는데, 물론 아직 자신의 세계에 대해서 뚜렷하게 보여주지는 않았지만 징후적인 독해와 평가는 가능할 것 같아요. 그런데 기존의 평가 자체에 대해 약간의 반론이 필요할 것 같은데, 전 세대와는 다른 새로운 것들을 연역적이고 외삽적으로 이야기하려는 비평적 욕망이 다소 지나친 것은 아닌가 싶습니다. 예컨대 시에서도 과거와는 다른 새로운 시적 주체, 그것을 미래파라 호명하든 아니면 다른 무언가로 호명하든 간에, 그것들이 지닌 진테제가 무엇이라는 얘기보다는 단지 전과는 다르다는 이야기가 많았고요. 소설에서도 흔히 얘기하는 무중력 공간에서의 글쓰기, 이런 말들을 통해서 세대론적 구별 짓기가 꽤 많이 있었는데 정작 각각의 작가들이 보여주는 개성에 대한 주목은 부족했던 것 같아요. 그냥 뭉뚱그려서 미래파다, 무중력 공간의 글쓰기다 하는 호명들이 과연 의미가 있을까 싶습니다. 어찌 보면 젊은 작가들에 대해 그렇게 호명하는 것 자체가 좀 폭력적인 것일 수도 있다는 생각이 들고요. 다만 분명 젊은 작가들에 의한 주목할 만한 성과들은 몇 가지 있다고 생각해요.

아까 했던 말과 비슷한 것 같은데, 소설 같은 경우에도 2000년대에 많이 등장한 1970년대 생 작가들, 나아가 1980년대 작가들의 경우, 1990년대 주요 작가들이 기법적인 측면의 강조나 내면성의 과잉 같은 것이 있었다면, 역으로 그런 거품에서 상당히 벗어난 것 같아요. 그러면서 현실에 대한 천착이 나름대로 진행된 것 같고요. 그리고 그것이 과거의 리얼리즘적인 방식과는 다른 방식으로 훨씬 더 후기산업사회라는 시대에 맞는 인식론과 미학적 모색이 다양하게 흘러나왔던 것 같습니다. 그런 관점에서 윤이형이 보여준 버추얼 리얼리티나 황정은, 염승숙 등이 보여준 환상성 등이 발현되는 맥락들을 좀 더 꼼꼼하게 살펴보면 새로운 현실을 정치하게 형상화 한 것으로 평가할 수 있지 않을까 싶습니다. 그런데 다른 한 편으로는 젊은 작가들을 강조하면서 이상하게도 1990년대 등단하든가 그 이전에 등단했던 작가들이 작품을 안 쓰는 것은 아닌데 거기에 대해서 의미를 부여하는 작업이 부족한 것 같기도 해요. 오히려 저는 올드한 분들의 귀환 같은 것들도 재미있다고 생각을 하는데, 백무산이나 황규관과 같은 시인들의 작업 같은 경우에도 중요하다는 생각이 들고, 소설에서도 마찬가지로 황석영이나 정도상 등의 성과를 선험적으로 낡은 것으로 고정화해서 이해할 필요는 없다는 생각이 듭니다. 마지막으로 젊은 작가들을 논의할 때 조심해야 한다고 생각이 드는 것은 일종의 담론을 선점하는 방식으로 비평이 움직이는 경우가 종종 있는 것 같아요. 젊은 작가들로부터 무언가 새로운 것을 먼저 읽어내려는 강박은 출판제도의 메커니즘상의 문제와도 결부되어 있는 것 같고, 그런 점은 좀 조심해야 할 것 같아요.

정은경 장성규 선생님께서 1990년대 문학에 거품이 많았다고 하셨는데, 거품인 면도 없지 않아 있지만 사실 거품은 2000년대에 들어서 더 강했다고 생각합니다. 1980년대에 대한 안티테제로서의 1990년대는, 냉소든, 환멸이든, 탈가부장제이든 개인의 낭만적 자아를 찾아서 질주하는 것이 하나의 방향성으로 존재했던 것 같습니다. 세기말적인 징후도 일종의 자유에 대한 동경, 환상의 극단과 맞물려 있다는 점에서 '낭만주의'였다고 생각합니다. 오히려 2000년대에 들어서서 그런 '낭만성'이 사라진 뒤 다양한 모색이 거품현상으로 드러났다고 생각됩니다. 일정한 방향성 없는 모색이 두드러진 형국이었다고 할 수 있을 것 같은데요. 박상수 선생님께서 2000년대 시를 두고 '일종의 언어의 실험이었다'라고 말씀을 하셨는데, 소설에서도 박민규와 윤이형, 박형서, 이기호, 황정은, 한유주 등에서 볼 수 있듯 실험적이고 언어 교란적 측면이 두드러지게 나타나는데, 이러한 실험의 성패와 상관없이 이러한 경향이 하나의 방향성을 지니고 있는지, 공통된 기반을 가지고 있는지 의문입니다. 단지 이러한 모색이 '한국문학의 진폭을 넓혔다, 문학의 경계를 확장시켰다' 라고해서 환영해야 할 것인지에 대한 의문인데요. 이러한 새로움을 조명할 때 새롭다는 것 때문에 반기기보다는, 이 새로움의 징후들과 의미를 좀 더 구체적으로 짚어줘야 하지 않을까요?

저 개인적으로는 1990년대가 1980년대에 대한 대타항적 성격이 강했다고 해도, 이 두 시기는 2000년대와 변별되는 공통된 지반을 가지고 있는 것 같습니다. 실천적 이데올로기이든, 절대 자유와 낭만에 대한 추구이든 1980~1990년대는 플라톤의 이데아에 비견할 수 있는 '본질'에 사로잡혀 있었다고 보입니다. 그러나 2000년대는 이와 달리 본질이 아닌, 들뢰즈식의 '표면' 위를 질주하고 있고 있다는 느낌이 강하거든요. 서사 장르만 보아도 2000년대 소설에 거대 서사가 없다고 많이 얘기하지만, 그것은 기존의 1980,1990년대적 의미의 리얼리즘적 거대 서사를 의미하는 것이고요. 우주공간과 외국과 비현실적 무국적 공간을 종횡무진하는 2000년대 문학은 '서사의 빅뱅'이라고 할 만큼 엄청난 스케일의 서사를 보여주고 있잖아요. 그런데 그러한 서사의 빅뱅이 어떤 목표물 없이 부유하고 있다는 느낌이 들거든요. 아마도 이는 일일공동체가 되어가는 있는 전지구적 세계화와 가속화된 삶의 속도와 밀접하게 관련되어 있는 것 같습니다. 이러한 맥락에서 박상수 선생님께 질문을 드리고 싶은데, 그렇다면 시에서의 경계확장에 대해서는 어떤 독법이 가능할까요?

박상수 먼저 지적할 것은 이들에 대한 조명 방식인데요. 무조건 전 세대와 다르다는 것을 비평이 지나치게 강조한 면이 있는 것은 사실입니다. 왜냐하면 김언희가 있었기 때문에 김민정이 나올 수 있었고, 장정일이 있었기 때문에 황병승이 나올 수 있었고, 박정대가 있었기 때문에 김경주가 나올 수 있었던 것이고, 이수명이나 박상순이 있었기 때문에 김행숙이나 이근화가 나올 수 있었다고 보는데요. 이런 맥락에 대한 지적 없이 젊은 시인들의 시는 무조건 다르다는 호명만 있었기 때문에, 이들 시에 대한 의미 부여가 제대로 안 된 상태에서 논란만 계속 됐다는 생각이 듭니다. 이들이 얼마나 다르고 왜 다른지 조금 더 정치한 해석이 필요합니다. 더 많은 작품론이 필요합니다.

젊은 시인들의 언어실험, 분명히 공과가 있습니다. 가장 중요한 건 이들의 언어가 재현이 아니라 창조를 추구하고 있다는 점입니다. 이게 다른 점이고 이게 장점입니다. 있는 걸 다시 재구성하는 것이 아니라 없는 걸 구성하는 작업입니다. 지난 시대의 시인들의 성취를 이어가면서도 더욱 언어 창조에 초점을 맞추고 있습니다. 따라서 젊은 시인들이 그려낸 세계는 사실 지금 우리가 살고 있는 현실에서 쉽게 볼 수 없는 세계입니다. 잘 안 보이는 세계입니다. 어찌 보면 언어와 교신하다가 찾아낸, 만들어낸 세계지요. 접근 통로가 협소하다 보니까 자폐적이다, 뭔 말인지 모르겠다, 이런 말들이 나옵니다. 재현의 관점에서 보면 그렇죠. 그러나 창조의 관점에서 보자면 재미있는 변화로 보입니다. 그러나 문제도 있습니다. 이들 시에는 기표와 시적 화자의 2자관계만 남는데 이러다보면 폐쇄회로가 돌아가듯 기표와 화자 간에 환상의 되먹임이 계속됩니다. 이 안에서 나르시시즘의 경향이 강해집니다. 결국 젊은 시인들은 정말 세상이 고통스럽고 그렇게 힘들어서 아프다고 이야기하는 것이 아니라 되먹임의 시스템 속에서 언어가 점점 과장되고 감정이 점점 과장되어 나중에는 언어가 저만큼 먼저 가버립니다. 시인은 언어를 따라가기에 바쁘죠. 여기서 바로 공허한 비명이 생산됩니다.

그럼에도 불구하고 저는 이런 과정이 필요하다고 봅니다. 지금 변화는 언어가 가진 속성상 자연스러운 흐름이라는 것이 그 첫 번째 이유이고요, 두 번째로 처음부터 불소통을 지향하는 시인들은 없습니다만, 쓰고 보니 자꾸 불소통이 된다는 것은 분명 우리 시대의 한 측면을 반영한다고 봅니다. 공통감각이 사라진 시대입니다. 세대의 감각이 크게 바뀌었습니다. 속도가 너무 빠릅니다. 농촌에서 도시로, 집단에서 개인으로 바뀐 것도 모자라서 자아에서 주체로 더욱 미분화되고 있습니다. 1인 다역을 해야 살아남을 수 있는 시대가 되었습니다. 도시인은 매 시간 신경과민과 정신분열 직전의 상태를 유지해야 살아남을 수 있습니다. 문학도 마찬가지죠. 그렇다면 시인들은 지상에 남은 마지막 언어의 방을 만들고 있는 것은 아닐까요? 소통이 아니라 불소통의 방을 만들어, 누가 나를 함부로 간섭하고 들여다보는 것을 막으면서 자기를 방어하는 것이죠. 차라리 이 세계의 타자로 남겠다는 것입니다. 제게는 이들이 지극히 소규모의 취향 공동체를 지향하며 간신히 숨을 쉬고 있는 것처럼 보입니다.

신용목 '매력'에 대해서 말씀하시고 하셨는데요. 왜 2000년대 들어 그런 증상이 나타나고 그러한 매력에 사로잡혔는지는 모두 짐작 가능하리라 봅니다. 그리고 저는 2100년이 돼도 똑같은 일이 벌어질 것이라고 생각합니다. 해와 달은 그냥 돌지요. 오랜 시간이 지나면 다소 변화는 있겠지만 저들의 회전에는 어떤 수치와 계산도 끼어들지 않잖아요. 그런데 거기에 시계를 걸고 달력을 걸고 연대기를 작성하는 게 인간이잖아요. 지금은 다 잊었지만 1990년대 말에 우리에겐 엄청난 공포가 있었어요. 밀레미엄 버그라고. 그 공포가 한동안 우리를 몰아부쳤지요. 컴퓨터가 내부 교란이 일어나 뭐 비행기가 떨어질 수 있고, 예기치 않은 폭발이 일어날 수도 있고, 심지어 전쟁이 일어날 수도 있다 등등. 그 공포는 정확하게 한 시대를 정리하는 공포였던 것 같아요. 그렇게 한 시대를 일상과 다른 '감수성'으로 정리를 하고 2000년대가 온 것이죠. 우주적으로 봤을 때는 그 실체가 없지만, 2000년대가 딱 펼쳐지는 순간, 뭔가 새로워야 할 것 같은 강박 같은 것. 이 시대는 전 시대와 달라야 하는 강박이 그 어떤 때보다 심했던 것 같아요. 물론 새로움에 대한 갈망 속에는 세계의 진실을 규명하고자 하는 진정성이 있는 것이 사실입니다. 그런 연구와 발견이 계속되고 있는 것도 사실이구요. 그런데 근대문학이라는 것이 태생적으로 새로움으로 시작하여 새로움을 추구하는 거잖아요. 그래서 새로움이 새로운 거냐는 질문이 생겨나는 것 같습니다. 이 질문은 물론 소수 몇몇을 향하는 것인데요. 이를테면 그것은 혹자가 '가능성'을 이야기했는데, '가능성' 자체가 마치 완성된 '가치'이거나 미학적 기준인 것처럼 말하는 혹자들이겠지요. 저는 '가능성'을 '가치'로 단순 치환하려는 구호적이고 도구적인 새로움이 가장 낡은 것일 수도 있다는 생각이 듭니다. 아무튼, 그렇게 해서 다들 2000년대는 뭔가 달라야 하고 또 달라졌다고 주장을 해요. 그것은 우리 모두가 마찬가지입니다. 그러한 강박이 우리가 살고 있는 전체적인 시스템의 요구인지도 모르죠.

우리가 축구장에서 공을 차고 있었어요. 그런데 갑자기 몇몇이 공을 몰고 락커룸으로 들어가서 그 안에서 공을 차는 거예요. 어떤 사람들은 그건 축구가 아니냐, 라고 말하고 또 어떤 사람들은 그게 도리어 재밌게 느껴지는 거죠. 신기하다 구경 좀 하자 이런 분위기가 생긴 것 같아요. 그 안에서 새로운 것이 형성되었던 것이지요. 거기에서 규칙과 질서가 생성되겠죠. 결국 축구는 우리가 믿고 있는 하나의 질서이겠고 락커룸에서의 공놀이는 그 질서에 균열을 가하는 어떤 것이겠지요. 그런 논의는 이후로 돌려야겠죠. 왜냐하면 그것이 스포츠라는 이름으로, 테제를 가지고 발전을 하느냐 마느냐는 좀 더 두고 봐야 하기 때문이니까요. 하지만 모든 것의 시작이 소소한 것에서 출발해서 발전하잖아요. 골방에서 시작해서 어차피 광장으로 나오는 건데. 누가 락커룸을 통째로 이고 광장으로 나오느냐가 문제겠죠. 지금은 그것이 문턱을 넘느냐 마느냐의 과정 속에 있는 것 같아요. 차차 그 스포츠의 가치에 대해서 지속적으로 거론될 것이라 봅니다. 그러나 우리가 크게 우려하는 것처럼 축구장을 벗어나서 락커룸으로 들어갔다고 하더라도 혹은 관중석으로 갔다고 하더라도 축구 자체가 사라지거나 위태로울 거라고 생각할 필요는 없을 것 같아요. 축구의 테두리 안이겠죠. 또 미식축구가 생겨나도 축구가 여전히 존재하고 있듯이. 혹은 풋살 같은 게임이 생겨나듯이 또 다른 형태의 뭔가가 생겨나 유기적으로 어떤 구조를 만들겠지요.

백가흠 저도 비슷한 생각인데요. 박상수 선생님께서 얘기하셨던 것과 같이 시는 창조적인 의미에서의 관점도 있겠지만, 저는 생각이 좀 다릅니다. 지금 새롭게 느낀다는 시인들에게서도 서정성에 있어서는 선대의 그 무엇이 반복되고 재연되고 하는 측면이 강하다고 생각합니다. 예로 박형준, 함민복의 어머니와 김민정, 김경주의 어머니, 아버지는 다르지 않거든요. 그런데 어머니나 아버지를 바라보는 시인의 시선 자체가 새롭게 느껴지는 것이라고 저는 생각을 해요. 문제는 그 시인들이 가지고 있는 새로움이란 정의를 자꾸 언어적인 측면이나 유희, 이런 것으로 몰아가다 보니까 시인들 스스로조차도 자기가 가지고 있던 새로운 감성에 대한 것들을 잃어버린 게 아닌가. 조금 심하게 말하자면 뭔가 착각하게 된 게 아닌가 하는 생각이 들어요. 예를 들면 김경주 같은 경우가 그 대표적인 시인 같아요. 첫 시집에서 보여줬던 새로움은 맞다고 치더라도, 언어나 테크닉적인 것보다도 그가 갖고 있던 유머러스한 서정성이 분명 있었거든요. 그러나 두 번째 시집에서는 그런 것들이 모두 사라진 느낌이었습니다. 시나 소설 모두 첫 번째, 두 번째, 세 번째 자꾸 발전되어가는 문학세계가 있다고 친다면 이번 시집은 너무 뜬금없었다는 생각이 들었습니다. 왜 좋은 장점들을 스스로 전부다 거세를 하고, 점점 더 스스로를 나르시스로 몰아가는지 의문이 생겼습니다. 그런 생각이 들자 거기서부터는 언어가 가지고 있는 본질적인 소통이나 뭐 재미 이런 것들을 전부 작가 스스로가 내동댕이치는 듯한 느낌이 들었고요. 황병승 시인도 예의마찬가지인 것 같지만 상황은 좀 다르다고 생각합니다.

정은경 왜 시인들이 자꾸 자폐적인 언어를 사용하는지에 대한 문제는 조금 더 넓은 스펙트럼에서 생각을 해봐야 할 것 같아요. 사실 20세기 지나서 21세기가 되면서 완전히 정보화시대가 됐잖아요. 예전에는 고급문화와 대중문화의 경계가 있었고 마니아라는 것이 있었는데, 이제는 그러한 구분이 희미해져서 고급문화가 대중화되어 버렸잖아요. 대중들이 과거 소수 독점문화를 다양한 네트워크를 통해 향유하는 시대가 되었는데, 그래서 표절시비가 자주 거론되는 거구요. 이러한 상황에서 특이성에 대한 갈망, 새로움을 선점하려는 욕구 등이 자폐적 언어로 표출되는 것 아닐까요? 특이성, 오리지널에 대한 조바심은 그런 것들이 점점 없어지는 정보화 사회, 대중화와 밀접한 관련이 있다는 생각이 듭니다.

미래파라고 얘기되는 '다른 서정'에 대한 논의에서도 그 현상의 이면과 원인들에 대한 천착이 다소 부족했다는 느낌이 듭니다. 긍정, 부정이라는 단순히 이분법적 구도가 아니라 우선적으로 그러한 현상들이 왜 하나의 흐름으로 대두되었는가, 혹은 집중 조명하고 있는가를 살피는 것이 필요하다고 봅니다. 그렇게 본다면, 긍정적이라고까지는 할 수 없어도 위에서 말한 현실의 변화를 반영하고 있고, 한편으로는 순응적 반영이 아니라 비판적 반영이라는 측면까지도 읽어낼 수 있을 것 같습니다. 소설에서도 요즘의 시와 흡사한 경향을 보여주는 작가군들이 있는데, 가령 편혜영이나 김태용, 한유주 같은 작가들을 예로 들 수 있습니다. 이즈음에 문학과 정치와의 함수 관계에 대한 논의에서 많이 거론되는 랑시에르는 '감각적인 것의 재분배'를 통한 일상과 정치의 개혁을 피력하고 있는데요, 이러한 관점에서 이들의 새로운 감각의 실천성을 엿볼 수도 있을 것 같습니다. 물론 새로운 감각을 보여주는 시인, 작가들이 전부 유토피아에 대한 지향성을 바탕으로 진지한 성찰을 하고 있다는 것은 아니나, 몇몇 작가와 작품은 의미 있는 지점을 보여주고 있다고 봅니다. 물론 이들의 새로움은 앞서 신용목 선생님이 말씀하신 것처럼 '서정'이나 '감각' 자체가 아니라, 표현 방식의 새로움이겠지요. 1990년대 작품들이 모사와 총합적, 재현적인 방식을 보여주었다면, 2000년대 방식은 표현과 해체, 파편화, 추상화 등과 더 가깝겠지요. 편혜영도 일종의 이러한 방식을 통해 그동안 간과되었던 감성들, 공포, 불안 등의 여러 감각적 층위들을 탐사하고 있는데요. 과거 1980,1990년대의 동일성, 총체성이 어떤 부분 전체주의적 억압과 훈육의 성격을 지니고 있었다면, 이러한 해체와 교란 및 재편성은 우리 감수성을 풍부하게 하고 알게 모르게 파시즘화되었던 감각들을 성찰하게 만든다는 의미에서 긍정적이라고 봅니다. 그러나 그런 것들이 '어떤 매트릭스 위에서 이루어지고 있나'를 살펴보는 것은 중요하다고 봅니다. 생활세계와 전적으로 유리된 문학주의적 보수화인지, 아니면 전지구적 자본주의화에 대한 저항인지 등등의 문제 등을 고찰해야 하겠지요. 일제 말 문학의 자율성에 대한 주장이 사실은 일제 파시즘 체제에 대한 저항이었잖아요. 그렇듯, 예술적 자율성의 문제는 그것이 놓인 '컨텍스트'와 함께 논의되어야 한다고 생각합니다. 그렇다면 현재 진행되고 있는 자폐적 언어들도 속화된 현실에 대한 저항으로서 읽을 수도 있지 않을까 하는 생각이 드는데요. 새로움과 낡음의 구도보다는 그것이 놓인 자장들에 대한 고찰이 그래서 필요하다고 생각합니다.

고봉준 미래파 시인들에 대해 '자폐'라는 얘기가 나올 때마다 제 이름이 거론되지요.(웃음) 제가 자폐라고 했던 것은 질병이라는 의미로 썼던 것이 아니거든요. 재현적이지 않은, 자기지시적인 언어를 쓴다는 것이거든요. 그리고 그건 시인 강정의 언어를 빌려온 건데, 제가 젊은 시인들을 질병으로 평가했다는 식으로 흐르더군요. 저는 김경주의 두 번째 시집을 보면서 이런 생각을 했어요. 김경주 시인이 진짜 하고 싶었던 건 두 번째 시집 같은 게 아닐까. 첫 번째 시집은 약간 타협(?)이라는 이미지를 가지고 있는 것 같습니다. 시인의 경우 대체로 첫 번째 시집을 낼 때 영향에 대한 불안도 있고, 비평가에 대한 의식도 있고, 자기의 위치에 대한 의식도 있잖아요. 어떻게 보면 김경주의 두 번째 시집이 진짜 자신이 하고 싶었던 말인 것 같았어요.

백가흠 한유주의 소설을 작가들도 잘 읽지 못하기도 합니다. 저도 예외가 아니었었는데요. 어느 날 그 친구의 톤으로 직접 낭독하는 자리에 있었는데, 그렇게 읽히지 않던 소설이 너무 또렷하게 들리는 겁니다. 그것을 보면서 그녀의 소설이 말은 되겠구나 하는 생각을 했지만, 문학에 대한 근본적인 작가의 방식은 여전히 낯설기만 합니다. 소설은 집 짓는 것과 비슷한 것 같아요. 한참 모더니즘 논쟁할 때 해체주의니, 포스트모더니즘이니 말이 많던 어느 때, 파리의 퐁피두를 본 적이 있는데, 해체주의는 건축에서 제일 먼저 나왔잖아요. 아주 새로운 방식의 건축물이라는 생각이 들었습니다. 집 내부에 들어가 있어야 할 것들이 전부 외벽으로 나와 있잖아요. 잠깐 생각해보면 내가 그 건물을 보고 느낀 새로움이라는 것은 튼튼, 안전함 같은 것이었다고 생각합니다. 집이 무너지지 않으면서도 새로운 시도들이 말입니다. 그런 측면에서 보면 마찬가지로 김경주나 한유주가 새로운 집을 짓는 시도를 하고 있는 것이라고 한다면 작품들 안에는 튼튼한 기둥들이 있어야만 합니다. 그래야 그것이 무너지지 않을 테니까요, 그런데 아쉽게도 저는 그 기둥을 찾을 수 없는 거예요. 제가 느끼기에는. 특히 아까 김경주 시인을 이야기 했는데 첫 시집에서 보이던 단단한 기둥들이 두 번째 시집에서는 아예 없어진 기분이에요. 벽을 창으로 내는 것 하곤 그건 차원이 다른 문제이지요. 물론 그대로 버티어만 준다면 새롭게 느껴지겠지요.

박상수 백가흠 선생님과 저는 강조점이 조금 다른 것 같습니다. 조금 전에 백가흠 선생님이 김경주의 어떤 시가 보여주는 감수성이 박형준, 함민복의 시에서 보여주는 감수성과 별반 다르지 않다고 지적한 것은 당연한 일입니다. 왜냐하면 김경주는 기존 서정시의 계보 안에서 익숙한 낭만적 감정을 극대화시키는 방식으로 시를 쓰니까요. 그렇다면 황병승은 뭐가 다르냐? 그의 시도 실낙원 이후의 세계를 그린다는 점에서 이전 시들과 별반 다를 것이 없습니다. 그런 것도 지적되어야 하는 것이 맞죠.

하지만 이렇게 말하기 시작하면 세상에 다른 문학은 하나도 없을 것 같습니다. 다들 뻔하고 같은 이야기를 하고 있는 것이죠. 가족, 사랑, 이별, 죽음……. 무슨 이야기냐 하면 각각의 개별 작품을 전언의 측면에서 다루기 시작하면 당연히 비슷비슷하게 보인다는 것입니다. 같은 주제와 감정을 어떤 방식으로 그려내고 있느냐, 그 언어가 빚어내는 세계는 어떤 연속성과 차별성이 있느냐가 관건이라는 것이죠. 그럼에도 불구하고 제가 동의할 수 있는 것은 비평이 지나치게 언어적인 측면의 강조만을 하다보면 근본적인 세계관의 변화, 인식의 도약을 소홀히 하게 만들 우려가 있다는 점입니다. 거기에서 오는 시인들의 태만한 자기만족은 분명 경계해야 할 부분입니다. 시인과 작품에 대한 깊은 애정이 깔려 있다는 조건하에서 그 작품의 차별성만을 부각하는 것이 아니라 한계도 함께 언급해주어야 더욱 생산적인 비평이 되지 않을까 생각합니다.

일정한 경향으로 시인들을 묶는 것은 좋지 않은데, 그래도 논의의 전개를 위해 말씀드려볼게요. 지금 젊은 시인들 중에서 이러저러한 기준으로 묶을 수 있는 시인들은 이근화, 김행숙, 이현승, 이장욱, 진은영, 하재연 등인데요. 묶을 수 있다는 점 때문에 아무래도 이들 시인들의 이름이 자주 언급되기도 합니다. 어떤 면에서는 이런 것이 비평의 딜레마죠. 암튼 이들의 시를 읽으면 일종의 감정의 귀족주의라고 할 수 있는 면을 엿볼 수 있습니다. 이미 다른 지면을 통해 언급한 내용인데요, 이현승의 표현을 빌자면, 미용실 같은 곳에서 가만히 눈을 감았다 떴을 때, 달라진 자신의 헤어스타일을 바라보는 은밀하고 황홀한 느낌이랄까. 이 시인들이 추구하는 것은 우아함이라고 할 수 있어요. 우아한 아름다움이죠. 자기 자신을 부드럽게 통제하고 싶어 하는. 저는 이것을 1990년대 후반 남진우가 이야기 했던 댄디의 변형판이라고 봅니다. 그 당시의 댄디즘은 주로 소설에서 포착되었고 이들 소설의 주인공들은 새로운 문화적 기호나 취향을 앞세우며 등장했지요. 그런데 10여 년이 지난 지금은 어떨까요. 시인들은 기본적으로 가난하기 때문에 문화적인 기호는 거의 안 나와요. 상품과 문화기호를 소비하는 게 아니라 자기감정을 소비하고 있죠. 이들 시에는 부드럽고 조용하고 여성적이고 동시에 청교도적인 자기 절제가 들어 있거든요. 자연스럽게 따라붙는 게 나르시시즘적인 분위기입니다. 그것은 이들이 데리고 다니는 동물이 주로 고양이라는 점에서도 확인할 수 있죠.

감정의 우아함을 추구한다는 것은 이 시대에 대한 시인들의 대응일 수 있어요. 왜냐하면 그런 것이 있어야 그나마 자신의 존재를 유지하면서 삶에 의미부여하면서 살아갈 수 있으니까요. 그리고 이들의 시를 보면 끝내는 사물들이 모두 사라져 버릴 것 같은 느낌이 강합니다. 놓치고 사라지고 지워지는 느낌이랄까요. 고양이를 끝내 잡을 수 없을 것 같은 느낌이죠. 존재가 지워지는, 안타깝고 모호하고 아리송한 슬픔입니다. 저는 최근 이런 관점에서 이들 시를 눈 여겨 보고 있습니다.

이제 두 번째 시집에 대해 이야기해 볼까요. 기대하던 김경주, 황병승 두 사람의 시집이 나왔습니다. 이 두 사람. 어떻게 보면 출발점은 같거든요. 비주류 소외계층. 예를 들면, 김경주가 '나는 이 세상에 없는 계절이다'라고 했을 때 그건 국외자의 자리이고, 황병승의 '여장남자 시코쿠'라는 것도 국외자의 자리죠. 여기에서 발생하는 강력한 타자성이 이들 첫 번째 시집의 원동력이었거든요. 그런데 이것을 견디는 방식, 넘어서는 방식에서 둘은 차이를 보여줍니다. 김경주는 비주류를 견디기 위해 주류의 방식을 선택합니다. 이를테면 기존 시에서 보아왔던 연민의 감정이라든가 낭만적 감정을 극대화하죠. 이를 위해 자아를 아주 거대하게 확장하는 방식을 씁니다. 그래서 김경주의 시는 우리 시의 전통과 더 깊숙이 닿아 있죠. 대중적으로도 친화력이 있고요. 김경주는 전통적인 서정시의 자아가 갈 수 있는 최대치를 보여주었다고 봅니다. 황병승의 경우, 비주류를 견디기 위해 주류가 아니라 비주류의 방식, 소위 퀴어 감수성을 극대화하는데요. 일부러 추한 것을 탐닉한다든지, 악의 쾌감을 노래하는 것이 그것입니다. 두 사람 모두 인정을 받은 뒤가 문제죠. 왜냐하면 이 둘은 국외자라는 자리에서 출발했는데 어느 순간에 자기가 혐오했던 세계가 자신을 인정해주기 시작했다는 말이죠. 다 알다시피 예술가를 파멸시키는 방법은 사회에서 그 사람을 인정해주는 것이라고 하잖아요. 상을 받은 뒤로부터는 그들의 타자성이 급격하게 약화가 돼요. 김경주의 두 번째 시집은 의욕과 야심은 좋은데 형식이 과도해졌고, 불필요한 말이 많이 늘었다는 생각이 들어요. 포맷도 첫 시집과 거의 같고요. 동력이 많이 떨어졌다고 할 수 있어요. 하지만 그럼에도 이 시인은 더 지켜봐야 하지 않나 해요. 시를 풀어내는 방식에 아직까지 힘이 있고 야성이 남아 있습니다. 황병승 역시 두 번째 시집의 동력이 분명 많이 떨어진 것은 사실이지만 기본적으로 이 시인이 취하는 세계에 대한 조롱과 환멸의 태도는 자기 자신을 반성하게 하는 힘도 되기 때문에 역시 기대를 버릴 수가 없어요.

고봉준 소설은 어떤가요? 소설의 최근 경향에 대해 논해보도록 하지요.

백가흠 역시 시인의 감성이 작가들보다는 현세적이라는 생각입니다. 시에서는 이미 여러 시인들이 시도했었던 현상이었지요. 물론 소설 판에선 시보다 한발 느리게 요즘 많이 다루어지고 있는 것 같습니다. 먼저 칙릿Chick-lit의 원조를 보통 정이현에서 찾는데, 정이현과 최근의 칙릿은 좀 분리되어야 한다고 생각합니다. 정이현이 했던 소설작업들에 대해 우리 시대의 칙릿이라고 말한다면 작가에게 모욕적일 수도 있겠다는 생각이 들었습니다. 저는 칙릿이라는 소설형태가 2년도 못 갈 거라고 생각하는 사람들 중에 하나입니다. 무엇보다도 담론을 이끌어 낼만한 주제라고 생각되지 않습니다. 박민규나 정이현이 했던 것들은 이런 논쟁에서 좀 더 자유롭다고 생각합니다. 1990년대 작가들이 1980년대에 대한 대타의식에서 비롯된 역사의식에서 벗어난 허무주의나 낭만이 가미된 공통적인 분모가 있었다면, 2000년대 소설가들은 이러한 부채의식으로부터 자유롭습니다. 역사라든가 사회라든가 하는 공통분모가 많이 사라졌다는 것이지요. 박민규, 정이현 작가는 이런 것을 하나의 문화코드, 소비 형태라고 보기에는 어렵겠지만, 과거 유년의 공통 기억을 가지고 현대 사회의 한 측면을 풀어간다고 생각합니다. 그러나 요 근래의 칙릿이라고 불리는 소설들은 둘의 서사관점에서 비교해보아도 수준이하라고 생각합니다. 거의 서사의 본질적인 것들을 확대시키지 못하는 작업이라고 생각하고요. 본격적인 문학이라고 볼 수 없습니다.

장성규 소설 이야기를 하기 전에 시에 대한 얘기먼저 잠시 드릴 게요. 최근 젊은 시인들에 대해 많이 논의가 되고 있는데요, '논의의 초점을 바꿀 때가 된 것 아닌가'라는 생각이 듭니다. 이들이 주목받은 계기는 흔히 얘기하듯이, 기존의 서정적 주체의 해체가 중요하게 평가된 것 같아요. 그런데 문제는 해체, 그 다음일 텐데요. 즉 기존의 서정적 주체가 자기 완결적으로 세계를 파지하고, 그걸 통해서 타자성을 소거시키는 속성이 있었고, 거기에 대항해 2000년대 젊은 시인들이 새롭게 타자를 인식하고 서정적 주체를 해체했을 때, 그렇다면 이를 통해 어떤 주체를 재구성할 것인가라는 점이 논의될 필요가 있습니다. 범박하게 얘기해서 예전의 시가 '나는 너고 너는 나다'라는 고전적인 장르적 속성을 지속해 왔다면, 이제 그 불가능을 깨달았을 때 주체와 타자 사이에 단절을 만들 것인가, 혹은 주체와 타자가 충돌하면서 새로운 주체성을 만들 것인가 등의 다른 이야기에 대한 고민이 있어야 된다고 생각합니다. 그런 측면에서 이들은 서정적 주체의 해체 이후에 어떻게 새롭게 시적 주체성의 문제를 사유할 것인지를 충분히 못 보여줬다고 생각합니다. 그렇기 때문에 이들의 두 번째 시집에 대해서도 마냥 높게 평가할 수 없다는 생각이 듭니다. 그리고 최근 미래파 등의 호명으로 묶이는 젊은 시인들 사이에서도 편차가 클 텐데요, 이 점을 간과하면 안 된다고 생각합니다.

예컨대 김행숙이 보여주는 타자를 통한 주체의 재구성, 그리고 황병승이 보여주는 마이너리티적 주체성이 다르다고 할 수 있지요. 김행숙의 『이별의 능력』(2007)은 주체가 타자와 부딪히는 순간 생성되는 기체적인 이미지들을 통해 주체의 재구성의 가능성을 모색하는 것 같아서 좋았어요. 반면 황병승이 보여주는 하위문화적 코드의 경우는 좀 다릅니다. 장정일이 하위문화를 가지고 왔을 때에는 저항문화로서의 성격들, 개체성과 주류문화에 포섭되지 않는 것들에 대한 이야기가 있었지요. 그러나 황병승의 경우 이미 하위문화 자체가 주류화되고 있는 상태에서 과연 그런 문화적 감수성이 계속 마이너리티적일 수 있는가라는 의문이 듭니다. 오히려 단순히 마이너리티를 특화시키면서 역으로 하위문화의 주류화 경향을 지속하고 있는 것은 아닌가 하는 생각이 듭니다. 그래서 젊은 시인들에 대한 이야기가 돌고 돌 수밖에 없는 것 같아요. 물론 비평가의 몫일 수도 있겠지만요. 그러나 이들의 두 번째 시집에서는 해체를 넘어서는 작업이 요구된다고 할 수 있습니다.

정은경 거기에 조금 덧붙이자면 이런 얘기를 할 수 있을 것 같습니다. 우선 시가 빠르다고 말씀하셨는데, 단독자로서 세계와 대면하는 장르여서 시인들의 경우 세계체제에 대한 실감의 강도가 큰 것 같아요. 말씀하셨듯이 하위문화가 이미 메인 스트림이 된 상태, 즉 견고한 전체주의적 시스템으로서의 전 지구적 자본주의가 세계를 점령한 상태에 대해 시인들은 훨씬 민감하게 반응할 수밖에 없을 것 같습니다. 그때 문제되는 것이 주체성은 물론이고 타자성을 어떻게 지켜내는가가 아닐까요? 그래서 아까 얘기한 '특이성'이 더더욱 중요하게 작동하고 있는 것 같습니다. 가령 과거 장정일이 했던 작업은 주체와 세계와의 길항과 교섭이었고 이를 통한 변화와 개혁 편에 있었습니다. 그러나 세계가 완전히 전체주의로 공고화되었다면, 어떻게 무엇을 바꾸고 재구성하고 재편하겠습니까? 이 어려움을, 폭압적인 현실을 역설적으로 반영하고 있는 것이 이들의 시가 아닐까요? 보들레르가 게으름과 무위에 대해 이야기 했던 것을 떠올릴 수 있을 것 같아요. 따라서 "나는 이 세상에 없는 계절이다"라는 것이 주체를 사라지게 하는 전략이라면, 그것은 '보들레르적 저항'이라고 할 수 있습니다. 근대 산업혁명 이후 세계는 지속적으로 생산력을 강조해왔습니다. 맑스의 자본론도 결국 같은 맥락에 있다는 얘기를 하는데요. 자본주의든 유물론이든 결국 근대의 발전주의를 공유하고 있다고 했을 때, 김경주나 여타 시인들이 보여주는 '사라지는 주체', 귀족주의적 인물들은 이에 역행하려는 단독자들의 욕망이라고 볼 수는 없을까요?

고봉준 저는 '역행' 자체는 중요하지 않다고 생각하는데요. 역행은 방향성을 필요로 하는데, 그것이 없을 경우 비판은 가능하지만, 그걸 강제할 수는 없잖아요. 이념적인 문제를 시인들에게 요구할 수는 없다는 것이지요. 그들은 이념으로 글을 쓰는 게 아니라 감각으로 쓰는 것이고 귀족주의든 무엇이든 그것은 생장과정에서 이미 코드화된 것일 테니까요. 소설도 마찬가지죠. 자기가 세계를 바라보고 사는 방식이 이미 결정되었기 때문에 그것이 바뀌는 경우는 거의 없다고 생각해요.

정은경 비평가가 주목해야 하는 것은 그들의 이념성이 아니라, 이미 그들의 감각의 매트릭스가 만들어졌다면 그것이 어떻게 형성되었는가를 분석하는 것일 것 같습니다. 한편에서는 젊은 시인들의 작업이 자연발생적이라는 거지요. 그런 욕망은 도대체 어디서 왔는지에 대한 천착이 필요하다고 생각합니다.

장성규 하위문화의 전복성이나 마이너리티적인 정체성을 유지하기 위해서는 마이너리티간의 네트워크가 필요하다고 생각합니다. 혼자만 간혀 있는 게 아니라 다른 이들도 그렇다는 것, 그래서 그들끼리의 소통의 언어가 필요하다는 것. 그런 것들에 대한 고민이 충분히 되고 있는가라는 그 지점에 대해 얘기하고 싶었어요.

정은경 소설 이야기를 하자면, 배수아는 고립을 갈망하는 작가잖아요. 대중적인 것을 폄하하고 가장 이질적인 사람이 되고 싶어 하는 사람이라고 볼 수 있는데요. 그런 측면에서 이즈음의 시인들의 태도와 맞닿아 있다고 생각하는데요.

고봉준 거기서 소설과 시가 갈라지는 것 같아요. 김연수든 누구든 소설은 세계에 대해 질문을 하고, 어떻게 돌파할 수 있을까를 탐색하고, 또 그 가능성을 지니고 있습니다. 그러나 시의 경우는 '그냥 나는 이래' '나는 이런 상황에 처해 있다'고 이야기하는 자기 식의 표현을 하고 있는 것 같아요. 여기서는 어떻게 돌파할까 하는 문제의식보다는 '지금 자체'를 노출시키는 것이 중요한 것이지요. 그렇게 보자면 황병승에게 필요한 것은 의도가 아닌 것 같아요. 그 사람의 삶이나 조건을 가지고 시에 임하니까 의도란 여기에서 별개의 것이 되는 것이지요. 그래서 시와 소설이 다르게 나오는 것이 아닌가 싶어요.

박상수 저도 동의합니다. 시 같은 경우에는 의도와 컨셉을 가지고 쓰기 시작하는 순간부터 작품이 이상해진다고 할 수 있어요.

백가흠 소설은 의도가 있어야지만 되는데, 충분한 무대가 마련되어야만 들어갈 수 있는 것 작업 같아요. 다시 칙릿으로 돌아가면, 아까 이야기한 의도에 있어 매우 모호하고 불분명해요. 그 형태밖에는 유지하고 있지 못하는 것이 문제라는 것이지요.

정은경 또 하나의 붕어빵처럼 되고 있다는 것인가요?

백가흠 네. 작품 자체는 어쨌거나 현실과 맞닿아 있다고 하더라고, 그게 어떤 의도로 현실과 이어줄지는 분명 작가의 몫인데 그것에 대한 고민이 텍스트를 보면 오히려 궁금해지는 경우가 많습니다.

2000년대 문학은 하나인가?

고봉준 다음 질문으로 넘어가겠습니다. 박상수 선생님은 2005년을 하나의 분기점으로 보셨는데, 그렇다면 소위 말하는 미래파의 첫 번째 시집, 그리고 최근 2008~2009년에 새롭게 등장해서 발표하는 시인들 사이에 뭔가 다른 경향이 보이나요? 소설의 경우는 어떤가요? 2000년대 초반에 본격적으로 활동을 했던 박민규, 윤성희, 천운영, 강영숙, 김연수 등의 작가군과 최근의 염승숙, 김미월, 김애란 등의 작가군 사이를 연속성으로 봐야 할까요?

정은경 저는 연속선상에서 볼 수 있을 것 같아요. 식상하지만 다시 1990년대 문학이 1980년대 문학과의 대립적 성격이 강했다면, 2000년대 문학은 그런 대타항적인 성격보다는 다양한 실험과 모색이 진행되었다고 할 수 있습니다. 환상, 버추얼 리얼리티, 유머, 엽기 등등은 2000년대 전후반으로 갈라서 논할 수 있는 것이 아니라 다른 형태로 계속 발전하고 실험되고 있는 것이 아닌가라는 생각이 듭니다. 칙릿의 경우는 조금 다른 각도에서 봐야 한다고 생각하는데요. 칙릿은 크게 대중문학의 범주에 속하는 것이라고 생각합니다. 일종의 세태소설이라고 할 수 있는데요. 30년대에 유행했던 것도 세태, 풍속, 통속 소설이잖아요. 그때 시의 경우, 모더니즘이 승했습니다. 그렇게 보면 그때의 현상이 지금 반복되고 있는 것인데, 모더니즘과 세태소설이 유행하고 있는 그 환경이 무엇인지, 그때와 지금은 어떻게 같고 어떻게 다른가를 살펴봐야 할 것 같습니다.

장성규 저는 조금 다르게 생각합니다. 1990년대와 2000년대가 딱 떨어지는 것은 아니겠지만 다른 장이라고는 할 수 있을 것 같아요. 1990년대 작가 중에 가장 대표적이라고 할 수 있는 김영하의 경우 1980년대 문학을 부정하고자 하는 욕망이 강했던 것 같아요. 그러면서 오히려 1980년대적인 것에 대한 강한 의식이 보이기도 하고요. 작품에 대중문화적 상상력을 들여오면서도, '전태일'과 '쇼걸'을 같이 놓는 방식이라든가, 혹은 『빛의 제국』(2006)의 경우에도 『중국의 붉은 별』과 같은 텍스트를 삽입하는 것 등이 그렇습니다. 1980년대에 대한 강렬한 향수 같은 것들이 느껴집니다. 반면 2000년대 작가들은 별로 그렇지 않다고 생각합니다. 1990년대 작가들과 구별되려는 욕망이 강하지 않습니다. 그들이 형상화하는 현실에는 계급, 분단, 민족 이런 것들이 키워드로 포함되어 있지 않지만 그러나 자연스럽게 몸에 배인 방식으로 드러나는 것 같습니다. 예컨대 윤이형이 보여주는 버추얼 리얼리티 속에서도 계급투쟁은 존재하고, 김사과의 『미나』(2008)도 경제자본과 더불어 문화자본이 얼마나 이들 세대의 몸에 배어 있는가를 보여주는 것 같습니다. 황정은의 환상성 또한 정치적인 것과 무관한 것일까라는 점에 대해서도 상당히 의문이 듭니다. 이들 2000년대 작가들의 경우, 김영하처럼 강박적으로 이야기하지 않는 것 같아요. 이들이 새롭다는 것은 환상성 등의 기법상의 문제가 아니라고 봅니다. 이들은 중층화된 현실에 대해 좀 더 자유롭게 받아들인다는 것이죠. 1990년대 소설에 미적인 것을 추구하는 독백의 서사가 있었고, 그 이전 1980년대 소설에 현실성을 강조하는 반영의 서사가 있었다면 2000년대 소설에는 이 두 가지 요소가 함께 징후적으로 존재하는 것 같습니다.

백가흠 1990년대에 전 온전히 습작기였거든요. 소설을 공부를 하면서 타켓으로 삼은 바로 윗세대 작가들 중에 세 명을 꼽을 수 있을 것 같습니다. 그 셋은 전성태, 백민석, 김영하였어요. 그런데 나뿐만이 아니라 현재 2000년대에 활발하게 활동을 하고 있는 작가들이 이들과 동떨어져 있는가라고 질문하면 그렇지 않다는 생각이 듭니다. 2000년대 작가들이 1990년대 작가들과는 굉장히 다른 버전으로 보일 수도 있겠지만 본질적인 것들은 이들 세 명의 작가의 틀에서 많은 것들이 바뀌지는 않은 것 같아요. 지금 활동하고 있는 작가들에게 물어보면 이 셋에 대한 애정이 얼마나 깊은 지 금방 알 수 있습니다. 저도 마찬가지로 백민석의 서사지대나 김영하의 소설적인 트릭 같은 것이 많이 부러웠습니다. 다음으로 전성태가 가지고 있는 현실적인 리얼리즘 같은 것을 섞어보고 싶었거든요. 2000년대 많은 부분이 1990년대 작가들의 후예들이 아닐까 하는 생각이 듭니다.

고봉준 시의 경우는 어떨까요?

신용목 지금까지 얘기되어왔던 시의 특성들이 마치 2000년대를 대변하는 전체성을 가지고 있는 것 같지만 극히 일부에 지나지 않는 것 같습니다. 그리고 앞서 박상수 선생님이 짚었던 것처럼 거론된 시인들도 결국에는 시사의 연속선상 속에 있는 것이 사실이구요. 좀 다르다면, 시단 전체를 볼 때, 언어를 다루는 방식에 대해 좀 더 자유로워진 느낌은 있습니다. 그리고 또 피부로 느껴지는 것 중 하나는 이들이 계속 연극이나 영화 또는 음악 등 여타 장르의 텍스트를 복제하고 있다는 느낌입니다. 과거 시에서 경험의 질감이 아주 중요했다면, 이제는 어떤 자료가, 또는 어떤 장르의 향유를 통한 간접 체험이 시 속으로 많이 들어온 것 같아요. 주체 해체, 분열을 많이 얘기하는데, 저는 해체라고 보여지지 않더라고요. 주체가 움직이면서 이동한다고 해야 할까요? 과거에는 시나 소설의 경우 대상을 일방향으로 봤다면, 이들은 영상세대 디지털세대이다 보니 쌍방향 혹은 다방향의 시선이 개입하는 것 같습니다. 그것의 일장일단은 좀 더 면밀하게 따져봐야 할 부분일 것입니다. 그러나 그들에게 일방향에서 봐야 한다는 것도 폭력일 수 있고, 이동하는 주체에게 어떤 일관된 주관을 강요하는 것도 폭력일 수도 있겠다는 생각이 듭니다. 그렇지만 그것이 사회사적으로도 무기력하다고 생각하지 않습니다. 다른 맥락에서 역할을 해나가는 것이겠지요. 가령, 우리가 믿고 있었던 익숙한 세계를 전복시키니까요. 물론 문제가 전혀 없다고는 생각하지 않습니다. 근대문학의 종언에 대해 많이 얘기하는데, 근대문학이 종언되고 문학의 역할을 다른 매체가 가져가느냐, 그렇지 않느냐 하는 것이 문제겠지만, 더 큰 문제는 근대는 아직 끝나지 않았는데 근대 문학이 끝났다는 것이잖아요. 두 가지 선택이 남아 있다고 볼 수 있습니다. 칙릿이나 여러 해체적 텍스트까지도 근대문학이라는 속성 안으로 가지고 올 것인가, 아니면 사회적 맥락과 문화사적 맥락을 분리시켜나갈 것인가의 문제가 있을 것 같아요. 제 생각에는 이 둘이 같이 갈 것 같은데요. 그것조차도 우리가 말하는 근대의 숙제이겠지요. 그런 맥락에서도 젊은 시인들이 다른 은하계에서 갑자기 날아왔다고 볼 수는 없겠죠. 1980년대와 1990년대의 이후이며, 다만 다른 징후들을 가지고 있다는 것 정도가 아닐까요?

고봉준 젊은 시인들의 시는 대부분 아이의 목소리로 발화된다는 느낌이 강해요. 물론 심보선이나 황성희 같은 예외도 있지만요. 문태준이나 손택수 시의 목소리는 이들에 비하면 상당히 늙었잖아요. 이것에 대해서 선생님들은 어떻게 생각하시는지요?

신용목 음……. 이들 젊은 시인들에게는 진지함이나 무거움을 배제하고 싶은 욕망이 존재하고 있는 것 같아요. 그것이 이 세계가 가지고 있는 어떤 견고함에 대한 또 다른 저항의 방식이겠죠. 일종의 꼰대적 기질로부터의 이탈하고 싶어하는 욕망들이랄까, 사실은 저도 해보고 싶었는데 잘 안 되더라구요.

박상수 저는 그런 방식의 화법이 일단 재미있고요. 그런 쪽으로 마음이 쏠리는 편입니다. 신용목 선생님께서 말씀하신대로 기존의 단일 시점 화자가 가지고 있는 자리가 답답하고 재미없고 좀 무겁습니다. 그러다보니 같은 장면을 다른 각도에서 어떻게 새롭게 볼까 고민하는 과정에서 시인들이 시적화자를 현재 자기 나이와는 다른 각도에서 포착할 수 있는 시선들을 얻게 되었고 활달함과 자유로움을 얻게 되었다고 봅니다. 또 어느 지면에서인가 이경수 선생님이 말씀하신 것처럼 30대가 되어도 사회적 위치가 결정되지 않는 전반적인 지체 현상도 한몫 했을 거라고 봅니다.

백가흠 소설 같은 경우에도 같은 현상이 벌어지는데요. 제 생각에는 이건 좀 문제라고 생각합니다. 작가는 발을 딛고 있어야 하거든요. 그런데 최근 칙릿이나 우주 소설 같은 경우는 점점 땅에서 떨어지는 느낌이 들어요. 비정규직이나 백수 얘기를 다뤄도 사회나 역사 굴레 안에서 단단히 발을 딛고 둘러보는 것이 아니라 소프트한 재료들만을 범벅한 느낌, 혹은 이 사회를 떠나서 우주로 간다는 느낌이 듭니다. 그런데 이게 정말 세대를 반영하는가 하면 저는 아니라고 생각합니다. 젊은 작가들이 출판사 마케팅에 굉장히 휘둘리고 있다고 생각합니다. 최근 투고작들을 심사해보면 당황스럽습니다. 대개 둘 중의 하나인데, 우주를 앞마당처럼 가로지르거나 칙릿이거나 한 경우가 많습니다.

박상수 시는 좀 다릅니다. 출판사의 전략차원이 아니라 시인들 각자의 투쟁의 결과가 의도치 않은 공통분모를 만들어내고 있다고 봐요.

신용목 지금 지적하신 부분들에 대한 반성은 어느 정도 일어나고 있다고 봅니다. 역사가 반복된다고 하는데, 한 번도 가보지 않은 미답의 영역을 탐사해보고 다시 돌아오는 듯한 느낌이랄까요.

고봉준 지금 얘기되고 있는 칙릿에 덧붙여서 팩션에 대해서는 어떻게 이해를 할 수 있을까요?

정은경 백가흠 선생님께서 말씀해주셨듯이 2000년대 젊은 작가들의 팩션들은 자료를 짜깁기하여 만들었다는 느낌이 강합니다. 실감의 차원이 느껴지지 않는다는 것이지요. 물론 김훈의 경우는 그렇지 않지만, 그래서 작가의 역량의 문제일 수도 있지만요. 그러나 대체로 1차 자료와 정보를 재가공하여 만든 2차 텍스트라는 느낌이 강합니다. 기존의 역사소설과 달리 어떤 이념 지향성이 두드러지지 않아서 더욱 그렇게 느껴지는 것 같은데, 탈근대적인 이데올로기를 바탕으로 풍속 묘사와 이야기들만 나열되었다는 생각이 듭니다. 가령, 최근 김연수의 『밤은 노래한다』(2008)가 그렇고요. 김경욱의 『천년의 왕국』(2007), 신경숙의 『리진』(2007)이 그 예들이라고 할 수 있겠습니다. 특히 크게 조명을 받았던 천명관의 『고래』는 서사성의 과잉 혹은 폭발이라고 할 만한 현상을 보여주었습니다. 아까 말한 서사의 부재가 아니라 과잉의 예는 천명관의 소설 뿐 아니라 젊은 작가들의 국적불명과 무중력의 작품에서도 많이 볼 수 있습니다. 팩션의 많은 부분이 그러한 범주에 들어간다고 생각합니다. 요컨대 서사의 과잉이라고 부르는 데는 이야기를 만드는, 문제의식이 희박하다는 겁니다. 오직 서사만 풍성한 경우가 많습니다.

고봉준 천명관의 『고래』(2004) 같은 경우에는 두 가지 문제를 제기하고 있는 것 같습니다. 하나는 서사성의 복원인데요, 비평가들이 여기에 점수를 후하게 준 것 같고요. 두 번째는 영웅의 몰락을 통해 근대의 종언이란 문제의식을 잘 깔고 있다고 보여집니다. 그걸 읽으면 루카치가 느껴지지요.

정은경 루카치는 자아가 세계와 직면하여 자기를 증명하는 운명을 산다는 것인데, 여기서 세계는 '대지'이지요. 그런데 천명관의 『고래』에서는 그런 '대지'가 느껴지지 않아요. 대지를 굳이 '현실'이라고 고쳐 말하지 않아도 인간이 실제 격투하며 살아가는 그런 경험의 공간이 아니라는 의미입니다. '무중력' 공간에 가깝지요.

백가흠 『고래』가 처음 나왔을 때만 해도 그 정도의 서사틀만 가지고도 굉장히 열광했었던 것 같아요. 그러나 이후로 이것만 가지고는 안 되겠다고 작가 스스로 인식하는 것 같습니다. 팩션의 경우, 젊은 작가들이 단발적인 이슈로 넘어가는 칙릿과는 다른 것이 김훈, 신경숙, 황석영 같은 중량감 있는 작가들이 짚고 넘어갔기 때문에 그 파급력이 더 큰 것 같아요. 일종의 서사퇴보라고 할 수 있는 이러한 유행에 대해서는 이들 작가들에게 대해 어느 정도 책임을 물어야 할 것 같습니다.

장성규 팩션이 기존의 역사를 해체하는 데 초점이 맞춰져 있고 그 외의 어떤 지향성을 보여주지 못했다는 지적은 타당한 것 같습니다. 김영하가 내서널 스토리를 통해, 김훈이 역사소설을 통해 기존의 거대서사에 대해 문제제기를 하긴 했는데요. 정작 중요한 것은 거대 담론을 해체한 다음에 무슨 이야기를 할 것인가의 문제인 것 같습니다. 거대한 이야기 밑에 있는 자잘한 이야기를 해야 한다는 전제가 있어야 하는데 그 부분에 대해 고민이 부족하다는 생각이 듭니다. 새로운 역사소설이 성과를 내기 위해서는 이야기를 복원시킬 때, '이런 다른 이야기가 있다'라는 차원이 아니라, 기존의 민족주의나 이념 지향성 때문에 발언을 못했던 사항들에 대해 이야기하겠다는 의식이 필요합니다. 그렇지 않으면 이 지적인 작업에 사람들이 공감하기 힘들지요.

장편소설과 인터넷 연재

고봉준 서사성의 복원을 위해 최근 몇 년 동안 장편소설에 대한 이야기가 끊이지 않고 있고, 또 그 연장선에서 작가들의 인터넷 연재가 붐을 일으키고 있습니다. 물론, 자발적인 연재가 아니라 출판사 기획의 일환이지만요. 이 현상을 어떻게 보시는지요?

장성규 장편소설이라는 장르 특성만으로 특별하게 새로운 가능성을 열거나 위기를 타개할 수 있는 것 같지는 않습니다. 다만, 서구에서 노벨이 했던 역할을 한국에서는 단편이 해왔고, 그런 측면에서 작품의 육체성보다는 완성도가 강조되고, 서사가 다소 덜 중시되었던 것은 사실인 것 같습니다. 그런 점에서 장편이 의미가 있을 텐데요. 그러나 이것은 사실 작가의 문제라기보다는 유통구조가 큰 것 같습니다. 인터넷은 예외가 되겠지만, 전통적인 권위를 가진 문예지들이 단편 위주의 구조를 쉽게 바꿀 수 있을까, 이윤을 얻고 재생산하는 기존의 유통구조를 장편 위주로 쉽게 개편할 수 있을까하는 의문이 듭니다. 이것은 작가의 문제보다는 매체의 문제라는 생각이 드는데요.

고봉준 인터넷이 장편소설의 구매의향에 긍정적인 영향을 미친다고 생각하십니까?

장성규 네, 긍정적이라고는 생각하지만 그것은 단지 장편에만 해당되는 것이 아니라 단편에도 가능하다고 생각합니다. 장르의 문제가 아니라는 것이죠.

정은경 장편소설 붐은 2007년 1월 1일 ≪한겨레신문≫에 실렸던 최재봉 기자의 '장편소설 대망론'에서 시작되었다고 볼 수 있습니다. 그 해에 ≪창작과비평≫ 여름호에서 장편소설 특집을 다루었고 그러면서 순식간에 장편소설 붐이 일었습니다. 그런데 애초에 최재봉 기자의 글은 단지 장편소설이라는 장르의 부활을 주장한 것이 아니라 거대서사가 지닌 사회역사적 상상력의 복원을 의도했던 것 같은데, 이것이 좀 다른 방향으로 흘러왔다는 느낌이 듭니다. 문예 진흥위원회에서도 단편 소설 지원이 없어지고 문예지들이 장편소설 문학상을 만들고, 장편소설 전문 잡지가 창간되고 하는, 단 2년 사이의 흐름들은 애초의 문제의식을 공유하고 있다고 볼 수는 없다는 것이지요. 이런 현상은 진정한 의미의 거대서사가 회복된 것이 아니라 오히려 단편소설의 설 자리만 없어진 것이 아닌가라는 생각을 하게 만듭니다.

백가흠 아마 2007년 이후 단 2년 사이의 변화가 상당히 컸던 것 같은데요, 그리고 그것이 저널리즘에서 기원하든 어쨌든 그 영향력은 작가들에게 상당했던 것 같습니다. 2009년 봄호 잡지를 살펴보면 2000년대에 활동했던 작가들의 작품을 찾아보기 힘들어요. 그 이유는 다들 장편 연재를 하거나 혹은 끝냈거나 했기 때문이죠. 대부분의 잡지들이 현재 단편을 싣기가 굉장히 어려워졌다고 할 수 있는 형편입니다. 그러나 모든 작가가 그렇다는 것은 아니고요, 작가들마다 조금씩 다릅니다. 문학하는 전략과 노선이 작가마다 조금씩 다르다고 할 수 있고, 사실 또 그것이 필요하다고 생각합니다. 그런데, 이제 최근 장편 소설 연재는 원고료나 지속성 때문에 그 유혹을 떨치기가 힘들죠.

신용목 제가 소설 현실은 잘 모르지만, 장편 소설 붐도 일종의 FTA 영향이 아닐까요? 우리 사회 전체에 세계화에 대한 강박이 몇 년 전부터 지속되어오면서 우리 문화의 특수성보다는 보편적인 세계화를 강조하게 되는데, 장편소설 붐도 이러한 경향의 한 흐름이라고 할 수 있을 것 같은데요. 그런데 문제는 그 강박의 실체가 모호하다는 거죠. 문화적 측면에서는 더욱 더.

정은경 같은 맥락에서 얘기를 보태자면, 세계화와 함께 노벨 문학상 붐이 일면서 세계시장 진출에 대한 강박과 조급함이 있었던 것 같아요. 세계 시장에 나가기 위해서는 단편으로는 안 된다, 장편이여야 한다는 것이 그 요지였는데, 사실 아까도 말씀드렸듯이 최재봉 기자가 애초에 문제 제기를 한 것은 장르 문제가 아니라 사회역사적 상상력과 산문 정신의 복원이잖아요. 어쩌면 천운영으로 대표되는 잘 직조된 단편의 언어 미학으로는 성취할 수 없는 '삶의 전면적 진실' 같은 것인데, 그러나 실제 새로 나온 장편들이 그러한 성과를 전혀 보여주지 못한 것 같습니다. 얼마 전 장편 소설 공모 심사를 가봤더니 반이 팩션이었어요. 팩션이 문제가 아니라 자료를 가지고 가공한 이야기들이 어떠한 분명한 방향성을 전혀 보여주지 못하고 있다는 생각이 들었는데요. 굳이 방향성을 얘기하자면 자본에 대한 열망을 거론할 수 있을 것 같은데, 이러한 맥락에서 계속 장편을 양산하는 게 어떤 의미가 있는가라는 생각이 듭니다.

백가흠 다시 반복하자면 출판사들이 계속 양산해내는 측면이 있습니다. 인터넷에 연재의 경우, 컨텐츠 회사가 개별적으로 작가와 계약하는 경우도 있지만 출판사가 중간에서 포털과 계약하고 필요한 작가를 구하는 경우가 흔하거든요. 돈을 벌려면 어쩔 수 없겠지만, 문제가 많습니다. 그 많은 공모상을 들여다보면 그 문제를 인식할 수 있습니다. 그 공모라는 것이 미지의 작가들을 발굴하자는 것인데, 많은 경우 터무니없는 작품을 뽑는 경우가 허다합니다. 출판사는 수준이하의 작품을 기막히게 포장해서 이슈화하고 또 팔거든요. 방향을 수정해야 하지 않나 하는 생각을 합니다.

문단의 가장자리를 어떻게 사유할 것인가

고봉준 다음 질문으로 넘어가보도록 하겠습니다. 장성규 선생님이 '담론의 선점'이라는 이야기를 했는데, 사실, 평론가들이 자기 세대에만 주로 주목을 하고 그 사람들의 문학적 가능성에만 집중하다보니, '젊은' 시인에 끼지 못하는 그룹이 비평에서 다 사라져 버린 감이 있습니다. 그 분들도 열심히 시를 쓰고 있는데 말이에요. 노동시의 범주에 포함되는 시인들, 혹은 '젊은' 시인에 호명되지 못하는 시인들에 대해서는 어떻게 얘기하고 평가해야 할까요?

박상수 저는 가끔 무서울 때가 있어요. 소설도 마찬가지지만, 비평이 몇몇 시인들을 집중 조명했다가 순식간에 의미정리를 해버리고 다음으로 넘어갑니다. 작품 자체의 성취나 의미, 변화의 양상보다는 그 작품이 비평에서 많이 다루어져 버리는 순간, 어느 시점이 지나면 그 작가와 작품은 이젠 낡았다는 느낌을 준다는 겁니다. 그래서 비평은 또 다른 사람을 찾는 과정이 되풀이하는데 더 무서운 것은 이 주기가 점점 짧아지고 있다는 것이죠. 2000년대 초반까지 열심히 읽었던 시인들에 관한 비평을 더 이상 찾을 수 없는 경우가 많습니다. 비평에서 조명해주는 주기가 예전에는 시의 경우 한 10년은 되었던 것 같은데 6~8년까지 단축이 되었습니다. 조명을 받으면 작품이 더욱 풍성해지는 것이 아니라 흡혈을 당하듯이 활력을 빼앗기고 어느새 사라진다는 느낌이 굉장히 강합니다. 문학도 자본주의 사회의 상품 소비주기를 따라가고 있다는 생각이 들어요. 평론에 언급되지 않아서 주목을 못 받는 경우도 있지만 너무 언급되어서 죽어가는 작가도 있다는 생각이 듭니다. 여러모로 세월을 견디며 강인하게 자기 세계를 만들어가려는 작가들과 그들의 작업이 부각되어야 한다고 봅니다.

질문하신 노동시의 얘기를 해볼까요. 송경동이나 임성용 같은 시인들의 노동시를 읽으면 여전히 가슴이 서늘해집니다. 송경동 시인의 경우, 시도 시이지만 어느 시위현장에 나왔더라는 얘기를 많이 듣는데 그런 이야기를 들으면 정말 대단하다는 생각이 듭니다. 현장에서 그의 이름을 발견할 수 있다는 점에서, 특히 그분의 격문을 읽을 때에는 마음이 서늘해지는 경우가 많이 있습니다. 임성용 시인은 대개 직설적이고 정석에 가까운 방식으로 시를 쓰는데요. 읽었던 시 중에 인상적인 구절을 하나 들자면, 가령 이런 것이 있어요. 선반을 돌리다가 쇳가루가 눈에 들어가면, 이쑤시개를 잘근잘근 씹어서 이걸로 쇳가루를 콕 집어내야 실명이 안 된다는. 이런 현장성은 정말 무릎을 꿇게 만듭니다. 한편으로는 노동 현장의 상황이 이렇게까지 변한 게 없나하는 생각도 듭니다. 시대는 변했는데 아직 그대로구나, 이것을 확인하는 작업이 2000년대 노동시를 읽는 분위기인 것 같습니다. 이들 중에 제가 인상적이라고 느낀 시인은 최종천인데요. 그 이유는 언어를 다루는 방식이 세련되었기 때문입니다. 성찰과 연마의 공력이 느껴지는데, 시가 차갑게 절제되어 있어서 서늘하고 강인한 인상을 줍니다. 그러면서도 노동의 집적물로 이뤄진 문화에 대한 적대감을 강하게 표출하고 있지요, 가령 '예술이 모여서 노동을 찾는다. 노동은 그들의 놀림감이다' 등의 구절은 참 인상적입니다. 그러나 아까 말한 대로 결정적으로 아쉬운 것은 노동조건의 폭로와 노동해방이라는 대의가 유지된 상태에서 시가 씌어지다보니 전언이 너무 확실하다는 점입니다. 주제가 플래카드처럼 나부끼고 있어서 읽는 재미가 떨어집니다. 1980년대 김해화 등의 시인들과 2000년대 노동시인들의 차이를 발견하지 못한다는 것, 변함없다는 것을 확인하는 것에서 오는 고통스러운 느낌이 있습니다. 그렇다고 이들에게 언어세공의 노력을 요구할 수 있냐하면 그렇지도 않지요. 하루 종일 노동하고 들어온 이들에게 언어미학을 위한 시간을 내시오, 라고 주문하는 것은 정당한 일일까 하는 것이지요. 아무튼 노동자의 삶을 살면서 시를 출간한 시인들, 특히 '삶이 보이는 창'의 시선 같은 경우 인상적으로 읽고 있습니다. 한편 이런 생각도 해봅니다. 예를 들면 언어에서 출발해서 노동이 얹히는 시는 어떨까? 가령 이근화나 조연호, 박판식 같이 언어로 시작하는 시인들에게 노동이 얹히면 어떤 시가 나올까 궁금합니다. 언어가 먼저 가고 나중에 노동이 오면 멋질 것 같은 데 쉽지는 않을 것 같습니다. 하지만 지금 시대의 분위기를 보면 머지않아 가능할 수도 있겠다는 생각도 듭니다.

고봉준 임성용 시인은 자신의 시를 '노동시'라고 부르는 걸 좋아하지 않더군요. 그저 시를 쓸 뿐인데, '노동시'라고 불리지 않으면 누구도 청탁을 하지 않는다고 하더라구요. 청탁의 내용이 아예 '노동시' 두 편 부탁드립니다.(웃음) 이런 식으로 온다고 합니다. 이른바 '보호'하면서 '배제'하는 방식이지요. 또, 평론가의 대부분이 젊은 시인들만을 주목하고 있습니다. 몇몇 시인들은 자신의 시쓰기 방식에 대해서 회의한 적이 있다고 하던데요, 문학상과 마찬가지로 평론가들이 의미부여를 집중하면, 무의식적으로라도 시인들이 영향을 받는 것 같습니다. 그런 맥락에서 김신용, 문인수, 백무산 같은 시인들은 어떻게 읽어야 할까요?

박상수 김신용의 최근 시집, 문인수의 등단 시집이 인상적이었습니다. 김신용의 시는 노동시로서 너무 늦게 인정을 받았다고 생각합니다. 김신용의 시는 오히려 1980,1990년대 당대적 의미가 있었지만, 당시에는 충분히 조명받지 못했지요. 너무 늦게 인정받은 것인데 문제는 이제 노동 현장을 떠나서 변화된 삶의 방식을 보여주고 있는데, 뒤늦게 호출이 오니까 거기에 부응하느라 시인의 시가 방향을 잃는 경우가 간혹 있다고 봅니다. 하지만 김신용의 시가 유랑하는 지금 삶의 현장과 성찰을 보여준다면 충분히 의미가 있을 거라고 생각합니다. 문인수 시인의 경우는 생물학적 나이와 상관없이 시가 얼마나 좋아질 수 있는가, 혹은 개인에 따라 시가 만개하는 시기가 늦을 수도 있다는 점에서 인상적으로 읽고 있습니다. 김사인 시인 같은 경우 충청도 사내의 능청과 홍취가 좋습니다. 이런 식의 감수성도 시단에 기입이 될 수 있구나 하는 즐거움을 주는 시집입니다. 백무산의 시들도 좋은데 중반 이후의 시들에서도 여전한 긴장감이 느껴집니다. 초기시의 현장성이 너무 강하다 보니까 요즘 삶의 소소한 이야기를 풀어내고 있는 시들이 처음과 대비되어 다소 약해보이는 측면이 있는 건 사실입니다. 그러나 아직도 긴장감을 가지고 있다는 것은 놀라운 일입니다.

신용목 박상수 선생님이 말씀하신 언어세공과 관련해서 약간 다르게 덧붙이고 싶은데요. 서정주가 언어를 잘 다룰 수 있었던 것은 현장성을 배제했기 때문이고, 박노해가 현장성을 살릴 수 있다는 것은 언어미학을 포기했기 때문이라고 생각합니다. 때문에 시인들에게 이것과 저것을 한꺼번에 다 요구할 수는 없다는 것이지요. 그런 시적 맥락들을 적확하게 되짚어주는 것이 어쩌면 비평가들의 몫이겠지요. 언어미학 중심과 현장미학 중심을 양비론적으로 놓고 저울에 다는 것은 다소 폭력적이라는 생각이 듭니다. 어쨌든 시인이나 작가들은 어떤 식이든 세계에 창문을 달아놓고 있습니다. 반복이겠지만 분명 다른 식의 의미 있는 반복이 계속됩니다. 어쨌든 그 작품이 달아놓은 창문을 열어주는 것이

비평가들의 역할인데, 그것이 안타깝습니다. 오히려 앞서 말씀하셨듯이 지나친 쏠림현상이 벌어지고 있는데요. 어떤 시가 있으면 그 시가 가진 창문을 지시하거나 열어줘야 하는데, 최근의 많은 비평은 그것을 가지고 정신분석을 하고 마는 경우가 많습니다. 의식형태에 있는 것을 어떤 지각이나 감각으로 뽑아내는 것이 시이고 소설인데, 그것을 그대로 다시 의식형태로 바꾸는 식의 비평이 지속되고 있는 것 같아요. 그러다 보니 새로운 의식 형태를 가진 듯한 작가들을 찾게 되고, 여타에 대해서는 이미 해버린 이야기 혹은 낡은 이야기로 치부하게 되는 것이지요.

정은경 노동시라는 개념에 대한 고찰이 필요한 때인 것 같습니다. '민족문학작가회의'가 '한국작가회의'로 바뀌었는데, 민족이라는 개념이 더 이상 효용성을 발휘하지 못해서 발생한 필연적인 현상이라고 생각합니다. 세계화 혹은 탈국가시대에 민족이 과거처럼 제국주의에 맞서는 유의미한 공동체로 작용하지 못하고 혹은 때로 공세적으로 쓰였기 때문에 '민족'이라는 용어를 버린 것이잖아요. 비슷한 맥락에서 노동시라는 것도 노동해방문학이 있었을 때 만들어진 개념이고, 그때는 많은 기층민중들이 그러한 육체노동 현장에 있었기 때문에 절실했고 유의미했던 것 같습니다. 그러나 현재 노동 현장은 많이 달라졌어요. 과거처럼 육체노동은 그렇게 많은 비중을 차지하지 않는다고 생각하는데요. 예컨대 요새 청년들의 경우, 80%가 대졸자라고 합니다. 이들의 대부분은 졸업하고 육체노동 현장에 가지 않습니다. 다른 노동 현장, 가령 비정규직이라든가 실업까지, 크게 노동시에 적극적으로 포함되어야 할 문제인 것 같습니다. 노동을 과거 육체노동만으로 한정하고 노동시를 가둔다면, 너무 편협하고 당대의 노동 문제들을 수용하지 못하는 것입니다. 물론 여기에는 비평가들의 개입이 더욱 요청되겠지요.

장성규 그런 의미에서 백무산의 시가 중요하다고 봅니다. 『거대한 일상』(2008)을 보면 노동이야기를 하고 있는데, 과거의 전형적인 노동이야기는 아니거든요. 어떤 주체에 집적되어 그것이 국가가 되고 민족이 되는 그런 죽은 노동이 아니라, 계속 주체를 변화시키는 개념으로 노동이

나옵니다. 노동 개념 자체를 급진적으로 전복하는 것 같은데, 그런 성과들을 지속적으로 만들어 간다면 새로운 노동시의 가능성을 생성할 수 있을 것 같습니다. 작년에 황규관이나 김사이 같이 구로노동자문학회에서 활동하셨던 분들이 시집을 냈는데, 이들 시집을 읽어보면 과거와는 많이 달라졌다는 생각이 듭니다. 과거처럼 노동 개념에 대해서 그렇게 집착하거나 강박한다는 생각은 들지 않아요. 백무산의 시에서는 주체를 재구성하는 과정에서 노동이 자연스럽게 흘러가는 이미지로 나오고, 황규관 같은 경우에는 자신 스스로 주변이 되어 간다는 표현을 자주 쓰는 것 같은데, 관계망 속에서 새로운 주체를 형성하거나 네트워킹하는 속에서 노동 개념 자체를 내파하고 있는 것 같습니다. 김사이 같은 경우에도 과거 가리봉이라는 공간이 표상하는 노동에서 현재 구로디지털단지가 표상하는 노동으로 시의 주제가 바뀌고 있습니다. 이런 과정에서 과거와는 다른 소수자적 연대 같은 것을 노동이라 호명하는 것 같아요.

고봉준 그것을 '문단'이라는 제도가 수용할까요? 가령 송경동, 황규관, 백무산 등의 경우, 중앙 문예지만 따져본다면 ≪실천문학≫이나 ≪창작과비평≫ 정도가 청탁의 전부 아닌가요? 그들에게 청탁하는 이유는 그들이 '노동시'를 염두에 두고 있기 때문이죠. 그것은 감금하는 방식이면서 무언가를 주기도 하는 이상한 방식이지요. 그들의 등짝에는 항상 '노동시'라는 커다란 마크가 찍혀 있는 것 같습니다. 노동시의 현장성이란 등단이나 문학 제도와는 무관한 것이지요. 그래서 문제가 더욱 심각해지지요.

장성규 노동시라는 개념 자체는 갱신해야 하는 것이지, 외부에서 호명을 바꾸어서 해결이 되는 것은 아니라고 생각합니다. 이분들의 작업이 본인이 의도했든 그렇지 않든 역사적인 맥락이 있는 것이고, 거기에서 노동시라는 과거의 어떤 고정된 기표가 있다면, 기의를 바꾸는 과정에서 그 고정성 자체를 내파해야 하는 것이라고 생각합니다.

고봉준 두 개의 상반된 목소리가 있는 것 같습니다. 아까 말한 그 노동시라는 개념을 왜 버리느냐, 현장 노동을 왜 대학 강사나 비정규직 같은 노동과 같은 의미로 쓰느냐고 항변하는 사람들이 있는가 하면, 반대로 '나는 노동시를 쓰는 것이 아니다, 그냥 시를 쓰는 것이다'라고 주장하는 측이 있는 것 같습니다. 어디 것이 더 의미 있다고 할 수는 없지만 어쨌든 두 개가 병존한다는 것은 인정할 수밖에 없는 것 같습니다. 다음 질문으로 넘어가겠습니다. 두 가지를 여쭙겠습니다. 2000년대에 주목할 만한 작품에 대해서, 그리고 또 하나는 굉장히 중요하다고 생각하는데 잘 읽히지 않았던, 혹은 과소평가되었던 시인이나 작가들에 대해서 말씀해 주십시오.

백가흠 소설 쪽에서는 보자면 과소평가되거나 숨겨진 작가가 별로 없다고 생각합니다. 사실 활발하게 활동하고 있는 소설가가 몇 명 없어요. 한 20~30명 정도 되는 작가들이 문단을 점령하고 있다 해도 과언이 아닙니다. 소외된 작가가 있다면 비평가 선생님들이 더 잘 알겠지요. 오히려 1990년대에는 묻히고 지나간 작가들이 더 많다는 생각이 드는데, 가령 윤영수, 전성태 같이 리얼리즘과 미학적 균형이 잘 잡혔음에도 불구하고 상대적으로 많이 소외되었던 것 같습니다.

2000년대에 주목하는 작가를 꼽자면, 천운영·황정은·손홍규 같은 작가를 들 수 있을 것 같습니다. 천운영의 소설이 사실 2000년대 상반기를 점령했다고 할 수 있는데, 「바늘」이라는 작품이 굉장히 강렬했잖아요. 그걸 보고 많은 독자, 작가들이 '이런 것들을 우리는 많이 놓치고 있었구나' 하는 생각을 했던 것 같습니다. 하반기에는 개인적으로 황정은을 꼽을 수 있을 것 같습니다. 어떻게 보면 황정은과 천운영은 굉장히 이질적인 것 같은데, 그들이 다루고 있는 여성이나 가족 문제에 있어서는 많은 부분 맥락이 비슷하다고 생각됩니다. 남자 작가의 경우는 손홍규를 뽑고 싶습니다. 제가 몇 년 전 처음 강의를 하면서 학생들에게 했던 이야기가 리얼리즘 소설의 부활에 대한 것인데, 가까운 미래에 곧 리얼리즘이 부활될 거라고 믿습니다. 그런 맥락에서 이 시대의 분위기 탓에 손홍규가 과소평가되었다고 생각합니다. 단편집과 장편이 있지만 저는 손홍규 작가가 장기려 선생을 소설화시킨 것을 보면서 큰 가능성을 느꼈습니다. 이걸 확대시켜나간다면, 혹은 자기 작품으로 끌고 들어온다면 2010년대에는 그의 시대가 되지 않을까 하는 생각을 했습니다.

신용목 2000년대에 들어서 저는 황병승 첫 시집을 충격적으로 받아들였습니다. 물론 김행숙의 시도 좋았고요. 그들은 도저히 내가 갈 수 없는 곳에 가 있었거든요. 그리고 최근에는 임성용의 시집을 읽고 굉장한 충격을 받았고 좋았습니다. 어찌 보면 투박하고 언어에 대해, 좋은 의미로든 나쁜 의미로든, 정직할 뿐인데 그것이 마음을 움직이게 만들더라구요.

정은경 저의 경우는, 2000년대에 들어서 심윤경의 첫 번째 두 번째 소설집이 좋았고, 그런 면에서 심윤경이 과소평가되었다는 느낌이 있었습니다. 그리고 많이 얘기되는 김애란, 황정은, 박민규의 작품이 좋았다고 생각합니다. 예외적이지만 배수아의 2000년대 작업은 별도의 논의와 평가가 이루어져야 한다고 개인적으로 생각하고 있습니다. 최근에는 이시백이나 이상섭, 하재영, 구경미의 작품을 주목했는데요, 문단에서 전혀 조명되지 않는 이들 작품을 상당히 흥미롭게 읽었고 더 많이 조명되어야 한다고 생각합니다. 백가흠 선생님이 말씀하셨듯이 잡지들이 너무 소수의 작가들에만 쏠려 있고 반복되다보니 마치 교지를 보고 있는 느낌이 들 때도 많습니다. 더 많은 작가들이 발굴되어야 한다고 생각합니다.

백가흠 좀 긍정적인 얘기를 하자면, 최근에는 그게 바뀌고 있는 것 같습니다. 최근 잡지들을 훑어보니까 신인들의 작품들이 실렸는데, 깜짝 놀랄 만큼 작품들이 너무 좋더라구요. 훈련이 많이 된 작가들이 새롭게 등장하고 있다는 점에서 고무적이었습니다.

박상수 2000년대에 나온 시집 중에는 이근화의 『칸트의 동물원』(2006)이 좋았습니다. 언어도 언어지만 삶의 본질을 건드리는 측면이 있습니다. 그런 부분들이 더욱 확장되기를 바라는 마음이구요. 현재로서는 미완성이지만 갖고 있는 에너지의 역동성이 눈에 띄었던 시인들을 들자면, 장승리나 박장호를 얘기할 수 있을 것 같습니다. 『기찬 딸』(2006)을 쓴 김진완이라는 시인도 분명히 조명을 받아야 할 시인이 아닐까 생각합니다. 1990년대부터 활동한 시인 중에는 정재학, 함기석을 들 수 있는데, 특히 함기석 같은 시인은 너무 과소평가 되었다는 생각이 듭니다. 『뽈랑 공원』(2008)같은 시집은 정말 재미있습니다. 최근 등단한 신인 중에는 이윤설과 이제니, 올해 신춘문예로 등단한 이우성 같은 시인은 앞으로가 더욱 기대 되는 시인들입니다.

장성규 저 개인적으로는 정지아의 작품을 좋아합니다. 한때 『빨치산의 딸』로 잠깐 크게 조명을 받았다가 사그라들었는데요. 그 뒤에 『행복』(2004)이나 『봄빛』(2008) 같은 창작집을 보면, 리얼리즘의 연속선상에 있으면서도 과거 도그마적인 리얼리즘에 대한 미학적 성찰이 많이 성숙한 것 같습니다. 같은 맥락에서 오수연도 중요한 작가라고 생각합니다. 평가는 많이 받지 못했지만 자신만이 가지고 있는 세계체제에 대한 지적인 인식과 이에 따른 새로운 윤리 등을 텍스트에서 잘 보여주는 것 같습니다. 시에서는 백무산이 이야기가 좀 더 되었으면 하는 바람입니다. 아까 얘기한 대로, 노동 개념을 내파하고 있다는 생각이 강하거든요. 백무산의 현재 작업은 쉽게 이루어진 것이 아닙니다. 20년 가까이 작업한 내공이 엿보인다고 할 수 있습니다. 권리는 조명이 잘 되지 않아서 안타까운데요. 저는 권리가 환상, 게임, 하이퍼텍스트, 이런 코드들에 현실적인 문제의식을 접속시키는 방식이 흥미롭습니다. 특히 권리의 『왼손잡이 미스터리』(2007)는 1980년대 이후 지속된 통일문학의 규범을 넘어서는 탈분단 문학의 가능성을 보여준다는 측면에서 중요하다고 봅니다.

고봉준 '독자가 사라졌다, 한국문학의 독자가 이탈해서 외국문학으로 옮겨갔다'는 이런 이야기가 많았습니다. 거기에 사람들이 어떻게 대응할 것인가를 두고 고민할 때 문학이 더 대중화되어야 한다는 것과 그런 것과는 별개로 자기의 세계를 구축해야 된다는 의견이 있었는데, 어떻게 생각하는지요?

박상수 한국 근대시 100년이라고 하는데 이를 되돌려서 뒤로 갈 수도 없고 독자의 취향에 맞게 시를 쓴다는 것도 불가능하다고 봅니다. 결과적으로 생산자의 문제가 아니라 중개자와 교육의 문제가 점점 중요해진다고 생각합니다. 고교시절까지 수능을 위해서만 시를 배우는데요, 지금 문학을 비롯한 예술장르를 보면 일정정도의 교육이 없으면 쉽게 받아들이기 어려운 측면이 있습니다. 최소한 중고등학교 시절의 훈련만 잘 거쳐도 이런 작품들을 받아들이고 좀 더 쉽게 읽을 수 있는데 평가를 위한 공부만 하고 있고 대학에 와서도 여전히 취업을 위한 실용적인 공부만 지속되고 있습니다. 이렇게 보면 본질적으로 사회구조와 문학은 연동되는 것이 사실입니다. 사는 건 더욱 힘들어지고 스펙을 높이기 위해 해야 할 것들이 너무 많습니다. 일상이 고단해지다보니 여가는 무조건 스트레스 해소를 위해 사용되고 있지요. 솔직히 시를 읽으면 스트레스가 해소되는 게 아니라 쌓입니다. 그건 사실입니다. 그러니 누가 시를 읽겠습니까? 여긴 요령부득의 다의성으로 가득 찬 세계이고 암시와 애매함으로 충만한 세계이기 때문에 의사전달이라는 실용적인 목표를 어느 정도 포기해야 참맛을 즐길 수 있는 곳입니다. 게다가 이곳은 자꾸만 질문을 던지고 새로운 시각을 요구합니다. 갱신을 요청하고 다른 관점으로 세상을 보게 만듭니다. 스트레스, 엄청 쌓이죠. 일할 시간도 없는데 언제 멀뚱히 앉아서 그런 걸 생각하고 있겠습니까. 하지만 바로 이 문턱만 넘어서면 시를 읽으면서도 행복할 수 있는데 그게 점점 더 어려워지고 있습니다. 이젠 자기 계발서를 읽느라고 아예 시를 읽을 기회조차 없는 것 같습니다. 그래도 예전에는 문학에 대한, 시에 대한 경배 같은 것이 있어서 그 사람의 문화적 수준을 평가하는 기준이 되기도 하였는데 그것도 영화나 음악, 애니, 미드나 일드 등으로 넘어간 지 오랩니다. 소설은 기본적으로 서사라는 강점이 있어서 그래도 어느 정도는 따라갈 수 있습니다. 또한 인간의 속성상 기본적으로 서사를 소비하려는 욕구는 지속될 것이라고 생각합니다. 하지만 시는 점점 더 소수자의 장르가 되어 갈 것입니다. 실용적인 삶이 강조될수록 더욱 그렇겠죠. 하지만 역설적으로 그 소수자의 장르라는 측면에서 시의 길이 있을 것으로 생각합니다. 너무 뻔한 모범답안이죠? 솔직히 이런 식의 억지스런 역설로 얼렁뚱땅 넘어가고 싶지는 않은데 현재로서는 이런 정도의 말밖에 못하겠습니다.

정은경 근대문학 종언론을 다시 들먹일 수밖에 없는데요. 문학이 사회변혁에 중요한 역할을 했던 시대가 끝났다는 것이 '근대문학종언'의 요지라면, 다시 문학성의 문제가 거론되지 않을 수 없을 것 같습니다. 인간 해방에 의미 있는 역할을 하는 것으로서의 문학도 있지만, 오락과 취미로서의 문학도 있는데 이러한 다른 '문학성'의 논의가 한동안은 계속될 것 같습니다. 우리가 생각하는 본격문학이 고진의 '근대문학'을 의미한다면, 그 본격문학은 황지우 선생님이 '은둔'을 얘기한 것처럼 소수매니아 장르가 되지 않을까라고 생각합니다. 그게 아니라면 다른 다양한 매체들의 문화상품처럼 소비되는 대중문학의 길이 있겠지요. 어쨌든, 이 '문학성'의 지각 변동은 현재 진행형이고 우리가 공유하고 있는 본격문학의 전망은 그리 밝지 않다고 생각합니다.

백가흠 저를 비롯하여 실제로 텍스트를 생산해내는 작가나 시인들은 이 위기감을 잘 느끼지 못합니다. 문학을 통해 사업하겠다는 사람들이 거의 없고, 그래서 오히려 이러한 위기감에서 더 자유로운 것 같고 그렇기 때문에 더 오래 갈 것 같은데요. 사실 소설이라는 장르는 돈과 너무 밀접하게 연결되어 있잖아요, 그래서 어느 정도는 분리가 되어야 한다고 생각합니다. 앞으로 그렇게 될 거라고 생각합니다.

신용목 적어도 우리의 현실에서 거론하는 독자는 상업성과 묘하게 결탁되어 있는 것 같습니다. 그래서 실제적 독자를 고려하는 순간 문학은 어느 정도 문학으로서의 가치에 손상을 입게 되는 것 같습니다. 그런 의미에서 독자에 대한 고려는 좀 위험하다고 생각합니다.

장성규 작품보다는 오히려 유통과정의 문제인 것 같다는 생각이 듭니다. 의외로 젊은 학생들이 Daum의 문학배달 같은 것을 꽤 많이 보더라구요. 그게 실제 작품을 얼마나 충실하게 매개하고 있는가는 다른 문제이지만요.

신용목 이런 부분에 대해서는 국가시스템의 잘못이 크다고 생각합니다. 국가체제를 좋아하지 않지만, 어쨌든 교육을 책임지고 있는 국가가 자본 생산 또는 자본 소비에 적합한 인물만 양산해내니까요.

2000년대 문학의 전망

고봉준 마지막 질문입니다. 2000년대 문학의 조망과 함께 앞으로의 문학의 전망에 대해 한 말씀씩 해 주십시오.
장성규 지금의 현실 자체가 민족이나 계급, 이런 거대한 개념으로 환원되는 것 같지는 않습니다. 굉장히 다양한 현실의 문제들이 존재하고 이것이 문학에서는 과거의 반영론적 미학으로 귀결되지는 않을 듯합니다. '무중력 공간의 글쓰기'라는 호명이 있었지만, 앞으로는 오히려 '중력'에 대한 인식이 강하게 나타날 듯합니다. 물론 1980년대적인 것과는 다른 중력이지만 작가들은 현실에서 발언할 수밖에 없지요. 여러 가지 문제적 양상이 가능성이나 징후적인 차원에서 드러나고 있는데, 이러한 것들이 이제 진태제로, 좀 더 명료하게 정제되어서 나타나면 좋을 것 같습니다.
백가흠 지금까지 2000년대 문학을 결산했는데, 향후는 달라질 거라고 생각합니다. 2000년대에 성장한 10대나 20대들은 오히려 계급의식이 뚜렷해요. 미래에 대한 계획이나 안정, 그런 현실적인 것들을 다 팽개치고 뭔가를 열망하는 그런 세대가 등장할 거라고 생각합니다. 그렇게 보면 2000년대 문학이 보여줬던 새로움에 대한 모색이라든가 그런 것보다는 견고해진 서사를 바탕으로 오히려 다시 70년대 문학의 판도와 비슷한, 사회세태와 계급적 아이러니를 적극적으로 반영하는 리얼리즘 위주의 작품이 대세를 이루지 않을까 생각합니다.
신용목 저도 여기에 동감합니다. 2000년대 시단은 '입산금지구역'을 거둬낸 것 같습니다. 등산로를 통해서만이 아니라 모든 길이 열려 있다는 것을 보여준 것이 2000년대 시단인데, 어쨌든 정상까지의 여러 갈래의 길을 만들어 놓은 것이 일종의 성과라고 할 수 있습니다. 그러나 결국에는 문학의 태생이 그렇듯 사회사적인 관심과 접목되지 않을까, 하는 생각을 합니다. 우리나라의 '입산금지구역'에는 지뢰지대도 있고 야생동식물 보호구역도 있으니까요.

정은경 앞서 여러 선생님들이 말씀하셨듯이 소설이 정말 무중력 상태에서는 나올 수 없겠죠. 무중력이라는 이야기가 나온 것은 주체들이 무력화되어 있고, 허무주의와 패색이 짙었기 때문인 듯합니다. 그러나 최근 촛불집회에 나온 어린 친구들, 혹은 인터넷 공간의 다중, 떼지성이라고 하는 네티즌들을 보면 자기 발언이 어느 세대보다 강합니다. 문학에서 보면 김사과의 『미나』가 그 한 예증이라고 할 수 있어요. 그러나 자신의 삶을 주체적으로 기획해 나가는 데 있어 누구보다 적극적인 이들이 꼭 '문학'이라는 것을 고집할까라는 것에 대해서는 의구심이 듭니다. 이들이 글쓰기를 한다면 어떻게든 문학에 반영이 되겠지만, 이들에게는 너무나도 다양한 매체들이 열려 있거든요. 따라서 향후 한국문학이 과거 1970~1980년대적 활기를 되찾을 수 있을까는 아직 미지수라고 봅니다.

박상수 2000년대 문단에서 가장 아쉬웠던 것은 문예중앙시선이 사라졌다는 것입니다. 앞에서 언급한 시인들의 대부분이 이 시선에서 나왔는데 기존의 출판사들이 이런 식의 흐름들을 받쳐줄 수 있느냐 하는 데에는 약간 회의적입니다. 그런 면에서 반드시 중경량급 시선이 등장했으면 좋겠습니다. 경쾌하고 발랄하게, 가벼운 풋워크로 참신한 시도를 담아내고 신인을 발굴하고 새로운 흐름을 만들어내는 시선이 꼭 있어야 합니다. 2000년대 젊은 시인들의 시도는 아직 미완이라고 보고요, 더 과감하게 나아가야 된다고 봅니다. 이런저런 것 재지 말고 더욱 병적으로.

고봉준 긴 시간 토론하시느라고 고생들 많으셨습니다. 바쁜 일정에도 불구하고 멀리서 와 주신 선생님들께 감사드립니다. 이것으로 좌담을 모두 마치도록 하겠습니다.

'세상에서 가장 작은 나라'에 관한 수상

신경숙의 『엄마를 부탁해』와 가족서사

강경석

어머니,
당신은 그 먼 나라를 알으십니까?

깊은 산림 지대를 끼고 돌면
고요한 호수에 흰 물새 날고,
좁은 들길에 들장미 열매 붉어.

멀리 노루 새끼 마음 놓고 뛰어다니는
아무도 살지 않는 그 먼 나라를 알으십니까?

—신석정, 「그 먼 나라를 알으십니까?」(1939) 부분

1

편집진으로부터 '가족서사'에 관한 글을 의뢰받고 지체 없이 응한 것은 신경숙의 『엄마를 부탁해』(2008)를 한창 읽고 있던 무렵이었다. 서하진의 『착한 가족』(2008)과 이순원의 『첫눈』(2009)을 흥미롭게 읽은 뒤끝

이기도 했고 김애란의 「칼자국」(2008)과 하성란의 「알파의 시간」(2008)을 마주 세우고 이따금 골똘해지기도 하던 참이었다. 그러나 남다른 독후감을 마련해보려던 처음의 의지는 자신의 경솔함에 대한 책망으로 금세 변하고 말았다. '가족서사'는 개인과 사회, 젠더gender와 국가 같은 무거운 주제들이 안팎으로 엇물려 있는 간단치 않은 개념이다. 게다가 근래 들어 이 개념들은 심각한 지적 회의의 대상으로 '인문학'의 법정에 줄줄이 소환 당하고 있는 형편이지 않던가. 풀어야 할 오해는 많고 대상의 스펙트럼은 복잡했다. 그러나 그럼에도 불구하고 이 독후감을 손에서 놓을 수 없었던 것은 『엄마를 부탁해』에 대한 엇갈린 반응들 때문이라고 할 수 있다. 우선 서점가의 그것은 낙양의 종이 값을 올린다는 옛 속담이 무색할 정도로 폭발적인 데 비해 평단 일각의, 특히 2000년대에 들어 괄목할 만한 활동을 보이고 있는 몇몇 평자들의 시선은 차가웠다.[1] 물론 본격적인 서평을 통해서는 아니었다할지라도 작품에 대한 깊은 신뢰를 보여준 사례 또한 없지 않았다.[2] 이 가운데서 균형을 잡고 일정하게나마 작품을 변호하고 싶었달까?

최근 일간지 문화면에는 대공황에 방불하는 미국발 경제위기 아래 출판시장만 거꾸로 호황이라는 기사가 심심치 않게 등장하고 있다. 삶의 출구를 찾아 헤매는 사람들이 책에서 위로를 구하고 있다는 분석인데, 특히 문학시장의 부활이 이 흐름을 선도하고 있다 한다. 이러한 진단과 분석이 현실에 얼마나 부합할진 가늠하기 어렵지만 상당수의 사람들에게 설득력을 발휘하고 있는 것만은 틀림없는 듯하다. 이 가운데서도 '가족서사의 귀환'은 사회적으로나 문학적으로 특별한 관심사가 되고 있다. 이른바 IMF관리체제 아래의 아버지 신드롬이 미국발 금융위기 아래의 '엄마' 신드롬으로 재귀하고 있다는 것. 한편으론 일리가 없지 않

---

1) 고봉준의 「감동의 문학과 영감의 문학」(≪문학수첩≫, 2009년 봄)과 강유정의 「돌아온 탕아, 수상한 귀환」(≪세계의문학≫, 2009년 봄) 참조.

2) 황종연의 「웅석쟁이의 예술」(≪문학동네≫, 2009년 봄)은 계간지 해당호의 전반적인 기획방향을 안내하는 머리글로 씌어졌지만 신경숙의 장편 『엄마를 부탁해』를 이해하는 중요한 참고문헌이다.

지만 과연 그렇기만 한지는 의문이다. 공지영의 『즐거운 나의 집』과 신경숙의 『엄마를 부탁해』 두 작품만 보더라도, 양자가 공히 '엄마'의 삶을 문제 삼고 있긴 하지만 한 테이블에 올려놓고 견주기는 곤란한 점이 적지 않다. 여기에 김애란의 「칼자국」이나 하성란의 「알파의 시간」 같은 단편소설들까지 묶어보면 개별 작가·작품이 다루고 있는 가족 문제는 더욱 비균질적이다. 가족서사의 '수상쩍은' 귀환이 문학적 보수책동일 가능성은 있지만 그러한 주장들이 소재로 묶어놓고 소재 때문에 비판하는 식의 무딘 칼날은 아니었는지도 살펴야 한다. 그러고 보니 요즘은 '가족'뿐만 아니라 그것의 확장형일 국가나 민족에 대해서조차 알레르기 반응을 보이는 사람이 부지기수다. 그러나 어떤 입장이 더욱 근본적인 문학적 보수책동인지는 따로 꼼꼼히 따져볼 일이다.

2

『엄마를 부탁해』는 서울역에서 '엄마'를 잃어버린 한 가족의 9개월여에 걸친 이야기다. 각각 '너(큰딸)', '그(큰아들)', '당신(아버지)', '나(엄마)'를 주인공으로 한 네 개의 장이 분량 상으로도 비교적 고르게 안배되어 있고 여기에 다시 '너'를 주인공으로 삼은 짧은 에필로그가 첨부된 구성인데, 이 작품은 근래 보기 드물 정도로 사실적 시간에 의식적이다. 가령 호적상 1938년생인 엄마를 잃어버린 시점이 베이징올림픽 한 해 전(2007)이라든가 작은딸의 대학시절에 1987년 6월 항쟁을 암시하는 장면을 배치한다든가 하는 경우다. 휴전협정이 있던 해(1953) 10월에 당시 스무 살이던 아버지와 혼인한 열일곱의 엄마가 이태 동안 아이를 낳지 못하다 스물에 큰아들 형철을 낳았고 그가 스물넷일 때 열다섯의 큰딸이 중학교를 졸업하고 상경한 것으로 되어 있으니 이 가족은 1934년생 아버지와 실제론 1937년생(아버지의 기억엔 1936년생)인 엄마 슬하에 1956년생인 큰오빠와 출생 시기를 비정하기 어려운 작은오빠, 1965년생인 큰딸과 1967~1969년 사이에 태어났을 둘째딸, 그 아래 역시 출생 시기를 짐작할 수 없는 막내아들로 이뤄진 7인 구성이다. 그런데 이 5남매 중에서 작은오빠와 남동생, 특히 후자는 등장하는 이유가 궁금해질 만큼 존재감이 미약한 반면 2장의 주인공인 큰오빠 형철과 4장에 집중적으로 등장하는 여동생의 비중은 상대적으로 높다.

농촌 가부장사회에서 나고 자란 전통여성의 평균적 삶을 염두에 둘 때 장남에 대한 유난한 선호가 부자연스러울 것은 없고 아직 결혼을 하지 않은 큰딸에 대해서보다는 아이를 셋씩이나 낳고 기르면서 또 다른 '엄마'의 삶을 살고 있는 둘째딸에게 엄마의 혼령이 연민을 느끼는(4장 참조) 이치 또한 쉽게 공감할 수 있다. 그러나 작품의 시작과 끝을 주도하면서 큰오빠와 아버지, 엄마 자신을 각각의 주인공으로 하는 2, 3, 4장에서조차 비중이 현저한 이 집안의 큰딸 '너'야말로 작가의 진정한 분신이다. 이는 비단 '너'의 작중 직업이 작가로 설정되어 있다는 사실에만 연유하는 것은 아니다. 너라는 인칭은 독자로 하여금 이 작품에 등장하는 엄마의 개별성을 보편적 모성으로 유추하게 만드는 효과를 누리면서 "엄마를, 엄마를 부탁해—"라는 마지막 대사의 간절함에 접속해 작품의 주제를 견인하는 기능을 하고 있다. 말하자면 모두의 삶을 대지처럼 떠받치고 있되 일상생활 속에서는 문득 소외되어 있는 '엄마'의 존재를 '나'뿐만 아니라 '너'를 포함한 공동체의 지평에서 해방하자는 게 이 작품의 메시지인 셈이다. 물론 이러한 주제가 작품의 가치를 그대로 보장하진 않는다. 『엄마를 부탁해』의 문학적 가치는 주제 자체가 아니라 이 주제에 이르는 과정의 밀도와 긴장으로부터 온다. 엄마의 침묵과 부재 안쪽에서 가족구성원 각자의 고삐 풀린 기억들은 죄의식에 점화되어 연쇄반응을 일으키는데, 엄마의 삶과 가족사의 숨겨진 일단이 이러한 집합적 기억의 상호부조를 통해 비로소 복원되는 과정은 보기 드문 실감으로 우리 앞에 현전하고 있다.

말하자면 엄마의 부재와 기억의 현전은 이 작품의 구조적 기초다. 조금 앞서서 나는 이 작품이 사실적 시간에 의식적이라는 점을 강조하기 위해 흩어진 정보들을 짜 맞춰 등장인물들의 출생기록부를 작성한 바 있거니와, 여러 등장인물들의 진술이나 회고 중에서 정황상 가장 신뢰할 만한 정보들을 취해 임의로 조합해본 것일 뿐 이 자체가 큰 의미를 지니는 것은 아니다. 기억이란 원래가 있는 그대로 신뢰하기 어려운 속성을 지니고 있는 데다 이 기억의 주체들 내면에서 엄마의 실종에 대한 죄의식과 자기합리화가 착종하는 상황에서라면 등장인물들의 회고가 부정확하거나 서로 상충할 가능성은 더욱 높아질 수밖에 없다.

> "엄마의 실종을 어떻게 풀어나가야 할지 상의하러 모였다가 너의 가족들은 예기치 않게 지난날 서로가 엄마에게 잘못한 행동들을 들춰내었다. 순간순간 모면하듯 봉합해온 일들이 툭툭 불거지고 결국은 소리를 지르고 담배를 피우고 문을 박차고 나갔다." (16쪽)

> "한 인간에 대한 기억은 어디까지일까. 엄마에 대한 기억은?
>
> 엄마가 곁에 있을 땐 까마득히 잊고 있던 일들이 아무데서나 불쑥불쑥 튀어나오는 통에 너는 엄마 소식을 들은 뒤 지금까지 어떤 생각에도 일분 이상 집중할 수가 없었다. 기억 끝에 어김없이 찾아드는 후회들." (17쪽)

예컨대 "1938년 7월 24일생이라고 엄마의 생년월일을 적는데 아버지가 엄마는 1936년생이라고" '너'에게 말하는 대목만 두고 봐도 큰아들의 회상(2장) 속에서 "열일곱에 시집"왔다는 엄마의 자기진술과 휴전협정이 있던 해 10월에 혼인했다는 아버지의 회고(3장)를 조합하면 엄마의 진짜 출생년도는 1937년일 수도 있는 것이다. 뿐만 아니라 엄마의 혼령이 1인칭 주인공 '나'로 등장하는 4장에 오면 6월 항쟁 당시 최루탄을 맞고 사망한 이한열(물론 직접적으로 제시된 것은 아니지만)의 장례식을 7월이 아니라 6월로 잘못 회고하기도 한다. 그러나 이는 앞서도 설명했듯 기억의 기본속성을 고려할 때 오히려 작품의 실감을 높여주는 요소들이라고 할 수도 있다. 파장이 불규칙한 기억의 주파수를 사실적 계산으로부터 멀리 벗어나게 하거나 완전히 일치하게 만들지 않음으로써 작품 전반의 분위기를 '가능한 혼돈'으로 몰아나가는 작가의 집중력이 새삼 놀랍다. 다만 등장인물들의 진술을 종합해볼 때 엄마를 잃어버린 2007년 현재의 '너'의 나이가 마흔 이상일 수밖에 없음에도 불구하고 큰오빠인 '그'를 주인공으로 삼은 2장을 통해 "삼십대 중반을 넘겨서도 아직 미혼인 여동생"이라고 적시한 것은 착오랄 수밖에 없다.

왜 이런 착오가 일어났을까? '사십대 중반'을 '삼십대 중반'으로 단순 오기한 것일까? 큰딸의 나이는 퍼즐을 아무리 새로 맞춰 봐도 사십대 초반이다. 그렇다면 여동생의 나이를 착각할 만큼 무심한 큰오빠의 성격을 드러내기 위함인가? 이렇게 풀이할 만한 근거가 다른 곳에선 보이지 않는다. 쓰인 그대로를 최대한 존중하는 유일한 독법은 큰딸이 삼십대 중반을 갓 넘겼던 과거의 어느 한 시공간이 큰오빠의 기억 속에서 느닷없이 현전한 것이라고 믿는 길뿐이다. 그러나 이 또한 어색하다. 그것은 무엇보다도 이 문장 안에 자리 잡고 있는 부사 "아직"이 지닌 강한 현재성의 인력 때문일 것이다. 작가의 조그만 실수에 공연히 집착하는 것처럼 보일 수도 있지만 이는 '의미 있는' 착오다. 불철저함에서 비롯한 작은 실수가 때로는 작품을 이해하는 또 다른 단서를 제공하기도 하는 법, "삼십대 중반을 넘겨서도"는 미처 불혹에 이르지는 못했어도 20대의 설익은 방황과 30대 초반의 이유 있는 혼란을 넘어 이제는 자아와 세계의 관계를 차분히 돌아볼 수 있을 만한 시기를 가리킴이 아닐까. 이는 작가가 무의식적으로 선택한 내포독자 '너'들의 위치일 수도, 실제 연령과 상관없는 특정 심리상황의 우연한 대변일 수도 있다. 이는 어디까지나 사실적 개연성이 아닌 감각의 무의식에 속하는 것이다. 실종된 엄마를 찾아, 그리고 망각의 늪에 버려진 '엄마의 의미'를 찾아 '가능한 혼돈' 속을 배회하던 '너'는 과연 에필로그에 이르러 "너를 도시에 데려다주고 다시 시골집으로 돌아가는 밤기차를 탔던 그때의 엄마의 나이가 지금의 네 나이와 같다는 것을 (…중략…) 아프게"(275면) 깨닫는다. 따라서 이 '잘못된 정보'는 오히려 이 작품의 구성 원리가 사실적 개연성과 감각적 무의식 사이의 긴장관계라는 점을 역설적으로 부각하고 있다.

3

기억의 현전들은 사실의 중력에 완전히 예속되어 있지도, 완전히 자유롭지도 않다. 여기서는 '사실fact'의 존재 자체가 위태로울 수밖에 없다. '엄마'는 어디에 있는가. 사실을 추구하는 이 물음은 불행히도 '사실의 지평' 안에선 해답에 이르지 못한다. 결국은 아무도 엄마를 찾지 못하는 것이다. 뿐만 아니라 등장인물들 중 어느 누구도 엄마가 실제로 어떻게 되었는지를 확신할 수 없는 상태에서—물론 '나'(엄마의 혼령)가 직접 등장해 자신의 죽음을 암시하고 있긴 하지만—소설은 끝난다. 오히려 이 작품은 절묘하게도 엄마의 실종 사건을 미해결로 남겨놓은 채 질문을 바꾸는 길을 택한다. '엄마'의 존재(부재)는 어떤 의미인가. 이것은 보편적 진실을 추구하는 물음의 형식이다. 이 두 물음 사이를 위태롭게 건너는 과정에서 추리소설에 방불하는 이 작품의 서사적 긴장이 만들어지는데, 전반부인 1~2장이 사실의 추구에 상대적으로 충실하다면 후반부인 3~4장은 의미의 복원에 기울어 있다고도 말할 수 있다. 바티칸의 성 베드로 성당에 있는 피에타Pietà상 앞에서야 엄마의 존재/부재 의미가 비로소 완성된다는 설정이 어떤 결과를 초래하는지는 따로 논할 수밖에 없겠지만 '엄마의 의미'를 찾는 기억의 모험이 등장인물 개개의 '가능한 혼돈'과 종교 차원의 보편적 원리가 만나는 지점에서 해소된다는 결말은, 비록 작위적이라는 느낌을 말끔히 가셔주고 있진 못하더라도, 충분히 의미심장하다. '너'는 왜 바티칸에 갔는가? 언젠가 엄마는 자신도 보고들은 적이 없는 어떤 한 나라에 대해 묻는다.

"— 괜찮다…… 이러다가 괜찮어. 한의원도 다니고 있고…… 물리치료도 받고.

엄마를 설득할 수가 없었다. 엄마는 한사코 나중에 가겠다고 했다. 엄마는 너를 물끄러미 보더니 이 세상에서 가장 작은 나라가 어디냐고 물었다.

— 작은 나라?

느닷없이 세상에서 가장 작은 나라가 어디냐고 묻는 엄마가 낯설어서 이번엔 네가 물끄러미 엄마를 보았다. 세상에서 가장 작은 나라가 어디지? 생각하면서." (57쪽)

"세상에서 가장 작은 나라"는 물론 바티칸이다. 그러나 엄마는 "세상에서 가장 작은 나라가 어디냐고" 물었지 바티칸을 알거나 가봤느냐고 물은 것이 아니다. 사실 추구의 지평에선 현실의 바티칸이 이 물음에 대한 답일 수 있지만 보편적 진실의 차원에선 얼마든지 다른 답이 가능하다. "너는 가족 누구에게도 알리지 않고 로마에서 열리는 세미나에 참석하기 위해 떠나는 그('너'의 약혼자—인용자)를 따라" 바티칸 땅을 밟지만 '세상에서 가장 작은 나라'가 바티칸 자체를 지칭하는 데 머물지는 않을 것이다. 그 나라는 아마도 "꿈을 펼쳐볼 기회도 없이 시대가 엄마 손에 쥐어준 가난하고 슬프고 혼자서 모든 것과 맞서고, 그리고 꼭 이겨나갈밖에 다른 길이 없는 아주 나쁜 패를 들고서도 어떻게든 최선을 다해서 몸과 마음을 바친 일생"의 거처와는 전혀 다른, 이보다 한결 자유로운 나라임에 틀림없다. 이 '작은 나라'는 "광장"에서 문득 얼굴을 드러내곤 하던 "딴세상"의 다른 이름이 아닐까?

"네가 내 손을 잡고 걸으며 부르는 노래를, 그 수많은 인파가 약속이나 한 듯 한목소리로 외치는 소리를, 나는 알아들을 수도 따라하지도 못했다만 내가 광장이란 곳엘 나가본 건 그게 처음이었어. (…중략…) 엄마는 네가 다른 사람들과는 다른 삶을 살 거라고 생각했고나. 니 형제들 중에서 가난으로부터 자유로운 애가 너여서 뭐든 자유롭게 두자고 했을 뿐인데 그 자유로 내게 자주 딴세상을 엿보게 한 너여서 나는 네가 맘껏 자유로워지기를 바랬고나. 더 양껏 자유로워져 누구보다도 많이 다른 사람들을 위해 살기를 바랬네.

…… 나는 이제 갈란다." (221쪽)

6월 항쟁(1987)을 암시하고 있는 이 대목은 엄마의 혼이 둘째딸에게 남기는 전언의 일부다. 그런데 여기에 묘사한 광장의 모습은, 자유로운 미래에 대한 가없는 신뢰에도 불구하고 그 자체로 새로운 것은 아니다. 중요한 것은 그 다음 대목이다. 엄마는 깊은 회한과 안타까움이 배어 있는 목소리로 이렇게 말한다. "그래도 얘야, 에미는 말이지, 네가 이렇게 새끼를 셋이나 품고서 살게 될 줄은 짐작도 못했고나." 자신에게 "딴세상"의 존재를 엿보게 했던 둘째딸조차도 "꼭 이겨나갈밖에 다른 길이 없는 아주 나쁜 패를" 쥔 또 다른 '엄마'의 삶을 살 수밖에 없었던 것이다. 그러나 회한의 농도가 짙으면 짙을수록 "딴세상"에 대한 바람은 커지게 마련이니, 자신의 병이 가망 없이 깊어가는 가운데 엄마는 이 "딴세상"의 다른 이름일 "세상에서 가장 작은 나라"를 큰딸(아직 엄마가 되지 않은)인 '너'의 가슴에 묻어두고 떠난다. 여기서 말하는 작은 나라가 '함께 자유로운' 코뮌Commune적 세계임을 추측하기란 어렵지 않지만 "더 양껏 자유로워져 누구보다도 많이 다른 사람들을 위해 살기를" 바랐던 작은딸의 삶이 한편으론 '엄마'가 지나온 길의 속절없는 반복일 수밖에 없다는 사실에서 알 수 있듯, 아직은 이 코뮌적 소국小國 또한 실현을 기약할 수 없는 상상의 차원에 머물러 있다.

그날의 광장에 문득 현현했던 "딴세상"은 왜 "가난하고 슬프고 혼자서 모든 것과 맞서고, 그리고 꼭 이겨나갈밖에 다른 길이 없는" 가혹한 세상 즉, '큰 나라'(작은 나라의 반대편이라는 의미에서)로 되돌아가고 말았을까? 이 물음에 답하기 위해서는 아마도 엄청난 양의 사회과학 문건들을 검토해야 할지 모르지만 『엄마를 부탁해』는 그러는 대신 지금 여기 '큰 나라'의 삶을 차분히 보여주는 방식을 택한다. 어떻게 보면 작품은 마치 그날의 광장에 잠시 나타났던 '작은 나라' 또한 사실은 '큰 나라'의 한 변주에 불과했다고 항의하는 듯하다. 엥겔스Friedrich Engels, 1820~1895가 재치 있게 비유한 바 있듯 "남편이 부르주아라면 아내는 프롤레타리아다." 봉건군주로부터의 해방이 차별 없는 자유세상의 실현을 앞당기기는커녕 생산수단의 소유 여부에 따른 부르주아와 프롤레타리아의 계급적 차별을 구축하는 데로 나아갔듯 그해 유월의 광장에 꽃피었던 자치自治의 상상력 속에서도 가족관계 내의 여성(특히 엄마)의 몫은 고려되지 않았던 것이다. 여기에 동의하든 안 하든 뭇 생명들을 낳고 기르고 거두는 나날의 싸움은 깊은 소외의 그늘 아래 여전히 질박하지 않은가.

"한디 그놈의 부업일은 시작도 없고 끝도 없어야. (…중략…) 반찬이라도 뭐 다른 것을 만들 여유가 있음 덜했겄는디 밭에 심은 것이 똑같으니 맨 그 나물에 그 반찬. 그걸 끝도 없이 해대고 있으니 화딱증이 날 때가 있었지. 부엌이 감옥 같을 때는 장독대에 나가 못생긴 독 뚜껑을 하나 골라서 담벼락을 향해 힘껏 내던졌단다." (74쪽)

"자신까지 다섯 식구의 밥상차리는 일이 여동생의 손에 달려 있었다. 여동생은 한달 동안에 조기 이백 마리를 먹은 적도 있다고 했다. (…중략…) 배달되어 온 조기를 씻으며 세어보니 이백 마리였어 (…중략…) 개수대 앞에서 조기를 씻다가 조기를 집어던져버리고 싶었어, 여동생이 담담히 말했다." (67쪽)

인용문들은 각각 1970년대의 한 가난한 농촌과 2000년대의 도시 중산층 가정을 배경으로 하고 있지만, 한 세대에 가까운 시차에도 불구하고 '홀로 고투하는 여성(모성)'의 형상을 강조하고 있다는 점에선 크게 다르지 않다. '엄마'의 자리에 서면 세상은, 혹은 그 축소판일 수도 있는 '부엌'은 여전히 '작은 나라'들에 자리를 내주지 않는 '큰 나라'일 뿐이다. 그런데 이 점을 강조하기 위해서인지는 몰라도 "J시"의 이 농촌 가정은, 어떤 면에서 도시 핵가족의 이미지를 많이 닮아 있다. 1970년대가 독재적 중앙집권화와 고도성장 정책의 전일적 추진을 통해 지방의 전통적 자치촌락들을 빠르게 해체해나갔던 시기였음은 잘 알려져 있다. 이로써 농촌은 도시를, 지방은 서울을 해바라기하는 자발적 종속 현상이 심화되었던 것도 사실이다. 하지만 그럼에도 불구하고 농촌사회는 농업생산 자체의 상호부조적 본질에 의해 도시생활에서와는 달리 촌락공동체 내의 이웃들에게 개방적일 수밖에 없다. 그런데 J시의 이 가족서사에는 이상하게도 이웃의 자리가 마련되어 있지 않다. 등장하더라도 무대조명 바깥의 실루엣에 불과한 듯하다. 망망대해에 떠있는 단 한 척의 배에 이 일곱 식구만 올라타기라도 한 것처럼 '너'의 가족은 고립되어 있는데, 이는 평균적인 농촌가정이라기보다 도시의 핵가족에 가까운 면모가 아닐까? 물론 도시와 농촌에 대한 이분법적 고정관념으로부터 이러한 의문이 비롯되었을 가능성도 있다. 그러나 이 작품은 온통 도시에 감전되어 있다. 서울의 용산, 종로, 역촌이 자신의 본래 이름을 구체적으로 유지하는 데 비해 고향은 J라는 이니셜로 희끄무레하다. 서울에선 장소의 구체성이 살지만 고향 J는 모든 '고향'의 산술평균에 가깝다. 그리고 엄마가 자신을 헐어 만들어준 교량을 타고 모든 형제자매들이 거대도시 서울에 안착한다. 이것이 도시의 눈으로 농촌을 대상화한 사례인지 농촌적 삶에 대한 과도한 이상화를 성공적으로 경계한 경우인지는 좀 더 생각해볼 문제다. 그러나 엄마의 자리에서 바라본 세상은 농촌이나 도시나 "가난하고 슬프고 혼자서 모든 것과 맞서고, 그리고 꼭 이겨나갈밖에 다른 길이 없는" '큰 나라'일 뿐이다.

> "엄마는 이 시골딱지에서 가진 것도 없으면서 여자애를 학교까지 보내지 않으면 저애가 앞으로 이 세상을 무슨 힘으로 살아가느냐고 병석의 아버지에게 고함을 질렀다. 아버지는 몸을 일으켜 대문 밖으로 나가버렸고, 엄마는 마루의 밥상을 들어 마당에 내던졌다. 자식새끼 학교도 보낼 수 없는 살림 살면 뭐 하느냐, 다 부숴버릴란다, 했다." (50쪽)

이런 곳에서라면 '여성(또는 엄마)의 입장'은 농촌과 도시의 구분에 선행한다. 이러한 구분 자체가 '큰 나라'의 전유물이 아닌가.

4

엄마가 '딴세상'의 존재를 처음 엿보게 된 것은 앞서 인용한대로 작은딸을 따라나선 6월 항쟁의 광장에서였다. 얼핏 보기에 이 대목은 작위적 삽입에 불과할 수도 있다. 기억의 복원을 중심으로 하는 작품의 과거지향성은 '엄마의 실종'이라는 현재진행형의 문제를 해결하는 데 있어서만큼은 장애가 될지 모른다. 엄마가 어디에 있는지, 살았는지 죽었는지도 확인되지 않은 혼돈의 지속 가운데서는 엄마의 존재/부재 의미를 묻고 답하는 데까지 나아갈 수가 없는 것이다. 때문에 작가는 작품의 마지막 장에 엄마의 혼령인 일인칭 '나'를 마치 '기계를 타고 온 신deus ex machina'처럼 등장시킬 수밖에 없지 않았을까? 이로써 사실과 기억 사이의 혼돈은 종식되고 파편적 정보들의 집합체는 비로소 의미를 띤 결론에 수렴된다. 그것이 4장의 결론인 "(엄마인—인용자)나에게도 일평생 엄마가 필요했다는" 사실의 발견인 셈이다. 따라서 혼의 독백 속에 일방적으로 제공된 "딴세상"의 목격담이 '기계신'의 대사처럼 맥없이 들릴 가능성은 충분하다. 그러나 "세상에서 가장 작은 나라"에 대한 앞서의 긴 설명을 염두에 둘 때, 코뮌적 소국에 대한 이 막연한 기대의 포지야말로 화룡점정이라 할 수 있을지도 모른다. 왜 그런가?

작은딸에게 걸었던 엄마의 기대는 남달랐다. 그는 엄마에게 "자주 딴세상을 엿보게" 한 존재였기 때문이다. 장남 형철은 사법고시에 실패함으로써 "엄마의 꿈을 좌절"시켰다. 여기서 그 꿈이 지닌 진정성의 순도를 묻는 것은 어리석은 일이다. '큰 나라'의 질곡을 또 다른 '큰 나라'의 힘으로 극복하려던 엄마의 촌부다운 꿈은 일단 무위로 돌아갔다. 대신 엄마는 가난으로부터 자유로웠던, "엄마로서 버젓한 기분이 들었던" 첫 번째 자식(둘째딸)만은 "더 양껏 자유로워져 누구보다도 많이 다른 사람들을 위해 살기를" 바랐던 것이다. 그것은 엄마의 새로운 꿈이었다. 그런데 그로부터 20년쯤 세월이 지난 뒤, 혼백이 된 엄마의 눈에 비친 둘째딸의 모습은 어떠한가.

> "내 새끼가 새끼를 품고 자고 있네. 겨울인데 무슨 땀을 흘린다냐. 사랑하는 내 딸. 얼굴을 좀 펴봐라아. 이렇게 고단한 얼굴을 하고 잠을 자면 주름이 진다. 동안이던 네 얼굴은 사라지고 없구나. 초생달 같던 작은 네 눈이 더 작아졌어. 이젠 웃어도 어릴 때같이 귀여운 맛은 다 사라졌구나." (222쪽)

이제 깃들 곳을 잃어버린 엄마의 꿈은 자신이 처음 태어났던 집으로 돌아가 '엄마'의 엄마 품에 잠든다. 그런데 그 시점이 공교롭다. 때마침 6월 항쟁 20년을 맞은 2007년에 엄마의 실종 사건이 일어나는 것도 그렇지만 장남 형철의 첫아이인 진이가 태어난 것도 1987년 6월 어름이다. 엄마가 7월생이고 "아버지의 생일이 엄마의 생일 한달 전"이어서 노부부가 함께 생일을 치르러 서울에 올라왔다가 예의 실종사건이 터진 것이니 이 또한 예사로 넘기기 어렵다. 모두가 우연일까? 장남 형철의 첫아이는 딸이다. "할머니를 잃어버렸다는데도 얼굴도 안 비치는" 이 '엄마'의 큰손녀에 대해서는 아쉽게도 주어진 정보가 거의 없다. 하지만 엄마가 처음으로 "딴세상"을 목격한 시점에 태어나 엄마가 실종될 무렵 스무 살 성인에 진입한, 가난으로부터도 자유로울 뿐만 아니라 가족의 굴레나 가족에 대한 원죄의식으로부터도 자유로운 이 큰손녀 진이야말로 엄마(할머니)와 작은딸(고모)의 계승적 위치에 있다. 이 작품에서 진정으로 "세상에서 가장 작은 나라", 그러니까 지금 이 세상이 아닌 "딴세상"을 누리고 살 수 있는 기회는 이제 그녀에게밖에 남아 있지 않은 듯하다. 그런데 그녀의 모습은 왜 이토록 어슴푸레한가. 그것은 작품의 한계라기보다 아직도 많은 '작은 나라'들이 '큰 나라'의 세상에 균열을 낼 만큼 성숙해있지 못한 역사적 제한성 때문일 것이다. 이 '작은 나라'는 겨우 스무 살, 홍안의 청년에 불과하지 않은가. 엄마가 서울역에서 길을 잃었을 때 '너'는 "온 도시가 공사중"인 중국의 북경에 가 있었고 엄마가 이 세상에 없다는 사실을 인정할 수 있을 즈음엔 바티칸을 찾았다. 그리고 이는 각각 작품의 시작과 끝을 이룬다. 이 또한 우연만은 아닐 것이다. 소위 대국굴기大國崛起하는 중국이야말로 '큰 나라'의 세상을 압축표상하기에 안성맞춤이었을 터, 그 심장부인 북경 한복판을 배회하는 '너'와 이곳 서울의 지하도에서 헤매는 엄마의 모습을 교차편집montage한 작품 도입부의 한 장면은 '큰 나라'들의 폭주에 떠밀려 길을 잃은 '작은 나라'의 곤경을 섬뜩하게 증언한다.

> "네가 천안문광장으로 건너가려던 그때에 너의 엄마는 어깨를 치고 지나가는 인파 속에 우두커니 서 있었을까. (…중략…) 네가 천안문광장 하늘에 더 있는 연들을 보고 있을 때, 너의 엄마는 지하도에서 체념한 듯 주저앉으며 네 이름을 불렀을지도 모른다. 천안문의 철문이 열리고 일개분대는 될 듯한 공안원들이 다리를 높이 들며 행진해서 오성홍기를 내리는 걸 구경하고 있을 때, 너의 엄마는 지하철 서울역 구내의 미로를 헤매고 (…중략…)" (19쪽)

장남 형철의 큰딸 진이가 엄마(할머니)와 작은딸(고모)의 계승적 위치에 있음에도 불구하고 작품 내에서 나름의 발언권을 부여받지 못한 것은 그녀가 아직은 전망의 담지자로 성숙하지 못했기 때문이기도 하지만 위에서 인용한 장면이 상징적으로 증언하고 있듯 그녀가 속해 있는 이 '큰 나라'의 혼돈이 '작은 나라'들의 도래를 가로막고 있는 탓이기도 하다. 바로 이 지점에서 이 불행한 가족사의 중계자이자 기록자인 '너'는 문득 현실의 작은 나라, 바티칸으로 비약한다.

> "그러나 막상 투명한 유리 저편 대좌에 앉아 창세기 이래 인류의 모든 슬픔을 연약한 두 팔로 끌어안고 있는 여인상(피에타—인용자)을 보고 아무런 말을 할 수가 없었는지도. 너는 넋을 잃고 성모의 입술을 바라보았다. 눈물이 한 방울

너의 감은 눈 아래로 흘러내렸다." (282쪽)

엄마를 잃은 슬픔을 "창세기 이래 인류의 모든 슬픔"으로 들어 올려 해소하는 이 장면은 슬프고 감동적인 동시에 문제적이다. 기억의 협동을 통해 '엄마'의 참모습을 성실하게 복원하여 슬픔과 죄의식을 사심 없이 나누어 감당하는 것이 이 가족의 공동 책임으로 남겨져 있거니와 구성원 각자의 고유한 영혼의 빛깔에 따라 각자성불各自成佛에 이르게 하는 입체적 결말이었다면 어땠을까. 그것이 어쩌면 엄마 자신도 몰랐던, 엄마의 '작은 나라'로 통하는 진정한 길이지 않았을까. 바티칸은 '세상에서 가장 작은 나라'가 아니다. 사람들 모두가 각자의 자리에서 자신의 혼이 인도하는 길을 따라 사는 세상. 그것이 '작은 나라'다. 예민한 정신의 소유자인 '너'를 통해 엄마를 일방적으로 성화한 것은 어쩌면 성화를 통한 괄호치기다. 초월은 그토록 위험천만한 것이다. 물론 이 또한 작가의 예술적 나태에서 발생한 결과라기보다 시대가 허락한, 가능한 지혜의 범위가 아직은 한정적이기 때문일 것이다. 이 교착상태에서 어떻게 벗어날 것인가. 아마도 해답은 우리 각자의 '엄마'에게 이미 수천수만 갈래로 깃들어 있었을 것이다. 『엄마를 부탁해』가 전하는 진정한 메시지가 바로 여기에 있다. 이 작품은 우리 모두를 '너'라고 말하지 않는가.

강경석
문화평론가. 1975년생. 2004년 ≪서울신문≫ 신춘문예로 등단. 인천문화재단 홍보출판팀장. 주요 평론으로 「불황의 상상력인가, 근대문학의 종말인가」, 「바리데기와 흔들리는 세계체제」 등. netka@paran.com

'시적인 것'의 운명

이숭원

1

소위 '미래파'[1] 현상을 둘러싼 논란은 미래파 현상을 비판하려는 의도에서 출발했지만 결과적으로는 미래파의 외연을 확장함으로써 새로운 경향의 시를 쓰는 젊은 시인들을 한국시의 중심부로 진입시키는 결과를 가져왔다. 이러한 논의의 흐름 속에서 시를 나누는 상투적 구분법인 '서정주의 계열', '모더니즘 계열', '현실주의 계열'이라는 도식이 해체되고 시를 통합적으로 보는 시각이 형성되었다. 이것은 문학사의 사건으로 기록될 만하다. 요즈음 젊은 시인들의 시는 서정과 전위와 현실의 경계가 허물어진 데서 피어나는 신생의 꽃 같다. 그들의 시는 전형적 서정시의 외각에서 벗어났지만 그렇다고 현실적 저항시나 전위적 실험시로 국한되지도 않는다. 미래파의 전위에 놓였던 황병승과 김민정의 시는 오히려 후면으로 물러나고, 세 경계지대의 벽을 허문, 그래서 무어라 규정하기 어려운 날것 그대로의 '시'가 대단한 생기를 얻고 솟아

1) '미래파'라는 용어에 대한 논란도 있었지만 이제는 이것을 2000년대 중반 이후 나타난 새로운 경향의 시를 가리키는 하나의 방편적인 용어로 사용해도 좋을 것 같다. 결과론적인 판단이지만 이 말은 젊은 시인들의 난해하고 환상적이며 기이하기도 한 복합적 성향을 통칭하는 용어로서 경제적 효율성을 갖게 되었다.

나게 되었다. 그 시인들이 김경주, 김성규, 김행숙, 신용목 여태천, 이장욱, 장석원, 최금진 등이다.

황병승과 김민정의 시가 새로움의 꼬리표를 뒤로 하고 답보하거나 스스로 변해 가듯이 문단사의 전면에 부각된 단편적 소동은 일과성으로 끝나버리는 경우가 많다. 그런 점에서 한 젊은 비평가가 "요동치는 파고(波高) 위에서는 발 빠른 것만이 능사는 아닌 듯하다. 유행과는 무관하게 움직이는 이질적인 흐름들을 포착하는 밝은 눈이 그 어느 때보다도 그립다."[2]고 한 사려 깊은 진단을 진지하게 새겨둘 필요가 있다. 그의 말대로 "요란한 유행보다는 차분하고 느린 천착을 통해 그 시기 문학의 성취가 이루어져 왔음을 문학사를 통해 되새길 필요가"[3] 있는 것이다.

여기에 대해, "시란 무엇인가? 상투형과의 전면전이다."[4]라는 주장이 있다. 매력적인 글맵시가 돋보이는 신형철의 글이다. 그는 기존의 서정의 층위에서 벗어난 새로운 시인들의 작품을 긍정적으로 받아들이면서 "위력적이고도 성공적으로 존재하는 비서정적 혹은 반서정적 시들이 펼쳐 보이는 새로운 진경"[5]에 적절한 의미를 부여하려고 노력한다. 그래서 그는 다른 젊은 시인이나 비평가들처럼 '서정적인 것' 대신에 '시적인 것'을 상위의 개념으로 설정하고, 라캉의 논의에 힘입어, 새로운 시들이 주체의 영역을 탐험하고 타자와의 만남을 시도함으로써 "'나'와 타자와 자연의 어떤 '실재(the Real)'를 향해 나아간다."[6]고 설명한다. 이 설명은 매우 그럴 듯해 보이지만 사실은 관념의 곡예다. 나라고 확정할 수 없는 다양한 '나'의 영역, 너라고 규정할 수 없는 다양한 '너'의 영역[7]은 영원히 산포될 뿐 어느 하나로 귀결될 수 없는 무한한 부유와

2) 이경수, 『바벨의 후예들 폐허를 걷다』, 서정시학, 2006, 68쪽.
3) 위의 책, 70쪽.
4) 신형철, 『몰락의 에티카』, 문학동네, 2008, 247쪽.
5) 위의 책, 186쪽.
6) 위의 책, 202쪽.
7) 신형철은 이것을 각각 '주체', '타자'로 명명했다. 물론 잠정적인 용어일 것이다.

유동의 상태다. '주체'와 '타자'를 그렇게 설정하면 '타자와의 진정한 만남'이란 말은 아예 성립되지 못한다. 무한히 산포되는 타인을 무한히 산포되는 자아가 어떻게 '진정으로' 만날 수 있단 말인가? 그러니 그들의 작업이 '어떤 실재'를 향해 나아간다는 말도 성립될 수 없다. 그보다는 차라리, 어느 하나에 정착하지 않고 끝없이 부유하고 유동하는 모습이 우리의 실체에 가까워 보이고 그것의 언어적 표현이 새로워 보인다고 말하면 적절할 것이다. 그러나 냉정히 말하면, 끝없이 부유하고 유동하는 내면은 착란이고 신경증이다.

신형철은 또 이렇게 썼다. "한국시의 다채로운 미래를 위해, 우리는 한국시의 권리장전 첫 페이지에 이런 위악적인 문장을 적어두려 한다. 당분간은 시인들이여, 비평가들이 하지 말라는 일, 바로 그 일을 하라."[8] 이 말이 그와 생각이 다른 두 비평가의 글을 비판하는 과정에서 도출된 것이라 하더라도 이 말이 전하게 될 파장을 생각하면 좀 더 신중했어야 했을 것이다. 이렇게 되면, 시인은 비평가와 정반대의 길을 걷게 되고 신형철 자신이 한 말도 무용지물이 되고 만다. "시란 무엇인가? 상투형과의 전면전이다."라는 유용한 말에도 귀를 닫을 것은 물론이며, "'서정성'이라는 개념을 '시' 그 자체와 호환 가능한 개념으로 사용하기를 중단해야 한다."라든가 "자아의 권력을 포기하고 서정성의 순혈성을 혼혈화하여 궁극적으로는 서정성 자체를 보다 포괄적인 개념으로 대체해야 한다."[9]는 당위적 선언에는 더욱더 등을 돌릴 것이다. 자신의 말이 부메랑이 되어 자신의 입으로 돌아오는 일이 일어날지 모른다.

나는 이 글에서 1980년대나 1990년대에 등단한 중견 시인의 작품 중 2000년대 중반 이후의 작품을 대상으로 '시적인 것'이 어떠한 방식으로 나타나는가를 살피고 그것이 지닌 새로움을 드러내려 한다. 굳이 '시적인 것'이라는 말을 쓴 것은 젊은 세대의 감각을 받아들인 것이다. 앞에서 말한 대로 서정과 전위와 현실의 경계가 허물어지고 '시적인 것'이

8) 위의 책, 326쪽.
9) 위의 책, 186쪽.

전면에 드러나는 것이 현재의 경향이라는 점을 감안하여 '시적인 것'이라는 용어를 선택하여 개별 작품의 특성을 검토하려 한다. 이 글의 진행 과정에서 저절로 드러나겠지만 '시적인 것'과 '서정'이 그렇게 차별적 등위성을 지닌 것은 아니다. '반서정'처럼 보이는 황병승의 시에도 서정의 기반이 단단히 자리 잡고 있다.[10] 결론부터 말하면 '시적인 것'은 '서정'의 기본축 위에서 발동된다. 감성을 건드리지 않고 일어나는 시적인 발화는 없다. 이것이 '시적인 것'의 운명이고 시의 운명이다.

2

2005년 여름 김민정의 『날으는 고슴도치 아가씨』(열림원, 2005), 황병승의 『여장남자 시코쿠』(랜덤하우스중앙, 2005), 유형진의 『피터래빗 저격사건』(랜덤하우스중앙, 2005), 이민하의 『환상수족』(열림원, 2005) 등이 연이어 간행될 때, 송재학의 『진흙 얼굴』(랜덤하우스중앙, 2005)도 간행되었다. 이 시집은 매우 중요한 시집인데 같은 시기에 일어난 미래파 소동 때문에 제대로 평가를 받지 못했다. 그 앞머리에 다음과 같은 시가 있다.

여름 내내 비워두었던 방의 창문은
막 산산조각나고 있는 초록 거울로 바뀌는 중이다
방충망 전체에 번진 담쟁이덩굴은
거울 파편의 섬광을 빌려 단숨에 나에게 왔다
눈초리가 매섭다
햇빛이 담쟁이 잎새들을 손도장처럼 누르면서
다물지 못하는 상처인 양 아프게 했다
이 방에서 멀긴 했지만 내 육체에도 담쟁이가

10) 여기에 대해 내가 「21세기 시의 '서정'의 범위와 특질」, 『시애』 2(2008.10)에서 잠깐 언급한 적이 있다. 더 자세히 말할 수도 있지만 지극히 당연한 내용이라 따로 설명할 필요가 없다.

기어들어온 흔적은 있다
딱딱하게 굳은 머릿속을 휘젓다가
결국 반죽도 하지 못하고 사라졌다
담쟁이 초록 잎새들은
죄다 담수어의 주둥이를 가졌기에
내 울대를 피해 빈방으로 건너갔던 것이다
어둔 곳에서 오래 헤엄치다
고요의 지느러미가 생겼던 것이다
나는 지금 막 부서지고 흩어지는 초록 거울 앞이다
물고기 주둥이를 만지고픈 늦여름이다

—「민물고기 주둥이」 전문

이 시에 설정된 상황을 이해하기는 어렵지 않을 것이다. 그러나 시인의 발화의 세부를 통해 마음의 움직임을 찬찬히 살피는 것은 그리 쉽지 않다. 이 시는 여러 가지 시적 장치를 거느리고 있는데, 그것이 배치된 회로를 거쳐야 시인의 마음을 엿볼 수 있다. 여름내 비워두었던 방에 들어서자 창문 방충망에 붙어 있는 초록의 무성한 담쟁이덩굴이 눈에 들어온다. 갑자기 마주친 초록의 유리창이 준 경이감을 시인은 "막 산산조각나고 있는 초록거울"로 표현했다. 더 정확히 말하면, 'A는 B다'라고 단정하지 않고 "바뀌는 중이다"라고 말했다. "바뀌는 중이다"라는 과정의 어감은 "막 산산조각나고 있는"이라는 현재진행의 어법과 상응한다. 그것은 바로 지금 눈앞에서 벌어지는 사건의 현장감을 담아낸다. 산산조각 난 것이기에 "거울 파편의 섬광"은 "눈초리가 매섭"고 햇빛이 담쟁이 잎새들을 비추는 것도 "다물지 못하는 상처인 양 아프게" 느껴진다. 여기까지는 우연히 마주친 담쟁이덩굴의 묘사다. 섬광으로 분산되는 초록의 강렬한 색감이 시상의 중심을 이루었다.

다음에는 담쟁이덩굴과 자신과의 내력을 말했다. 생각해 보니 자신이 거처하는 방 주위에도 담쟁이가 기어들어온 적이 있었다. 그러나 담쟁이와 자신은 연때가 맞지 않았다. 담쟁이를 받아들이기에는 머릿속이 이미 딱딱하게 굳었으며, "담쟁이 초록 잎새들은 / 죄다 담수어의 주둥이를 가졌기에" 자신을 피해 빈방으로 건너갔던 것이다. 왜 담쟁이 초록 잎새가 담수어의 주둥이와 연결된 것일까? 우선 담쟁이 잎새의 뾰족한 부분이 담수어 주둥이와 유사한 형상을 지녔음을 떠올릴 수 있다. 물속을 헤엄치는 담수어의 민감하고 섬약한 생명력, 초록빛 신선한 색감도 유사성을 지녔다. 시인은, 순수한 자연이 비순수한 인간을 피해 순결한 공간으로 갔다는 식의 상투적인 설명을 일절 배제하고, 그냥 "담쟁이 초록 잎새들은 / 죄다 담수어의 주둥이를 가졌"다고만 말했다. 담수어의 주둥이를 가진 초록 잎새들은 정말로 담수어가 되어 고요의 지느러미가 생겨 어두운 곳을 헤엄치기까지 한다. 상상의 세계 속에서는 안 되는 일이 없다.

이렇게 되니 처음에 제시된 "막 산산조각나고 있는 초록 거울"은 고요의 지느러미로 헤엄치는 담수어 떼들이 된다. "지금 막 부서지고 흩어지는 초록 거울"은 고정된 담쟁이의 형상이 아니라 지느러미로 헤엄치는 담수어 떼들의 몸놀림이다. 이러한 장면을 대하고 시인은 비로소 "물고기 주둥이를 만지고픈" 충동을 갖게 되는 것이다. 우리는 이 시에서 참으로 독특한 상상력의 전이과정을 본다. '담쟁이덩굴'을 '산산조각나는 초록 거울'로 보고 그 '뾰족한 잎새'를 다시 '담수어의 주둥이'로 상상했다. 거기서 어두운 곳을 헤엄치는 '고요의 지느러미'를 연상하고 초록 거울을 수면으로 바꾸어 '담수어 주둥이'를 만지고 싶다고 했다. "만지고픈 늦여름이다"라고 뒤늦게 계절감을 드러내면서 시의 종결을 거두었다. 철저한 감정의 절제가 시를 관통한다.

이 시에 '나'라는 자아가 있는가? '나'라는 화자는 나오지만 어느 하나로 고정된 '나'는 아니다. 담쟁이를 바라보고 이런 느낌을 갖는 사람이라면 누구든 이 시의 주체가 될 수 있다. 확정할 수 없이 산포되는 '나'도 아니지만 어느 하나로 고정된 '나'도 아니다. 이것은 그냥 가상으로 설정된 '나'다. 그 허구적인 '나'가 대상을 관찰한 내용을 담쟁이덩굴,

초록 거울, 담수어 주둥이, 고요의 지느러미 등의 형상으로 표현하였다. 그것들은 어느 하나로 고정된 객체가 아니라 시적 자아의 허구적 상상 속에 구성된 허구적 타자들이다. 이러한 허구적 자아와 허구적 타자의 상호작용 속에 '시적인 것'이 탄생한다. 허구적 자아가 대상을 독창적으로 변용하여 허구적 타자들을 형성할 때 시적인 감흥을 느끼게 된다. 만일 시인이 이러한 내용을 산문으로 평범하게 서술했다면, 우리는 그 글을 이 시만큼 '시적인 것'으로 받아들이지는 않을 것이다.

허구적 상상력이 더 적극적으로 작용한 다음의 시를 통해 이 문제를 다시 검토해 보자.

당신이 팔려는 눈동자엔 수심(水深)이란 게 있다
그게 눈물인지 허기인지 불분명하다
대체로 상등품이 아니라는 뜻이다
시곗소리가 들리던 당신의 뇌라면
은어가 거슬러 갈 만한 혈관조차 막혔기 십상이다
하긴 상관없겠지 그건 허황된 꿈의 대용품이니까
당신을 위해 죄의식을 짊어졌던 두 팔
떼었다 붙였다 할 수 없으니 괴로웠던 두 팔은
내 푸줏간의 길잡이 노릇을 시키리라
양 손바닥에 구더기 떼가 오글거리는 가려운 하루만 견딘다면
장물아비 카페의 불빛이 이빨 마주치며 당신을 기다린다
온갖 물질을 떠받쳤던 두 다리, 입이 없어 단 한 번도 웃지 못하고
평생 무게만에 골몰했던 부자유에게도 셈을 치를 생각이다
이것저것 떼버리고 나면 당신에게 남는 건 모진 뼈뿐일 터인데
그마저 구멍 숭숭 뚫린 피리로 고쳐 이 장물아비에게 넘기고자 한다면
당신은 거절하지 못하리라

—「육체라는 푸줏간」 전문

이 시는 앞의 시에 비해 이해하기가 녹록치 않다. 우선 발상 자체가 우리의 일반적 상상을 뒤집고 있다. 이 시를 어떻게 이해해야 할 것인가? '시적인 것'은 허구적 자아와 허구적 타자의 상호작용에서 탄생하는 것인데 이 시가 앞의 시보다 더 시적이라고 생각된다면 그 상호작용이 더욱 복합적인 양태를 지닌다는 뜻이다.

이 시를 읽고 간단히 '서정시'라고 말하기는 어렵다. 여기에는 인간 육체의 누추함을 원거리에서 조망하는 냉정한 시선의 응시와 조망이 있다. 우리는 일반적으로 몸에 많이 의존하고 몸의 건강을 중히 여긴다. 그러나 이 시의 문맥에 의하면 우리의 육체라는 것은 푸줏간에 걸린 고깃덩이고 허공에 잠시 머물다 용도 폐기되거나 장물아비에게 팔려 처치되는 부속물이다. "당신이 팔려는 눈동자엔 수심(水深)이란 게 있다"는 첫 시행부터 우리를 당혹케 한다. 당신은 누구인데 눈동자를 팔려고 하는가? 눈동자를 사는 사람은 누구인가? 이 시는 그것에 대해 아무 정보를 전달하지 않는다. 익명의 자아가 익명의 타자에게 육체의 허망함에 대해 이야기하고 있을 뿐이다. 육체의 허망함이라는 내용도 어떤 하나의 의제로 확정된 것이 아니다. 다만 모든 것을 조소하는 차가운 눈빛이 허무의 기색을 전할 뿐이다. '상등품이 못되는 눈', '혈관조차 막힌 뇌', '죄의식을 짊어졌던 두 팔', '온갖 물질을 떠받쳤던 두 다리', 심지어 '마지막 남은 모진 뼈'까지 쓸모 있는 것은 아무 것도 없다. "양 손바닥에 구더기 떼가 오글거리는 가려운 하루만 견딘다면"이라는 참혹한 말이 엽기적 연상을 불러일으킨다.

그러나 이 시에 등장하는 여러 가지 심상들, 혹은 그것을 자아내는 내면의 움직임이 의식의 착란을 유발하지는 않는다. 처음부터 끝까지 냉정한 시선으로 '육체라는 푸줏간'을 점묘함으로써 인간이란 무엇이며 무엇이 될 수 있는가를 되돌아보게 한다. 그렇다고 이 시가 대문자 'R'로 표상되는 어떤 '실재the Real'로 우리를 인도하지는 않는다. '육체라는 푸줏간'으로 우리 몸을 보는 것은 많은 시선의 일부일 뿐이지, 확고부동한 의미를 지닌 절대적 '실재'는 아니다. 오히려 이 시는 그런 절대적 실재로서의 몸을 부정하고 있다. 허구적 자아의 허구적 창조를 통해 인간 육체에 대한 고정된 관념을 분해해 버리고 있는 것이다. 그런 점에서 이 시는 매우 독창적이다. 그 독창적 발상과 화법에서 '시적인 것'이 약동한다. '시적인 것'이라는 말은 시의 허구적 독창성을 일컫는 다른 말이다. 그러면 그 독창성은 우리 마음의 어떤 영역에서 일어나며 우리 마음의 어떤 부분에 호소하는가? 시인의 감성과 지성에서 일어나고 똑같이 독자의 그것에 호소한다. 이것을 떠나서는 '시적인 것'이 존재할 수가 없다. '시적인 것'의 저변에는 '서정'의 기류가 이렇게 당당히 흐르고 있는 것이다.

3

재래의 서정이 주는 감흥과는 확실히 다른 어떤 '시적인 것'을 느낀다고 하지만, 표면적으로 탈서정의 경향을 보이는 그 '시적인 것'도 그 안에 서정의 기류를 머금고 있다고 앞에서 말했다. '올바른 문법'을 박살내고 '전복의 전복'을 꾀한 것처럼 보이는 새로운 움직임도 그 내부에는 재래 서정의 틀이 잠복되어 있는 것이다. 그렇지 않다면 '시적인 것'이 성립하지 않고 '시' 자체도 존립할 수 없게 된다. 사정이 이러하므로 탈서정의 움직임을 보이는 '시적인 발화'도 시간이 지나면 서정의 본류로 회귀하게 된다. 예술사의 변화란 장강대하의 도도한 흐름 주변에 수시로 명멸하는 다채로운 지류에 의해 야기된다. 지류의 다채로움이 없으면 장강대하의 흐름은 지루하고 답답해 보이고 장강대하의 도도함이 있어야 지류의 다채로움이 새롭게 느껴진다.

황학주의 시집 『저녁의 여인들』(랜덤하우스중앙, 2006)에 들어 있는 다음과 같은 작품은 분명 '시적인 것'을 느끼게 하는데 그것은 '서정'의 어느 지점에 속하는가?

늘 덜 닦인 방에서
덜 갚은 빚처럼
몸서리치며 나누던 몸

한 국자쯤 고이고
다시 한 스푼쯤 차오르는
별 한 줌을 시간 안에 나누느라고

우리여,

—「덜 닦인 방」 전문

이 짧은 시의 마지막 행, "우리여,"라는 부름은 쉼표를 뒤로 하고 미완으로 끝났다. 미완의 호명은 그 안에 감정의 울림을 깊게 쟁여 넣을 수 있다. 그래서 이 시는 저 완고한 '서정적 자아'의 자기 독백이라고 생각하기 쉽다. 그러나 이 시의 자아는 누구인가? 시인 자신인가? 아니면 덜 닦인 누추한 방에서 한정된 짧은 시간 동안 전율의 사랑을 격정적으로 나누고자 하던 어느 누구인가? 이 시의 주체는 바로 '우리'다. 누구라고 호명할 수도 규정할 수도 없는 허구적 자아 '우리'인 것이다. 시인 자신이 이런 사랑을 나누었다고, 혹은 우리들 중 누군가가 이런 비밀의 성애에 탐닉했다고 탐문할 필요는 없다. 우리 모두가 이 세상에 나서 이런 밀애를 꿈꾸고 그 상상을 즐기고 있으며, 시인은 '우리'라는 익명의 화자를 배치하여 시적인 연출을 해 보였을 뿐이다. 그러니 이 시의 장면은 김지헌의 시나리오를 이만희 감독이 연출한 영화 「만추」(1966)의 한 장면일 수 있고 생의 허무를 격렬한 정사로 메우고자 했던 「파리에서의 마지막 탱고」(1972)의 한 장면일 수도 있다. 그러나 그보다는 이 세상을 쫓기듯 살고 있는 우리 모두의 제유로 보는 것이 좋을 것이다. 어느 것으로 보든 그것은 확정된 실체는 아니고 가상의 허구적 자아의 집적일 뿐이다.

이 시의 '시적인 매력'은 상황에서도 오고 언어에서도 온다. "덜 닦인 방"과 "덜 갚은 빚"의 병치, "덜 닦인 방" 앞에 오는 "늘"이란 말의 떨칠 수 없는 숙명적 비애감 혹은 환멸감, "한 국자"와 "한 스푼"이 "별 한 줌"으로 집약되면서 그 작은 별의 빛남을 시간 안에 나누느라고 '몸서리치던' 우리들의 실존의 덫. 이 모든 것이 시적인 발화고 시적인 윤기를 자아낸다. 그런데 이러한 것을 받아들여 내면화하는 독자인 우리들은 누구인가? 결국은 다수의 타인으로 흩어질 존재이지만 언어 하나하나를 통해 시의 얼개를 모으고 있는 우리는? 그리고 그 시의 얼개는 우리의 무엇을 통해 감지되고 수용되는가? 역시 우리의 지성이고 감성이다. '서정'이 '시적인 것'의 지향을 주도하고 있다. 다시 말하면 '시적인 것'이 '서정'을 대치하는 것이 아니라 '서정'의 장강대하에 '시적인 것'이 다채로운 지류를 내밀고 있는 형국이다.

황학주 시인은 또 다시 다음과 같은 엉뚱한 발화를 한다. 재래의 서정에서 보기 어려운, 그러나 '시적인 것'이 뱀처럼 꿈틀대는 언어의 표상이다.

어둠 속에서 여인을 본 날이었다
놀랍게도
이불을 끌어안은 것처럼
빗소리를 바짝 붙잡고 있는 모양이었다
낮술에 취해 비스듬히 베어진 남자가
어둠 속까지 베어진 채 여인 옆에 기대앉아 있었다
여인과 잠깐 눈이 마주친 동안
산벚꽃 잎이 날아왔다

빗소리 깔린 길
멀리 데려간 단 한 발자국만큼의 자신을
생이 지켜보고 있는 것도 같다 이미 울다 간 바 있는

봄, 사랑이 결정되기라도 하면
숙명이 책상다리를 하고 노랑 병아리 같은 것을 깔고 앉는

그런 전철이 있는 것 같다
서서히 기울며 지워지는
어둠은 그 날 부러지는 소리가 나고 잎도 져 내리었다
한참 후
양쪽 발소리가 다른 여인이
입구 쪽으로 천천히 나가고 있었다

젖은 꽃잎이 날아 내리며 입구를 간신히 비추어 주었다

—「능가사 벚꽃 잎」 전문

벚꽃 잎은 능가사가 아닌 다른 곳에 피어도 좋다. 이 시의 능가사는 전라남도 고흥군 팔영산 기슭에 있는 능가사일 텐데, 능가사가 어딘지 이 시에서는 중요한 일이 아니다. 그러나 '능가사'는 '능가사'인 것이 좋다. 능가사의 음이 이 시에 적합하기 때문이다. '해인사 벚꽃 잎'이라고 하면 너무 중량이 크고 '능인암 벚꽃 잎'이라고 하면 옹졸하게 졸아드는 것 같고 '팔가사 벚꽃 잎'이'라면 아예 시의 제목으로 채택되지 않았을 것이다.

이 시는 자유 연상의 시다. 시인에게 산벚꽃 잎이 날아온 것이 "어둠 속에서 여인을 본 날이었다"라는 진술이 중요하다. 그 여인은 어떤 형상인가? 놀랍게도 "이불을 끌어안은 것처럼 / 빗소리를 바짝 붙잡고 있는 모양이었다"라고 한다. 그 모양을 머리에 그려보자. 어떤 느낌이 드는가? 이불을 끌어안은 여인의 몸도 일면 관능적이고 기이하지만, 이불을 끌어안은 것처럼 빗소리를 바짝 붙잡고 있다니, 그 모양은 그릴 수가 없다. 그런데 그 여인 옆에 "낮술에 취해 비스듬히 베어진 남자가" 기대앉아 있다. 그것도 "어둠 속까지 베어진 채" 기대고 있다. 참으로

기이하고 오묘한 화면이지만 그로테스크하거나 섹슈얼하거나 잔혹한 느낌은 주지 않는다. 그 기묘한 장면을 바라보다 어느 순간 여인과 잠깐 눈이 마주치고 그 사이에 산벚꽃 잎이 날아왔다. 마치 데이비드 린치David Lynch 영화의 한 장면을 보는 느낌이다. 그런데 이 장면들이 보여주는 느낌은 재래 서정의 도움을 받지 않으면서도 충분히 시적이다. '시적인 것'은, 무어라 확정할 수 없는 시적 자아의 몽상과, 다채롭게 분산되는 몽롱한 대상의 상호작용 속에 탄생된다. 허구적 자아와 허구적 타자의 만남에서 시적인 것이 탄생한다는 논리는 여기에도 변함이 없다. 시적인 몽상이 주는 느낌은 어떠한가? 한가로운 듯 처연하고 슬픈 듯 아름답다.

그 처연한 아름다움은 다음 시연에 이어진다. 산벚꽃 잎 대신 빗소리가 깔려 있고 그 길 멀리 데려간, 그러나 실은 "단 한 발자국만큼" 옮겨 놓은 자신을 생이 지켜보고 있는 것 같다고 말했다. 자신이 생을 지켜보는 것이 아니라 생이 자신을 지켜본다고 말할 때 '시적인 것'이 발생한다. "멀리 데려간 단 한 발자국만큼의 자신"이라는 모순의 어법을 취할 때 시적인 아우라가 발생한다. 이 시의 안온한 어조는 "이미 울다간 바 있는 / 봄"이 환기하는 숙명적 슬픔의 반복성에도 불구하고 우리를 고뇌의 나락으로 떨어뜨리지 않는다. "사랑이 결정되기라도 하면 / 숙명이 책상다리를 하고 노랑 병아리 같은 것을 깔고 앉는 // 그런 전철이 있는 것 같다"는 매우 힘들게 뒤틀린 구문의 우여곡절도, 그것이 환기하는 씁쓸한 비애의 음영도, 우리를 좌절의 나락으로 끌고 가지 않는다.

어둠의 색조는 다음 연에도 이어져 "서서히 기울며 지워지는 / 어둠은 그 날 부러지는 소리가 나고 잎도 져 내리었다"고 썼다. 가슴 저리도록 슬픈 장면이어서 생의 숙명적 비애를 충분히 들출 만한데, 첫 부분의 몽상이 현실의 참담함으로부터 우리를 계속 격리하는 역할을 한다. 그 흔한 봄날의 사랑도 없이, 그렇다고 사랑의 사라짐도 없이 시간은 흐르는데, 어느 사이에 사랑은 부러지고 희망은 져 내리는 것이다.

"한참 후 / 양쪽 발소리가 다른 여인이 / 입구 쪽으로 천천히 나가고 있었다"라는 시행은 컬트적 상상의 극치다. 데이비드 크로넨버그건 데이비드 린치건 황학주에게 와서 이 우울하고 음산한, 그러나 묘하게 밝은 화면 조정법을 배워가야 할 것이다. 그 여인이 나가는 입구를 젖은 꽃잎이 날아 내리며 비추는 장면은 영화의 끝 장면으로서나 시의 결미 부분으로서 압권이다. 마지막 시행에 놓인 "간신히"라는 말은 어떤 말로도 표현하기 힘든 생의 힘겨움을 그대로 감지케 한다.

이 시의 말과 화폭들은 어떤 구체적인 정서를 환기하지는 않지만, 오히려 그 이상의 많은 것을 환기해서 상당히 풍성하다는 느낌을 준다. 그렇다고 통일성이 없는 것인가 하면 그렇지도 않다. 여기에는 분명히 언어와 정서의 일관된 흐름이 있다. 논리로는 따지기 힘든 생의 인식이 이 시 전체에 잠복해 있다. 그것은 논리를 거부하는 것 같기도 하고 논리 자체를 무화시키는 것도 같다. 그러나 그것은 논리를 전복하되 윤리를 전복하지는 않는다. 전복의 전복을 다시 전복하지 않아도 충분히 시적이고, 우리들이 살아가는 생의 기미를 드러내 주기도 한다. 그 기미를 통해 언젠가 생의 '실재'를 엿볼 수 있을지는 알 수 없지만, 작위적인 전복의 어법을 과장되게 사용하지 않아도 실재의 기미를 감촉하는 것은 사실이다.

4

이러한 분석을 통해 '시적인 것'이 의식의 차원만이 아니라 시어와 시 형태의 작용을 통해 발현된다는 것을 알아낼 수 있었다. 하나의 단어를 더하거나 뺄 때, 혹은 시행과 시행이 단절되거나 연결될 때 예기치 않게 시적인 아우라가 발동한다. 그러니까 '시적인 것'이라는 현상은 시를 구성하는 여러 가지 요소들이 긴밀하게 얽혀들면서 발현되는 것인데, 그 발생의 주역 노릇을 하는 요소가 두드러지게 표면에 나타나는 경우가 있다. 선명한 의미보다 이미지의 음영, 소리의 울림을 통해 시적인 아우라를 일으키는 여성 시인의 감성적 시편들이다. 거기서 분위기나 소리는 의미보다 더 큰 비중을 지닌다. 이진명의 시집 『세워진 사람』(창비, 2008)에 다음과 같은 시가 있다.

그는 2분 전에 세워진 사람
지하철 출입구가 있는 가로
어느 방향으로도 향하지 않고
그는 2분 전에 속이 빠져나간 사람
11월 물든 잎 떨어져 쌓인 갓길 하수구
먼저 떨어진 잎 말라 구르고
구르는 잎에 오후 남은 햇빛은 비추고
리어카와 자전거와
허름한 식당들의 골목이 있고
서성거리는 짐꾼들이
리어카와 자전거에 기대 팔짱을 끼고
남은 햇빛을 쬐고 담배를 물기도 하고
가게 앞 플라스틱 쓰레기통에선 흘러내린
빈 캔과 우유팩 구겨진 빠닥종이
리어카가 움직이고 자전거가 돌고
자동차 밀고 들어와 좌우 회전을 하고
지하에서는 수 개의 환승노선이 혼교하고
혼교하느라 뱉어진 검은 숨이
입구 근처에서 자옥이 남은 햇빛에 드러나고
그는 2분 전에 뚝 끊겨 세워진 사람
끝내 이별한 사람
발이 없어진 사람
이다지도 조용한 여기

후세상의 지푸라기가 떠가고 있는 여기

—「세워진 사람」 전문

이 시에도 물론 상황이 제시되고 사건이 진술된다. 그러나 그것은 그렇게 당당하고 다부진 것이 못된다. 다시 말하면 상황이나 사건이랄 것이 이 시에는 없다. “그는 2분 전에 세워진 사람”이라는 진술도 사실을 드러낸 것이 아니라 자신의 느낌을 말한 것이다. 그가 2분 전에 세워졌는지, 3분 전에 세워졌는지 아는 사람은 아무도 없다. 그런데 왜 2분이라고 했을까? 상태를 관찰한 시인의 감각이 2분 정도의 간격을 지각했을 수도 있고, ‘2분’이라는 어감이 적절해 보여서 선택한 것일 수도 있다. 그냥 서서 지켜보기에는, 그리고 자신도 어쩔 바를 몰라 그 자리에 멍청히 서 있기에는, ‘2분’이라는 어감을 가진 그 짧은(혹은 긴) 시간이 적당했을 것이다. 1분은 너무 짧고 3분이나 4분은 어감이 안 좋고 5분은 너무 길다. 여하튼 2분 전에 세워지기는 했으나 얼마나 더 서 있을지 아무도 모른다. 그런 점에서도 2분은 적당하다.

그런데 다시 생각해 보면, 2분이라는 것이 중요한 것이 아니라 ‘세워진 사람’이라는 것이 중요하다. 세워졌다니, 스스로 서 있는 것이 아니라면 누가 그를 세웠단 말인가? 아무도 그를 세운 사람이 없는데 시인은 그를 ‘세워진 사람’이라 지칭했다. 그런데 이 ‘세워진 사람’이라는 언명은 참으로 시적이다. ‘세워진 사람’이라고 해야 그는 2분 이상 “어느 방향으로도 향하지 않고” 그 자리에 머물러 있고, “속이 빠져나간 사람”으로, “발이 없어진 사람”으로 거기 서 있을 수가 있다. 그의 서 있음의 단서를 제시해 주는 사항은 “끝내 이별한 사람”이라는 한 시행인데, 이것도 구체적인 어느 누구와 이별했다기보다는 그의 눈에 보이는 온갖 형상들과 이별했다고 보는 것이 옳을 것이다.

주위에 보이는 풍경은 그렇게 윤택한 모습이 아니다. 이미 세상의 번성과 많이 작별한 소외의 형상들이다. “잎 떨어져 쌓인 갓길 하수구”, “허름한 식당들의 골목”, “서성거리는 짐꾼”, “흘러내린 / 빈 캔과 우유

팩 구겨진 빠닥종이" 등 세월의 외곽으로 밀려나는 대상들이다. 이 허름한 형상의 나열은 지금 '세워진 사람'이 시간이 지나면 귀속될 종말의 지점을 암시하는 듯하다. 종말의 지점 바로 앞에 "후세상의 지푸라기가 떠가고 있는 여기"라는 절묘한 시행이 시의 마지막을 장식한다. 이 시행은, "2분 전에 세워진 사람"이 세상과 뚝 끊겨 "혼교"의 "검은 숨"을 뒤로 하고 후세상으로 향할 것 같은 느낌을 준다. 그렇게 지푸라기로 사라질 것 같은 느낌을 준다. 그러나 그것은 나의 느낌일 뿐, 시인은 그렇게 말하지 않았다. 시인 역시 고정된 실체가 아니기에 무엇을 단정적으로 진술할 수 없다. 그저 어느 지점에서 자욱이 일어나는 형상을 넌지시 일러줄 뿐이다. 그런 몽롱한 전송이 '시적인 것'을 환기한다.

난 이제 바람을 표절할래
잘못 이름 붙여진 뿔새를 표절할래
심심해 건들대는 저 장다리꽃을
어디서 오는지 알 수 없는 이 싱싱한 아침냄새를 표절할래
앙다문 씨앗의 침묵을
낙엽의 기미를 알아차린 푸른 잎맥의 숨소리를
구르다 멈춘 자리부터 썩어드는 자두의 무른 살을
그래, 본 적 없는
달리는 화살의 그림자를
용수철처럼 쪼아대는 딱따구리의 격렬한 사랑을 표절할래
닝닝 허공에 정지한 벌의 생을 떠받치고 선
저 꽃 한송이가 감당했던 모종의 대역사와
어둠과 빛의 고비에서
나를 눈뜨게 했던 당신의 새벽노래를
최초의 목격자가 되어 표절할래
풀리지 않는, 지구라는 슬픈 매듭을 베껴쓰는
불굴의 표절작가가 될래

다다다 나무에 구멍을 내듯 자판기를 두드리며
백지(白紙)의 당신 몸을 표절할래
첫 나뭇가지처럼 바람에 길을 열며
조금은 글썽이는 미래라는 단어를
당신도 나도 하늘도 모르게 전면 표절할래
자, 이제부터 전면전이야

—「불멸의 표절」 전문

정끝별의 시집 『와락』(창비, 2008) 첫머리에 실린 작품이다. 이 시의 끝부분에는 신형철이 언급한 '전면전'이라는 말도 들어 있다. 이 시 역시 자신만의 불멸의 표절을 내세워 '상투형과의 전면전'을 선언한 것이다. 전면전을 감행하는 무기는 무엇인가? 질주하고 약동하는 형상의 에너지다. 각각의 대상을 수식하는 독특한 형상과 절묘하게 개입하는 반복과 변주의 시구를 통해 불굴의 표절 정신을 표현하였다. 예컨대 "뻘새를 표절할래"는 시가 안 되지만 "잘못 이름 붙여진 뻘새를 표절할래"는 시가 된다. 그 다음에 그야말로 느닷없이 "심심해 건들대는 저 장다리꽃"이 연결될 때 또 한 번 시가 되고, "어디서 오는지 알 수 없는 이 싱싱한 아침냄새"가 이어질 때 싱싱한 시의 훈향이 퍼진다.

중간 중간에 간섭하는 '그래', '닝닝', '다다다'라는 음성어들은 마치 그곳에 자리 잡을 운명이라도 된다는 듯이 신생의 활갯짓을 하고 시행을 선도한다. 그래서 역동의 행진은 "백지(白紙)의 당신 몸을 표절할래"라는 모순 어법을 거쳐 "조금은 글썽이는 미래라는 단어"의 정서적 감응으로 마무리된다. 아무리 경쾌하게 진행된 시상의 연속이라 해도, "조금은 글썽이는 미래라는 단어를 / 당신도 나도 하늘도 모르게 전면 표절할래"라는 정서의 회통會通이나 회향廻向 없이, 돌발하는 심상만으로 시가 그냥 끝났다면, 지금과 같은 시적 아우라는 생성되지 못했을 것이다. 적절한 부분에서 적시에 터지는 감정의 안타 덕분에 뛰어난 시의 결구가 완성될 수 있었다.

이러한 시의 구성은 상당 부분 시인의 천부적 재능에서 오는 것이지만 거기에 부가된 고도의 지적 조작의 과정을 무시할 수 없다. 지성과 감성의 상호작용에 의해 '시적인 것'이 창발한다. 그래서 시 쓰기는 반서정이나 비서정이라는 낡은 틀로 대신할 수 없는 총체적 전면전이다. 총체적 전면전을 감행한 작품에는 언제나 시적인 아우라가 넘친다. 그러한 전면전은 우리가 미처 감지하지 못했던 어떤 미지의 영역을 뜻하지 않은 기쁨으로 선사한다. 아마도 그때 '실재'라는 이름에 해당하는 것을 우리가 잠깐 엿볼 수 있게 될 것이다.

5

'미래파' 소동과는 무관하게, 그런 것은 아랑곳없다는 듯, 우리 시의 빛나는 성취가 중견 시인의 작품에서 이처럼 찬란하게 전개되었다. 그 시편들은 '서정 / 비서정 / 반서정'의 도식에 갇히지 않고, 그 구분을 넘어선 자리에서 자신의 '시적인 것'을 추구했다. 그들은 '서정적 자아'의 확고한 자리를 지키려 하지 않았고, 지킨다는 관념도 아예 갖지 않았다. 다만 어떤 경로로 설정된 허구적 자아의 자리에서 대상을 바라보고 그것이 마음에 일으킨 영상을 그것에 가장 잘 맞는 언어로 표현하였다. 허구적 자아와 타자의 관계가 효과적으로 맺어질 때 시의 광휘가 찬란히 솟아오른다.

시를 쓰는 국면에서 보면 '서정적 자아'니 '세계의 자아화'니 하는 말들은 모두 관념의 허구다. 어떤 것을 나타내 보겠다는 시적 자아와 그 자아가 마주한 대상이 있을 뿐이고 자아와 대상이 어떻게 연결되느냐에 따라 천차만별의 시가 창조된다. 좋은 시, 다시 말하여 시적인 아우라를 강하게 드러내는 시는 지금까지 보기 드문 방식으로 그 두 항이 연결되는 경우다. 그러므로 중요한 것은 시 속의 허구적 자아와 허구적 타자[11]가 연결되는 방식이다. 거기서 '시적인 것'이 발생하는데, 그것이 아무리 새로운 외형을 지닌다 해도, 그것은 지성과 감성에서 출발하여 그것으로 다시 돌아온다. 그래서 '시적인 것'은 '서정'이라는 부처님 손바닥을 벗어나지 못하는 것이다.

예술사의 변화는 장강대하의 도도한 흐름에 다채로운 지류가 벋어나는 것이라 했다. 시에서 장강대하는 '서정'이고 다채로운 지류는 '시적인 것'이다. 한 국면에서만 보면 '서정'에서 이탈한 어떤 경향이 '시적인 것'의 기이한 돌올突兀 같지만, 그 지류는 다시 장강대하의 도도한 흐름에 합류되고 만다. 장강의 주류에 반기를 드는 지류의 다채로움이 없다면 장강의 흐름은 밋밋하고 단조로울 것이다. 지류의 다채로움이 있어야 장강은 그 유연한 흐름을 더욱 눈부시게 이어갈 수 있다. 문학의 전개 양상은 이렇게 넓은 시각으로 보아야 한다. 悶

이숭원
문학평론가. 1955년 출생. 1986년 『한국문학』 신인상으로 평론 등단. 서울여대 국어국문학과 교수. 저서로 『교과서 시 정본 해설』, 『백석을 만나다』, 『정지용 시의 심층적 탐구』, 『세속의 성전』, 『감성의 파문』, 『폐허 속의 축복』 등이 있음.

11) 이 글에서 '시적 자아', '허구적 자아'라는 말을 문맥에 따라 같이 썼고, '허구적 타자', '타자', '대상'이라는 말도 문맥에 따라 적절히 바꾸어 썼다. 모두 다 잠정적인 용어인데 그 내포는 전후의 문맥으로 파악할 수 있을 것이다.

우울, 슬픔, 그리고 애도 이후

고봉준

1. 슬픔 이후에는 무엇이?

심보선의 시집 『슬픔이 없는 십오초』(2008)에는 '슬픔'의 알갱이들이 성좌처럼 박혀 있다. 슬프다는 것은 소중한 무언가를 잃어버렸다는 것을, 그렇지만 잃어버렸다는 것은 한때나마 그것을 소유했음을 의미한다. 항상, 슬픔의 기원에는 상실이, 상실의 저편에는 대상이 있다. 이것이 슬픔의 구조이다. 그렇지만 슬픔은 '~대하여'라고 말할 수 있는 대상이 아니다. 심보선의 시는 슬픔에 '대해서' 말하지 않고 슬픔 '안에서' 발화된다. "눈을 떴을 때 그대는 떠났는가, 떠나고 없는 그대여, 나는 다시 오랜 습관을 반복하듯 그대의 부재로 한층 깊어진 눈앞의 어둠을 응시한다. 순서대로라면, 흐느껴 울 차례이리라"(「확률적인, 너무나 확률적인」) 울음은 슬픔의 한 징표이지만 모든 슬픔이 울음으로 설명되는 것은 아니다. 소중한 대상('그대')의 상실 앞에서 한동안 어둠을 응시하다가 눈물을 흘리는 '순서'야 부정할 수 없겠지만, 심보선의 시에서 '슬픔'은 정작 울음이라는 원초적 반응이 아니라 잃어버린 대상에 대해 우울증적으로 집착하거나 페이소스를 동반하는 냉소와 자학에서 극대화된다. 슬픔의 끝에는 자신을 공격의 대상으로 삼는 자학이 있고, 그 자학 안에서 시인은 잃어버린 대상과 부정적인 관계를 유지한다. 그러므로 상실은 관계의 끊어짐이 아니라 부정적인 방식의 관계맺음이다. 심보선의 시에서 '슬픔'은 '슬픔의 애도작업mourning'이 아니다.

상실한 대상의 세목들을 정리해 보자. 시인은 무엇을 잃어버렸는가? 첫째, 그는 '노선'을 잃었다. "노선을 잃었다 / 버스 노선과 정치적 노선 / 둘 다"(「미망 Bus」) 노선路線이란 곧 방향성을 의미하는바, 환멸의 1990년대는 이 방향 없는 방황의 시간이었다. 그런데 시인은 이 거대한 상실 바로 옆에 '버스 노선'의 상실이라는 또 하나의 사건을 추가한다. 그렇다. 1990년대는 분명 '버스 노선'이 '정치적 노선'과 나란히 놓일 수 있는 시대였다. 아름다운 이상의 높이에 도달했던 존재만이 환멸을 경험한다. 시인은 종종 노선의 상실을 아버지의 죽음에 비유한다. "아버지가 돌아가신 이래 / 이 집안에 더 이상 거창한 이야기는 없다"(「웃는다, 웃어야 하기에」) 아버지의 죽음, 즉 물에 불어 곰팡이 핀 '『사상계』'(「대물림」)로 상징되는 거대서사의 몰락에도 불구하고 아들의 서사는 시작되지 않는다. 아버지의 죽음 이후 엄마는 "아버지의 유언"(「떨어지는 집」)에 따라 영어로 말할 것을 강요하고, '나'는 "나는 해석자이다 / 크게 웃는 장남이다"(「웃는다, 웃어야 하기에」)처럼 자신을 창조자가 아닌 해석자의 위치에 고정시킨다. 새로운 담론을 창안하기보다는 기성의 담론을 새롭게 해석할 뿐인 그는, 아비가 되지 못한 아들의 운명이 그렇듯이 '장남'의 처지에 만족할 수밖에 없다. 둘째, 그는 '사랑'을 잃어버렸다. "한생의 사랑을 나와 머문 그대, 이제 가네. (…중략…) 나는 그대를 기억하리."(「먼지 혹은 폐허」) "둘째 조카가 큰 아빠는 언제 결혼하거야 / 묻는 걸 보니 이제 이혼을 아나봅니다 / 첫째 조카가 아버지 영정 앞에 / 말없이 서 있는 걸 보니 이제 죽음을 아나봅니다"(「휴일의 평화」) 사랑의 대상이 무엇이었는가를 묻는 것은 무의미하지만, '상실' 안에서 역사와 일상은 이미–항상 공존한다. 사랑이 "진실이 없어 죽도록 불안"(「나의 댄싱 퀸」)하기 때문에 발생하는 사건이라면, 사랑의 상실은 진실 없는 불안의 상태로 되돌아가는 일일 것이다. 셋째, 그는 '집(고향)'을 잃어버렸다. "가축도 아니고 출가도 아니다 / 문 앞에 가만히 서 있었는데 / 집이 점점 멀어져갈 따름이다 / 그리하여 / 나의 근황은 한때의 방황이고 / 나의 방황은 유일한 정황이다"(「멀어지는 집」) '가출'과 '출가'가 의지와 정당성을 동반하는 주체적인 사건이라면, 상실은 언제나 '나'의 의지가 아니기에 항상 '나'의 남겨짐이라는 사건을 통해서만 도착한다. 상실의 구조 안에서는 "이것은 영락없는 실향의 길이라. 남편도 없고, 아버지도 없고, 할아버지도 없고, 할머니도 없는, 실향의 나라로, 엄마랑 나는 뛰뛰빵빵 뛰뛰빵빵, 오늘도 내일도, 하염없이 달려가네"(「실향(失鄕)」)처럼 고향(집)으로 향하는 것마저 실향의 과정이다. 넷째, 그는 '청춘'을 잃었다. "나 다 자랐다, 삼십대, 청춘은 껌처럼 씹고 버렸다, (…중략…) 삼십대, 다 자랐는데 왜 사나, 사랑은 여전히 오는가, 여전히 아픈가, 여전히 신열에 몸 들뜨나"(「삼십대」) 소설가 김연수는 스무 살이 지나가고 나면 스물 한 살이 오는 것이 아니라 스무 살 이후가 온다고 말했다. 스무 살이건 서른 살이건, 청춘을 잃었다고 느끼는 자에게 나이는 숫자에 불과하다. 청춘의 상실, 그것은 "사는 둥, 마는 둥, 살아간다"처럼 현재라는 시간을 무의미하게 만든다. 상실의 시대를 의미하는 '오늘'은, 그러므로 "지난 시절을 잊었고 / 죽은 친구들을 잊었고 / 작년에 어떤 번민에 젖었는지 잊었다"(「오늘 나는」)처럼 무의미한 망각의 시간일 뿐이다. 망각의 시간에 노출된 존재에게 세계는 하나의 거대한 '미로'로 다가온다. "내 세계의 길은 대부분 미로이다. 오로지 하나의 길만이 미로가 아닌데 그 길은 문자의 길이다."(「아이의 신화」) 청춘을 잃어버린 이에게 이제 필요한 것은 '단단한 다짐'이 아니라 '신용카드 몇 장'(「종교에 대하여」)이다. 이념의 상실 다음에는 항상 속물의 시간이 온다.

> 세상은 폐허의 가면을 쓰고 누워 있네. 그 아래는 폐허를 상상하는 심연. 심연에 가닿기 위해, 그대 기꺼이 심연이 되려 하는가. 허나, 명심하라. 그대가 세상을 상상하는 것이 아니라 세상이 그대를 상상한다네. 그대는 세상이 빚어낸 또 하나의 폐허, 또 하나의 가면. 지구적으로 보면, 그대의 슬픔은 개인적 기후

에 불과하다네. 그러니 심연을 닮으려는 불가능성보다는 차라리 심연의 주름과 울림과 빛깔을 닮은 가면의 가능성을 꿈꾸시게.

—심보선, 「먼지 혹은 폐허」 부분

시는 '상처'가 아니라 그것의 흔적, 즉 '흉터'이다. '상처'의 시는 '대상'에 집중하지만, '흉터'의 시는 상처 이후의 삶, 즉 슬픔의 애도작업이나 애도의 불가능성에 집중한다. 이 흉터가 미로가 아닌 오직 하나의 길, 즉 '문자의 길'을 가능하게 만든다. 그러므로 핵심적인 물음은 '무엇을 잃어버렸는가?'가 아니라 '상실 이후에 무엇이 오는가?'이다. '상실' 이후에는 무엇이 오는가? 상실 이후에는 '폐허'와 '치욕'이 온다. 심보선의 시에서 가장 빈번하게 등장하며, 가장 강렬한 울림을 만드는 단어는 '폐허'와 '치욕'이다. 그의 시에는 '슬픔'만큼이나 많은 '폐허'의 이미지들이 등장하고, 속물적인 일상에 대한 긍정만큼이나 강렬한 치욕의 감정이 등장한다. 그것은 "누추하게 구겨진 생은 / 아주 잠깐 빛나는 폐허였다"(「아주 잠깐 빛나는 폐허」)처럼 생에 대한 미련을 잃어버린 일상의 어두움을 지시하기도 하고, "그 어떤 심오한 빗질의 비결로 노래는 치욕의 내력을 처녀의 댕기머리 풀 듯 그리고 단아하게 펼쳐놓는가"(「노래가 아니었다면」)처럼 '노래'에 의해 펼쳐지고 승화될 대상으로 호출되기도 하며, "세상은 폐허의 가면을 쓰고 누워 있네. 그 아래는 폐허를 상상하는 심연."(「먼지 혹은 폐허」)처럼 세상의 표정이라는 실존적 언표로 발화되기도 한다. '폐허'와 '치욕'은 대상의 상실이 자기 비난으로 옮아가는, 즉 리비도의 이동을 의미한다. 그것은 대상으로부터 자아로 리비도가 퇴행하는 과정이다. 이런 까닭에 심보선의 슬픔은 리비도의 이동을 동반하지 않는 '애도'와 구분된다. 애도 역시 대상의 상실에 대한 슬픔을 동반하지만, 애도는 주체가 대상을 향해 리비도를 투사하는 것으로, 비록 잠시나마 자아에게로 되돌아왔을 경우에도 곧 다시 대상을 찾기 마련이다. 그러므로 문제는 "치욕에 관한 한 세상은 멸망한 지 오래다"(「슬픔이 없는 십오 초」)처럼 삶이 치욕으로 변해버린 이후에도, 그 치욕에도 불구하고 "아무런 변화도 생기지 않"(「전락」)는다는 사실이다. 시인은 이 사실 앞에서 "참혹한 부끄러움"(「성장기」)을 느끼는데, 이 부끄러움이 곧 '폐허'라는 세계의 표상을 만들어낸다. 폐허와 치욕의 시간 안에서 '상상'은 '그대'가 아니라 '세상'의 권리이고, 그대의 슬픔은 지극히 개인적인 사건이 된다.

누구나 잘 안다 이렇게 된 것은
이렇게 될 수밖에 없었던 것이다
태양이 혼 힘을 다해 빛을 쥐어짜내는 오후
과거가 뒷걸음질 치다 아파트 난간 아래로
떨어진다 미래도 곧이어 그 뒤를 따른다
현재는 다만 꽃의 나날 꽃의 나날은
꽃이 피고 지는 시간이어서 슬프다
고양이가 꽃잎을 냠냠 뜯어먹고 있다
여자가 카모밀 차를 홀짝거리고 있다
고요하고 평화로운 듯도 하다
나는 길 가운데 우두커니 서 있다
남자가 울면서 자전거를 타고 지나간다
궁극적으로 넘어질 운명의 인간이다
현기증이 만발하는 머릿속 꿈 동산
이제 막 슬픔 없이 십오 초 정도가 지났다
어디로든 끝간에는 사라지는 길이다

—심보선, 「슬픔이 없는 십오 초」 부분

애도는 대상의 상실에서 오는 슬픔이고, 슬픔은 우울증의 근본적인 기분이다. 슬픔 안에서 세상은 '치욕'으로 인해 이미 멸망한 상태에 이른다. 세계의 몰락이라는 사건은 '미래'라는 시간의 문을 닫아버린다. 슬픔의 중핵은 시간을 잠식한다. 그것은 "과거가 뒷걸음질 치다 아파트 난간 아래로 / 떨어진다"처럼 먼저 과거와의 결별을 선언하고, 다음으로 미래라는 가능태의 시간을 닫아버린다. 슬픔의 주체에게 남은 것은 오직 현재라는 치욕의 시간뿐. "지금으로서는 / 내게 주어진 것들만이 전부이기에 / 지금으로서는"(「웃는다, 웃어야 하기에」) 그렇지만 치욕스러운 삶의 시간인 현재는 결코 영혼의 거소가 되지 못한다. 그러므로 슬픔의 주체는 시간을 잃어버린 인간이다. 실존적인 시간의 결핍은 "생에 대하여 미련이 없다"(「아주 잠깐 빛나는 폐허」)처럼 삶에 대한 허무를 동반하는데, 이 허무는 종종 운명론의 형식을 띤다. '웃는다, 웃어야 하기에', "누구나 잘 안다 이렇게 된 것은 / 이렇게 될 수밖에 없었던 것이다" 같은 비통한 진술은 치욕스러운 일상이 시간의 바깥에서 유지되고 있음을 보여준다. 운명론적인 허무를 짊어지고 살아가는 인간은 달리는 자전거에서 "궁극적으로 넘어질 운명의 인간"을 보고, 자신 앞에 펼쳐진 길에서 "끝간에는 사라지는 길"의 종말을 본다. 슬픔의 정서 안에서 모든 것은 '종말'을 향해 질주한다.

그렇다면 '종말' 이후에는 무엇이 올까? 그것은 종말의 연장일까, 아니면 종말의 종말, 즉 새로운 시작일까? 불현 듯 심보선 시의 다음 행보가 궁금해진다. 동시에 심보선의 시가 선보이는 우울증적인 상실의 정서가 이른바 우울증의 책략은 아닐까라는 궁금증도 생긴다. 물론, 대상의 상실이 슬픔의 애도 작업을 통해 극복될 수 있었다면 이 많은 시들은 결코 쓰여지지 않았을 것이다. 그런 까닭에 우울의 정서는 분명 애도 작업의 실패와 연관된다. 그렇지만 종종 우울증은 대상의 상실이 일어나기도 전에 그것을 미리 내다보고 한발 앞서 애도하기도 한다. 이것이 바로 상실을 통해서 대상을 획득하는 우울증의 책략이다. 우리가 이전에 결코 가져본 적이 없었던, 애초부터 상실된 상태였던 어떤 대상을 소유하는 유일한 방법은 우리가 아직 수중에 넣고 있는 어떤 대상을 상실된 것처럼 취급하는 것이다. 이 경우 상실은 거짓 연출된 과장이지만, 이 거짓 상실 안에서 대상은 최초로 소유된다. 그러므로 우울증은 대상을 상실했을 때가 아니라 욕망하던 대상을 얻었을 때, 그러나 그것에 실망했을 때 발생하는 것은 아닌가. 이런 맥락에서 애도는 애도의 불가능성을, 과거와의 단절은 과거와의 단절이 불가능함을, 그리하여 부정적인 방식으로 연속성을 지니고 있음을 읽어야 하는 것은 아닐까. 이때에만 심보선의 시는 후일담과 구분될 것이다.

2. 토성의 영향 안에서

진은영은 토성의 감정을 지닌 시인이다. "내 가슴엔 / 멜랑멜랑한 꼬리를 가진 우울한 염소 한 마리 / 살고 있어"(「대학 시절」) 그녀의 시는 우울이라는 열정에 의해 지배된다. 그녀의 시에서는 세상에 대해 고뇌하는 자가 겪는 슬픔, 그러나 결코 세상 속으로 흡수되어버리지는 않는, 세상 속에서는 결코 치유될 수 없는 슬픈 영혼의 독백이 흘러나온다. '슬픔'이란 풍경을 응시하는 시인의 내면이지만, 시인이 세계와 관계를 맺는 형식 그 자체이기도 하다. 진은영에게 '사전'은 '슬픔'이라는 토성의 정조만큼이나 중요하다. '사전'은 단어의 개수와는 별개로, 언어를 비유기적인 방식으로 모은 덩어리이다. 그것은 어떤 목표를 이루겠다는 생각 없이 파편들을 쌓아올리는 바로크 창작의 원재료를 닮았고, 실용적인 가치와 무관하게 오래된 것들을 한 데 모으는 수집가의 태도와 더욱 유사하다. 사전 안에서 각각의 항목(언어)들은 이웃 항목(언어)들과 무관한 방식으로 기입된다. 사전은 수집된 언어이다. 그것은 결코 전체성을 지향하지 않기에 문법적인 연관성을 따라 배열되지 않는다. '사전'은 언어의 '성좌Konstellation'를 가시화하는 방식이다. 그것은 "아무리 모아도 넓이를 가진 이면지가 되지 않는 점 / 유일무이한 점"(「점」)과 같은 특이성으로서의 언어를 닮았다. 벤야민은 성좌구조 안에서 진리란 개별자를 동일자로 환원함으로써 파악되는 것이 아니라 각각의 개별적인 현상들이 아무리 극단적일지라도 그것들 간의 관계를 드러내려는 인식적 노력에서 나온다고 말했다. 개별자들이 동일자로 환원되지 않는, 그러면서도 개별자들 간의 관계를 드러내는 이 성좌구조는, 그러므로 동일성에 포획되지 않는 타자의 언어가 드러날 수 있는 방식이다. 산문의 경우, 언어는 문법적인 이웃관계나 의미라는 맥락을 고려하여 발화된다. 의도적으로 이 이웃관계나 맥락으로부터 일탈하는 것은 가능하지만, 대개의 경우 산문적 발화는 의미의 지배를 받는다. 반면 시의 경우, 특히 성좌구조에서 언어는 의미라는 전체성·통일성의 지배를 받는 대신 개별적인 다양성의 부조화와 파편적 상태를 그대로 드러낸다. "이 시에는 아무것도 없다 / 네가 좋아하는 / 예쁜 여자, 통일성, 넓은 길이나 거짓말과 같은 것들이"(「이전 詩들과 이번 詩 사이의 고요한 거리」) 이 경우 시적 진술에서 의미의 정합성을 발견하기는 어렵고, 그런 만큼 언어들 간의 긴장관계는 한층 극대화된다. 진은영의 시적 발화는 대개 이 성좌구조의 형태를 띤다. 그렇다고 해서 그녀의 시 쓰기가 문법-규범을 벗어나기 위해 의도된 일탈이라고 말할 수는 없다. 차라리 그녀의 시적 발화는 언어의 재맥락화, 즉 기존의 맥락에서 분리된 언어들을 집합화하는 방식에 가깝기 때문이다. 그녀의 '사전'에 등재된 항목들은 이미-항상 다른 맥락에서 사용된 낡은 언어들이다. 그녀는 이 낡은 언어들을 원래의 맥락에서 분리시켜 그것들을 재맥락화 한다. 그녀의 시편들은 언어 앞에서 독자를 여러 번 멈추게 만든다.

키에르케고르는 시는 멜랑콜리한 자의 고뇌의 외침이라고 썼다. 그는 멜랑콜리에서 고통의 승화를 읽었고, 소외된 의식의 항상적 거리감에서 현대인들의 고립감을 선취했다. 진은영 시의 한 화자는 이 고립감에서 흘러나오는 고뇌의 외침에 대해 "어둠 속에 이 소리마저 없다면"(「일곱 개의 단어로 된 사전」)이라고 응답한다. 진은영의 시편들 대부분은 멜랑콜리의 정조에 노출되어 있다. 그녀의 시는 낙관보다는 우울과 비탄에, 삶보다는 죽음에, 상승의 명랑함보다는 하강의 니힐함에 한층 가깝다. 그녀가 펼쳐 보이는 이 우울의 세계가 구원의 가능성마저 부정하는 것인지는 단정하기 어렵지만, 분명한 것은 그녀가 주목하는 아름다움이 멜랑콜리적 침잠 안에서 빛을 발한다는 사실이다. 멜랑콜리의 시선 안에서 역설적으로 세상은 빛이 아니라 어둠의 후광을 입는다. 지울 수 없는 삶의 비극성이야말로 시인이 아름다움을 발견할 수 있는 유일한 대상이 된다. "별과 시간과 죽음의 무게를 다는 저울을 / 당신은 가르쳐주었다."(「나의 친구」) 멜랑콜리한 시선 아래에서 사물들은 특유의 견고함을 잃어버리고, 회의의 언어는 "확신의 갑옷을 두른 모든 시대의 병사들을 / 전부 익사키"킨다. 확신의 갑옷을 익사시키는 우울의 언어가 비정치적이라고 말하는 것은 결정을 서두르는 관료들의 부당함을 겨냥한 「문학적인 삶」이 비정치적이라고 말하는 것만큼이나 부당하다.

어둠의 후광은 도처에 있다. 그것은 "우리는 목숨을 걸고 쏜다지만 / 우리에게 / 아무도 총을 겨누지 않는다"(「70년대産」)처럼 세대의 운명에도 있고, 유년의 기억과 여수참사로 상징되는 비극적 현실을 교차시킨 「Quo Vadis?」에도 있다. 그녀의 시에서 '비극'은 한 개인의 운명이나 불행한 사건이 아니라 세상을 지배하는 '이념'의 형태를 띤다. 이 비극적 세계인식에는 인간을 자신의 운명과 화해시키는 우주의 질서가 존재하지 않는다. 진은영의 시에 등장하는 별들은 언제나 이 폐허와 같은 세속적인 세계로 떨어져 내릴 뿐이다. 첫 시집의 서두에 등장하는 "위대한 악을 상속 받았던 도둑들은 모두 사라졌다 / 밤[夜] 속에 가득하던 전갈들도"(「모두가 사라졌다」)라는 구절은 이 치명적인 상실에서 엿보이는 '예언'의 의미에 주목한다. 모든 것이 불투명한 암야행로에서 시인은 몰락의 풍경에 내뿜는 아름다움을 읽는다. 진은영에게 그것은 곧 시詩의 존재론이다.

첫 시집 『일곱 개의 단어로 된 사전』(2003)은 '아버지-엄마-할머니-나'로 이어지는 유년의 가계에 대한 추억, 다른 한편 "시를 쓰고 나서 혁명에 실패하고 / 한 남자를 사랑하게 되었는지 / 혁명에 실패하고 나서 한 남자를 사랑한 후 / 시를 쓰게 되었는지"(「푸른색 Reminiscence」)처럼 '혁명-사랑-시'의 삼각형이 반복해서 등장한다. '가족'이라는 제도에서 스멀거리며 기어 나온 어둠의 후광은 20대의 대학 시절, 그리고 '혁명의 실패'라는 굴곡의 시간을 관통하면서 '우울'의 분위기로 집약된다. 벤야민은 스스로를 우울한 영혼이라고 명명했다. "나는 토성의 영향 아래 태어났다. 가장 느리게 공전하는 별, 우회와 지연의 행성…" 우울은 "슬픔에 대한 오랜 환대"(「거기」)이다. 우울한 인간은 죽음의 그림자에 쫓긴다. 그는 세상이 사물이 되어가는 것을 보며, 결국 자신마저도 사물의 시선으로 본다. 우울한 인간의 대부분은 '책'에 집착한다. 그에게 책은 독서의 대상이 아니라 세상의 파편이다. "집에 꽂힌 책은 다 읽었다 단 세 권만 / 읽혀지지 않았다 아버지, 엄마 / 아버지의 엄마"(「바깥 풍경」) 우울한 인간은 책을 읽는 대신 행간에 머무르려는 경향을 지닌다. 하여, 우울한 인간은 도시에서 그렇듯이 종종 책 속에서 길을 잃는다. "문을 찾을 수 없다니"(「벌레가 되었습니다」) 그러나 우울한 인간의 길 잃음은 길을 몰라서 잃어버리는 것이 아니다. 그것은 '길' 안에 거주하는 유일한 방법이다. 그는 '문학'에 대해 이렇게 썼다. "문학 / 길을 잃고 흉가에서 잠들 때 / 멀리서 백열전구처럼 반짝이는 개구리 울음"(「일곱 개의 단어로 된 사전」) 이 황홀경의 읽기가 어린아이와 책의 관계라면, 어른과 책의 관계는 그것을 쓰는 행위로 귀결된다. 책을 소유하는 가장 바람직한 방법이 책을 쓰는 일임을 우울한 인간은 알고 있다. 진은영 시의 도처에서 책에 대한 강박이 확인되고, 그것이 '시 쓰기'에 대한 자의식으로 확장된다.

시를 쓰는 건

내 손가락을 쓰는 일이 머리를 쓰는 일보다 중요하기 때문. 내 손가락, 내 몸에서 가장 멀리 뻗어나와 있다. 나무를 봐. 몸통에서 가장 멀리 있는 가지처럼, 나는 건드린다, 고요한 밤의 숨결, 흘러가는 물소리를, 불타는 다른 나무의 뜨거움을.

모두 다른 것을 가리킨다. 방향을 틀어 제 몸에 대는 것은 가지가 아니다. 가장 멀리 있는 가지는 가장 여리다. 잘 부러진다. 가지는 물을 빨아들이지도 못하고 나무를 지탱하지도 않는다. 빗방울 떨어진다. 그래도 나는 쓴다. 내게서

제일 멀리 나와 있다. 손가락 끝에서 시간의 잎들이 피어난다

—진은영, 「긴 손가락의 詩」 전문

진은영의 시에는 유독 '시'에 관한 자의식이 투영된 시편들이 많다. 그에게 시 쓰기는 먹고 내뱉는 행위이다. "종일토록 종이들만 먹어치우곤 / 시시한 시들만 토해냈네"(「대학시절」) 시 쓰기는, 비록 고상한 행위는 아닐지언정, 그것 없이 존재할 수 없는 본능에 속한다. 이 본능은, 이 변용은, '교훈'의 언어를 싫어하고, 무질서를 좋아한다. ""네 멋대로 자고, 담배 피우고 입 다물고, 우울한 채 있으려므나" / 출처를 잃어버린 인용을 좋아해 / 단단한 성벽에서 떨어진 회색 벽돌을 좋아해"(「무질서한 이야기들」) 하여, 그는 잘 다듬어진 아름다움보다는 '습작'의 서투름을 선호한다. 아니, 정확하게 말하면 '아름다움'의 정의 자체를 뒤집어 놓는다. 그에게 '아름다운 것'은 신발장에 가지런하게 놓인 신발이 아니라 "네가 황급히 떨어뜨린 슬리퍼 한 짝"(「신발장수의 노래」)이다. 두 번째 시집의 첫 페이지에서 시인은 아름다움을 '~같다'라는 비유의 언어로만 열거한다. 아름다움은 그 자체로 말해질 수 없는 것, 때문에 이미—항상 비유의 언어 속에서만 발견되기라도 하는 것처럼. 언어 속에서 발견되는 이 아름다움을 그는 시詩라고 명명하는 바, 그렇지만 "나는 내가 제일 듣기 싫어하는 목소리입니다"(「마더구즈」)처럼 시의 목소리는 결코 나의 동일성에 호소하지 않는다.

그는 시를 감각적인 접촉과 변용이라고 정의한다. "시—암중모색 / 더듬거리기 위해 눈감기"(「motification」) 파울 클레는 "한쪽 눈은 보고, 다른 쪽 눈은 느낀다."라고 썼다. 클레에게 회화는 시각 이상으로 느낌과 촉감의 예술이었다. 진은영은 시를 '암중모색'에 비유하는데, 그 모색은 어둠 속에서 길을 찾기 위해 눈을 뜨는 행위가 아니라 시각을 완전히 포기하고 육감에 의지하는 일이라는 점에서 이성과 의지가 아니라 감각의 문제이다. 이 지점에서 시는 시각이 아니라 손가락과, 머리가 아니라 몸 전체와 만난다. 시를 쓰는 것은 '머리'가 아니라 '손가락'

을 쓰는 일이다. 손가락은, 나무의 가지가 그렇듯이, 신체의 중심에서 가장 먼 곳에 위치한 감각의 촉수이다. '손가락=가지'는 시각이 붙잡지 못하는 밤의 숨결을, 흘러가는 물소리를, 나무의 뜨거움을 '느낀다=만진다'. 이 감각의 촉수가 자신(내면)을 향해 움직이지 않고 외부를 향해 신체를 개방시킨다는 사실에 주목하자. 메를로 퐁티가 인간 존재를 '세계－에로－존재'라고 정의했듯이, 진은영 시에서 '감각'은 자신의 내면을 응시하는 성찰의 시선이 아니라 '다른 나무'를 향해 감각을 개방하는 행위이다. "모두 다른 것을 가리킨다. 방향을 틀어 제 몸에 대는 것은 가지가 아니다." 이성이 그렇듯이, 감각은 그 자체 텅 빈 상태로 존재하지 않는다. 대상을 갖지 않는 이성이 없듯이, '다른 것'과의 접촉 없이 존재하는 감각도 없다. 만약 존재한다면 그것은 '감각'이라는 기호이거나 사변일 것이다.

진은영에게 이 감각의 개방은 "빈방의 아이들은 불타 죽고 이곳에서 / 철거촌 사람들은 깡패에게 맞아 죽고 이곳에서 / 라고 나는 쓴다 이곳은 조용하다 / 라고 쓰고 이곳에서 일어난 일을 잊지 않겠다 / 라고 쓴다 보랏빛 젖은 안개로 쓴다"(「첨탑 끝에 매달린 포도송이」)에서 드러나듯이 '쓰기'와 관련된다. 시인에게 세계를 향한 감각의 개방은 곧 '쓰다'라는 행위와 동일하다. 두 번째 시집의 표사는 다음의 문장으로 시작된다. "당신에게 이 시들을 바친다고 나는 쓴다." 그는 '당신에게 이 시집을 바친다'라는 단정적 진술대신 "당신에게 이 시들을 바친다고 나는 쓴다."라고 쓴다. 전자에는 '바친다'라는 강렬한 선언은 있지만 '쓰다'라는 존재론적 행위가 들어 있지 않기 때문이다. 시인에게 '쓰다'는 곧 존재의 근거이다. 그는 쓰기 위해 존재하고, 존재하기 위해 쓰며, 쓰기 때문에 존재한다.

> 나에게는 다섯 명의 시인이 있지
> 첫번째 사람
> 그는 아파

모두가 떠나간 검은 빌딩의 불 켜진 한 층처럼
밤새
통증이 빛난다
눈먼 시간들이 부딪치는 어느 모서리에서

(…중략…)

마지막 한 사람은
엉터리
그의 갈라진 목소리 안에 또 다른 다섯이 살고 있어
저마다 녹색 침을 퇘퇘 뱉는
다섯 마리 새들을 키운다
새들은 깃털 수만큼의 이미지를 품고 있어

뽑힌 나무들 너머
덜덜거리는 굴착기 위에서
잿빛 깃털들이
여러 빛깔로
흔들리며
떨어지네

마지막 사람은 엉터리
서툰 시 한 줄을 축으로 세계가 낯선 자전을 시작한다

—진은영, 「앤솔러지」 부분

앤톨로기아anthologia. 앤솔로지는 '꽃을 따서 모은 꽃다발'을 의미한다. '다발'은 전체화될 수 없는 부분들의 집합체라는 점에서 '성좌', '수집', '사전'과 동일하다. 이것들은, 모자이크와 마찬가지로, 상이한 파편들을 한 데에 모아놓음으로써 어떤 진리의 섬광을 예비한다. 시인은 이 성좌적인 인식을 '나'에게 투영함으로써 단일성의 신화를 해체하고 '나' 안에서 '다섯 명의 시인'을 호출한다. 이것은 사물에 대한 이미지적인 이해이고, 더 정확하게 말하면 사물의 무상성에 대한 통찰과 사물을 영원으로 구원하려는 관심의 결과라고 말할 수 있다. 근대적 관념에 익숙한 우리는 '개인individual'을 더 이상 쪼갤 수 없는in-divide 원자로 간주한다. 하여, '개인'은 종종 윤리의 거점으로 설정되기도 하고, 부정할 수 없는 삶의 원초적 단위로 표상되기도 한다. 물론, 2000년대 문학에서 이러한 인식은 '분열'이라는 현대적 현상에 의해 반성적인 형태를 보이고 있다. 그렇지만 이미지의 시선으로 볼 때 사물은 그 안에 수 천 개의 또 다른 사물(이미지)을 함축하고 있는 겹주름이다. 사물을 감각한다는 것은 그 사물에서 이미지를 불러내는 일이고, 사물-주름을 접고, 펼치고, 다시 접는 일이다. 이 과정이 반복될 때마다 사물은 다른 이미지로 스스로를 드러낸다.

'분열'이 하나가 여럿이 되는 것이고, 하나여야만 하는 것이 여럿으로 갈라져서 존재하는 상태를 의미한다면, '앤솔로지'는 결코 분열이 아니다. 진은영 시에서 분열을 찾는 것은 불가능하다. 더구나 "마지막 한 사람은 / 엉터리 / 그의 갈라진 목소리 안에 또 다른 다섯이 살고 있어" 처럼 앤솔러지의 한 구성물마저 복수성을 지니고 있다면 말이다. 다섯 명의 시인은 하나인 동시에 다섯이고, 다섯인 동시에 언제나 그 이상이다. 복수성의 세계에서 "새들은 깃털 수만큼의 이미지를 품고 있"고, 시인은 그 수많은 이미지 가운데 어느 하나에 우연히 도달할 수 있을 뿐이다. 이것을 사물에 대한 신비주의적 이해라고 말하는 것은 부적절하지는 않지만, 또한 이것은 객관적 표상의 세계 밖에서 사물이 존재하는 방식이기도 하다. 그러므로 이미지는 시인이 사물을 영원성의 세계로 구원하는 하나의 방식인 셈이다. 앤솔로지는 동일성의 체계에 포섭되지 않는 '타자'가 말할 수 있는 방식이고, 또 타자성이 드러날 수 있는 장소이기도 하다. 그것은 장소를 갖지 못한 존재들의 장소이다. 진은영의 시는 "갈라진 목소리"로 발성된다. 그의 시에서는 '동질적인 것'에의 의지가 작동하지 않는, 그리하여 동일성을 흘러넘치는 잉여 / 과잉적인 것들이 이미지를 매개로 세상에 맨얼굴을 드러내고, 비균질적인 부분들이 경쟁과 조화의 해체를 반복하면서 불협화음을 연출한다. 진은영에서 '시=구원'은, 그러나 능동적인 의지보다는 기다림에 관계된다. "가만히 어둠 속에서 누군가를 기다리는 일 / 내가 모르는 일이 흘러와서 내가 아는 일들로 흘러갈 때까지 / 잠시 떨고 있는 일 / 나는 잠시 떨고 있을 뿐 / 물살의 흐름은 바뀌지 않는일". '구원'이라는 시적 사건 안에서 바뀌는 것은 아무 것도 없다. 미지未知가 기지旣知로 바뀔 따름이지만, 푸르던 것은 여전히 푸르른 것으로 흘러갈 것이기 때문이다. '어둠' 속에서의 기다림, 진은영에게 시란 그런 것이다. 기다림의 대상은 사물의 수레를 타고 온다. 기다림은 '떨림', 즉 감각적인 촉발이고, '우울=어둠'은 그 기다림의 배경이다. 그는 토성의 감정을 지닌 영매이다.

3. 시간 안에서 시간을 애도하기

황성희의 시는 사적史的 시간에 대한 애도mourning 속에서 명멸하는 '존재'의 의미를 사유한다. '시간'은 모든 존재의 거소이면서 동시에 '무덤'이다. 시인은 시간의 흘러감에서 역사—시간의 침식을 목격하며, 역사—시간의 침식 앞에서 존재의 사라짐을 실감한다. 그러므로 "창문 앞에서 있다. / 그 많던 시간들은 다 어디로 빠져나간 것일까."(「가출 직전의 나비에게」)와 같은 '시간'에 대한 질문은 곧 '존재'에 대한 질문이다. 후자를 간과하고 전자에 집착할 때, 우리는 그의 시를 뒤늦게 도착한 후일담으로 오해하게 된다. 황성희의 시가 후일담 이상인 까닭은 그 안에 '시간'과 '존재'에 대해 질문이 함축되어 있기 때문이다. 시간에 대해 반복되는 질문 안에는 '공포'("무서운 적 없었어?")가 각인되어 있다. 그 공포는 '나'가 "조금씩 사라지고 있"(「살의의 나날」)다는 것, 상실의 감각에 닿아 있다. 「투명한 정원」의 화자는 "백과사전 속 역사적 무덤들을 모작(模作)"한다. 시집 『앨리스네 집』(2008)은 두 개의 표정을 갖고 있다. 흥미로운 것은 우리가 앞에서부터 읽을 때 '시간'과 '존재'에 대한 애도mourning의 가능성을 목격하는 반면, 뒤에서부터 읽을 때 '시간'과 '존재'에 대한 애도의 불가능성과 마주친다는 사실이다. 자신의 지난 삶을 "나무가 뭔지도 모르면서 / 나무로 살았다"(「나무를 모르는 나무」)라고 평가한 시인은 다음 순간 "여기는 어디일까"라는 뼈아픈 질문에 봉착한다. 시집 『앨리스네 집』은 이 질문에 대한 답을 찾는 과정인데, 시인은 먼저 사적史的인 시간의 스러짐이라는 사건에서 '어디'의 좌표를 확인한다.

두 개의 이질적인 시간이 흘러 다닌다. 그 하나는 오래된 시간인 사史에 속하고, 다른 하나는 현재의 시간인 사私에 속한다. 황성희 시의 시간관념은 전자에서 후자로 흘러가지만, 90년대의 시와 달리 역사의 자장을 빠져나온 일상의 시간을 무조건적으로 긍정하지는 않는 듯하다. 그의 시편들은 역사적 시간의 몰락만을 가리키지 않는다. 표면적으로 황성희의 시는 사적史的인 시간을 희화화, 즉 놀이의 대상으로 삼는다. 중요한 것은 사적史的인 시간이 오직 놀이의 대상일 뿐이라면, 다시 말해 사적私的인 시간 안에서 무의미하다면 이 놀이마저 불가능했을 것이라는 점이다. 다시 말해 지나간 시간에 대한 '애도'가 성공적이었다면, 현재의 이름으로 과거를, 사私의 이름으로 사史를 다시 불러들이는 일은 필요하지 않다. 아니, 애도의 과정이 그렇듯이, 우리는 사적史的인 시간을 잊고 부정하기 위해서라도 먼저 그것을 기억하고 긍정해야 한다. 그리고 어쩌면 이 부정을 위한 긍정, 망각을 위한 기억의 과정이야말로 우리가 처음으로 사적史的인 시간을 갖게 되는 사건인지도 모른다. 이것이 황성희의 시를 후일담과 구분 짓는다. 그녀의 시편에서 시간은 탈구out of joint되어 있다. '시계'들은 항상 비정상적인 상태에 놓여 있고 달력 속의 "검은 숫자들"(「그렇고 그런 해프닝」)은 달력 밖으로 미끄러진다. 표제작 「앨리스네집」의 시계에는 시간을 가리키는 '바늘'이 존재하지 않고, 「술래잡기의 비밀」의 시계는 '유리'가 깨진 채 흘러내리고 있다. "1부터 12까지 둥글게 원을 그리고 서 있어. / 유리는 깨졌고 오래 전부터 시간이 흘러내리고 있지." 역사에 대한 애도가 '史생활'(「질문 사절」)에서 '私생활'로의 매끄러운 이동이라면, 황성희의 시는 애도의 불가능성에 한층 가까워보인다. 시인은 두 생활 사이의 이동을 완결시키지 못하고 있으며, 그것은 차라리 두 시간 사이에서의 분열과 혼란을 극적인 방식으로 드러내고 있다.

시간이 흘러간다. 사史의 시대가 흘러가면 사私의 시간이 온다. 그것은 '애도'와 같은 노력의 산물이 아니라 "살다 보니 잊었다"(「변명」)처럼 비의지적인 결과이다. '시간' 자체를 제외하곤 시간의 흐름 안에서 자유로운 것은 없다. "아침에 있던 별들이 저녁이면 사라지고 / 내일 아침이면 잊혀지고 / 다음 날 아침이면 전설이 되고 / 그다음 날 아침이면 해독 불가의 암각화가 되고……"(「그렇고 그런 해프닝」) 그러니 시간의 흐름이 남긴 유산이 "이제 우리에게 시간 말고는 더 이상 남은 이데올로기도 없는데"라는 앙상한 자각뿐임은 이상할 것이 없다. 문제는 이 자각이 이른바 안정적인 '현실'(시인은 "현실에 충실하자!"라는 말이 세상에서 가장 웃기는 말이라고 했지만)을 가져다주지 않음은 물론 현재적 '일상'의 정당성을 가져다주지도 않는다는 사실이다. 반복해서 말하건대 황성희의 시는 현재에 대한 긍정도, 일상에 대한 예찬도 아니다. 시인은 이 딜레마를 '집' 없음에 비유한다. 황성희의 시에서 '집'은 항상 부재의 방식으로만 등장한다. 그것은 "이 울창한 시간의 숲을 거슬러 / 다시 찾아갈 집은 정녕 있는 것일까"(「홍커우 공원의 고양이들」)처럼 '기원', 즉 "시작에 관한 공공연한 왜곡들"(「난 스타를 원해」)을 의미하지만, 다른 한편 시간 안에서 뿌리내리지 못하는 모든 존재의 운명이기도 하다.

황성희의 시에서 사적史的 시간의 해체는 '기원'의 문제로 표출된다. 그의 시에는 기원이 없다. '없다'는 존재론에 의한 부정이 아니라 가치에 의한 부정이다. '기원'은 "뿌리의 기원에 대한 모든 수다는 알리바이 없는 상상에 불과했다."(「꽃의 독백」), "시작에 관한 공공연한 왜곡들. / 촌스럽기 짝이 없는"(「난 스타를 원해」), "거대한 뿌리 따윈 수목원의 아열대 교목에서나 찾아보라지."(「거울과 자화상 그리고 거대한 뿌리」)처럼 부정과 희화의 대상으로만 존재한다.

> (1) 여자는 주민등록증에서 60년의 사진을 떼어 내고 45년의 사진을 새로 붙인다. 빨래 걸이에 널렸던 80년이 사실은 80년 속의 남편이 45년을 사실은 45년 속의 여자를 곤봉으로 때리기 시작한다. 45년의 온몸이 금세 피멍으로 지저분해진다. 또빨아야하잖아. 45년 속에서 여자는 킬킬거린다. 이번에는 45년이 과도를 들고 휘두르기 시작한다. 살가죽이 갈기갈기 째진 80년 속에서 남편이 킬킬거린다. 순찰을 돌던 경비원이 베란다를 그냥 지나간다. 유모차를 밀고 가던 할머니가 베란다를 그냥 지나간다. 헤드라이트를 비추며 다가온 트럭이 베란다를 그냥 지나간다.
>
> —황성희, 「시체 놀이」 부분

> (2) 오빠는 왜 아무 무늬 없는 72년산 검은 바지에 대한 미련을 버리지 못하는 걸까. 재활용 센터의 헌 옷 수거함에서도 그 바지는 받아 주지 않았다. 아버지의 42년산 투 버튼 재킷도 어머니의 60년산 체크 바바리도 쓸모없긴 마찬가지였다. 그냥 버리기엔 저마다 역사 깊은 사연이 숨었다는 그 옷들을 그러나 유행이 지난 것만은 틀림없는 그 옷들을 우리는 고민 끝에 리폼하기로 했다. 본래의 디자인은 각자의 가슴속에 영원히 간직하기로 약속하고.
>
> —황성희, 「검은 바지의 전설」 부분

물론, 기원이 부정된 '역사'란 한낱 숫자에 불과하다. 이 '역사'에 대한 시인의 첫 번째 태도는 '놀이'이다. 60, 45, 80, 72……. 이 숫자들은 특정한 역사적 시간의 기호들이다. (1)에서 베란다의 여자는 빨래를 하고 있는 것처럼 보인다. 그런데 시인은 이 장면에 '시체 놀이'라는 다소 엉뚱한 제목을 달았다. 왜 그랬을까? 이 시에서 '숫자—기호'가 표상하는 대상은 역사적 사건에서 시인의 존재('72')에 이르기까지 광범위하다. 말하자면, 이 시는 '역사'라는 거대하고 오래된 시간만이 아니라 시간 속에서 풍화되는, 죽음에 이르는 모든 것들을 '놀이'의 대상으로 간주하고 있다. 시간 안에서 모든 것들은 사라진다. 시산 안에서 명멸하는 유한성에 대한 자각은 "몇 백 년 뒤 이 놀이터에선 / 난 아무 그네도 타고 있지 않을 것이다. // 이 분명하고 당연하고 슬프지 않은 예언."(「살의의 나날」)이나 "나는 열심히 오늘을 모았지만 누군가들은 또 죽었다."(「분홍신의 고백」)처럼 삶을 죽음을 향한 여정으로 인식하는 차갑고 절망적인 예언을 낳는다. 그러므로 '역사'는 시간의 모든 것이 아니라 그 예언 안에서 어쩔 수 없이 죽음을 맞이하는 하나의 대상에 불과한 셈이다. 때문에 우리는 역사에 대한 냉소와 회의의 목소리가 전면화되는 시편들보다 '죽음'이라는 사건의 반복을 예시하는 작품들(「후레자식의 꿈」「나와 영희의 옛날이야기의 작가」)에 주목해야 한다. 두 편의 시에서 '어머니'와 '영희'는 고유명임에도 불구하고 고유명사가 아니다. "이 어머니, 저 어머니, 그 어머니 등등 어머니들께서는 제발 잘 돌아가셨다. 제발 잘 돌아가셔야 한다."(「후레자식의 꿈」)처럼 '어머니'는 하나의 명사이고, 그렇기 때문에 어머니의 죽음은 '돌아가셨다' 같은 과거형은 물론 '돌아가셔야 한다'처럼 미래형으로도 말해질 수 있는 것이다. 「나와 영희의 옛날이야기의 작가」에서 '영희' 역시 고유명이 아니라 여성의 환칭이다. 때문에 영희의 죽음 역시 시대와 장소를 불문하고 반복된다.

'역사'에 대한 두 번째 태도는 '리폼'이다. 리폼이란 "본래의 디자인"을 관념화한다는 조건하에서 실행되는 시간의 재생再生이다. 이것은 '시간'에 대한 구원의 일종이지만, 정작 이 리폼 안에서는 "본래의 디자인"이 상징하는 현재적·역사적 의미가 희석된다. 인용시의 화자는 이 과정을 72년산 검은 바지, 어머니의 60년산 체크 바바리, 아버지의 42년산 투 버튼 재킷의 리폼 과정으로 형상화한다. 그렇지만 리폼에 성공하기 위해서는 한 가지 조건이 필요하다. 그것은 리폼의 결과물에서 리폼 대상의 형상을 발견할 수 없어야 한다는 것, 즉 '현재'라는 시간이 과거—역사와 무관하게 현재만으로 충만하다는 환상이 가능해야 한다는 것이다. '기원'이 과거라는 큰 타자의 균열을 은폐하는 환상이라면, '리폼'

은 현재라는 큰 타자의 결핍을 은폐하는 환상이다. "이젠 누구도 오빠의 72년산 검은 바지를 알아보지 못한다. 이젠 누구도 아버지의 42년산 투 버튼 재킷을 어머니의 60년산 체크 바바리를 눈치채지 못한다. 오빠조차도 자신의 바지 속에 누벼진 72년산 검은 바지의 형상을 찾아내지 못한다." 그들은 모두 리폼되어 탄생한 디자인을 "생생하다는 듯 생생해서 미치겠다는 듯 밤마다 조잘댄다." 그렇지만 리폼의 완전한 성공, 즉 과거와 현재의 연관성을 환상으로 완전히 은폐하는 것은 불가능하다. 이미 이 시에서 그것이 리폼되었다는 사실을 알고 있는 화자가 등장하기 때문이다. 화자의 개입이 없다면, 이 구조 안에서 '아빠－엄마－오빠'는 벌거벗은 임금님처럼 "날마다 새롭게 태어나야 하는 전설" 따위를 모른 채 살아갈 것이다. 황성희의 시를 후일담으로 읽으려는 독법, 즉 사적史的 시간과의 단절만을 강조함으로써 현재적 삶이나 일상의 중요성을 부각시키는 독법이 여기에 해당한다.

(1) 나는 종종 6.25를 사칭했다. 국 냄비에 덴 자리를 총상이라고 속여 지역 신문의 인터뷰를 따 낸 적도 있다. 물론 그까짓 옛날이야기로 눈물을 구걸하는 등장인물의 진부함을 지적하는 진취적 성향의 모니터 요원들도 있겠지만 그래도 아직까진 먹어 주는 데가 있다. 데모는 북문동에서 딱 한 번. 첫째도 둘째도 셋째도 내 소원은 카메오였지만 그러나. 출석으로 인정받게 하겠다는 과 대표의 명연설이 기억에 남는다. 친구가 분신했다고 술을 마시며 울었을 때 거대한 선배는 홀랑 바지를 벗었지만 사실 그 친구는 내 친구가 아니었다.

－황성희, 「탤런트 C의 무명 탈출기」 부분

(2) 그런데 귀남이 다쳤어. 35년에. 넓적다리를 데었어. 메밀묵을 만들다가. 35년에. 겨우 메밀묵 따위를 만들다가. 아직 안 나았어. 넓적다리에서는 지금도 계속 진물이 흘러. 이제 곧 새살이 돋을 거래. 35년에도 그랬어. 이제 곧 새살이 돋을 거라고. 하지만 귀남이 계모한테는 거짓말 쳤어. 50년에 총에 맞은 거라고. 사실대로 말하면 창피하다고. 아버지한테는 이랬어. 태어날 때부터 원래 썩

어 가던 다리였다고. 사실대로 말하면 종아리 맞을까 봐. 마을 회관 가서는 80년에 칼에 찔린 거라고 했어. 사실대로 말하면 비웃을까 봐.

―황성희, 「귀남이가 안 나오는 귀남이 이야기」 부분

'역사'에 대한 세 번째 태도는 '거짓말'이다. 이제 '역사'는 이야기he-story의 일종이다. 여기에서 신성한 기원을 잃고 숫자로 전락한 '역사'는 결정적인 굴절을 겪는다. 역사를 이야기로 만드는 방법, 즉 거짓말의 방법은 두 가지이다. 하나는 "국사 책의 단군 영정"(「난 스타를 원해」)처럼 거짓말, 즉 역사를 신성한 이야기로 만드는 것이고, 다른 하나는 그 신성한 기원을 패러디함으로써 희화의 대상으로 전락시키는 방법이다. 황성희의 시편들은 대개 첫 번째 방법에 대한 패러디의 성격을 띠는데, 시인은 이것을 통해서 '역사'라는 거대담론이 우발적이고 사소한 사건을 신성하게 만드는 과정을 폭로하고 사적史的 시간을 해체한다. 물론 이 사적史的 시간의 해체의 이면에는 "라디오나 들으며 식탁 옆에서 야금야금 비역사적으로 풍화되는 용기는 도대체 어디에서 오느냐"(「변명」) 처럼 비의지적인 시간의 흐름이 놓여 있다. (1)에서 탤런트 C는 무명을 탈출하기 위해 역사를 사칭한다. "국 냄비에 덴 자리"처럼 보잘 것 없는 상처를 6.25의 총상이라고 거짓말을 함으로써 지역신문의 인터뷰를 따내는 행위가 그것이다. '역사'를 들먹이는 행위는 진부하다는 비판을 피하기 어렵지만 그래도 "아직까지 먹어주는 데가 있다"는 것이다. 뿐만 아니다. 탤런트 C는 '데모'에 관한 개인적 진실을 토로하고, 친구의 분신에 얽힌 에피소드를 쏟아내며 거대담론의 신성성을 신랄하게 조소한다. '역사'에 대한 희화는 (2)에서 동일하게 반복된다. 메밀묵 따위를 만들다 다친 상처를 계모에게는 50년 전의 총상이라고, 아버지에게는 태어날 때부터 썩어 가던 상처라고 거짓말을 한다. 심지어 그는 마을회관에서는 그 상처가 80년 광주에서 얻은 흉터라고 거짓말한다. 두 편의 인용시는 사적史的 시간의 신성성을 해체한다는 점에서, 아울러 그 해체를 통해 개인의 근거를 마련한다는 점에서 후일담의 성격을 갖고 있다. 문제는 이 후일담의 성격이 거대담론을 해체하기 위해서 동원된 시적 전략인지 아닌지를 확인하는 데 있을 것이다.

'역사'라는 신성의 광채가 사라지면 역사적인 인물들, 즉 위인들의 존재감 역시 실추된다. 가령 사적史的 시간의 해체에 직면한 홍커우 공원의 윤봉길은 "요즘 같은 급식 시대 / 먹어 본 기억조차 까마득한 도시락을 / 너도나도 내던져야 폼 좀 난다는 거니?"(「홍커우 공원의 고양이들」)처럼 시대감각을 잃어버린 행위자로 치부되고, 민족주의의 상징인 김구는 '전도사 金'(「전도사 金」)이 되어 낡은 이념을 신봉하는 일간지의 홍보요원으로 전락한다. 이러한 이념의 해체가 '시간'에서 기인한다는 사실에 주목하자. 그렇다면, 위인이 아닌 우리들의 존재감은 시간의 흐름 안에서 어떤 위협에 노출되는 것일까? 실상, 황성희의 시에는 이 위협에 대한 비유들이 많이 등장한다. 첫째, '기억'의 상실. 기억 상실은 사적史的 시간과 사적私的 시간의 단절만이 아니라 한 개인을 둘러싸고 발생되는 존재감의 상실을 의미한다. 황성희 시의 화자들이 '시간'을 환기하며 '나'에 대해서 관심을 집중할 때 그것은 존재감의 상실을 극복하려는 실존적 몸짓에 해당한다. 둘째, '얼굴'의 상실. 황성희 시의 화자들은 종종 '얼굴'이 없다고 고백한다. "도대체 누구라서 내가 나인 것을 알아내겠습니까. 그러나 거울을 볼 때는 절대 내 얼굴이 내 얼굴인 척 해야 한다는 것을 잊지 마십시오. 물론 이것은 얼굴이 보이는 세대에 한해서만 해당되는 사항임은 말할 것도 없습니다."(「신격문(新檄文)」 부분) 거울의 비대칭성은 '얼굴'을 전도시킴으로써 정체성을 혼란스럽게 만들고, 오래된 사진 속의 얼굴에서 '나'를 찾으려는 노력은 시간의 틈으로 인해서 코미디로 인식된다. "시간의 차도가 내 얼굴 속에서 내 얼굴을 쓸어 간다."(「누구 없어요?」) "이게 바로 나야. / 단체 사진에서 제 얼굴을 찾아내는 것이 왜 코미디인지 / 선생님은 제발 아실까."(「거울과 자화상 그리고 거대한 뿌리」) 셋째, '이름'의 상실. 황성희 시의 인물들은 종종 고유명을 잃어버리고 보통명사가 된다. "내가 이름이 없다고 누가 그래?"(「나는야 전성시대」)는 실상 이름 없음을 거부하려는 부정의 몸짓이고, 인물들은 때로 "이름이 있는 척 앉아 있"(「누구 없어요?」)기도 한다. 고유명사의 보통명사화는 집합(민족)과 개인의 관계가 아니라 실존을 상실할 때 개인이 보통명사로 전락하는 것을 가리킨다. 넷째, '주소'의 상실. 시간은 모든 존재의 흔적을 지운다. 주소가 없다는 것은 곧 존재감이 없다는 것이며, 존재감이 없다는 것은 '유령'처럼 살아간다는 것을 의미한다. "미안, 편지라면 사양하겠어. / 꿀사과들아, 난 주소가 없단다."(「꿀사과들에게 고함」) "편지는 매일 다른 집으로만 가잖아. 어떤 우체부도 무시 못하는 주소를 가지고 싶어."(「나와 영희와 옛날이야기의 작가」)

네 가지 상실은 존재감의 상실을 변주한다. 기억, 얼굴, 이름, 주소는 이른바 개인의 존재감이 확인되는 고정점들이며, 시간으로 인해 인간이 이 고정점들을 상실할 때 그의 시간도 더불어 사라진다. 이 실존의 시간으로부터 벗어날 때 우리는 '1972'처럼 기호가, '영희'처럼 환칭이, '어머니'처럼 보통명사가 된다. 최악의 경우 우리는 "배달된 양A를 보고 양B가왔군 판매하는 식육점 주인. / 양B로 알고 구매한 양A를 양B처럼 조리하는 요리사. / 양A의 요리를 양B의 가격을 주고 먹는 손님."(「개나리들의 장래 희망」) 타인의 정체로 살아가게 된다. 그러므로 "나, 정말 저 개나리 중 아무 개나리야?"(「정말로」)라는 물음은 보통명사의 위치를 벗어나 고유명사 안에서 자신의 존재감을 확인하려는 것으로 이해할 수 있다.

(1) 그래도 나는 아직 식탁 의자에 앉아 있다. / 바람이 많이 부는 이름 없는 저녁. / 나는 아직 내 속에 남아 있다. / 발바닥 저 밑까지 손을 뻗어 휘휘 저어 보지만 / 나는 내 속에서 나를 꺼낼 수 없다. // 나는 지금 식탁 의자에 앉아 있다. / 바람이 많이 부는 이름 없는 저녁. / 역사의 어떤 낱장에도 점 하나 찍지 못한 채 / 아무도 신고 않는 슬픈 자위를 반복하며. / 아무도 관심 없는 투명한 점묘를 반복하며.

—「투명한 점묘」

(2) 변기 위에 앉아 있어요. / 살아 있지 않고선 도저히 앉을 도리가 없는 / 칼날 같은 역사적 순간의 위에. / 내가 나를 도저히 의심할 수 없는 그 순간의 위에. (…중략…) 나는 시시각각 나를 스쳐 지나가고 / 나방은 형광등 주위를 애타게 맴돌지만 / 거실의 스위치와 불 끄는 아이의 존재를 알 수는 없겠죠. // 변기 위에 앉아 있어요. / 살아 있지 않고선 도저히 앉을 도리가 없는 / 칼날 같은 역사적 순간의 위에. / 내가 나를 도저히 의심할 수 없는 그 순간의 위에. // 그러나 이 순간은 / 당신을 몇만 년 전 또는 / 몇만 년 후의 미라로 만들 수도 있는 / 우주의 시간.

—「화성에 있다는 물의 흔적에 관한 소문」

황성희의 시편들에는 '반복'은 시간의 흐름과 관계한다. 동일한 구절이 연을 달리하면서 반복되는 현상은 곧 시간이 흘러가고 있음을 의미한다. (1)에서 식탁 의자에 앉아 있는 화자는 바람이 많이 부는 저녁 속에서 자신의 내부에 '나'가 남아 있음을 의식하고 있다. 그것은 아마도 화자가 물질성의 차원에서 '나'가 실재하고 있음을 깨닫는 장면일 것이다. 그 시간의 흐름 안에서 국 냄비가 끓고, 압력 밥솥의 증기가 새어 나오고, 가스 오븐 알람이 울리고, 라디오 DJ는 쇠라의 죽음에 대해 이야기한다. 무심히 흘러가는 이 일상의 시간은, 그러나 "역사의 어떤 낱장에도 점 하나 찍지 못한 채"처럼 회한의 정서만을 확대할 뿐 존재감으로 이어지지는 않는다. 역사의 낱장에 점 하나 찍지도 못했지만, 그렇다고 무심히 흘러가는 일상의 시간에서 자신의 존재감을 확인할 수도 없는 상태, 화자는 그것은 "아무도 신고 않는 슬픈 자위"라고, "아무도 관심 없는 투명한 점묘"라고 말한다. 점묘, 선의 분할이 점이 아닌 것처럼, 점의 연속 역시 선이 아니다. 때문에 점묘는 현재적 시간의 충만함을 알려줄지언정 과거 시간과의 연속을 보장하지 않는다. 이 시간의 불연속을 배경으로 시인은 존재에 대해 되묻는다.

'반복'과 '시간'의 연관성은 (2)에서도 동일하게 목격된다. 시인은 '변기'라는 공간에서 "칼날 같은 역사적 순간의 위"라는 시간적 의미를 읽어낸다. 칼날 같은 역사적 순간, 그것은 "살아 있지 않고선 도저히 앉을 도리가 없"다는 점에서 현실적인 시간을 가리킨다. 그렇지만 이 현재적 시간 속에서 나는 "당신도 아니고 그녀도 아니지만 / 우리는 유니폼같이 공통된 얼굴"과 "오직 하나의 이름만"을 간직하고 살아간다. 시간을 잃어버림으로써 익명적인 개인이 되고, 익명적인 개인이 됨으로써 보통명사로 전락하는 삶. 이러한 인식에서 시인은 '우주의 시간'을 떠올린다. 우주의 시간으로 보면 '이 순간'이란 보잘 것 없는 시간에 불과하고, 그리하여 우주의 시간은 '당신'을 "몇 만 년 후의 미라"로 만들어버릴 수도 있다는 생각. 흔적이란 그 오래된 시간의 확인일 터, 시인은 당신을 포함한 모든 것들이 시간 안에서 스러질 것임을 예감한다. 그 예감이 거대한 시간의 흐름 속에서 '나'의 시간을 확인하는 일이나 시간에 대한 공포와 무관하지 않을 것이다.

4. 슬픔과 우울

슬픔mourning과 우울Melancholy의 정서가 떠돌고 있다. 슬픔과 우울의 기원에는 대상의 상실이 있다. 이 목소리들은 상실을 성공적으로 받아들이는 정상적인 애도와 대상의 비非현존을 부정하고 상실한 대상과의 나르시시즘적인 동일시에 머물러 있으려는 병적인 우울증으로 갈라진다. 슬픔에 휩싸인 자는 슬픔의 애도작업 속에서 대상과의 결별의 완성하고, 우울에 휩싸인 자는 상실 속에서 최초로 대상을 소유한다. 하여, 슬픔의 주체는 대상을 잃어버렸다고 말하고, 우울의 주체는 여전히 대상을 소유하고 있다고 착각한다. 멜랑콜리적인 충절 안에서 윤리적 정당성을 확보하려는 시도는 상실과 결여를 혼동한다. 그렇지만 결여를 상실로 옮기는 이 번역은 역설적으로 우울증적 주체가 대상을 소유하도록 만들어준다. 멜랑콜리한 존재는 무언가를 상실했다고 말한다. 그렇지만 무언가를 잃어버리기 위해서는 먼저 그것을 소유하고 있었어야 한다. 갖고 있지 않았던 것을 잃어버릴 수는 없는 법, 때문에 멜랑콜리한 인간은 상실 안에서 최초로 대상을 소유한다. 멜랑콜리는 상실한 대상에 대한 집착이 아니라 대상을 상실하는 최초의 몸짓 자체에 대한 집착이다. 2000년대의 첫 십 년을 지배하는 시적 감각은 '슬픔'과 '우울'이다. 2000년대 시의 '우울'은 환멸의 시간을 견뎌온 자들이 몸에 새기고 있는 지난 시대에 대한 기억, 즉 애도 이후의 잔여라는 점에서 근대의 영웅주의와 다르다. 이들에게서 멜랑콜리는 소통될 수 없는 비탄이지만, 동시에 그것은 비非소통적인 방식으로 전파되는 하나의 분위기이다. 이것은 인간은 누구나 과거를 '후회'로 돌아보기 때문에 가능하다. 알다시피, 멜랑콜리의 기원은 토성Saturn이다. 토성의 감정은 시인을 우울로 물들인다. 멜랑콜리한 시인들은 종종 어떠한 진리도 슬픔을 치유할 수 없음을, 하여 슬픔을 실컷 슬퍼한 끝에 비로소 거기에서 무엇인가를 얻을 수밖에 없음을 토로하기에 슬픔의 주체를 닮았다. 사투르누스Sāturnus에게 영혼을 포획당한 존재들.

고봉준
문학평론가. 1970년 출생. 2000년 ≪대한매일≫ 신춘문예 문학평론 당선. 본지 편집동인. 제12회 고석규 비평문학상 수상. 평론집으로 『반대자의 윤리』와 『다른 목소리들』(2006)이 있음. bj0611@hanmail.net

알레고리의 확장과 反詩의 미학

이경수

1. 풍경의 재배치

이른바 '미래파' 시인들로 분류되던 시인들의 두 번째 시집이 상당수 출간되었다. 이들의 첫 시집이 대개 2005년에서 2006년 사이에 출간되었다는 사실을 상기하면 두 번째 시집의 출간이 꽤 빨랐다는 사실을 알 수 있다. 물론 3~4년의 시간이면 적절하다고 볼 수도 있지만, 문제는 이들의 첫 시집에 대한 논의가 비교적 최근까지도 이어지고 있었다는 데 있다. 한동안 쟁점이 없던 시단에 '미래파' 시인들을 둘러싼 논쟁은 두고두고 우려먹을 만한 사건이었고 그로 인해 이들의 두 번째 시집에 대해서는 심리적으로 느끼는 거리가 상대적으로 빠르다고 인식되는 결과를 낳았다.

2008년에서 2009년 사이에 출간된 이들의 두 번째 시집 중에는 의심의 여지없이 '미래파'라는 분류의 대표적 시인으로 거론되던 시인들도 있지만(아무래도 제일 대표적인 예로는 황병승을 들 수밖에 없을 것이다), 그 귀속이 모호한 시인들도 있다. 논자들마다 '미래파' 시인들로 묶은 범주가 달랐기 때문에 '미래파' 시인들이 두 번째 시집을 냈다고 했을 때 과연 어디까지를 논의의 범주로 다루어야 하는지 문제가 생길 수밖에 없다.

그것은 애초에 이 용어를 처음 사용한 평론가 권혁웅이 수사적 용어로 '미래파'라는 용어를 사용하면서도 거기에 '우리 시의 미래'를 이끌어 갈 시인들이라는 가치를 부여하면서부터 어느 정도 예견된 일이기도 했다. 이른바 '미래파' 논쟁이 촉발되고 2000년대에 실험적인 성향의 시를 쓰는 젊은 시인들을 대거 '미래파'로 지칭하는 경향이 나타나면서 (다종의 시잡지들이 이러한 경향을 주도했고, 여기에 대응하는 평론가들의 적극적인 호명이 이어지면서 정작 '미래파'로 분류된 시인들의 의사와는 크게 상관없이—물론 시인들의 무언의 대응 속에는 무언의 긍정과 무언의 불만, 무관심 등 여러 가지 반응들이 있었지만—'미래파'라는 용어는 2000년대의 한국 시단에서 하나의 상징성을 부여받게 된다.) 논자마다 그 범주가 다른 기이한 현상이 빚어지기도 했다.

'미래파' 시인들의 두 번째 시집을 통해 21세기 한국시의 알리바이를 묻는 이 글을 쓰면서 가장 고민이 되는 것은 어디까지 이 글에서 다루어야 하는가라는, 대상의 범주를 설정하는 문제였다. 나는 결국 두 번째 시집을 판단 기준으로 삼기로 했다. 첫 시집에서 다른 욕망이 끼어들 가능성이 좀 더 많은 데 비해 두 번째 시집에서는 정말 쓰고 싶은 것을 쓸 수 있는 자유를 좀 더 확보했을 거라는 가정이 이러한 판단에 얼마간 작용했다. 물론 첫 시집에서 문단의 주목을 받은 시인들일수록 두 번째 시집에서 그것을 넘어서거나 이어받아야 한다는 부담이 작용하기도 했겠지만, 최소한의 평가와 독자를 이미 확보했다는 점에서, 미지의 땅을 개척하는 두려움과 설렘 속에서 출간하는 첫 시집과는 다른 맥락이 작용하고 있었을 것이다.

실험적인 성향의 젊은 시인들 중 최근에 두 번째 시집을 출간한 시인들로는 황병승, 김행숙, 장석원, 김경주, 김이듬, 이민하, 정재학, 진은영 등을 꼽을 수 있는데, 이 글에서는 정재학은 2000년대 시인들로 귀속시키기에 이견이 있을 수 있다는 점에서, 진은영은 그녀가 추구하는 시세계가 '미래파'로 묶이는 시인들과 약간의 차이가 발견된다는 점에서 제외하기로 한다. 김경주는 첫 시집만 보면 '미래파'로 분류하기 어려운 맥락을 가지고 있지만 두 번째 시집이 오히려 시인이 지향하는 세계를 솔직히 보여준다는 판단 아래 '미래파' 시인의 범주에서 다루고자 한다. 이 글에서는 두 번째 시집을 출간한 젊은 시인들 중 황병승, 김경주, 장석원의 시를 통해 2000년대 우리 시의 알리바이를 묻고자 한다.

2. 음악이 되기 위해 발버둥치는 아름다운 센텐스-황병승의 『트랙과 들판의 별』

황병승의 두 번째 시집 『트랙과 들판의 별』은 2007년에 상당히 빠르게 출간된다. 2005년에 그의 첫 시집이 출간되어 두 번째 시집이 나오기 직전까지 시단의 화제의 중심에 놓여 있었던 것을 생각하면 그의 두 번째 시집은 시기적으로 지나치게 빠른 감이 없지 않았다. 물론 발표된 작품의 양이야 넘치고도 남았으리라 짐작이 된다. 첫 시집보다 더 두껍게 출간된 시집의 두께를 확인하지 않더라도 첫 시집 출간 이후 그가 잡지에 발표한 작품의 양은 엄청났으니 말이다. 주목할 만한 좋은 시인이 등장하면 너나 할 것 없이 원고 청탁을 해서 그의 시를 소비하고 결국에는 시인의 창작 에너지를 고갈시켜 버리는 최근의 문단 분위기가 황병승을 놓칠 리 없었다.

그러고 보면 황병승의 두 번째 시집이 첫 시집만큼의 에너지를 보여주지 못한 데는 빨리 소비하고 빨리 잊어버리는 이러한 시단의 분위기가 하나의 원인으로 작용한 셈이다. 그렇더라도 시인이 소비되지 않고 버텨 주기를 바랄 수는 있겠지만 모든 책임을 전적으로 시인에게만 돌릴 수는 없는 노릇이다.

황병승의 두 번째 시집이 출간되었을 때, '미래파' 시인들 중에서도 단연코 대표성을 띠고 있었던 시인이 황병승이었던 만큼 문단의 기대도 자못 컸다. 기대치가 높았던 만큼 그의 두 번째 시집에 대한 실망도

켰다. 시단과 독자의 반응은 상당히 냉혹했다. 첫 시집에 쏠린 지나칠 정도의 기대는 고스란히 두 번째 시집에 대한 실망으로 이어졌다. 그리고 그것은 냉정한 침묵이라는 반응을 낳았다.

왜 그토록 황병승의 두 번째 시집에 실망한 것일까? 첫 번째 반응은 달라진 게 없다는 것이었다. 첫 시집 『여장남자 시코쿠』에서 그는 '시코쿠'로 대표되는 성적 소수자를 등장시켜 이성애주의, 민족주의, 국가주의 등 오랫동안 우리 사회를 지배해 온 담론을 마치 도끼로 담장을 내리찍듯이 정면으로 돌파하고 부정했다. 우리 사회의 가장 예민한 지점을 날카롭게 건드렸다는 데서 그의 첫 시집의 의미를 찾을 수 있을 것이다. 그러나 한편으로 그의 첫 시집이 지닌 매력은 2000년대 시단에서 충분히 소비되고 향유되었다. 그의 시집을 지지하든 그렇지 않든 그의 시는 2000년대 시단의 중심에 놓여 있었고 시의 독자치고 그의 시를 읽지 않은 사람은 없을 정도였다. 황병승의 시는 2000년대 시단의 하나의 징후이자 현상이었던 셈이다.

그리고 근질거리는 여름이 왔다

창작, 긁어대기 시작한다
창작, 긁어대기 시작한다

희미한 불빛 아래, 욕조에 널브러진 남자 책장을 넘기려다 그만 멈춰버린 손가락 풀어헤쳐진 머리칼, 그날 밤 창백한 얼굴의 남자가 커다란 욕조를 차지하고 드러눕자 웅성거리는 나체의 사람들, 악취 속에서 누군가는 떠밀고 누군가는 고함치고 누군가는 부둥켜안은 채로 카메라가 돌았다, 첫 씬scene인지 마지막 씬인지 운문인지 산문인지, 네 멋대로 해라, 고다르가 오케이 컷, 이라고 읊조렸고 순간의 침묵 속에서…… 그리고 조명이 꺼졌다

필름, 온리 누벨바그

조명은 꺼졌고,

침묵하겠다면 침묵하는 것이다

서서히 아주 서서히 몸속의 세균이 고름으로 흘러내리는 시간들처럼 서서히 그리고 나는 완전히 그 어떤 것을 이해했다

첨, 그러자 그것에 대해 나는 더 이상의 의혹을 품지 않게 되었고 그것을 생각해도 더 이상 그게 서지 않았다, 그것은 겨우 그런 것이다

서지 않는다면 서지 않는 것

첨, 비극을 그렇게 이해하자

나는 그러길 바래

쥬뗌므, 라는 발음을 알지? 그 말의 의미가 아니라 그 말의 발음이 끌고 다니는, 쥬와 뗌과 므가 인사시켜준 빛 혹은 선(線)들

그 슬픔으로 가득한……

첨, 나는 너의 사람이 되고 싶어 진심으로, 그럴 수 없겠지만 우리들 숨 찬 미래 네가 네 자신을 어리석고 별 볼일 없고 천박하다고 믿었기 때문에 우리 집 창문을 부수고 달아났지 너를 쫓아가 네 주먹의 피를 씻겨주었을 때, 나는 네가 '형' 혹은 '아저씨'라고 불러주기보단 머뭇거리는 두 팔을 뻗어 포옹을 청해주었으면, 하고 간절히 바랐다 진심으로 우리들 숨 찬 미래 그럴 수 없어서 너는 그냥 '병신, 난쟁이 주제에' 하고는 부리나케 달아났지

첨, 내 사람의 이름

나는 그러길 바래

늙은 수사자가 젊은 암사자를 바라보듯이
처음부터 죽을 때까지

빛 혹은 선들 속에서

온리 누벨바그
온리 누벨바그

— 황병승, 「첨에 관한 아홉소ihopeso 씨(氏)의 에세이」 부분

시단의 기대를 한 몸에 받으며 2년 만에 나온 그의 두 번째 시집 『트랙과 들판의 별』은 첫 시집과 너무 많이 닮아 있었다. 여전히 그의 시는 인디 문화라고 불릴 만한 하위문화에 기반을 두고 있었으며, 첫 시집보다 그런 징후를 좀 더 노골적으로 드러내고 있을 뿐 첫 시집의 지향과 큰 차이는 없었다. 우리 사회의 주류 담론에 의해 소외당한 비주류를 대변하는 황병승의 시적 주체는 이번 시집에서도 이성애주의에 의해 상처 입은 성적 소수자의 얼굴을 하고 나타난다. 첨을 향한 아홉소의 감정이나 기억도 그로부터 벗어나 있지 않다. "첨, 나는 너의 사람이 되고 싶어 진심으로, 그럴 수 없겠지만"에서 드러나는, 첨을 향한 아홉소의 욕망과 그 불가능을 예감하는 발화는, '여장남자 시코쿠'에서 한 발 더 나아가 성적 소수자의 연애 감정을 좀 더 노골적으로 드러낸다. 고딕으로 표기된 "**서지 않는다면 서지 않는 것**"이라든가 "**우리들 숨찬 미래**" 같은 표현에서는 성애의 장면이나 분위기가 연상된다. "늙은 수사자가 젊은 암사자를 바라보듯이" 첨을 바라보는 아홉소의 심정이 시의 전반적인 분위기를 주도하는 것이다.

'누벨바그'로 상징되는 새로움을 지향하는 분위기와 '네 멋대로 해라'로 대표되는 누벨바그의 거장 장 뤽 고다르의 영화가 환기하는 분위기가 이 시를 지배하는 가운데, 첫 시집 『여장남자 시코쿠』에서 지속되던 성적 소수자의 소외된 연애 감정이 황병승의 두 번째 시집에서도

한층 더 노골적으로 그려진다. 그리고 그것은 시 쓰기의 태도와 만난다. 고딕으로 표기되어 주문처럼 반복되는 "창작, 긁어대기 시작한다"는 첫 시집의 표제시 「여장남자 시코쿠」에서 반복되던 "도마뱀은 쓴다/찢고 또 쓴다"의 변형인 셈이다. 꼬리를 잘리고도 죽지 않고 달아나는, 자기 분열적 시 쓰기는 두 번째 시집에서 "창작, 긁어대기 시작한다"로 변형되는데, 찢고 씀의 절박함에 비해 긁어댐의 시 쓰기는 어딘지 자조적인 느낌을 풍긴다. 어쩌면 황병승 시인 스스로도 자신의 시 쓰기가 가려움을 긁어대는 것처럼 어딘지 표피적이라고 느꼈을 수도 있을지 모르겠다.

이 시에 복합적인 의미를 더하는 것은 '첨'과 '아홉소'가 유발하는 말장난pun이다. '첨'과 '아홉소'는 연애 감정을 느끼는 사촌 동생과 사촌 형의 관계지만, 첨은 '처음'과, 아홉소는 '나는 그러길 바래'와 병치되면서 첨을 향한 아홉소의 근원적인 욕망과 욕망의 좌절("너는 그냥 '병신, 난쟁이 주제에' 하고는 부리나케 달아났지"), 그리고 좌절되었기 때문에 더 절실해진 욕망을 환기한다. 황병승은 '에세이'라는 새로운 시 형식을 통해 탈장르적이고 탈제도적인 자신의 시 쓰기를 두 번째 시집에서도 실현해 보인다.

2

부기주니어는 묻는다 "너의 마음을 내가 이해해도 되겠니?"
마음이 마음에게 말을 건넨다는 것
너의 마음을 내가 이해해도 되겠느냐고
나는 부기주니어의 얼굴을 가만히 들여다본다

로제 언니는 우리들 앞에 사 등분한 가루를 내놓았다

부기주니어는 그것을 코로 힘껏 들이마시며 다시 묻는다 "이봐 나오코, 그러니까 내가, 너조차도 어쩌지 못하는 너의 마음을, 그것을, 내가 조금 나눠 가져도 되겠니?"

마음이 마음에게 재차 묻는다는 것
너조차도 어쩌지 못하는 마음을
내가 조금 나눠 가져도 되겠느냐고
마음이 마음에게 묻고
마음이 마음을 멈칫하게 하고
다가서고
벌리려 하고
하나의 마음이 하나의 마음속으로 들어가
흔들고
나누고
알게 되는 것

나는 코 끝에 묻은 가루를 털며 부기주니어의 얼굴을 가만히 들여다본다

그의 얼굴이 참 얇다는 생각이 들자 나뭇잎처럼 벌 벌 벌 떨리는 부기주니어의 얼굴 나는 눈물이 왈칵 쏟아져 나오려는 것을 꾹 참는다 부기주니어, 나의 마음도 너의 마음을 부르고 싶어 아직은 너의 얼굴에 조금씩 눈발이 흩날리지만, 가루가 몸속에 퍼지면, 그때는 순식간에 눈 속에 파묻힐 너의 얼굴, 더 늦기 전에 너의 마음을, 나는 너에게 아무 말이라도 해주고 싶어, 주먹을 움켜쥐고,

"이봐, 부기주니어…… 미안하지만, 나는 불러본 적이 없어, 한 번도 마음속으로 누군가를 찾아본 적이 없다, 널 어떻게 부르지, 너라는 마음을, 지난밤엔 냐라키 언니가 떠났어, 너도 알지, 매일매일 누군가는 떠나, 냐라키, 이제 언니를 어떻게 부를까, 너를 어떻게 부르지, 나는 누구도 부르고 싶지 않아, 냐라키라는 마음을, 그리고 너라는 마음을, 또는 그 전체를…… 그리고 동시에…… 또 그 가운데……"

내가 아주 어렸을 때, 언니 때문에 한자(漢字)라는 것을 처음 알았을 때 그리

고 한자를 쓴답시고 종이 위에 삐뚤빼뚤 몇 개의 획을 그렸을 때, 냐라키 언니는 기묘한 표정을 지으며 그것이 '흉(凶)' 자라고 일러주었다, 잊혀지지도 않는다

'부기주니어…… 너를 이렇게 부를까, 너라는 두려움을'

다락 속의 가루 가루 속의 난쟁이 난쟁이의 외투 외투 속의 구름 구름 속의 배지 배지와 낚시 낚시와 목이 긴 장화

오스본, 메기와 부기주니어 우리는, 우리들이 찾는 것은, 우리들이 도망치듯 찾아 헤매는 것은
음악이 되기 위해 발버둥 치는
아름다운 센텐스

사람들은 나에게
너는 옷을 참 못 입지 못 입어
말하지만, 옷을 못 입는 게 아니라
어떤 옷도 나에게
어울리지 않는다는 사실을 깨닫는 데
십 년(十年)

그동안 사들인 옷들을 생각하면
mother fucker big black shit

너는 참 어리석구나, 어리석어
사람들은 나에게 말하지만
나는 어리석은 게 아니라
어떠한 가르침도 나에게
도움을 주지 못한다는 사실을 깨닫는 데

십 년

그동안 받은 질책을 생각하면
mother fucker big black shit

— 황병승, 「눈보라 속을 날아서(하)」 부분

「눈보라 속을 날아서(상)」과 「눈보라 속을 날아서(하)」에서는 '에세이-시'라는 탈장르적 시 쓰기가 좀 더 본격화된다. 부기주니어, 나오코, 로제 언니, 냐라키, 오스본, 메기 등 다국적의 인물이 여럿 등장하는 긴 연작시에서 황병승은 동성애, 마약, 스너프 필름, 갱, 사창가, 집단 성행위, 욕설 등 느와르적이고 퇴폐적인 분위기의 하위문화를 한층 더 노골적으로 드러낸다.

그러나 어떤 장면도 그다지 충격적이지는 않다. 이미 우리는 영화 등의 다른 장르를 통해 퇴폐의 극단을 충분히 맛봤다. 그리고 황병승의 첫 시집 『여장남자 시코쿠』를 통해 그것의 시적 전환이 갖는 미적 충격과 매력도 충분히 맛본 셈이다. 인용한 시에서 황병승은 '눈보라 속을 날아서'라는 제목과 "사 등분한 가루", "코 끝에 묻은 가루" 등에서 연상되는, 마약을 했을 때와 같은 몽환적인 분위기를 연출하지만 그것은 "음악이 되기 위해 발버둥 치는 / 아름다운 센텐스" 그 이상이 되지는 못한다.

3. 기형의 극단을 향한 질주-김경주의 『기담』

2000년대 중후반의 시단을 달군 또 한 권의 시집으로 김경주의 『나는 이 세상에 없는 계절이다』를 꼽을 수 있다. '미래파' 논쟁이 한창 시단을 뜨겁게 달구던 2006년에 출간된 그의 첫 시집은 전 세대의 지지를 고르게 받았다는 점이 우선 눈에 띈다. 김경주의 시집 역시 '미래파'

의 범주에 포함시켜 논한 평론가들도 있었지만,[1] 황병승, 김민정 등으로 대표되는 미래파 시인들의 시가 새로운 실험을 선호하는 시적 취향을 지닌 시인, 평론가, 독자들의 지지를 주로 얻었던 데 비해 김경주의 시집은 시적 취향에 관계없이 고른 지지를 얻었다는 점이 흥미로웠다. 나는 김경주의 시가 지닌 낭만적 성향에서 그 원인을 찾기도 했다.

김경주 역시 첫 시집을 낸 지 2년 만인 2008년에 상당히 빠른 간격으로 두 번째 시집 『기담』을 출간한다. 2000년대 시단이 낸 최고의 히트 상품이었던 두 시인이 2년 간격으로 두 번째 시집을 출간했다는 점은 이들의 시집 출간에 출판사의 의지가 상당 부분 작용했을 거라는 추측을 하게 만든다. 물론 이미 상당수의 독자를 확보한 시인들의 욕망도 작용했을 것이다.

두 번째 시집 『기담』에서 김경주는 첫 시집에서 훨씬 더 나아가 과감한 실험을 감행한다. 『기담』은 제1막 인형의 미로, 제2막 인어의 멀미, 제3막 활공하는 구멍으로 이루어져 있는데, '부'가 아닌 '막'으로 시집을 나누어 구성했다는 점에서부터 두 번째 시집의 색다른 시도가 느껴진다. '시인의 말'에서도 시인의 의도는 드러난다. "시를 쓰건 쓰지 않건 시를 생각하는 행위에는, 언어를 열고 보면 그 속에 존재하는 멀미와 미로 때문에라도 언어 속의 가로등과 진피가 재구성되어야 한다. 그것은 실험이라고 보기에는 혁명에 가깝고, 혁명에 가깝다고 보기엔 너무나 원초적인 주저함에 가까워서 우리는 조금씩 열렬한 불순물에 가까워질 뿐이다." 김경주는 시집의 1부와 2부에서 바로 그런 언어의 미로와 멀미를 형상화함으로써 새로운 세계를 재구성하고자 한다. 재구성된 그 세계는 열렬한 불순물에 가까워지는 세계, 다시 말해 기형의 세계다. 바로 그런 불순물들이 세계를 활공하는 모습을 그는 이번 시집에서 보여주고자 한다.

---

1) 이러한 판단의 근거로는 서정적인 시풍의 그의 등단작 「꽃 피는 공중전화」가 첫 시집에서 제외되었다는 것도 얼마간 작용하고 있었다.

지도를 태운다
묻혀 있던 지진은
모두, 어디로
흘러가는 것일까?

태어나고 나서야
다시 꾸게 되는 태몽이 있다
그 잠을 이식한 화술은
내 무덤이 될까?

방에 앉아 이상한 줄을 토하는 인형(人形)을 본다

지상으로 흘러와
자신의 태몽으로 천천히 떠가는

인간에겐 자신의 태내로 기어 들어가서야
다시 흘릴 수 있는 피가 있다

— 김경주, 「기담(奇談)」 전문

표제시인 「기담」에서 김경주는 "방에 앉아 이상한 줄을 토하는 인형"의 형상을 그려낸다. 이상한 줄을 토하는 인형이 만들어내는 기괴한 이미지는 "태어나고 나서야 / 다시 꾸게 되는 태몽"이라든가 "자신의 태내로 기어 들어가서야 / 다시 흘릴 수 있는 피"와 어우러지면서 한결 기이한 분위기를 형성한다. 자신의 태내로 기어 들어가서야 다시 흘릴 수 있는 피가 있다는 것은, 태내에 기어 들어가서 새롭게 탄생하는 생명을 의미한다. 김경주는 자신의 시가 그런 근원으로부터의 혁명에 도달하기를 희망한다. 그가 꿈꾸는 기이한 이야기는 바로 그런 혁명, 자신의 언어로 이루어내는 혁명이다.

이번 시집은 전체적으로 연극의 구성을 띠고 있다. 일종의 극시라고 할 수 있는데, '제1막 인형의 미로'를 시작하면서 시인은 때와 공간과 등장인물을 다음과 같이 설정하고 있다. "때: 알 수 없는 사이 / 공간: 언어의 공동(空洞) / 등장인물: 미지의 혀". 김경주는 언어가 만들어내는 존재하지 않는 시간과 공간을 그려내고 싶어한다. "사이에서 빚어지고 사이에서 지워"지는, 기형의 극을 연출하는 연출자인 시인—인형은 수많은 관객—인형들이 토해놓는 줄들로 미로를 만들고 그 미로 위를 배우—인형들이 활공하도록 놓아둔다.

부정의 힘으로 여기까지 왔다

삶이여 내 혐오의 가장(家長)이여

그래, 누구나 자신과 가장 가까운 짐승 한 마리
앓다 가는 거지

식물은 자기 안의 짐승을 토하다 가는 거고
인간은 피를 토하고 죽는 것이 아니야
자기 안의 식물을 모두 토하고
가는 거지
(나는 그 극의 이 부분이 수정되기를 원하지 않았다)

그래, 바깥에 무슨 일이 있어도 멈추지 말아야 할
참혹 같은 거

부정의 힘으로 식물은 짐승을 앓고 있고
짐승은 식물의 소리로 울고 있지

생이란 부정을 저지르면서
매우 사적인 방식이 되어간다

자기 부정을 수정할 때
열 손가락에서 생겨나는 얼
거짓말의 글쓰기
같은 거,
(채찍이 노예를 만든다)

그래, 우린 아주 다정하게
사적인 방식으로 멀어지고 있지

나는 이제 그 극의 억양을 수정하련다
이 얼은 언어의 옆에서 낭떠러지가 될 것이다
— 김경주,「짐승을 토하고 죽는 식물이거나 식물을 토하고 죽는 짐승이거나」 전문

김경주의 두 번째 시집에서 일관된 정신이 있다면 그것은 부정의 정신이다. 시인은 "부정의 힘으로 여기까지 왔다"고 고백한다. 자기 안의 짐승을 토하고 죽는 식물이나 자기 안의 식물을 토하고 죽는 짐승의 이미지는 그로테스크하다. 줄을 토하는 인형人形과 인어人語—언어言魚, "프리지어를 안고 있는 프랑켄슈타인" 등 기괴한 이미지가 시집 전체에 가득 펼쳐진다. 그는 두 번째 시집을 통해 시의 언어로 가능한 모든 것을 실험해 본다. 마치 한 편의 실험극을 올린 연출자처럼 시인은 시집의 뒤에 연출, 주연, 원작, 각색, 사운드, 편집 등에 자신의 실명을 올려놓은 자막과 '연출의 변'을 실어 놓는다.

사실 김경주의 첫 시집에서도 혼종성은 드러났었다.[2] 첫 시집에서는

2) 이에 대해서는 이경수,「잡종성의 두 얼굴」,『리토피아』, 2006년 겨울호 참조.

특히 음악과 시의 결합을 적극적으로 시도함으로써 비문에도 '음악 같은 눈'을 내리게 한다. 다만, 첫 시집에 흐르는 낭만적 분위기가 혼종성을 실험의 경지로까지 끌고 가지는 않는다. 첫 시집의 성공 이후 김경주는 기형의 추구를 극단까지 몰아붙이며 극단의 언어 실험을 강행한다. 시인의 표현을 빌리면 '실험이라기보다는 혁명에 가까운' 언어의 난장을 벌인다. 부정의 힘은 "바깥에 무슨 일이 있어도 멈추지 말아야 할 / 참혹 같은" 것이다. 어쩌면 시인은 그 참혹을 견디기 위해 시를 쓰는 것일 게다. 자기 안에 가득 찬 무언가를 토해놓지 않고는 견딜 수 없는 글쓰기. 그러므로 시집의 제일 뒤에 실린 시 「구운몽」에서 시인은 헛간에서 돌을 깎는 도공의 모습에 자신을 겹쳐 놓는다. "자신이 만든 무릎 위에 머리를 베고 잠이" 든 도공은 꿈속에서 구름을 피워 올리며 새로운 세계를 창조한다. 도공의 "입속의 벌어진 이물(異物)들이 구름 속으로 천천히 오르"(「구운몽」)면서 꿈속의 세계를 완성해 간다. 이물들이 만들어내는 그 세계야말로 시인 김경주가 그려내고 싶어하는 기형의 세계일 것이다. 김경주는 두 번째 시집 『기담』으로 그의 첫 시집에 열광했던 독자들의 일부를 잃었겠지만, '기형'의 알레고리를 활용하며 자신의 언어를 극단까지 실험해 봤다는 점에서는 그 의의를 인정해 줄 필요가 있겠다.

4. 사랑과 혁명이라는 형식의 후일담-장석원의 『태양의 연대기』

황병승, 김민정 등과 함께 '미래파'의 대표 시인으로 거론되어 온 장석원도 2005년 후반에 출간한 첫 시집 『아나키스트』에 이어 두 번째 시집 『태양의 연대기』를 2008년에 출간한다. 첫 시집과 두 번째 시집 사이에 3년 간격이 있지만, 황병승의 시집을 시작으로 미래파 시인들의 두 번째 시집이 쏟아져 나온 때에 같이 나온 시집이므로 그 간격에 큰 의미를 둘 필요는 없을 것이다.

장석원의 첫 시집 『아나키스트』는 권혁웅에 의해 '미래파' 시로 일찌감치 분류되었지만, 엄밀하게 말하면 다른 '미래파' 시인들의 시와는 지향점이 달라 보인다. 아마도 그것은 '아나키스트'라는 제목을 통해 시인 스스로 아나키스트로서의 지향을 선언했음에도 그의 첫 시집이 지난 시대에 대한 향수와 그로 인해 촉발되는 감성을 여전히 지니고 있었기 때문일 것이다. '아버지'로 상징되는 이름을 부정함으로써 자신을 부정하고 자신의 피를 부정하는 장석원의 시에서는 지나간 시대에 대한 환멸이 독하게 풍겼지만 그럼에도 그의 시는 '지금, 여기'를 강력하게 환기한다는 점에서 '미래파' 시인들의 시와 구별되는 점이 있었다.

첫 번째 시집에서도 386세대가 체험한 지난 시대의 후일담이라는 성격이 얼마간 드러나긴 했지만 색깔이 다소 모호했던 데 비해 작년에 출간된 두 번째 시집 『태양의 연대기』에서는 기억의 코드를 활용하면서 후일담으로서의 성격을 한층 분명히 한다.

잊는다는 것은 아름다워 이제 모두 잊혀질 것 같아서
편안하게 비트에 맞춰 머리를 흔들어 좌우로 좌우로
잊기 위해 노력하는 중 잊혀지기 위해 더 빠르게 무한히
잊혀질 수 있기를 나는 나보다 더 나를 사랑하기 위해
당신을 잊기 위해 나보다 더 나를 사랑하는 당신은
버석이는 알갱이 알갱이 실리카겔처럼 잊혀지기를
한 번의 생각으로 나는 당신과 당신이 흔적 없이 지워지는 순간으로
나는 당신과 함께 나의 생을 뒤로하고 뒤를 지우고 뒤 없는 세계로
당신과 나는 또다시 당신은 동시에 당신과 나의 모든 것은
발밑 세계로 밑이 빠진 어둠 속으로 눈 뜬 침묵 쪽으로
앞으로 살아야 할 나날을 위해 잊혀지는 것은 잊혀지고
잊혀진 것을 위해 잊혀지는 것은 더욱 아름다워지고 나와 당신
잊혀진 모든 것이 아름다워 문득 없어진 모든 것이 입을 벌릴 때

— 장석원, 「이레이저 헤드」 전문

데이빗 린치의 동명의 컬트 영화 〈이레이저 헤드〉에서 제목을 따 온 이 시는 영화와 직접적으로 관계가 있어 보이지는 않는다. 〈이레이저 헤드〉는 온갖 기괴한 악몽 같은 이미지들로 가득한 영화이지만, 장석원의 시에서는 오히려 잊는다는 망각의 이미지만을 가져온다. 영화에서 시로 계승되는 것이 있다면 그것은 허무주의적인 분위기 정도이다.

이번 시집에서 장석원은 지나간 시간에 대한 집요한 관심을 보인다. 그것은 때로는 잊혀지는 것의 아름다움으로, 때로는 기억하는 것의 집요함으로 흔적을 드러낸다. "잊는다는 것은 아름"답다. "이제 모두 잊혀질 것 같아서" '나'는 "잊기 위해 노력하는 중"이다. 하지만 이런 발언들은 잊는다는 것이 그만큼 어려운 일임을 동시에 환기한다. '나'는 잊는다는 것이 아름답다는 사실을 잘 알고 있고, 잊기 위해 열심히 노력하는 중이며, 어쩌면 모두 잊혀질 것도 같다고 생각하지만, 잊는다는 말을 떠올릴수록 기억은 점점 더 또렷해진다. "앞으로 살아야 할 나날을 위해 잊혀지는 것은 잊혀지"게 놓아두고 싶지만 "문득 없어진 모든 것이 입을 벌"리는 순간이 다가오곤 한다. 잊어야 한다는 강박이 심해질수록 기억 또한 또렷해져 간다.

장석원의 두 번째 시집 『태양의 연대기』에는 지나간 시간과 공간이 종종 등장한다. "내가 있었"던 "거기" "골목의 모퉁이"에서 "보미가 걸어"와 "스르륵 내게 다가오"기도 하고, "비닐봉지가 날아오"르기도 한다. "보미 앞에 멈춰 서서" 장석원 시의 주체가 보는 것은 "날아가버린 나"(「오래전, 깊은 곳으로 떠나간」)이다. 그는 잃어버린 시간을 그렇게 기억해내고자 한다. 그가 불러내는 시간 속에는 "나무와 나무 사이 뻗어나간 길을 쳐다보며" "다음 목적지의 스카이라인을 떠올리며 / 슬픔과 배반과 개그로 소란한 거리를 떠나" "다음 목적지로" 향하는 "우리"의 모습이 있다. "청년 학생들"은 지금도 무사히 그 거리를 걷고 있다. "천천히 중심을 해체시키며 / 저항은 쓸모없고 신념은 고통이라고 주문 걸며 / 가야 할 먼 길 위에 쏟아지는 별빛 / 그 허위를 위해 전심전력으로 탈출하기 위해" 다음 목적지로 향하고 있는 것이다. 다음 목적지란 어디일까? 대체 있기는 한 걸까? 그런 질문이 떠오르겠지만 그것은 문제가 아니다. "늦었지만 그것은 문제가 아니다". "목적을 잃어버렸지만 그것도 문제가 아니다". "우리는 일요일 오전의 3분 동안 / 고요해질 거리를 통과하는 중"이다. "우리는 / 통증 없이 지나갈 것이고 // 다시 하나가 될 수 있을 것이다". 그 믿음이 부질없으리란 것을 알고 있으므로, 과거에도 그랬고 지금도 그러한 청년 학생들의 모습은 우리의 눈을 아프게 한다. "무사히 무사히 영원히"(「청년 학생들은 무사히 무사히 영원히」) 계속되는 것은 어쩌면 헛된 희망뿐이다. 그럼에도 청년 학생들은 저 거리를 통과할 것이다. 통과할 수밖에 없을 것이다.

장석원의 두 번째 시집 『태양의 연대기』는 사랑과 혁명이라는 형식으로 씌어진 386세대의 후일담이다. 또한 동시에 장석원의 시가 어디에 뿌리를 두고 있는지를 연대기의 형식으로 보여주는 시집이기도 하다. 그는 임화, 백석, 김수영, 백무산을 호명하며 자신의 시를 계보화한다. 시집의 3부에 실려 있는 표제시 「태양의 연대기」는 "햇빛 먹고 자라나는 / 땀을 피로 만들어 살아가는 / 말을 뼈로 만들어 지탱하는 / 한 그루 나무"로 "이렇게 만들어"진 '나'의 탄생을 알리며 시작된다. 「태양의 연대기」는 전체 11부분으로 나누어져 있는데, 그 각각은 다음과 같이 구성되어 있다.

1. 단 한 번의 여름
2. 다른 날의 다른 공간의
3. 침묵의 6월
4. 이것은 거짓이다
5. 19시 15분에, 소멸되는
6. 10월의 장마
7. 죽지 않는, 죽일 수 없는
8. 대화
9. 나뭇잎 텍스트

10. 이 사람을 보라

11. 불멸

여름날 태어나 "시대의 햇빛 / 국가의 햇빛 / 체제의 햇빛"이 내리쬐는 "거리"에서 강건해져 가면서 "침묵의 6월"과 "아무것도 나를 배반하지 않았고, 아무것에서도 사랑을 확인하지 못했으며, 아무것도 이루어지지 않"은 네거리를 지나, 거리에서 내가 사라지는 체험을 하고 "10월의 장마"를 지나, 마침내 "나의 몸에서 저녁의 이파리들 돋아"나는 "불멸"에 이르게 되는 연대기를 기술하고 있는 것이다. 그 중 '8. 대화'의 한 부분을 잠깐 인용해 보자.

머리 위 펄럭이는 6월의 태극기

한 선동가가 말한다

—전체를 따지지 마라. 체제는 살과 뼈와 피와 눈물로 유전된다. 전체와 부분의 관계. 나와 그의 관계. 자유는 집단의 문제인데, 구성원 개인의 욕망과 사랑이라는 부분의 문제를 조화시킬 수 있는 방법. 현실에 충실하라. 나와 당신의 관계를 분석하면 무엇이 남는가. 남겨진 것의 실체를 본 적 있는가. 알려고 하지 마라. 나와 당신이 이루는 관계, 나와 당신 사이에 존재하는 전체. 당신 없이는 살 수 없다는 것, 당신과 나의 싸움, 사랑하는 싸움, 사랑과 죽음의 싸움. 현실의 바람 속에 나부끼는 잎새들.

(…중략…)

나비가 날아오른다
비 갠 여름날 오후의 공단 네거리
신비는 내게도 문 열어

나는 움직이기 시작했다

거리의 바람을 휘감고 침묵 소게서
내가 푸른 입술과 눈을 갖게 될 때
나부끼는 머리카락 햇빛 받는 나뭇잎 될 때
한 그루 나무 될 때
햇빛 속으로 숨어든
나비는 팔랑거리며 흔들리며 번지며
날 갉아 먹는다

나는 사라지는 먼지
나부터 혁명되어야 한다
사랑부터 혁명되어야 한다

나는 사랑을 잃어버려
죽음도 잊었다
네거리에서

— 장석원, 「태양의 연대기」 부분

"신이 강림한 듯 종말이 다가온 듯 / 긴 홍수의 시절은 끝났고 / 하늘과 거리엔 축복의 광휘뿐인" 시절 뒤로 위험의 실체가 다가오고 있음을 알지 못하던 바로 그때를 지나, 한 선동가와 나의 대화가 이어진다. 선동가는 "체제는 살과 뼈와 피와 눈물로 유전된다"고 말하면서 "전체와 부분의 관계"에 주목할 것을 주장한다. 이어서 나는 선동가에게 "삶보다 더 기이하고 광적인 것은 없"음을 말한다. 그리고 이어지는 구절은 백무산의 시 「플라타너스」와 김수영의 '사랑'과 '혁명'과 임화의 '네거리'를 강력하게 환기한다. 하지만 백무산의 '플라타너스'가 비 갠 여름날 공단천변에서 플라타너스 한 그루가 두 그루, 세 그루, 여러 그루가 되어 마침내 숲을 이루는 장면을 그린 것인 데 비해, 장석원의 "비 갠 여름날 오후의 공단 네거리"에선 나비가 날아올라 "팔랑거리며 흔들리며 번지며" 그의 시적 주체를 "갉아 먹는다". "나는 사라지는 먼지"이며 "나부터 혁명되어야" 하고 "사랑부터 혁명되어야" 함을 인정하는 데서 장석원의 시적 주체는 새로운 생명을 얻는다.

첫 시집에서 두 번째 시집에 이르기까지 '아버지-가족'의 알레고리는 장석원 시에서 중요하게 작용하는데, 「태양의 연대기」를 통해 그의 '아버지-가족' 알레고리는 '국가-사회-제도'와 '지금, 여기'의 현실을 환기함이 좀 더 분명하게 드러난다. 그것은 종종 공포스러운 초록 빛깔을 띠고 나타난다. 식물성은 그의 시에서 종종 번식성을 지니고 있고 수목적 질서를 지닌 것의 표상으로 등장한다. "우리를 먹여 살리는 아버지의 식사"가 "식탁의 조직의 시스템의…… 질서를"(「식탁과 아버지의 지구과학」) 동반한 것임을 깨닫게 함으로써 우리의 식탁을 조여 오는 시스템의 위력을 알려 준다.

'지금, 여기'와 그의 시적 주체가 고통스럽게 지나온 과거의 시간을 부지런히 오가며, 장석원의 시는 386세대가 뒤늦게 고백하는 후일담을 때로는 아름답게 때로는 과장되게, 조각난 파편들의 파노라마처럼 펼쳐 놓는다. 사랑과 혁명이라는 형식으로 씌어진 그 후일담을 우리가 통증 없이 지나가기는 쉽지 않을 것이다.

5. 반시反詩의 미학으로서의 파편화된 알레고리

이른바 '미래파'로 분류되었던 시인들 중 두 번째 시집을 출간한 황병승, 김경주, 장석원의 시를 중심으로 보았을 때 이들의 시에서 두드러진 현상 중 하나는 알레고리의 기법을 적극적으로 활용하고 있다는 점이다. 황병승의 시에서는 첫 시집에 이어서 동성애 코드 및 하위문화의 다양한 코드가 알레고리로서 기능하고 있었고, 김경주의 시에서는 다채로운 '기형'의 코드가 두 시집을 관통하는 알레고리로서 기능했다. 장석원의 시에서도 '아버지', '사랑', '혁명', '식물' 등이 지난 시대와 오늘의 현실을 넘나들며 알레고리로서 기능했다. 이러한 현상은 이들 세 시인에게만 국한된 것은 아니다. 시 텍스트의 의미와 텍스트 바깥의 의미가 일대일로 대응되지 않을 뿐 '미래파' 시인들의 시에서 '반제도'의 알레고리를 찾기란 어려운 일이 아니다.

알레고리 기법은 텍스트 안팎의 의미가 일대일로 대응될 때 그 매력이 반감되는 기법이므로 시에서 꺼려지기도 했다. 그런데 최근 젊은 시인들의 시에서 쓰이는 알레고리 기법은 그처럼 단순화된 알레고리와는 거리가 멀다. 일찍이 벤야민은 바로크에서 엿볼 수 있는 알레고리의 특성으로 파편성을 들면서 그것이 바로크라는 시대적 한계에 갇히지 않고 현대로까지 확장될 수 있음을 지적한 바 있는데,[3] 이른바 '미래파' 시인들의 시에 쓰인 알레고리 기법은 바로 그런 벤야민의 알레고리 개념과 유사하다고 할 수 있겠다. 벤야민은 알레고리를 구사하는 시인들에 대해 이미 역사가 몰락의 길을 걷고 있음을 인지한 멜랑콜리한 현대인들임을 간파했는데, '미래파' 시인들이 이렇듯 파편화된 '알레고리' 기법을 즐겨 쓴 데는 '지금, 여기'에 대한 환멸과 몰락의 길로 접어든 인류의 역사에 대한 우울한 자각이 그 배후로서 작용하고 있는 셈이다. 따라서 '미래파' 시인들의 시에 출현한 파편화된 알레고리는 결국 기존의 시를 부정하는 反詩의 미학이 표출된 예로 볼 수 있겠다. 2000년대 우리 시는 이렇듯 파편화된 알레고리를 통해서도 환멸과 우울의 표정을 짙게 드리우고 있었다. 文

이경수
문학평론가. 1968년생. 본지 편집동인. 중앙대 국문과 교수. 1999년 《문화일보》 신춘문예로 등단. 주요 저서로 『불온한 상상의 축제』, 『바벨의 후예들 폐허를 걷다』 등이 있음. philosoo@hanmail.net

3) 발터 벤야민, 최성만·김유동 역, 『독일 비애극의 원천』, 한길사, 2009, 276~277쪽, 310~311쪽.

강단비평식 현장평론과 전면전을 선포하라!

최강민

1. 창조적 모험 정신의 결핍

한국의 현장 문학평론가들은 꿈이 대개 소박하다. 그들은 각고의 문학 수련을 거쳐 어렵게 등단하여 비평 활동을 시작했지만 백낙청과 김현과 같은 대가가 되거나 이들을 뛰어넘겠다는 도전적 포부가 별로 없다. 이러한 비평적 야망의 부재는 자신의 능력에 대한 객관적 판단에서 기인한 것도 있겠지만 그보다는 창조적 모험 정신의 결핍에서 기인한다. 이것은 문청 시절에 문학적 호연지기의 수양을 등한시한 후유증이다. 우리는 어린 시절부터 선생님이나 책에서 원대한 꿈을 가지라는 이야기를 많이 듣는다. 비록 원대한 꿈에 도전해 실패할지언정 도전하는 사람들이 보여주는 불굴의 의지와 꿈을 실현해가는 과정은 아름답다. 주인공이 온갖 어려움을 겪으면서도 자신의 꿈을 향해 조금씩 전진하는 인생 드라마에 사람들이 감동하는 것도 이와 같은 맥락에서이다. 문학평론가 백낙청과 김현도 처음부터 대가였던 것은 아니다. 그들은 당시 문단에 우뚝 선 선배 평론가 백철과 조연현을 극복하겠다는 당찬 의지 속에 구체적 비평 활동을 통해 이것을 실현시켰다. 그들은 선배 평론가들이 닦아 놓은 익숙한 길 대신 새로운 길을 개척했던 것이다.

그런데 막 등단한 신인평론가나 소장평론가들에게서 불온한 패기와 개척정신을 요즘 찾기 어렵다. 등단한 지 10년 이상인 중견평론가들에게서 이것을 기대하는 것은 더욱 어려운 일이다. 한국의 많은 문학평론가들은 창조적 모험보다 대개 안정적인 비평의 길을 선택한다. 그렇다 보니 들판이 아닌 온실 속의 화초와 같은 비평들이 대량 생산된다. 그들은 무난한 글쓰기를 금과옥조金科玉條처럼 신봉한다. 무난하다는 것은 거친 패기의 목소리로 자신의 개별적 개성을 드러내기보다 누가 보아도 흠 잡기 어려운 무색깔의 글인 경우가 많다. 신인이란 기존의 문학제도와 관습에 젖어 있지 않기에 도전적 문제제기와 새로운 비평적 정체성을 드러낼 가능성이 높다. 우리는 그런 신인평론가를 신예평론가로 호칭한다. 신예新銳란 국어사전을 찾아보면 새롭고 기세나 힘이 뛰어남을 지칭한다. 하지만 대다수의 신인평론가들은 신예의 뜻과 상관없는 구태의연한 조로증早老症의 글쓰기를 당연하게 생산한다. 이러한 글들은 창조적 모험이 없기에 불온함이 없고, 불온함이 없기에 기존의 낡고 병든 체제를 위협하지 못한다. 이러한 비평들은 기존 체제를 오히려 강화시키는 수구보수의 역할을 한다. 따라서 등단제도를 통해 신인평론가가 많이 배출되어도 비평계에 새로운 바람이 불지 않는다. 신인평론가는 많지만 신예평론가는 없다는 탄식과 우려는 이제 연례행사로 전락했다. 더군다나 학계의 논문중심주의 강화 속에 문학평론보다 학술논문이 대우를 받으면서 현장평론을 천직으로 여기는 평론가는 더욱 부족해지고 있다. 무난한 비평 글쓰기를 신춘문예나 신인상에서 뽑는 재생산 구조와 논문중심주의가 기세를 떨치고 있는 한 신예비평가의 출현을 기대하기는 참으로 어렵다.

어떻게 현장평론이 이 지경이 되었을까. 가라타니 고진의 '근대문학의 종언론'(2004)과 함께 '비평 무용론'은 불가분의 세트메뉴로 유통되고 있다. 비평은 전성기를 지나 이미 막장까지 간 것일까. 나는 이 글에서 현장평론(또는 현장비평, 저널리즘 비평)에 침투한 강단비평의 폐해성을 중심으로 현장평론의 암담한 현실을 진단하고자 한다. 학술논문인 강단비평은 다양한 심층적 문학 이론을 현장평론에 접목시켜 문학 비평의 발전에 많은 공헌을 한 것이 사실이다. 나는 이것을 부인할 생각이 전혀 없다. 그러나 초기에 신선한 피를 공급한 강단비평은 오히려 현장평론의 건강을 해치는 바이러스로 탈바꿈한 지 오래이다. 이제 현장평론에 필요한 것은 강단비평의 강고한 사슬을 끊고 현장평론 고유의 현장성과 문제의식, 그리고 실천성의 확보이다. 이것을 위해 현장평론은 강단비평식 현장평론과 전면전을 벌여야 한다.

2. 강단비평의 비대화와 현장평론의 위기

근대문학이 탄생한 시기에 강단비평과 현장평론은 분화되지 않은 자웅동체의 한몸이었다. 그렇다면 어떻게 해서 양자는 분리되어 고유의 정체성을 형성할 수 있었을까. 근대 이전에 문학평론은 독자적인 문학 장르로 인정받지 못했다. 문학평론은 자본주의의 발달 속에 신문과 잡지가 창간·발행되는 상황에서 작가와 독자를 연결하는 매개체 역할을 한다. 문학평론가들은 작품을 해석하고 옥석을 구별하면서 자신들의 문학적 입지를 확보해나간다. 현장평론은 당대의 문학작품을 주로 비평의 대상으로 삼아 신문과 잡지 등에 글을 게재했기에 대중성을 의식하지 않을 수 없었다. 또 문학평론가들은 상호 경쟁하는 가운데에 생존하기 위해 자신만의 고유한 개성과 문체를 형성시킨다. 이러한 특성으로 인해 문학평론은 독창성과 상상력을 강조하는 문학예술과 연결된다. 당대문학은 시간의 흐름 속에 필연적으로 과거의 문학이 된다. 이 과거의 문학이 상당 기간 동안 축적되면서 이것을 체계적으로 분석하고 정리할 사람이 필요했다. 이 일을 맡은 것이 바로 대학의 문학연구자이다. 문학연구자에게 중요한 것은 현장평론가의 직관과 감성보다 논리성과 이성이다. 학술논문의 독자층은 일반 대중이 아니라 대학에서 전문적으로 학문을 하는 극소수의 엘리트 계층이다. 이것에서 보듯 현장평론과 강단비평은 글쓰기의 목적, 대상, 독자 계층의 차이 속에 대타적 정체성을 형성했던 것이다.

한국 평단에서 강단비평가의 효시는 1934년부터 평론 활동을 시작한 영문학자 최재서이다. 그는 영국에서 서구이론을 공부하고 돌아와 대학에 재직하면서 기존의 카프문학과 인상주의 비평을 반대하는 과학적, 객관적 주지주의 비평을 이 땅에 선보인다. 최재서 이후 강단비평이 다시 등장한 것은 1950년대이다. 대학에서 문학을 체계적으로 공부한 이어령·유종호 등의 전후세대, 대학교수나 강사를 주요 필진으로 활용한 월간종합지 ≪사상계≫는 강단비평의 성장에 중추적 역할을 담당한다. 1960년대에 서구이론을 학습한 김현과 백낙청으로 대표되는 4·19세대 평론가들은 현장평론에 강단비평을 접목시키면서 이런 흐름을 대세로 만든다. 1950~60년대에 강단비평가가 구세대의 현장평론가에게 원전을 읽어보았느냐 식의 질문은 논쟁을 승리로 이끄는 여의봉 역할을 했다. 이것을 눈으로 확인한 후속 세대들은 더욱 더 서구이론의 학습에 매진했고, 그것은 강단비평의 영향력을 더욱 증가시킨다. 1970년대 들어 대학에서 문학 이론을 체계적으로 공부한 다수의 강단비평가들이 현장평론을 장악한다.

1960년대까지만 해도 강단비평은 대학에서 체계적으로 문학 이론을 학습한 평론가들의 비평을 지칭했다. 하지만 1970년대 들어 대학교수나 대학강사 출신의 강단비평이 보편화되고, 문단과 학술제도가 정비되면서 새로운 의미의 분화가 이루어진다. 강단비평은 대학의 교수나 강사들이 과거(보통 30년 이전)의 문학 텍스트를 대상으로 하여 학문의 논리성과 실증성을 강조하는 학술논문의 형태로 재규정된다. 반면에 현장평론은 당대 문학을 대상으로 하여 텍스트의 가치평가, 사회적 문제의식, 실천성을 강조하는 개성적인 문학예술로 규정된다. 특히 강단비평과 현장평론은 게재된 매체의 성격(학술지냐 문예지냐), 글의 형식(각주나 참고문헌의 유무), 대상 텍스트의 시기(과거의 작품이냐 현재의 작품이냐) 등을 통해 차별화된다. 문학평론가 권성우는 양자의 차이를 다음과 같이 언급한다.

"논문이 각주와 참고문헌, 연구사 비판, 연구방법, '서론, 본론, 결론의 구도' 등의 엄격한 전통적 형식의 통제 아래 대상에 대한 과학적 실증적 해석을 시도하고 있는 글쓰기의 방식이라면 비평은 특별한 형식의 통제 없이 대상에 대해서 자유롭게 분석하고 비판하는 메타적 글쓰기라는 점, 그리고 논문이 최소한 발표된 지 30년 이상의 세월이 흐른 연후에 연구를 위한 '객관적 거리'가 형성된 대상에 대해서 접근하고 있다면 비평은 주로 그 당대의 작품을 대상으로 한다는 점, 논문이 대개 글쓰는 주체를 명시적으로 드러내지 않으면서 '학문적 전통'이라는 보편적인 권위에 기대어 글쓰기를 전개하는 경우가 많다면 비평은 글쓰는 실존적 주체를 선명하게 드러내면서 그 주체의 개성을 자유롭게 표출하는 경우가 일반적이라는 점 등등이 논문과 비평을 가르는 중요한 기준이라고 할 수 있다. 물론 이러한 구분은 절대적일 수 없다." (권성우, 「비평과 논문 사이」, 『비평의 희망』, 문학동네, 196~197쪽)

학계의 강단비평과 문단의 현장평론은 가깝지도 않고 멀지도 않은 불가근 불가원不可近 不可遠의 평행적 관계 속에 독자적으로 발전한다. 문단제도와 학술제도의 정비 속에 같은 뿌리에서 출발했던 양자는 이질적 성격이 점차 강조되었던 것이다. 그런데 다소 멀어졌던 강단비평과 현장평론은 1990년대 후반 들어 친밀한 관계로 복원되더니, 2000년대 들어 본격적으로 유착 관계를 형성한다. 문학평론가들은 거대담론의 위축, 인문학적 가치의 하락, 대학 제도의 논문중심주의 강화, 후기 자본의 무차별 공세 속에 상실되거나 위축된 비평적 권위를 은폐하거나 보강하기 위해 강단비평의 학술적 권위를 본격적으로 빌려오기 시작했던 것이다. 강단비평과 현장평론의 유착 관계는 일시적으로 문학평론의 하락세를 저지했다. 그렇지만 이것은 현장평론의 고립과 절멸을 더욱 가속화시키는 악수惡手로 작용한다. 2000년대 후반에 강단비평과 현장평론은 수평적 동업자 관계에서 강단비평이 주도하는 주종 관계로 변질되었던 것이다. 이때 텍스트 중심주의와 문학의 자율성을 강조하는 문학주의는 강단비평과 현장비평의 유착 관계를 정당화시키는 이데올로기 역할을 수행한다. 현장평론의 미시적 텍스트에 대한 정치한 분석과 거시적 시각의 상실은 현장평론의 대중성 상실과 전문화 현상으로 이어진다. 현장평론에서 서구이론, 각주와 인용문의 남용은 형식적인 면에서 현장평론과 강단비평의 차별적 정체성이 상당 부분 사라지고 있음을 가시적으로 확인시켜주었다. 강단비평에 중독된 현장평론의 강화 속에 비평의 독자는 대폭 축소된다. 현장평론은 일반 독자들이 참여하는 1부인 '우리들의 리그'가 아닌, 대학 제도를 무대로 한 2부인 '그들만의 리그'에서 소수의 독자에 기대어 겨우 목숨을 연명한다. 적자투성이인 이 소수자들을 위한 리그가 영원히 계속될 것이라고 기대하는 것은 문학평론가들의 헛된 희망에 불과하다. 일반 독자라는 물이 없는 상황에서 계속 물고기가 생존할 수는 없다. 그럼에도 불구하고 현장평론은 대지를 풍족하게 적시는 비평을 쓰지 못하고, 사막화 현상만을 재촉하는 강단비평식 현장평론을 여전히 대량 생산하고 있다.

이 땅에서 문학평론가들은 평론만을 써서 생계를 유지할 수 없다. 이것은 필연적으로 문학평론이라는 직업 이외에 또 하나의 직업을 갖도록 만든다. 현재 한국의 문학평론가들은 대다수가 대학원생, 대학강사, 대학교수들이다. 다시 말해 현장의 문학평론가들은 한쪽 발을 문단에, 또 한쪽 발을 학계에 걸치고 있다. 이것은 문학평론가들이 대학에서 요구하는 기준을 외면할 수 없다는 것을 의미한다. 2000년대 들어 학술진흥재단의 논문중심주의가 위세를 떨치면서 현장평론의 활동에 강력한 제동이 걸린다. 대학강사나 교수 채용, 업적 평가 때 학술 등재지와 등재후보의 논문만이 주요 평가 대상이 되면서 현장평론은 찬밥 신세로 추락했던 것이다. 대학에서 밥벌이를 하고 있는 대다수의 문학평론가에게 이러한 외적 조건의 변화는 심대한 위협일 수밖에 없다. 문학평론가들은 현장평론보다 학술논문을 우위에 두도록 구조적 압력에 시달려야 했고, 현장평론은 2순위로 밀려나야 했다. 제반 현실의 변화

속에 문학평론 등단과 활동은 궁극적으로 대학 교수가 되기 위한 하나의 기초 자격증으로 전락한다. 자격증이 목표인 상황에서 자격증을 따는 순간 이미 목적은 성취된다. 자격증을 목표로 삼은 문학평론가들은 아등바등 현장 평론을 열심히 쓸 이유가 없다. 이런 평론가들은 몇 년 정도 현장평론을 쓰다가 유명세를 얻지 못하면 바로 포기하고 학술논문에 정력을 쏟는다. 그 결과 현장평론에서 열심히 쓸 평론가들이 계속 부족한 사태가 구조적으로 고착화된다.

문학평론가 고봉준은 「비평의 윤리와 질타의 정신」(2005)에서 "현재 평단의 절대다수는 대학원이라는 학문적 제도에 발을 담그고 있거나, 그 사회로의 진입을 갈망하는 연구자·평론가들이다. 그들 대부분은 상아탑으로의 귀환을 준비하고 있거나, 그 사회에 적을 두고 있다. 비평과 학문이, 문단과 대학이, 비평가와 교수가 자연스럽게 하나로 겹치는 현상"이 당대 비평의 현주소라고 쓴 소리를 내뱉는다. 나는 고봉준의 발언에 대체적으로 공감하지만 문학평론가의 생계를 해결하지 못한 상황에서 이러한 비판이 유효할지는 의문이다. 문학평론가의 경제적 궁핍이 해결되기 어려운 상황에서 현장평론이 독자적으로 발전하기에는 많은 난관이 존재하기 때문이다. 후기 자본주의사회에서 문학평론가의 경제적 궁핍은 문단과 학계의 유착 관계를 심화시킨다. 문단과 학계의 유착 관계 속에서 문학평론가들은 신랄한 비판이나 창조적 도전과 모험을 꺼리게 된다. 자칫 잘못해 주류에 의해 찍히면 학계와 문단에서 발붙일 곳이 없기 때문이다. 그렇다고 유착 관계의 청산을 위해 개별 문학평론가의 직업적 윤리의식 고취와 열정에만 호소해야 할까. 물론 그것도 필요하지만 그것만으로는 문제를 해결하기 힘들다. 이처럼 오늘의 문학평론가는 생계와 문학적 열정과 윤리 사이에서 끊임없이 번뇌할 수밖에 없는 불안정한 존재이다.

문학평론가의 생계 문제 이외에도 강단비평식 현장평론이 번성할 수밖에 없는 대표적 요인 중의 또 하나가 학벌주의이다. 한국은 지독한 학벌사회이다. 개별 존재의 능력보다 중요시 되는 것이 그가 어느 대학을 나왔느냐 하는 것이다. 한국의 근대문학을 형성한 개척자들인 최남선, 이광수, 김동인, 염상섭, 김기진, 임화 등 주요 인사들 대부분이 동경 유학생 출신이 많다. 그들은 일본 유학을 통해 선진 서구의 이론을 배워 한국문학에 적용시켰다. 강단비평가의 효시로 평가받는 최재서도 영국의 런던대학을 졸업했다. 한국에서 근대문학을 주도했던 대부분의 문인들은 가방끈이 긴 사람들이었던 것이다. 이들이 생산한 근대문학은 근대성에 도달하기 위한 징검다리로서의 계몽주의 담론이 많았고, 근대문학을 소비했던 대다수의 일반 독자들은 계몽주의 담론의 수용자였다. 작가와 독자의 관계는 상하 서열의 교사와 학생이었던 것이다. 근대문학 초기부터 문학평론가의 주요 역할은 서구이론을 정기적으로 수입해 약간 가공하거나 그대로 유통시키는 것이었다. 이때 최신의 서구이론을 수입할 수 있던 것은 최고 학벌 출신들이 대부분이었다. 이들 최고 학벌 출신들은 한국에서 접할 수 없었던 서구이론의 소개를 통해 우월적 문학권력을 획득한다. 하버드대 영문학과 출신인 백낙청, 서울대 불문과 출신인 김현도 예외일 수 없다. 백낙청과 김현은 비평적 재능도 뛰어났지만 최고 학벌 출신이었다는 것이 문단 활동에 있어 많은 프리미엄을 제공했다. 민족민중문학이 주도하던 1980년대까지만 해도 문학평론가가 석사인지 박사인지는 크게 중요시 되지 않았다. 하지만 1990년대 이후 학벌주의의 강화 속에 거의 대부분의 문학평론가들은 석사 이상의 학력을 소유했고 명문대 출신이 많다. 현재 주요 문예지의 편집위원 중 상당수는 SKY대학으로 대변되는 명문대 출신의 비평가가 다수를 차지한다. 이들은 서구이론을 재빨리 수용해 독자보다 우월한 지위를 확보한다. 서구이론의 선점효과를 통해 문학권력을 구축하는 명문대 출신들의 행태는 비명문대 출신의 평론가들에게도 학습효과를 낳는다. 비명문대 출신의 평론가들은 명문대 출신의 평론가에 못지않게 자신이 똑똑하다는 것을 과시적으로 보여주기 위해 더욱 더 서구이론에 집착하는 현상을 낳는다. 이런 상황에서 일반 독자보다 좀 더 많이 공부하여 똑똑하다는 우월적 의식은 비평 글쓰기에 고스란히 반영된다. 그것은 일반 독자들을 좌절시키는 난해한 강단비평식 현장평론을 탄생시킨다. 강단비평식 현장평론의 번성은 학벌주의에 기반한 문학평론가의 선민의식, 우월주의, 엘리트주의, 나르시시즘이 기형적으로 만나 탄생시킨 괴물인 것이다. 일반 독자들은 이런 평론을 읽으면서 단 하나의 감정을 느낄 수밖에 없다. "그래, 니들 잘났어. 정말!"

3. 강단비평에 중독된 현장평론의 문제점들

강단비평식 글쓰기가 현장평론을 잠식하면서 대체 어떤 일이 발생했을까. 이번 장에서는 강단비평에 중독된 현장평론의 심각한 병세를 조목조목 진단해 보기로 한다.

첫째, 강단비평이 현장평론에 침투하면서 형식적으로 보아 크게 바뀐 부분이 인용과 각주의 빈번한 사용이다. 직접인용이든 간접인용이든 인용이란 인용된 대상을 돋보이면서 동시에 그것을 소개한 문학평론가의 뛰어난 안목을 선전한다. 적재적소에 배치된 인용은 맛깔스러운 맛으로 독자에게 폭넓은 문학적 즐거움을 선사한다. 그렇지만 강단비평식 현장평론의 경우 지나치게 많은 인용문이 등장해 오히려 역효과를 내는 경우가 비일비재하다. 인용문이 많이 등장할수록 평론가의 독자적 목소리는 줄어든다. 따라서 인용의 비만을 방지하기 위해 적정 몸무게를 유지하는 다이어트는 필수이다. 또 인용된 지문에 일일이 정식 각주를 달거나 쪽수를 밝히는 것도 불필요하다. 현장평론은 정식 각주보다 본문에서 간략하게 언급하는 것이 더 좋다. 인용문의 출처를 밝히는 각주는 증거 자료의 타당성, 글의 확장성과 연계성에 있어 독자에게 도움을 준다. 하지만 일반 독자들은 대부분의 각주에 대해 무관심하다. 독자들이 일일이 각주의 내용을 확인할 경우는 그것에 대해 글을 쓸 경우가 대부분이다. 이러한 극소수의 독자를 위해 각주를 남용하는 것은 일반 독자와의 소통 측면을 고려한다면 비효율적이다. 따라서 인용과 각주는 다수의 일반 독자를 위해 축소시키는 것이 바람직하다. 문학평론가들은 현란한 인용과 각주를 통해 자신의 현학적 지식을 자랑하기 위한 광고문으로 활용하고 있다는 일각의 비판을 겸허하게 경청해야 한다.

둘째, 강단비평식 현장평론은 서구이론이 과소비 되어 장황하게 등장한다. 이것은 문학평론가의 주체성 약화, 문화적 식민성, 열등감으로서의 서구 콤플렉스 내지 새것 콤플렉스를 보여준다. 서구이론은 텍스트를 다양하면서 깊이 있게 설명하는 시각과 방법을 제공한다. 그렇지만 그것이 또 하나의 독단적, 폐쇄적 틀로서 작용할 가능성이 있기에 신중하게 사용해야 한다. 그런데 언제부터인가 서구이론의 활용이 독자에게 공감을 주기보다 문학평론가의 문학적 내공을 자랑하는 일종의 성적표로 변질된다. 그 결과 문학평론가들은 서구이론의 과소비 경쟁을 죽기 살기로 벌인다. 이때 질적 경쟁은 안타깝게도 거의 보이지 않는다. 서구이론에 중독된 문학평론가들은 주기적으로 마약처럼 서구이론을 수입해 소비한다. 이때 중시되는 것은 서구이론의 현실 적합성이 아니라 선점 효과이다. 강단비평식 현장평론에서 선점 효과를 통해 서구이론을 소개 유행시키고, 약발이 떨어질 즈음에 신상품 서구이론을 또 다시 수입하는 전략은 고전적 공식이다. 2009년 문학판에서 유행하고 있는 서구이론은 자크 랑시에르와 조르조 아감벤의 이론이다. 서구이론이 유행할 경우 문학평론가들이 흔히 사용하는 전술은 잘 몰라도 잘 아는 척하는 기만적 허세이다. 서구이론에 대한 표피적 이해는 서구이론을 기계론적으로 텍스트에 적용시키는 박제된 문학평론들을 범람하도록 만든다. 서구이론에 종속된 문학평론가들은 당대에 유행하는 서구이론을 언급하지 않는 다른 문학평론가들을 향해 제대로 공부하지 않는다고 탄식하는 정겨운 우애(?)를 드러내기도 한다.

서구이론 수입상들이 문학판을 지배하는 상황에서 자신만의 비평적 길을 걷는 것은 갈수록 어려워지고 있다. 일각에서 서구이론의 수입과 소비에 대한 지속적 문제제기를 하고 있지만 상황은 좀처럼 나아질 기미가 보이지 않는다. 오히려 신자유주의 체제가 성립한 이후 고질병 증세가 더욱 심해지고 있다. 서구이론의 과소비는 있지만 이것과 관련한 깊이 있는 연구서나 원전 번역서가 부족한 것도 한국의 천박한 문화 풍토를 말해주는 것이다. 이론의 과소비過消費는 있지만 이론의 초과생산超過生産이 없는 것은 바로 이러한 이유 때문이다. 서구이론의 재빠른 수입과 소개를 비평가의 개성적 정체성으로 호도하는 비평 풍토는 비평무용론을 더욱 증폭시킬 뿐이다. 문학평론가 하상일은 「소통의 부재와 비판의식의 실종」(≪오늘의 문예비평≫, 2008년 여름)에서 서구이론에 중독된 한국의 현실을 다음과 같이 매섭게 비판한다. "비평은 텍스트와 동떨어진 자리에서 이론을 논리적으로 포장하는 작업에만 열정적으로 매달리고 있고, 대학은 비평가를 양성하기 위해 끊임없이 이론 학습의 중요성을 강조하는 데 열을 올리고 있다. 이론의 부재는 곧 방법론의 부재라는 왜곡된 인식이 무분별하게 유포되고 있고, 이론의 과잉소비가 오히려 비평의 질적 가치를 보장하는 결정적 잣대로 인식되고 있는 실정"이라는 것이다. 서구이론의 발 빠른 수입이 문학평론가의 중요한 덕목으로 행세 되고 있는 상황은 중견평론가보다 소장평론가에게 유리한 환경을 제공한다. 그 결과 문단에서 허리 역할을 담당할 중견 평론가가 많지 않다. 현장평론가의 빠른 세대 교체는 서구이론의 소비 패턴과 맞물려 빠르게 이루어지고 있는 것이다. 나는 서구이론을 소비하는 데에 무조건적인 반대를 표시하는 것은 아니다. 서구이론을 주체적으로 소화해 텍스트 비평에 적용해야 한다는 것이다. 그것이 서구이론의 소비를 넘어 이론을 생산하는 지름길이다. 그렇지 못할 경우 문학평론가들은 문화적 식민성과 열등의식, 서구콤플렉스와 새것 콤플렉스라는 늪에서 영원히 헤어날 수 없을 것이다. 그것은 또 다른 지옥이 아닐까.

셋째, 강단비평식 현장평론은 저자 중심의 난해한 소통단절의 글쓰기를 유발한다. 문학평론가의 배타적 엘리트 중심주의와 자폐적 나르시시즘은 정도가 지나칠 경우 일반 대중과의 소통을 방해하는 핵심 요인이 된다. 엘리트주의와 나르시시즘이 배타적 폭력으로 작동하는 글쓰기는 필연적으로 독자 중심주의가 아닌 저자 중심주의를 숭상한다. 그 결과 쉽게 쓸 수 있는 것도 가급적 어렵게 쓰는 비뚤어진 소통 단절의 미덕이 작동한다. 이것은 저자의 우월성과 독자의 열등성을 확인시켜주는 기능을 한다. 자기성찰이 부재하거나 미약한 상황에서 엘리트 중심주의와 나르시시즘은 난해한 비평적 글쓰기를 전위적 실험성과 장인정신의 발현으로 호도할 수 있다. 독자를 무시하는 엘리트 중심주의와 나르시시즘은 필연적으로 우월적 권위주의로 변질한다. 이것은 문학평론가가 독자와 수평적으로 교감하는 것이 아니라 수직적 서열체계로 재편되었다는 것을 의미한다. 강단비평에 중독된 오늘의 현장평론은 배타적 엘리트 중심주의, 자폐적 나르시시즘, 우월적 권위주의라는 에이즈 바이러스에 감염되어 신음하고 있다. 이러한 강단비평식 현장평론은 문학평론가만이 평론을 쓸 수 있다는 독과점의 신화를 전파시킨다. 일반 독자들이 감히 문학평론가의 비평에 대해 입도 뻥긋할 수 없도록 자물쇠를 채웠던 것이다. 이렇게 독자를 무시하는데 독자가 바보가 아닌 이상 비평의 애독자로 계속 남아 있을 이유가 없다.

문학주의 계열의 현장평론가들은 문학평론가 김현을 이야기하며 '공감의 비평'을 주장하기도 한다. 그러나 실상을 보면 그들이 보여주는 공감의 비평은 대개 작가, 텍스트, 문학평론가 사이의 공감만을 지칭한다. '작가—텍스트—문학평론가'라는 삼각형의 카르텔 구조 속에 정작 문학책을 읽고 소비하는 독자의 몫은 없다. 문학평론가들은 독자를 중시하는 독자반응비평 이론도 소개하지만 그것은 대개 립서비스에 불과하다. 공감의 비평은 진실을 호도하는 수사학으로 이용될 뿐이다. 문학평론은 문학평론가만의 전유물이 결코 아니다. 작가를 선전하기 위한 말단 도구도 아니다. 소통단절의 난해한 비평 글쓰기는 건강식품이 아니라 불량식품이다. 현장평론의 본질은 독자의, 독자를 위한, 독자에 의한 글쓰기이다. 일반 독자를 대신하는 문학평론가들은 처음부터 끝까지 독자 중심의 글쓰기를 해야 한다. 물론 이것이 독자의 말초적 흥미와 욕망에 영합하는 글쓰기를 말하는 것은 아니다. 내가 주장하는 것은 문학의 진정성을 지키면서도 독자를 배려하는 열린 소통의 글쓰기이다. 문학평론가가 독자의 눈높이에 맞춘다면 서구이론의 과소비를 사전에 방지할 수 있다. 그런데 아직도 많은 평론가들이 독자 중심주의를 입으로만 외칠 뿐 몸소 실천하는 경우가 많지 않다. 그들이 주로 신경 쓰는 것은 작가와 텍스트, 문학권력, 출판자본이다. 하지만 문학판의 대주주인 일반 독자를 계속 무시하는 비평을 쓴다면 독자들이 나서서 문학평론가들을 응징할 수밖에 없다. 누구라도 글을 쓸 수 있는 인터넷의 등장은 문학평론가가 비평을 독과점한 시대가 종료했음을 말해준다.

넷째, 강단비평식 현장평론은 창조적 모험과 도전 의식보다 기존 지배질서에 순응하는 수구보수의 경향을 대체로 보인다. 그 결과 당대 사회현실에 대한 첨예한 문제의식과 사회적 실천성이 미흡하다. 강단비평식 현장평론의 번성은 사회 전반의 보수화 현상과 긴밀한 관련성을 갖고 있다. 불확실한 현실 속에 창조적 모험과 도전을 통해 새로운 비평적 의미를 찾는 것은 쉬운 일이 아니다. 사람들은 낯선 미지의 곳을 향해 여행하기보다 안정적인 기존의 터전에 머무르고자 한다. 이러한 보수주의적 성향은 강단비평의 논리실증주의와 결합하여 현장평론에서 확실한 논리적 근거가 확보된 것만 발언하도록 한다. 오해될 수 있는 주장 자체를 꺼리는 것이 학술논문의 생리이다. 논문과 같은 수준의 객관성 요구는 신중주의보다 당대 현실에 대한 침묵과 변절을 합리화시킬 위험성이 있다. 오류의 가능성을 가급적 없애는 학술논문은 나름대로 장점을 가지고 있지만 당대 현실의 대처 방법으로 그리 효과적이지 못하다. 학술논문이 요구하는 확실한 논거를 확보하려면 문학평론가들은 대부분 침묵하거나 제때에 현실적 발언을 하기 힘들기 때문이다. 그래서 강단비평식 현장평론은 당대의 첨예한 현실문제를 주도적으로 제기하기보다 사후에 정리하는 경향이 강하다. 2000년대에 강단비평식 현장평론이 범람하면서 첨예한 현실문제보다 미시적 텍스트에 도피하듯 집착하는 경우가 더 많다. 강단비평식 현장평론은 '있는 현실과 있어야 할 변화'를 이야기하기보다 '있었던 현실과 변화'를 말하는 데에 더욱 익숙한 것이다.

대학을 보통 상아탑이라고 말한다. 상아탑이란 속세를 떠나 조용히 예술을 사랑하는 태도나 현실도피적인 학구 태도를 지칭한다. 대학에서 생산하는 학술논문도 이러한 상아탑의 자장에서 크게 벗어나 있지 못하다. 이에 비해 현장평론은 논리성을 중시하지만 그에 못지않게 직관과 감성으로 현실 속으로 들어가 적극적으로 발언한다. 오류의 가능성이 있다는 것을 알면서도 현장평론은 논란거리의 문제를 회피하지 않고 정면으로 마주 대한다. 창조적 모험과 도전 의식으로 무장한 현장평론은 기존의 쌓아놓은 논문 데이터가 거의 없는 상황에서도 미지의 세계로 과감하게 들어간다. 현장평론이 보여주는 것은 무오류의 데이터가 아니라 도약하는 숭어처럼 생생하게 살아 있는 도덕적 문제의식과 현실성이다.

다섯째, 강단비평식 현장평론은 대중적, 개성적 글쓰기가 아닌 전문적, 객관적 글쓰기를 지향한다. 그래서 학술논문에서 사용되고 있는 것처럼 거대서사보다 미시서사에 천착하는 형식주의적 텍스트 읽기가 상습적으로 등장한다. 폭넓은 것보다 협소한 주제나 소재를 채택하는 강단비평식 현장평론은 일반 독자보다 소수의 오타쿠otaku나 고급 독자를 만족시킨다. 미시적 텍스트 읽기에 집착하는 강단비평식 현장평론은 해당 텍스트를 읽지 못했거나 아예 관심이 없는 일반 독자들을 소외시킬 가능성이 높다. 현장평론가는 전문적인 식견 속에 깊이 있는 비평적 지식을 보유해야 하지만 그것을 글쓰기로 형상화할 때는 반드시 비전문적인 언어로 표출시켜야 한다. 강단비평식 현장평론이 보여주는 폐쇄적 전문성은 다수의 일반 독자를 소외시킨다. 또 강단비평식 현장평론은 논리성, 객관성, 검증가능성이라는 족쇄에서 자유롭지 못하기에 개성적 비평보다 무난한 비평 글쓰기가 될 가능성이 높다. 문학평론이 객관화될수록 현장평론은 문학예술의 범주에서 학문의 영역으로 이동한다. 현장평론이 문학예술의 범주에 계속 소속되려면 그에 걸맞은 비평적 개성과 정체성을 보여주어야 한다. 그런데 2009년 현재, 대중성을 상실한 강단비평식 현장평론의 비대화 속에 신문 지면에서 문학평론가의 주도적 역할이 사라진 지 꽤 됐다. 이것은 그 동안 축적된 강단비평식 현장평론이 보여준 구조적 모순에서 비롯한다. 문학평론가 대신에 문학 전문기자들이 저널리즘 비평 글쓰기를 하는 세태는 문학평론가의 근본적 존재에 대한 심각한 의문을 갖게 한다.

나는 앞에서 강단비평식 현장평론의 문제점들을 크게 다섯 가지로 분류했다. 이것들은 개별적으로 등장하기도 하지만 상호 긴밀하게 연관되어 있다. 강단비평식 현장평론을 개선하려면 원인이 아닌 증세만 치료하는 대증요법만으로 곤란하다. 현장평론을 소생시키려면 구조적으로 문제를 개선하려는 복합 처방이 필수적이다.

4. 식물인간으로 전락한 현장평론의 현주소

강단비평식 현장평론은 요새도 쇠퇴의 기미를 전혀 보이지 않은 채 문예지에서 전성기(?)를 구가하고 있다. 강단비평식 현장평론은 서구이론과 관념적 어휘의 빈번한 사용, 수많은 각주와 인용의 나열이 특징적이다. 1990년대 후반 이후 현장평론에서 지나치게 많은 각주와 인용의 급증은 강단비평이 현장평론을 강간한 대표적 흔적이다. 이것은 과거의 현장평론에서 보기 힘든 풍경이다. 물론 각주와 큰따옴표의 사용은 표절 방지면에서 일정한 효과를 얻고 있다. 한국의 대표적 문학평론가인 고 김현은 자신의 글에서 큰따옴표를 사용하지 않은 채 마치 자신의 독창적 사유인 것처럼 쓴 문장들이 여러 개 있다. 이것은 당시 표절에 대한 문제의식과 사회적 경각심의 미흡에서 발생한 것이다. 그렇다면 각주와 인용 표시를 꼬박꼬박 하는 오늘의 현장평론은 과거보다 비평의 질이 좀 더 나아졌다고 볼 수 있을까. 안타깝게도 그렇지 못한 것이 현실이다. 오늘의 문학평론가들은 지나치게 각주와 인용에 얽매여 자신만의 비평적 사유를 제대로 전개하지 못한다. 문학평론가는 현장평론에서 '실증적 문학연구자'가 아니라 '창조적 문인'이라는 사실을 무엇보다 심각하게 자각해야 하다. 이것을 위해 현장평론을 오염시키는 강단비평적 요소를 조속히 분리 수거해야 한다. 최근 문예지에 실린 평론 중 조강석과 권혁웅의 글은 강단비평식 현장평론을 보여주는 대표적 사례들이다. 강단비평식 현장평론이 이들에게만 발생하는 현상은 결코 아니다. 단적인 예를 들었을 뿐이다. 오해 없기 바란다. 대다수의 문학평론가들이 어떤 형태로든지 강단비평식 글쓰기의 영향권에서 비평을 하고 있다. 그렇다고 이것이 개별 문학평론가의 직무유기와 자기합리화를 정당화할 수는 없다.

문학평론가 조강석의 「'서정'이라는 '마지막 어휘'」(≪세계의문학≫, 2009년 봄)는 현대시에서 서정의 문제를 '녹색', '소통'과 연결시켜 논지를 전개한다. 비평 제목에 사용된 단어인 '마지막 어휘'는 리처드 로티의 『우연성 아이러니 연대성』에서 인용한 것이다. 그는 글 서두에서 로티의 글을 인용해 '마지막 어휘'의 개념을 장황하게 이야기한다. 그런데 과연 마지막 어휘라는 단어가 서정성의 문제를 이야기하는 데에 그렇게 중요하게 언급할 필요가 있었는지 극히 의문이다. 조강석은 로티의 언어에 의존해 서정의 문제에 접근한다. 아니다. 로티만이 단독 출현하는 것이 아니다. 테오도르 아도르노의 『미학이론』, 롤랑 바르트의 『신화론』, 데이비드 흄의 『인간 오성의 탐구』가 중요하게 등장해 지면을 화려하게 장식한다. 그런데 나는 이 글을 처음부터 끝까지 꼼꼼하게 읽었지만 글의 논지가 선명하게 들어오지 않는다. 조강석의 비평은 하나의 초점으로 수렴되지 못한 채 끊임없이 다중 초점화되고 있기 때문이다. 로티, 아도르노, 바르트, 흄은 조강석의 논지를 보완하기보다 훼방시키면서 난해한 비평을 탄생시킨다. 극단적으로 말해 이 글은 서구 이론가들이 없으면 쓰여질 수 없는 비자립적 비평 글쓰기이다. 이 글에서 조강석 개인의 개성적 사유와 비평적 정체성을 찾기는 어렵다. 우리가 확실하게 찾을 수 있는 것은 서구이론에 대한 그의 주석이다. 조강석은 결론에서 녹색과 성장을 어떻게 성장주의와 위원회로부터 구할 것인지 길을 봐야 한다고 주장한다. 그렇지만 내가 보기에 길을 끊임없이 물어야 할 사람은 조강석 자신이다. 서정의 문제를 녹색과 소통과 연관시켜 말하면서 이렇게 난해하게 쓸 수 있는 그의 엘리트주의적 능력에 나는 경의를 표한다. 나는 조강석의 글을 읽고 저자가 서구이론을 아주 많이 공부하고 있다는 사실을 알게 되었다. 그러나 그것이 현장평론에서 대체 어쨌단 말인가? 현장평론은 공부 많이 한 평론가들의 지식을 뽐내는 경연장이 아니다. 내가 진정 원했던 것은 서구 이론에 대한 조강석의 주석이 아니라 그의 자유로운 비평적 사유이다. 서구 이론을 제대로 알지 않으면 자신의 글을 제대로 읽을 수 없게 만든 조강석의 암호문 비평. 불행하게도 나는 머리가 나빠서인지 조강석의 글을 제대로 해독할 수 없었다. 나는 아무래도 바보(?)인 것 같다. 조강석의 글은 독자들을 한순간에 바보로 만드는 놀라운 마술을 보여준다.

조강석의 글과 함께 실린 권혁웅의 「실체에서 주체로－그리고 기형도」는 강단비평식 현장평론이 보여줄 수 있는 경이로운 진수(?)를 보여준다. 권혁웅은 이 글에서 실체에서 주체로 이동해야 한다는 주장을 기형도의 시를 통해 말하고자 한다. 이것을 위해 권혁웅은 방대한 지면을 낭비한다. 이 글의 전체적 구성을 보면 1장에서는 실체라는 환상을, 2장에서는 실체에서 주체로 이동할 필요성을, 3장에서는 다양한 주체에 관한 서구의 이론을, 4장에서는 기형도 시의 주체를 언급한다. 전체 구성에서 알 수 있듯이 이 글의 중심은 기형도가 아니다. 기형도의 시를 설명하기 위한 다양한 서구이론과 자신의 방대한 지식의 자랑이 이 글의 핵심이다. 권혁웅은 기형도 시의 주체를 말하기 위해 3장에서 정신분석의, 하이데거의, 푸코의, 레비나스의, 데리다의, 들뢰즈의 주체를 다채롭게 언급한다. 이외에도 권혁웅의 글에서는 슬라보예 지젝, 앤터니 이스톱, 브루스 핑크, 콜린 데이비스라는 서구이론가나 사상가들이 등장해 화려한 면모를 보여준다. 다음의 지문은 푸코의 주체를 언급한 부분이다. 독자들은 이 짤막한 지문을 통해 권혁웅이 보여주고 있는 강단비평식 현장평론의 참모습(?)을 만날 수 있을 것이다. 이 글은 현장평론의 개성적 사유가 아니라 서구이론의 주석인 관념적 언어의 유희에 불과하다. 나는 권혁웅의 글에서 다양한 주체의 이론들이 그렇게 장황하게 등장할 이유를 찾을 수 없었다. 다음의 지문은 권혁웅의 글에서 서구이론이 등장한 단적인 예이다.

"후기의 푸코에서도 사정은 다르지 않다. 푸코에 따르면 '자기 배려'는 (소크라테스의 '너 자신을 알라'에 포함된) 자기 인식보다 근본적인 개념이다. 자기 배려를 행한다고 할 때, '자기'는 '실체'가 아니라 '주체'다. 이것은 주체가 선험적으로 주어진 것이 아니라, 자기 배려를 행하는 전 과정-행위와 관계와 태도 전반의 과정에서 출현하는 것이라는 말이다. 결국 푸코의 주체는 행위의 능동적 작인(作因)이 아니라, (자기 배려라는) 행위의 수행적 중심이다. 시에서도 발화의 전개 과정에서 생겨나는 중심점을 주체라 부를 수 있을 것이다. 이 주체가 발화의 중심에 한 번 자리를 잡고나면, 발화의 맥락을 포괄하는 목소리로 기능하게 된다." (권혁웅, 「실체에서 주체로-그리고 기형도」, ≪세계의문학≫, 2009년 봄, 372쪽)

「실체에서 주체로-그리고 기형도」는 기형도의 시를 말하고자 했던 것으로 보이는데 정작 기형도의 시는 뒷전이고 서구이론의 나열이 전면화되어 있다. 서구이론이 필요하다면 인용하는 것은 어쩔 수 없다. 그러나 그것은 비평가 자신의 개성적 언어로 자연스럽게 녹아들어야 한다. 그러나 권혁웅의 글에 등장한 서구이론과 텍스트 분석은 상호 긴밀하게 연결되지 못한 채 불협화음을 보인다. 권혁웅은 기형도의 시집에 하나의 목소리가 아니라 두 개의 목소리가 있다는 소박한 결론을 말하기 위해 그 많은 서구이론을 총동원시켜야 할 필요가 있었을까. 주객이 전도된 그의 비평은 모호함과 난해함의 덫에 걸려 끝내 비명횡사하고 만다. 권혁웅의 글에서는 기형도의 시를 바라보는 문학사적 감각도, 당대 현실이나 역사와 연결시키는 문제의식도 부재하다. 오직 전면화된 것은 서구이론의 기형적 과소비와 그것을 기계적으로 텍스트에 적용한 흔적들이다. 기형도의 시는 서구이론의 과소비를 위해 등장시킨 얼굴마담에 불과하다. 정작 기형도를 초청해 놓고 기형도를 무시해버린 이 처사에 대해 권혁웅은 어떤 말을 할 수 있을까.

나는 문학평론가 조강석과 권혁웅이 평소에 텍스트 중심주의를 주장하는 것으로 알고 있다. 하지만 이 글에서 그들이 보여준 것은 중심부를 장악한 서구이론과 주변부로 밀려난 문학 텍스트의 풍경이다. 이것이 그들이 표방하는 텍스트 중심주의 내지 문학주의의 실체라고 한다면 자가당착의 모순이라고 하지 않을 수 없다. 자신의 주장에 걸맞은 비평적 글쓰기를 보여주지 못하는 비평은 독자들에게 분노와 실망감만을 일으킨다. 조강석과 권혁웅의 글은 배타적인 글이기에 소수의 독자만 선별적으로 초대된다. 다수의 독자는 축객령逐客令 속에 왕따 신세로 전락한다. 그래서 나는 거지처럼 쫓겨나야 했다. 나는 이들의 글에서 선택받은 소수라는 선민의식을 발견한다. 배타적 선민의식은 필연적으로 일방통행식 소통단절의 비평을 탄생시킨다. 문학평론가의 근거 없는 오만과 편견, 그리고 우월의식은 현장평론에서 사라져야 한다. 이런 점에서 조강석과 권혁웅의 글들은 다시 쓰여져야 한다, 서구이론이라는 비곗살과 기름기를 말끔히 빼고. 그래야 이 글은 강단비평이 아닌 현장평론이 될 수 있다. 그렇지 못할 때 이 글들은 강단비평에 유린당한 현장평론의 서글픈 자화상일 수밖에 없다. 문학평론가 고명철도 문학평론가 복도훈의 글에 대해 다음 지문에서 보듯 나와 비슷한 비판적 생각을 언급한 적이 있다. 고명철의 예리한 지적은 강단비평에 중독된 현장평론가들이 다시 음미해볼 글이라고 생각해 여기서 간략하게 인용한다.

"복도훈의 비평에는 '복도훈'이란 개별 비평가의 비평적 판단이 있는 게 아니라 서구이론가들의 크고 작은 계시와 잠언들이 울려대는 불협화음으로 가득 채워져 있습니다. 어느 글이라 할 것 없이 복도훈의 비평을 무작위적으로 대할 때마다 드는 곤혹스러움입니다. 좀 심하게 말한다면, 복도훈의 비평은 서구이론의 컴플렉스에 푹 빠져 있어 어떠한 주제의 글이든지, 서구이론의 도움 없이는 글이 전개되지 않는 것처럼 보입니다. 비유컨대, 서구이론의 수렴청정(垂簾聽政)을 받고 있다고 할까요." (고명철, 「'비평의 매혹'을 넘어 '비평의 진보성'을 쟁취하길」, ≪오늘의 문예비평≫, 2007년 겨울호, 232~233쪽)

강단비평식 현장평론이 번성하면서 나타난 돌연변이 현상 중의 하나가 현장평론을 학술논문으로 성형시키는 것이다. 교수 채용이나 업적 평가 때 문학평론이 점수를 제대로 받지 못하면서 문학평론에 각주와 인용을 달고 논문식 문체로 바꿔 학술지에 투고하는 형태가 점차 확산되고 있다. 이것을 학계와 문단의 제도적 경계가 해체되고 통합되는 긍정적 현상으로 보아야 할까. 만약 그렇다면 학술논문도 각주와 인용을 가급적 빼고 논문체를 평론체로 바뀌는 현상도 함께 증가해야 한다. 그러나 현실에서 빈번하게 등장하는 것은 현장평론의 학술논문화 현상이다. 현장평론에 각주를 달고 문체를 조금 바꿨다고 해서 바로 학술논문이 다 되는 것이 아니다. 기본적으로 엘리트 지향의 학술논문과 대중 지향의 현장평론은 다른 비평적 정체성을 지니고 있다. 이것은 논문적 문체, 각주와 인용의 성형화 작업만으로 완벽하게 형질 전환할 수 있는 것이 아니다. 또 현장평론이 학술지 규격에 맞게 형식과 내용을 맞추어 가는 과정에서 현장평론 고유의 불온한 생명력은 필연적으로 박제화될 수밖에 없다. 따라서 현재에 벌어지고 있는 학술논문과 현장평론의 통합 현상은 현장평론도 죽고, 학술논문도 죽이는 공멸의 길이다. 학술논문과 현장평론은 상대방의 장점을 배울 수는 있겠지만 기본적으로 자신의 정체성을 망각해서는 안 된다. 이런 점에서 현장평론을 논문체로 바꿔 학술논문을 만드는 전신 성형은 즉각 시정되어야 한다.

5. 야성의 회복과 혼魂의 비평

2000년대 들어 강단비평인 학술논문과 문학예술인 현장평론의 상호 유착 관계는 한층 심화되고 있다. 강단비평이 비대화되어 현장평론을 지속적으로 강간하면서 현장평론의 무기력한 노화 현상은 더욱 가속화되고 있다. 문학평론가들은 거대담론의 위축과 삶의 불확실성 확대라는 절박한 상황에서 '서구이론의 과소비와 학술제도의 권위'로 비평적 권위의 상실을 회복하고자 했다. 이것은 필연적으로 각주와 인용을 대량 번식시키면서, 난해한 비평과 얼치기 서구이론 수입상인 문학평론가들의 범람을 구조적으로 고착화시켰다. 문학평론가의 개성적 글쓰기는 사망한 채 비평은 정감 넘치는 '예술'이 아니라 무미건조한 '학문'으로 퇴행하고 있다. 오만한 엘리트주의와 자폐적 나르시시즘에 중독된 비평 주류는 강단비평식 현장평론을 생산해내면서 자신들만의 배타적 해석공동체를 만들었다. 문학평론가들만이 읽는, 아니 문학평론가마저도 별로 읽지 않는 현장평론. 이것이 바로 이 시대 현장평론의 서글픈 자화상이다. 그럼에도 불구하고 문단 주류는 여전히 달팽이 껍질에서 나오지 않고 있다.

나는 강단비평식 현장평론으로 인해 식물인간으로 전락한 현장평론을 소생시키기 위해 다음과 같은 백신을 긴급하게 처방한다.

첫째, 현장평론은 강단비평과 인연을 단호하게 끊고 지면에서 최소한의 서구이론만 언급해야 한다. 그러면 자연스럽게 상당 부분의 인용과 각주가 줄어들게 되고, 빈 자리는 문학평론가의 개성적 사유와 현실적 문제의식으로 채워질 가능성이 높다. 이것을 위해 문학평론가는 기존 체제에 안주하는 보수적 태도보다 새로운 모험을 찾아 떠나는 야성을 회복해야 한다. 현장평론은 집에서 기르는 애완견이 아니라 들판을 가로지르는 야성의 늑대이어야 한다. 최근에 신예평론가 신형철은 서구이론과 비평적 현장 감각을 균형감 있게 주체적으로 소화한 비평을 보여주고 있다. 앞으로 신형철과 같은 신예평론가들이 더 많이 나와야 한다.

둘째, 문학평론가의 독선적 오만과 편견을 청산해서 독자의 목소리에 귀 기울이는 눈높이 자세가 필요하다. 이때 필요한 자세가 상대방을 배려하는 겸허한 마음이다. 현장평론은 무엇보다 현장평론에 걸맞는 독자 중심의 대중성을 확보해야 한다. 이를 위해 비평 글쓰기는 전문가의 비전문가적 언어로 형상화해야 한다. 1929년 문학평론가 김기진이 처음 제기한 '예술 대중화론'의 문제의식은 지금도 여전히 유효하다.

셋째, 강단비평식 현장평론을 번성하게 한 주요 원인인 학벌주의를 청산해야만 강단비평식 현장평론을 근본적으로 추방할 수 있다. 학벌주의의 청산없이 강단비평식 현장평론을 제거할 수 없다. 학계와 문단의 유착 관계는 상당 부분 학벌주의와 관련성을 갖고 있다. 문제는 학벌주의의 문제가 문단과 학계만의 문제가 아니라 한국사회의 대표적 병폐라는 사실이다. 그렇다고 해서 사회에 전적으로 책임을 돌리는 것은 정당하지 않다. 한국사회의 학벌주의의 청산 작업과 병행해서 문학평론가의 학벌주의도 소각시켜야 한다.

넷째, 학술논문과 강단비평의 통합이 상대방의 정체성을 해치는 방향으로 진행되어서는 곤란한다. 다시 말해 문학평론가들이 학술진흥재단 등재지나 등재 후보인 학술지에 실리기 위해 현장평론을 학술논문의 규격에 맞춰 뜯어 고쳐서 투고하는 행태는 지양되어야 한다. 논문을 감각적인 문체로, 현장평론을 객관식 문체로 바꿨다고 해서 논문이 평론이 되고 평론이 논문이 되는 것은 결코 아니다. 양자는 공통분모를 갖고 있지만 결코 환원할 수 없는 정체성을 갖고 있다. 논문은 논문다워야 하고 현장평론은 현장평론다워야 한다. 따라서 양자는 불가근 불가원의 관계를 서둘러 복원시켜야 한다. 학계와 문단의 유착관계는 비평의 보수화를 촉진시켜 창조적 모험과 도전정신에 기반한 현장평론을 죽이는 독이다.

다섯째, 현장에서 열심히 글을 쓰는 현장평론가의 생계를 도와줄 수 있는 제도적 방안에 대한 다양한 모색이 필요하다. 생계가 막막한 상황에서 문학평론가가 지속적인 평론 활동을 하기는 지극히 곤란하다. 이때의 지원정책은 학연과 지연에 기반한 비평 주류의 나눠먹기식 형태로 전개되어서는 안 된다.

여섯째, 학술진흥재단의 등재지나 등재후보만 점수로 인정하는 대학의 획일주의식 평가에 대한 반성과 시정이 이루어져야 한다. 국문학 계통 학술논문을 쓸 때 많은 문학연구자들이 문학평론가의 글을 참조하여 쓰고 있는 것이 현실이다. 그렇다면 그에 걸맞은 부분 점수를 주는 것이 강단비평 쏠림 현상을 일정 정도 제어할 수 있다고 본다.

일곱째, 출판자본의 무차별 공세와 학술제도의 폭력적 외압에도 불구하고 현장을 지키며 문학평론을 쓸 수 있는 호연지기를 문학평론가 스스로 키워야 한다. 후기 자본주의사회에서 사용가치를 지향하는 인문학적 글쓰기가 제대로 대접받지 못하고 있는 것이 현실이다. 그렇다고 해서 무비판적인 대중 내지 현실 추수주의는 궁극적으로 문학평론가의 존재 기반을 스스로 무너뜨리는 것이다. 문학평론가는 카피라이터가 아니다. 문학평론가는 어느 정도의 불이익을 감수하고서라도 문학의 진정성과 독자에 대한 비평적 성실성을 기반으로 한 혼魂의 비평을 꿋꿋하게 전개해야 한다. 순수한 열정이 사라진 채 세속적 이익에만 집착하는 문학평론은 독자를 감동시킬 수 없다. 나는 비평 글쓰기와 실제 삶을 일치시키려 노력하지 않는 문학평론가들을 많이 봐왔다. 이들은 화려한 문학적 수사로 문학적 진정성을 이야기하지만 정작 자신의 이익과 관련해서는 침묵하거나 변절하는 이율배반의 모습을 보여준다.

여덟째, 강단비평식 현장평론의 문제점을 시정해야겠지만 그렇다고 강단비평이 현장평론 침체의 모든 근원이라는 식의 책임 전가는 피해야 한다. 극단적인 이분법은 문제의 해결이 아닌 새로운 문제의 발생을 의미한다.

아홉째, 강단비평식 현장평론에 숨통을 끊기 위해서는 문학평론가의 노력만으로는 되지 않는다. 특히 문학평론가에게 글을 청탁하는 문예지가 중요한 역할을 담당할 수 있다. 주류 문예지가 앞장서서 인용과 각주를 줄이는 구체적 지침서를 청탁서에 반영한다면 강단비평식 현장평론을 많이 줄일 수 있다. 달리 말한다면 오늘날 강단비평식 현장평론이 번성하게 된 데에는 주류 문예지에 큰 책임이 있다고 할 수 있다.

나는 서구이론의 주석에 불과한 강단비평식 현장평론에서 더 이상 희망을 찾을 수 없다. 나는 거칠더라도 자신의 목소리를 생산하기 위해 노력하는 글쓰기에서 희망을 발견한다. 서구이론에 뼈 속 깊이 중독된 오늘의 현장평론은 변해야 한다. 진화하지 않은 현장평론은 적자생존의 법칙에 따라 멸종할 수밖에 없다. 문학사는 영원불변의 장르가 없다. 당대의 시대적 요청과 욕망을 반영하는 문학평론만이 당당하게 생존할 것이다. 나는 생존하기 위해 강단비평식 현장평론의 목을 힘껏 조른다. 죽어라, 죽어! 이상하게도 나는 점차 숨을 쉬기가 어렵다. 창백해지는 내 혈액들. 의식이 가물거린다. 빛이 소멸하고 있다. 나는 대체 누구를 죽이고 있는 것일까. 나도, 예외일, 수는, 없다. 나는 목을 조르는 손에 더욱 힘을 가한다. 짙은 어둠이 밀물처럼 무섭게 밀려오고, 야성이 꿈틀거리는 혼魂의 비평이 탄생한다. 죽어야 산다. 鬪

최강민
문학평론가. 1966년생. 2002년 ≪조선일보≫ 신춘문에 문학평론 당선. 본지 편집동인. 선문대 강사. 저서로 『문학 제국』과 『탈식민과 디아스포라 문학』이 있음. writercritic@chol.com

<우리 시대의 상상력>에서 언급했던 작가들

소설가 김 훈(≪작가와비평≫ 2호, 2004.11)
소설가 천운영(≪작가와비평≫ 3호, 2005.06)
소설가 박민규(≪작가와비평≫ 4호, 2005.12)
소설가 공선옥(≪작가와비평≫ 5호, 2006.06)
시 인 김신용(≪작가와비평≫ 6호, 2007.01)
소설가 공지영(≪작가와비평≫ 7호, 2007.08)

김 훈

천운영

박민규

공선옥

김신용

공지영

벌레 혐오증의 역사 / 정주아
: 이승우론

주홍글씨와 이야기테라피 / 박진영
: 이승우의 소설세계

윤리적 주체의 자리 / 정영훈
: 이승우의 최근 소설 읽기

갑자기, 영원히 쓰는 소설가 / 조효원
: 이승우론

우리 시대의 상상력:

소설가 이승우

우리 시대의 상상력

소설가 이승우

1959년 전남 장흥 출생
서울 신학대학 졸업
연세대학교 연합신학대학원에서 공부했다.
1981년 한국문학 신인상 당선
1987년 창작집 『구평목 씨의 바퀴벌레』(문학사상사) 발간
1991년 창작집 『세상 밖으로』(고려원) 발간
1992년 장편소설 『생의 이면』(문이당) 출간
1993년 『생의 이면』으로 제1회 '대산문학상' 수상
1994년 창작집 『미궁에 대한 추측』(문학과지성사) 발간
1995년 『내 안에 또 누가 있나』(고려원), 『에리직톤의 초상 / 당신 외』(동아출판사) 발간
1996년 장편소설 『사랑의 전설』(문이당) 발간
1997년 콩트집 『1년 3개월 7일』(하늘연못) 발간
1998년 창작집 『목련공원』(문이당), 장편소설 『태초에 유혹이 있었다』(문이당) 발간
1999년 산문집 『내 영혼의 지도』(살림) 발간
2000년 장편소설 『식물들의 사생활』(문학동네) 발간
2001년 창작집 『사람들은 자기 집에 무엇이 있는지도 모른다』(문학과지성사) 발간
2002년 창작집 『나는 아주 오래 살 것이다』(문이당) 출간, 이 책으로 제15회 '동서문학상' 수상
2005년 창작집 『심인광고』(문이당), 장편소설 『끝없이 두 갈래로 갈라지는 길』(창해), 소설선집 『검은 나무』(민음사) 발간
2006년 소설창작론 『당신은 이미 소설을 쓰기 시작했다』(마음산책), 중편 『욕조가 놓인 방』(작가정신) 발간
2007년 『전기수 이야기로』 제52회 현대문학상 수상, 창작집 『그곳이 어디든』(현대문학) 발간
2008년 창작노트 『소설을 살다』(마음산책), 창작집 『오래된 일기』(창비) 발간

벌레 혐오증의 역사
이승우론

정주아

1. 부재증명으로서의 소설

등단작인 중편소설 「에리직톤의 초상」(1981)에서 미리 예고되었듯이 작가 이승우는 현실과 종교, 신화를 아우르는 사유의 폭과 깊이를 확보한 작가이다. 그는 이미 장용학이나 이청준, 최인훈의 계보를 잇는 관념소설 작가로 꼽힌다. 한편 그가 구축한 관념의 세계는 아버지로 상징되는 세계와의 불화를 염두에 둔 것으로, 이러한 점 역시 한국현대문학의 전통적인 문제의식을 계승한 것으로 평가된다.

작가 이승우의 작품 세계를 다시 읽어 보려는 시도에서 시작한 글이라고 해서 그에 관한 문단의 찬사를 뒤집을 생각은 없다. 다만 이런 생각은 든다. 한 작가가 초기에 발표한 몇몇 뛰어난 작품에 바쳐진 찬사가 오히려 해당 작가를 어떤 유형으로 규정해버리고, 후속작에 나타나는 변화의 조짐들을 가려버리는 경우도 있겠다는 것이다. 물론 삼십여 년 가까이 꾸준히 소설을 발표해온 이승우를 전제로 하는 말이다.

그러니 이승우 소설의 특징을 설명할 때 흔히 등장하는 관념적이라는 수사로부터 이야기를 풀어나가기로 하자. 소설은 논리적 이율배반의 지대를 이야기한다. 흔히들 운명이라 부르거나 사회의 구조적인 문제라는 말로 뭉뚱그리는, 선악과 시비, 존재와 부재가 한 몸으로 붙어 있는 혼돈의 영역이 곧 소설의 출발점이다. 이승우의 소설 역시 '나'의 의지를 배제한 채 '나'의 운명이 결정되는 이율배반적인 순간에서 시작된다. 때문에 이승우 소설의 긴장감은 '나'의 의지에 반해 '나'를 조종하는 그 무엇에 대한 경계심을 근거로 구축된다. 방이나 집처럼 폐쇄적인 공간에 머무르면서 자신을 소외시킨 세계에 대해 날카롭게 비판의 날을 겨눈다. 출구 없는 미로의 알레고리도 자주 등장한다. 자아에 장악된 세계에 기반을 둔 서사는 그만큼 자의식의 내면을 깊고 예리하게 드러낸다. 그러나 이 좁은 방안 세계의 자유란, 일찍이 작가 이상李箱의 방이 그러했듯이, 어디까지나 관념으로 만든 방어막이고 논리적 게임의 일종이다.

이 글은 다소 엉뚱하고 짓궂은 질문에서 시작되었다. 즉, 자의식의 통제 영역 바깥에서 마주치는 이승우의 소설은 어떤 모습인가에 대한 질문이다. '나'에 의해 장악된 공간 바깥에서의 '나'는 '나'라 이를 수 없는 그 무엇이다. 누군가 '나'에게 왜 하필 그곳에 있었는가, 추궁한다 해도 그것은 '나' 의지가 개입되지 않은 상황이므로 '나'는 그 이유를 대답할 수 없는 무기력함에 빠진다. 관념적 재구성으로 해결할 수 없는 실존의 영역, 실질에 대한 관심, 그 도무지 알 수 없는 심연을 일컬어 혹자는 타자라 부르고, 혹자는 물자체라 불렀다. 그리고 이승우 역시 그 난처한 영역에 대해 많은 이야기를 했다. 자전소설로 알려진 『생의 이면』은 그 표제부터 작가가 장악하지 못한 생의 심연에 대한 기술임을 밝히고 있다. 그는 자신이 간섭할 수 없는 존재의 심연을 일컬어 "내가 인식하는 나를 빼놓고 나를 구성한다는 것은 존재론의 기틀을 부수는 행위가 아닌가"라고 반문하며, '부재증명'을 요구하는 사태라 명명한다(「부재증명」, 1:351).[1] 여기에서 이승우의 소설 쓰기에 대한 추론 하

1) 이 글에서 참고한 이승우의 소설집 및 장편 소설의 서지사항은 다음과 같다. 본문에서 단편 소설을 인용하는 경우에는 해당 소설이 수록된 소설집의 일련번호 및 해당 페이지 수만 표시하기로 한다. (1. 『구평목 씨의 바퀴벌레』, 문학사상사, 1987; 2. 『에리직톤의 초상』, 살림, 1990; 3. 『생의 이면』, 문이당, 1996(개정판); 4. 『나는 아주 오래 살 것이다』, 문이당, 2002;

나가 가능해진다. 이승우의 소설 쓰기는 '나'를 배제한 '나'의 운명, 그 부당한 결정론에 대해 타협할 수 없어 써내려간 부재증명의 기록이다.

이승우의 소설을 부재증명의 기록이라 말할 때, 작가론인 이 글의 관심은 물론 부재증명을 외치게 된 이유와 방식, 그 의미에 있다. 작가 이승우가 '한사코 나는 그곳에 없었다'고 외치는 그곳, 생의 이면을 그려내는 것이 이 글의 목표이다. 부재증명으로서만 자신을 입증할 수 있다고 생각한다는 점에서, 이미 그는 자신이 세계의 중심이며 유일한 원리라 내세우는 철없는 영웅은 아니다. 이승우의 세계는 늘 자신을 지배하는 상대, 오히려 거대한 중심이자 원리인 존재자를 표 나게 의식하고 있다. 여기에서 마찬가지로, 이승우의 소설 읽기에 대한 주의점 하나가 나온다. 이승우의 소설은 어디까지나 세계와의 관계 설정에 대한 물음을 염두에 두고 읽어야 한다. 이미 1981년 등단작을 발표할 때부터 그는 거대한 신을 상대하여 싸웠던 것이다.

그러나 이 글은 거대한 신과 견주었을 때 어처구니없이 작지만, 신만큼이나 작가의 의식을 구속하고 있는 것처럼 보이는 아주 작은 상대를 논의하는 지점에서 출발하려 한다. 그것은 신의 거대함에 가려 보이지 않았지만 이미 그의 등단작에서부터 등장하는 작은 벌레이다. 이승우의 소설을 따라 읽다 보면 생각보다 자주 이 벌레를 만난다. 그 존재를 염두에 두고 지켜보면 이 작은 벌레가 이승우의 소설 전반에 출몰하면서 균열을 만드는 모양이 보이고, 어찌 보면 신보다 버거운 상대가 될 수도 있겠다는 생각을 하게 된다. 이승우 소설의 텍스트 읽기는 이 벌레가 만들어 놓은 균열을 따라 가며 진행될 것이다.

---

5. 『목련공원』, 문이당, 1998; 6. 민음사 『오늘의 작가 총서–검은 나무』, 민음사, 2005; 7. 『오래된 일기』, 창비, 2008)

2. 다족류 벌레의 이물감

만약 이승우 소설사전을 만든다면 '벌레', 엄밀히 말해 '다족류의 벌레'를 빠뜨려서는 안 될 것이다. 그만큼 이 벌레는 그의 소설에서 자주 목격되며, 주로 인물의 내적 갈등이 최고에 달했음을 알려주는 지표이다. 홍미로운 점은 '다족류의 벌레'라는, 계통 분류표에 입각한 다소 생경해 보이는 명명 방식이다. '발이 여럿 달린'이라 하지 않고 '다족류'로 뭉뚱그려 말하는 대목에서 우리는 이 개체에게 주어진 역할을 짐작해 볼 수 있을 것이다. 만일 벌레가 묘사의 대상이며 개체의 형상을 환기시키려는 것이라면 이승우식 명명은 별로 효과적인 것이 못 된다. 이 '다족류의 벌레'는 실제적인 개체 자체의 재연과는 거리가 있는, 그 어떤 별도의 상황을 가리키는 기호이다.

벌레에 대한 문학적 비유들은 이미 대중적으로 익숙해진 편이다. 니체는 문학적인 철학서 『차라투스트라는 이렇게 말했다』에서 인간다움의 미덕을 갖추지 못한 퇴행적인 군중을 일컬어 벌레의 차원에 있다고 말한다. 그럴 듯한 거짓말이 진리를 대신하는 것이 장터의 생리라면 장터의 군중은 위대한 초인을 능멸하며 피를 빨아 먹는 독파리 떼와도 같다. 카프카는 「변신」에서 아예 인간을 벌레로 바꾸어 버린다. 인간의 생존권을 무색하게 만드는 산업사회에 대한 풍자 속에서 벌레는 무력한 인간의 삶을 대변하는 알레고리가 된다. 그렇다면 이제 이승우가 만들어낸 벌레의 면모와 그 독특함에 대해 이야기해보기로 하자.

이미 이야기했듯이 이 벌레는 등단작인 중편 「에리직톤의 초상」에서 처음으로 모습을 드러낸다. 등장에 얽힌 문맥을 살피기 위해 소설의 줄거리를 살펴보자. 이 소설은 신학대학원을 중퇴한 신문 기자인 병욱, 병욱의 연인인 혜령, 철학도인 형석의 삼각관계를 중심으로, 인간의 구원은 어떻게 가능한가에 대해 묻는다. 작가는 신의 영역을 침범하는 만용을 부린 후 굶주림의 형벌을 받고 제 살을 뜯어 먹기에 이르렀던 신화 속의 인물 에리직톤을 표제로 내세웠다. 민중 신학의 영향 속에서 초월적 신에 대한 회의감이 짙어가는 가운데, 신의 수직성에 대한 경외감이 동반되어야만 수평지향성은 궁극적인 구원에 도달할 정신적인 균형을 얻을 수 있으리라는 메시지가 골자를 이룬다. 서사의 대부분은 유학생활에 적응하지 못한 채 방황하는 형석의 내면을 기술하는 데 할애되어 있다. 이국의 유학생활에서 경험하는 심리적인 위축으로 인해 형석은 자신을 내려다보는 타인의 시선에서 편집증적 불안을 느끼게 된다. 형석의 병증은 급기야 누군가를 죽여야만 자신의 생을 새롭게 시작할 수 있다는 결단을 낳고 수직적 시선의 근원이자 살아 있는 신성인 교황을 암살하려 시도하기에 이른다. 신을 범하겠다는 형석의 결심은 수직적인 신성에 대한 직접적인 도전인 셈이며 소설의 주제를 구현하는 사건이 된다고 할 수 있다.

신을 죽이고 그 대신 새로운 육신을 얻어 부활하겠다는 불경한 심리를 다룬 소설인 만큼 형석이 현실 세계에서의 자신의 모습에 환멸을 느끼는 장면은 소설의 파국을 준비하는 중요한 고비라고 할 수 있다. 이 대목은 직접 정상에 올라 세계를 내려다보고 싶다는 열망에 사로잡힌 채 무작정 산을 오르는 형석의 충동적인 산행으로 구성되어 있다. 그러나 자신이 정복한 산의 정상에서 형석은 만족감을 얻기는커녕 자신을 제외한 채 마치 그 축복의 정도를 과시하듯 반짝이는 세계의 불빛을 본다. 그의 낙심을 비웃기라도 하듯 하늘에서는 빗줄기가 쏟아진다. 자신이 세계로부터 소외된 존재라는 그의 망상은 이로 인해 돌이킬 수 없는 지경에 이른다.

벌레가 등장하는 것은 이 대목이다. 불빛과 빗줄기는 모두 "꾸물거리면서 그에게 다가"오는(1:108) 벌레의 형상이 되어 그를 공격한다. 털어내도 자꾸만 몸에 와 닿는 벌레의 감각은 그를 몸서리치게 만들고, 탈진한 형석의 꿈속에서는 그를 덮쳐오는 하얀 구더기들의 습격으로 재생되어 나타난다. 이 장면이 보여주는 인물의 의식과 벌레의 관계란, '나는 벌레다'가 아닌 '세계가 벌레와도 같다'에 가깝다. 이것은 앞서 살펴본 차라투스트라의 시선과 유사하다고도 볼 수 있겠다. 그러나 이승우에게는 벌레를 내려다보는 데에서 오는 초인의 우월감이 없다. 오히려 인물은 자신을 내려다보는 시선을 쉼 없이 의식하다 병증이 생긴 것이며, 벌레란 그를 위협하고 혼란에 빠뜨리는 자극이다. 요컨대 이승우 소설에 등장하는 벌레의 이물감이란 곧 세계와의 접촉에서 느끼는 감각적 반응이라는 점에 독특함이 있다.

초기 작품인 「구평목 씨의 바퀴벌레」는 노골적인 벌레 혐오증을 지닌 남자의 이야기이다. 이 '다족류의 벌레'는 대학시절 반정부 학생시위의 주동자로 몰려 수감된 구평목에게 밤마다 나타나 고문보다 지독하게 그를 괴롭히던 흉물이자, 수사에 협조하여 일찍 풀려난 구평목의 별명이 되어 평생 따라다니면서 그를 세계와 격리시키는 낙인이다. 마찬가지로 단편 「선고」, 「빙식氷蝕」 등에서 벌레는 주인공의 시각이 어둠 앞에 무력해졌을 때 마치 살아 있는 어둠의 감촉인양 나타나는 존재이거나, 어둠에 대한 두려움과 불안함을 지칭하는 동의어로 활용된다. 이승우의 소설에서 벌레라는 기호는 비단 수사적 비유만은 아니며, 감각의 직접적인 표현이라는 차원에서 이야기되어야 한다. 세계와의 접촉을 체험하는 장면에서 나타나곤 하는 이 벌레에는 주인공의 의지와 행동을 압도하는 불안의 정서가 응축되어 꾸물거리고 있다.

벌레에 대한 예민한 반응은 최근작인 「오래된 일기」에서도 나타나는데, 이 정도면 이승우의 소설을 벌레 혐오증의 역사라고 부르는 것도 무리가 아니라고 보아야 할 것이다. 이 소설은 소설가가 되길 꿈꾸었던 사촌형 대신 얼떨결에 소설가가 된 '나'가 사촌형의 임종 앞에서 느끼는 죄책감을 다룬다. 본래 사촌형의 것임이 분명한 백부의 관심을 대신 차지하고 사촌형의 대학 학자금까지 받아쓰며 누적된 '나'의 부담감은, 사촌이 열망했던 소설가로서의 재능마저 자신에게 있음을 확인하는 순간에 죄의식으로 바뀐다. 죽음의 징후가 완연한 사촌형의 침상 옆에서 '나'는 복수가 차서 부풀어 오른 그의 배가 터지고, 그로부터 쏟아진 점액질의 액체가 "내 얼굴을 더럽히고 병실 벽에 마치 흉측한 모습을 한 다족류의 벌레들처럼 달라붙는" 모습을 상상한다. 그 액체가 "달라붙은 자리는 곧 잿빛 곰팡이가 피어나고, 이내 썩기 시작한다. 내 얼굴에도 곰팡이가 생기고 부패가 이루어진다."(7:27) 사촌형은 자신이 작가적 재능이 없음을 사촌 동생의 습작노트에서 확인하고 글쓰기를 포기한 이래 삶의 허방을 디디며 살아왔다. 그의 몸속 심연에 고여 있던 죽은 물은 원망과 회한의 독기를 품고 벌레의 형상으로 세계에 분출되어 '나'를 덮친다. 소설가인 '나' 스스로 "묶임을 조건으로 한 해방, 해방의 지속을 위한 묶임"(7:29)이라는 말로 자신의 소설쓰기를 속죄 행위의 연장으로 풀이해낸 것처럼, '나'의 환각은 그간 억눌러왔던 죄의식과 대면하는 현장을 나타낸다. 다시 한 번 이 '다족류의 벌레'는 화해할 수 없는 세계의 징표로 나타나서 주인공의 의식을 잠식한다.

등장인물 간의 관계를 중심으로 보았을 때, 이승우의 소설은 촉각의 부재라고 해도 과언이 아닐 정도로 인물 간의 살가운 접촉이 드문 편이다. 노발리스의 원시적 마찰열이 주는 희열을 연인에게서 기대하기 어렵고, 어머니의 따뜻한 체온을 느끼기도 힘들다. 최근작 「풍장-정남진행2」에는 어머니의 가슴은 물론이고 살을 맞댄 기억조차 없는 아들이 등장한다. 그는 노쇠한 어머니를 바라보며 "함께 계단을 내려가면서도 걸음이 부자연스러운 어머니를 부축하는 것이 꺼려질 정도의 낯가림이 어머니와 나 사이에 존재한다"(7:236)고 고백하고 있는 것이다. 이승우의 인물들은 대개 혼자 있는 상태를 선호한다. 그러나 인물 간의 접촉이 없다는 것이 곧 작가가 촉감에 둔감하다는 결론으로 연결되는 것은 아니다. 앞서 살펴본 일련의 벌레들은 이 작가가 오히려 촉각에 남다른 예민함을 지니고 있다는 점을 확인시켜 주고 있는 것이다. 그러니 이와 같은 벌레 혐오증에 얽힌 사연이 궁금해지지 않을 수 없다. 과연 벌레가 나타내는 심연에는, 세계의 그 이물스러운 질감 뒤에는 과연 무엇이 자리하고 있는 것인가.

3. 심연의 공포와 세계라는 타자

자전적 소설 『생의 이면』의 머리말에서 작가는 '그대를 닮은 것 옆에 머물지 말라'는 지드의 말을 인용한다. 더불어 작가는 이 격언에 따라 '나'를 둘러싼 모든 것으로부터 떠나고자 하였으나, 그 시도가 "위험하지 않은 적은 한 번도 없었다"고 말한다. 이 '위험'이란 사적인 역사를 공적인 기록으로 바꾸어 타인에게 공개하는 과정에서 겪게 되는 망설임과 이에 동원되는 자기보호의 기제를 의식한 말일 터이다. 작가가 부담스러워 하는 것처럼, 비록 소설이 허구임을 전제한다고 하더라도 독자들은 글을 통해 작가의 삶을 읽는다.

『생의 이면』은 중심인물인 작가 박부길의 생애를 화자인 동료 작가 '나'의 눈을 빌려 서술하는 이중적 관점으로 되어 있다. 이 소설의 독특한 형식은 작가의 부담감과 독자의 자유로운 소설읽기를 절충한 지점에서 탄생한다. '나'는 작가이자 독자로서, 소설가 박부길과 인간 박부길을 견주면서 그 연관 지점들을 탐색하고 재구성한다. 이승우로서는 본인의 자전적 기록을 다룬 소설을 쓰되, 해석의 권리를 일반 독자에게 고스란히 넘기는 대신에 일차적으로 화자인 '나'에게 자신의 문학적 연대기를 객관적으로 검토할 기회를 준 셈이다. 자신을 객관화의 대상으로 만들고, 동시에 자신을 평가할 화자로 자신을 투입하는 이 같은 선택이란, 익명의 독자에게 고스란히 자신을 노출시키는 일에 대한 최소한의 방어 장치처럼 보인다. 한편 역설적으로 이 방어 장치는 자신을 보다 숨김없이 드러내기 위한 작가적 고민의 결과물이기도 할 것이다. 그의 선택은 애매한 발언들을 스스로 색출하겠다는 의도인 동시에, 사적 기록을 감추고 싶어 한다는 자신의 심리까지도 남김없이 드러내는 것이기 때문이다. 이는 작가 자신이 『생의 이면』에 담긴 문학적 연대기를 "전략적인 드러냄"(3:299)이라 평가하는 이유이기도 하다.

이와 같은 우여곡절 끝에 드러난 작가의 자전적 기록 속에는 불행한 가족사에 얽힌 유년의 기억이 서술되어 있다. 집안의 기대를 한 몸에 받으며 고시를 준비했으나 정신 질환에 걸려 집 뒤채에 감금되어 있다가 손톱깎이로 손목을 끊고 자살한 아버지, 정신이 온전치 못한 아버지를 떠나 재가한 뒤 어린 아들에게 평생 죄인처럼 고개를 숙여야 했던 어머니. 자신을 세상에 있도록 낳아준 기원에 관한 한, 박부길의 기억은 참으로 어둡다. 어린 박부길은 자신이 왜 어머니에게 버림받아야 하는지 알지 못한 채, 손톱깎이를 가져다 달라는 낯선 이의 부탁을 들어준 것이 왜 아버지를 죽인 아들이라는 숙명으로 되돌아와야 하는지 납득하지 못한 채, 어둠 속에 홀로 서있다. 자신에게 닥친 불행한 운명을 무력하게 받아들일 수밖에 없었던 소년의 분노는 박부길, 혹은 이승우에게 있어서 글쓰기의 출발점이 된다.

유년의 기억과 억압의 문제를 보다 내밀하게 그려낸 수작인 「검은 나무」를 읽으며 글쓰기의 원점에 관한 이야기를 계속하는 것도 좋겠다. 소설에는 치매에 걸린 어머니와 그녀를 보살피는 아들이 등장한다. 그에게는 병약한 누이가 있었으나 의붓아버지에게 성추행을 당하고, 어머니가 그 현장을 목격하던 날 우연히 발생한 화재로 목숨을 잃었다. 어머니는 의붓아버지를 용서하지 않았고, 홀로 그를 키웠으며 어느 날 문득 정신을 놓았다. 아들은 어머니가 현실에서 비켜난 후에야 그녀의 등 뒤에 숨어 외면했던 과거와 대면한다. "한 번도 제대로 회상된 적이 없었던 깊고 캄캄한 시간의 동굴 앞"(4:112)에서 머뭇거리면서, 이제 아버지와의 관계가 자신의 결단에 달려 있다는 것을 실감한다. 어머니는 그에게 '용서'라는 과제를 남겨 놓았다. '아버지를 용서할 수 있을 것인가'라는 물음은 너무도 까다롭지만 그에게 있어서는 반드시 해결해야 할 문제이다. 앞서 살펴보았듯이 "그대를 닮은 것 옆에 머물지 말라"는 잠언을 너무나도 잘 알고 있는 그, 곧 작가 이승우가 '나의 방', '나의 집'에서 발걸음을 쉽게 내딛을 수 없었던 이유가 이 과제에 걸려 있기 때문이다. 그는 아직 '가장 닮은 존재와 머물기'조차 어떻게 감당해야 할지 모른다.

소설 쓰기가 언제나 어느 정도는 자신을 거울에 비추어야만 가능한 행위라고 했을 때, 작가라는 존재는 스스로 고통스러운 심연을 응시해야만 하는 소명을 짊어진 존재가 된다. 이승우의 소설에서 읽어낸 작가 자신의 심연에는 아버지와 어머니의 한스러운 삶이, 그로 인해 불행했던 유년의 자화상이 자리한다. 억지로 자신을 어둠 속에 몰아넣는 순간 그를 엄습하는 세계의 공포는 곧 벌레의 감촉으로 지각된다. 이때 벌레의 감촉이란, 외면하고 싶은 기억이 뿜어내는 불길한 기운이고, 그러한 외면에서 자라난 죄책감이다. 또한 그것은, 그럼에도 불구하고 결국은 과거를 통해서만 어두운 방 밖으로 나갈 수 있으리라는 자기 암시적 예언에서 오는 공포이고, 어떻게든 나가야만 한다는 초조함에서 느끼는 억압이다. 그리고 그가 작가인 한, 탈출의 매개는 글쓰기를 통해서 발견해야만 하겠기에 그에게 활자活字는 "좌충우돌 엎치락 뒤치락거리는 다족류의 벌레 떼, 제 뜻과 무관하게 배치된 '삶의 자리'에 무력하게 고정되기를 완강하게 거부하는 고집 센 곤충들"(「靴」, 1:33)처럼 보인다. 그리하여 벌레의 혐오스러운 촉감으로 와 닿는 세계의 궁극에는, 그토록 피하고 외면하려 했던 아버지라는 존재가 놓여 있다.

이렇듯 이승우의 소설에서 다양하게 발견되는 벌레의 이물감이란 전혀 그 원리나 내막을 알 수 없는 세계의 공포, 즉 타자의 이질감이라 할 것이다. 이 세계는 최초에 미지의 상대로 나타났으나 끝내는 그의 운명을 장악해버린 아버지라는 타자와도 동의어이다. 이승우의 서사가 어떤 식으로든 신에 관한 질문으로 연결된다는 것은 어쩌면 자연스러운 일이다. 신은 자식 앞에 서면 죄인이 되는 어머니와, 아버지에게 죄인이 된 아들, 어머니와 아들의 삶을 불행하게 만든 죄인인 아버지라는 숙명적인 순환이 유래한 곳이기 때문이다. 또한 신은 자신을 원하지 않는 삶의 문맥에 내려놓고도 무조건 고통을 감내하라 말하는 이율배반의 근원이고, 그리하여 생성의 근원이면서도 삶의 의지를 꺾어버리는 이중성이 유래하는 곳이기 때문이다. 신은 그가 경험한 세계의 모든 것이다. 그러나 그렇기 때문에 더더욱 그의 신은 구원이나 용서의 방법을 말해주지 않는다. 세계는 그의 의지와는 무관하기 때문이다. 이에 이승우 소설의 문제의식은 그를 소외시켜온 세계와 소통하는 방법을 찾는 데 맞추어져 있고, 좀 더 범위를 좁히자면 세계와의 감각적 이질감을 좁히는 데 있다. 이를 테면 벌레의 이물감을 기꺼이 수용하는 태도로의 전환이라 할 수 있다.

4. 바람의 감각

『생의 이면』을 원점에 놓고 이승우의 소설을 읽을 때, 그의 글쓰기는 순진무구한 소년에게 벗어날 수 없는 죄책감을 뒤집어씌운 아버지에게 줄기차게 사과를 요구하는 작업과도 같다. 「검은 나무」나 「샘섬」, 「풍장－정남진행 2」 등의 단편에서 그러하듯, 작가는 몹쓸 짓을 저지른 아버지를 등장시킨다. 그는 병약한 누이를 범하는 의붓아비이기도 하고, 사랑하는 여인을 사지로 몰아넣은 장본인이거나, 첩의 얼굴이 보기 싫다며 무인도로 들어간 본처를 굶겨 죽이려고 시도하는 파렴치한이다. 가족을 배신한 아버지들이 맞이하는 죽음의 풍경은 유사하다. 그들은 평생 의지할 곳 없이 살다가 스스로 죽음을 직감할 무렵에는 자신의 죄업이 시작된 곳으로 돌아간다. 그곳에서 그들은 임종할 때까지 식음을 폐하고 스스로를 정화하는 회개 의식을 치른다. 작가는 이렇게 아버지들에게 용서를 구하라고 말한다. 아버지의 죽음을 반복해 그리면서 아들은 마음에 쌓아둔 원망을 푼다. 이러한 수순을 밟은 다음에야 아들은 아버지가 자신에게 짊어지운 죄책감을 받아들인다. 그리고 비로소 아버지에게 용서를 구한다.

『생의 이면』에서 작가는 중심인물이 아버지의 무덤에 불을 지르며 고향을 등지는 모습을 그렸다. 그로부터 십여 년을 훌쩍 넘은 시점에 작가는 「풍장－정남진행 2」를 통해 아버지의 무덤을 확인하기 하기 위해 고향을 찾는 아들의 모습을 그린다. 2008년 말에 발표된 소설집 『오래된 기억』에 수록된 이 단편 소설은 세계와의 접촉방식, 곧 아버지의 화해 방식에서 크게 한 걸음 도약하고 있기에 주의해서 살펴볼 필요가 있다. 작중에서 아버지의 무덤은 '가슴앓이'라는 이름의 작은 섬이다. 아버지에게 버림을 받았던 어머니의 한이 서린 그 섬에서, 뒤늦게 자신의 잘못을 깨달은 아버지는 음식을 끊은 채 섬에 누운 채로 바닷바람에 말라 죽는다. 아들은 아버지의 무덤이 되어 버린 섬에 쉽게 오르지 못한다. 배가 섬에 착륙하여 발이 닿기 직전 현기증을 일으켜 휘청거리다 친구의 등에 업혀 조심스레 아버지의 무덤에 오른다. 다음의 인용은 그가 아버지의 무덤에 발을 내딛는 장면이다.

> "나는 상철이 나를 내려놓기를 바라면서도 내려놓을까봐 겁먹고 있었다. 진실은 언제나 참혹한 법이다. 나의 아버지는 내 안의 한데에서 부는 바람에 살가죽이 쭈그러지고 말라 형체를 잃어갔던 것이다. (…중략…) 여기다, 하며 상철이 나를 내려놓을 때 내 안에서 다시금 하늘이 곤두박질치고 바다가 솟구쳤다. 발이 땅에 닿기가 무섭게 휘청하며 몸이 구부러졌다. 섬 전체가 흔들리는 것 같았다. 누가 주저앉히기라도 하는 것처럼 다리가 휘청했고, 몸이 힘없이 무너져내렸다. 내 몸은 평평한 바위 위에 하늘을 바라보며 눕혀졌다. 아마도 아버지가 누운 채 자신의 육신을 말렸던 그 바위일 거라고, 가물가물한 의식 속에서 나는 겨우 생각했다. 석양이 바다 위에 피륙처럼 덮이고 있었다. 바다에서 불어온 바람이 얼굴을 어루만지며 지나갔다. 아버지…… 내 입에서 바람소리 같은 목소리가 새어나왔다." (7:242~3)

「풍장」의 결말부는 그간 이승우의 소설에서 읽어 왔던 어떤 장면보다도 살갗의 감촉에 대한 인상이 선명하게 부각되어 있다. '나'는 '나'의 영혼으로부터 비롯된 찬바람에 말라가는 아버지의 쭈그러진 살갗을 감각하고, 아버지의 육신이 말라붙었다는 바위에 누워 '나'의 살에 와 닿는 아버지의 몸을 느낀다. 그리고 마침내는, 바닷바람에 실려 산산이 흩어졌을 아버지의 육신들이 바람의 형태로 '나'의 얼굴을 만진다고 느낀다. 이 모든 감각들은 하늘과 바다가 뒤바뀌는 개벽의 순간과 함께 찾아온다. 아버지의 몸에 자신의 몸을 맞대고 아버지의 영혼이 실린 바람을 맞으며 아버지의 전부를 자신의 몸에 받아들였을 때, 아들은 아버지라는 이름을 부르기 시작한다.

벌레의 감촉과도 같았던 세계의 이물스러움은 그의 초기 소설에 등장한 관념적 신의 차원에서는 돌파구를 찾지 못했다. 그것은 보다 생래적인 감각의 차원에서 해결되어야 하는 문제였기 때문이다. 바닷바람에 기화된 아버지의 영혼과 육신, 그 바닷바람과의 교감은 작고 고독한 개인을 우주적 차원으로 확장시킨다. 아버지와 동일한 자리에 누운 채로 두려움 없이 세계를 몸으로 감각한 이후에야 아버지와 아들, 두 존재의 소통은 가능해진다. 부버M. Buber의 표현을 빌린다면 단독자로서의 '나'가 아닌 '나－너'의 관계, 즉 '나'의 개방을 통해 만나는 타자와의 합일 상태에서 세계와 소통하는 셈이다. 요컨대 자신과 가장 닮은 사람 곁에 머문 후에야, 아들은 비로소 그가 갇혀 있던 방에서 나갈 출구를 찾은 것이다.

바람을 통해 아버지의 육체와 온몸으로 합일을 이룬다는 결론은 전작에서 이미 그 조짐을 드러내고 있다. 임종에 이른 아버지들이 음식을 끊고 몸의 수분을 말려 죽음에 이르는 단계에서 예고된 가벼움의 지향이 그것이다. 아버지의 무덤에서 타오르던 불길의 파괴적인 초월성은 공기 중에 분산된 영혼의 자유로운 유동 속에서 여유로운 부재의 감각을 획득한다. 수직적인 초월성이 그만큼 중력의 자장을 의식해서 높게 타오른 것이라면, 바람의 감각은 반드시 수직적인 방향만을 꿈꾸지 않기에 어디에도 묶이지 않는다. 최초 숨통을 죄어오는 벌레의 이물감에서 시작된 이승우의 글쓰기는 어느덧 바람의 자유로운 감촉을 즐기는 단계에 들어섰다. 그를 한껏 웅크리게 만들었던 혐오스러운 세계를 이미 그는 바람의 감각 속에서 자유롭게 넘나든다.

이제 이 글의 서두에서 던졌던 질문을 마무리하면서 글을 끝내기로 하자. 이렇듯 세계를 감각하는 방식이 달라졌다는 것은 이승우의 글쓰기에 있어서 어떤 변화와 연결되는 것인가. 작가 이승우에게 있어서 부재증명으로서의 글쓰기란 실상 죄의식의 한복판에서 그 무게를 벗어던지기 위해 스스로의 무고함을 항변하는 방식이었다. 자신에게 주어진 원죄에 대해 정작 자신은 아무 상관이 없다는 것이다. 그러나 죄의식을 내려놓고 아버지와 대화를 시작한 지금, 그는 이미 존재 혹은 부재의 상태와 연결된 이원적 세계에 사로잡혀 있지 않다. 이원적 세계 속에서 이루어지는 부재 증명이란, 결국은 어딘가에 존재함을 전제하는 것이기에 어디를 가든 그는 자신에게 주어진 혐의와 죄책감을 만나게 될 것이다. 그러나 적어도 「풍장」의 세계에서 만난 그는 이제 어디에 있어도 좋은 상태가 되었다. 어디에나 있고, 어디에도 없는 바람의 감각. 존재의 심연과 정면으로 맞닥뜨린 순간에 얻은 바람의 감각은 작가 이승우가 오랜 시간을 헤맨 끝에 찾아낸 부재증명의 새로운 방식이라 이를 만하다.

정주아
문학평론가. 1974년생. 2005년 『문학수첩』 평론 부문 신인상으로 등단. 서울대 강사. 주요 평론으로 「망자 추모의 세 가지 방식－김원일론」, 「능동적 에코의 탄생－오현종론」 등이 있음. har00@paran.com

주홍글씨와 이야기테라피

이승우의 소설세계

박진영

보다 더 근본적인 것에 대한 당신의 향수

이승우는 1981년 등단해 25년 넘게 작품 활동을 해오고 있는 우리 문단의 중견작가이다. 한 세대에 맞먹는 꾸준한 집필기간 동안 그의 오래된 서재에서는 무슨 일이 있었던가. 장편 『에리직톤의 초상』(1990), 『생의 이면』(1992), 『식물들의 사생활』(2000), 『욕조가 놓인 방』(2006), 『그곳이 어디든』(2007) 등과 『구평목 씨의 바퀴벌레』(1987)로부터 『일식에 대하여』(1989), 『미궁에 대한 추측』(1994), 『목련공원』(1998), 『사람들은 자기 집에 무엇이 있는지도 모른다』(2001), 『나는 아주 오래 살 것이다』(2002), 『심인 광고』(2005), 『오래된 일기』(2008)에 이르는 창작집을 상자한 바 있다. 그 거대한 목록 앞에서 이승우의 소설적 궤적을 조감하는 것은 쉬운 일이 아니다. 다만 그의 서재에서는 몇 가지 편견 혹은 의혹들(?)이 있어 왔다. 먼저 작가 특유의 관념적인 문제의식과 종교적인 색깔을 언급하지 않을 수 없겠다. 신학 전공의 이력을 참조하지 않더라도, 초기작에 두드러지게 나타나는 기독교적인 소재와 형이상학적인 주제들은 그의 소설의 기원점을 가늠하게 해 준다. 성과 속, 폭력과 순수, 죄와 구원, (낙원) 추방과 그 회복을 둘러싼 이승우의 '근본적인' 테마들

말이다. 이들은 모두 작가의 오래된 질문에 속한다.

그리고 이러한 묵직한 화두는 그의 소설을 우리 문단에 희소한, 독특한 자리에 위치시켜 왔다. 인간 삶의 근본조건에 대한 작가의 관심은 자연스럽게 이야기의 원형으로서의 신화적 세계에의 경사를 불러온다. 등단작에서의 '에리직톤'을 비롯해 이승우 소설에 편재하는 신화적 상상력은 보편적인 것에 대한 작가적 관심을 재확인시켜준다. 그런 한편 일상적 현실과 추상적인 보편의 세계를 넘나들며 조형되는 서사적 행보와 잉여와 장식을 배제한 채 허투루 쓰여지지 않는 그의 문장들과 빈틈없이 꽉 짜여진 여러 겹의 중층구성은 이승우 소설의 미덕이 되어 왔다. 관념적이되 소설의 가독성과 완결성을 스스로 담보하면서 보편적인 것을 특수한 것으로 무리 없이 전화하는 그의 특장 말이다. 그러나 비평적 담론과 시류의 유행과는 무관하게 축조되는 그의 세계가 재미와 기발함만이 독서의 제1원리로 추구되는 우리의 풍토에 비추어 볼 때 조금 무겁고 낯설게 느껴졌던 걸까. 그가 이뤄온 독특한 작품세계와 어지간한 필력에 비해 이승우의 소설들은 그동안 비평의 사각지대에 있어온 게 사실이다. 그의 소설은 유독 평단의 관심과 독자와의 소통으로부터 일정한 거리를 둔 채 자기만의 성채를 구축해 온 감이 없지 않았다. 「심인 광고」에 등장하는 한 소설가의 말을 빌려본다. "몇 권의 책을 쓰기는 했지만 독자들은 재미가 없다는 이유로 그의 소설을 거의 읽지 않았고, 평론가들은 자기 세계를 갖지 못했다는 이유로 외면했다." 혹은, 김윤식의 이승우론을 참조해보자. 그는 이승우 소설 방법론의 장단점을 아우르면서 "이항대립의 사고방식, 관념의 조작(신화에의 회귀성), 철저한 독아론(獨我論)"(「재앙 감추기와 드러내기」, 『작가와의 대화』, 176쪽)의 문제점을 지적한 바 있다. 관념적인 너무나 관념적인? 그러나 최인훈·이청준의 관념적 소설 계보와 달리 그의 소설은 잘 '읽힌다.' 이승우는 어떤 면에서 우리 시대의 탁월한 스토리텔러, 이야기꾼이라 할 수 있다. 그럼에도 그의 소설이 '소통'에 이르지 못했던 이유는 뭘까. 다시, 그의 서재에선 무슨 일이 있었던가.

윤리 위에 지도그리기

이승우 소설의 서사는 많은 경우 실낙원의 모티프로부터 출발한다. 거기엔 잃어버렸으므로, 존재했었다는, 믿음이 매개되어 있다. 그것은 다시 회복되어야 한다. 무지개 같은 믿음 위에서 그의 인물들이 이를 찾아나선다. 이승우 소설의 낭만적 특징이 이로부터 발원한다. 소설의 기본서사를 추동하는 동력은 상실한 영토에 대한 그리움이다. 그의 소설에 이기적인 욕망과 파괴적 폭력성이 날뛰는 것, 눈먼 감각이 이성과 의식을 교란시키는 것 모두 이로부터 기인한다. 그것은 개인의 일회적인 죄과 내지 성악설의 약속 때문이 아니다. 인물들의 뼛속까지 사무치고 사무치는 죄의식 또한 마찬가지다. 이들은 이승우 소설의 예정된 '원죄'의 프로그램으로부터 나온다. 많은 인물이 남다른 채무의식에 시달리는 빚쟁이인 이유, 수난과 고통 속에 힘겹게 자기구원을 시도해야만 하는 이유 역시 이와 관련된다. 그들이 에덴을 떠나왔기 때문이다! 그렇다면 이는 자기 원인적이지 않은, '바깥'에 모든 이유를 돌리는 르쌍띠망의 정서에 불과한 것인가? 물론 그렇지(만은) 않다. 잠시 이 문제를 제쳐두고 이승우 소설의 판관의 목소리에 먼저 주목해보기로 한다. 그는 이미 모든 것을 다 알고 있기에 다음과 같이 분절화된 방식으로 말한다.

> 창조를 위해서는 사랑이 필요하다. 파괴를 위해 필요한 것은 단순하다. 그것은 폭력—주먹, 칼 또는 총이다. (…중략…) 생명을 사랑하는 정열이 지배하는 집단은 밝고 건전하고 희망이 넘치는 사회이다. 반대로 생명을 파괴하는 정열에 지배받는 집단은 파괴적이고 폭력적이어서 테러와 고문이 일상적으로 행해질 수 있는 사회이다. 그처럼 테러와 파괴행위가 자연스럽게 통용되어 버린 사회를 지배하는 것은 이성의 법칙이 아니라 밀림의 법칙이다.
>
> —『에리직톤의 초상』, 190~191쪽

이항대립의 구조와 그에 따라 좌표화된 표상들에 의해 전달되는 메시지는 분명하다. 주지하듯 이승우의 소설에서는 윤리적인 이상의 영토와 세속적인 죄과의 세목들이 이분법적으로 구획되고, 빚진 자들이 빛 속으로 나아가 사함 받으려는 마땅한 운동이 있으며, 무의식의 심층에 상처로 남겨진 저마다의 오랜 사연을 꺼내어 이를 소산하려는 충동이 들끓고 있다. 천상과 지상, 아가페와 에로스, 영원과 찰나, 신과 인간, 자비와 이기심이 한데 뒤섞여 고해성사를 올리는 고해소로서의 소설들, 혹은 고해서사narrative. 이승우의 소설을 읽는 일은 때로 불편하고 난감할 때가 있다. 고해성사를 집전하는 자 앞에서 그 누구도 쉽게 몸 가벼워질 수 없으리라. 누가 미소 짓거나 웃음을 터뜨릴 것인가. 그의 소설은 그래서 행복하지가 않다. 무거운 짐을 지고 고해를 건너간다. 어느 날 문득 죽음을 앞둔 사촌이 나타나 불쑥 "나에게 안 미안한가?"(「오래된 일기」)라고 묻는다면, "십자가형을 받고 있는 사람의 모습"(「무슨 일이든, 아무 일도」)처럼 부채감을 지우는 가족이 있다면? 이승우의 인물은 서로에게 고문관들이다. 그들은 죄과를 주고받으며 서로를 감시한다.

이승우 소설은 무엇보다 윤리적 관점을 지향한다. 『식물들의 사생활』에서 형은 사진에 대해 다음과 같이 말한다. 사진을 찍는 자에게 중요한 것은 "그 시각과 입장의 윤리적 기반"이다. "사진을 찍는 자의 앵글과 초점은 윤리적 앵글이어야 하고 도덕적 초점이어야 한다." 삶도 예외가 아니다. 작가의 태도는 강경하며 오롯하다. 『그곳이 어디든』에서의 '미친 노아'를 보자. 그는 죽은 자와 죽을 자를 위해 방주 아닌 돌집을 짓는다. 폭력과 부조리로 가득한 현세를 벗어나 내세의 영원한 삶을 위해 돌집을 짓는 예언자. 하지만 그는 탈속의 인물일지언정 종교적인 메시지를 위해 복속되는 대리인은 아니다. 소설 결말에 이르러 그는 영원에 도달하기는커녕 파괴의 잿더미 속에 묻힌다. 작가는 이렇게 말한다. "노아의 세계를 인정할 수도 있고 인정하지 않을 수도 있지만, 어떤 입장을 취하든 이 세상의 불의와 고통과 슬픔과 억울함은 당연한 것이 될 수 없고, 되어선 안 된다고. 불의한 것은 불의한 것이고, 억울한 것은 억울한 것이라고". 노아가 전적으로 옳지 않듯, 천국의 은총만을 작가가 긍정하는 것은 아니다. 다시 말해 현세부정을 위해 노아가 있는 것은 아니다. 얼핏 원한에 가득 차 있는 자처럼 보일지라도, 사실은 그렇지 않다. 작가에게 있어 중요한 것은 패배를 용인하는 삶의 부정적 감정목록을 방치하거나 내면화하지 않는다는 점이다. 이승우의 인물은 그래서 무거운 짐 진 자일지언정 방종을 일삼는 나약한 패배자는 아니다. 그의 소설이 지향하는 윤리적 태도 역시 선험적인 당위에 속하는 것일지언정 미망에 찬 가식적인 허위의 명령은 아니다.

성서와 신화를 보면, 세상은 대립자가 상충하는 이항병렬의 전시장으로 나타난다. 거기에선 이미 성聖과 속俗이 대결하고 성性과 성聖이 불화하고 불의와 정의가 뒤섞여 있으며 구정물의 현실과 태초의 생명수가 공존한다. 조셉 캠벨에 의하면 신화와 상징을 이해하는 중요한 열쇠는 밤과 낮, 삶과 죽음처럼 신의 세계와 인간의 세계로 대표되는 대립자의 쌍이 사실 하나의 세계임을 아는 데 있다. 그에 따르면 신들의 세계는 우리가 아는 세계의 잊혀진 부분일 따름이다(『신화와 인생』). 대립쌍 사이에서 이승우는 묻는다. 이 땅에서 우리는 무엇을 할 것인가. 그의 물음은 도저하며, 실천적 지향점을 내포한다. 신에 대항한 에리직톤의 도전이 그러하듯, 제 몸을 뜯어먹는 허기에 시달리더라도 타협을 할 수는 없다. 먼지 자욱한 티끌과 잿더미 속에서 몸을 더럽힐지라도 그들은 마침내 광야를 찾아간다. 작가는 말한다. 윤리적 이상과 실천이 부재하다면 인간은 이기적 욕망과 폭력성으로 점철된 한 마리의 짐승에 불과하다고. 곳곳에 출몰하는 뱀의 상징이 이를 뒷받침한다. 그러나 인간은 뱀이자 천사이며 동시에 신인적 존재다. 이것이 그의 인간론이다. 그의 소설엔 혜령과 종단 같은 천사가 있어 욕망의 화신들을 굽어 살피며, 자기용서를 거쳐 이타적 윤리심을 지니게 된 신인들 또한 존재한다. 작가의 이상적 지점, 바로 그곳이 아닐 수 없다. 그러나 이승우 소설에서 그곳은 때로 어디에도 없는 곳, 어디에도 존재하지 않을 순수가 작렬하는 곳으로 설정됨으로써 일종의 이데아에 '등극'되기도 한다. 『식물들의 사생활』의 남천이 그러하고 순수를 체현하는 천사들이 그러하며 죄인들이 자신의 몸을 제물로 누이는 광야가 그러하다. 그러나 알다시피 가장 좋은 것은 말할 수가 없다. 순수가 있다면 그것은 말해질 수 없는 방식으로만 존재할 것이다.

이제 그들은 이승우 소설의 지도를 그린다. 지상에 존재하지 않는 지명을 고안해 그곳에 유배와 추방을 시키거나 떠남의 여정을 가장한 채 실종시킨다. 많은 이들이 그렇게 '남천'으로, '서리'로, '세계의 배꼽'으로, '사회'로, '길훙'으로, 혹은 '정남진'과 '관청'으로, '사해'와 '광야'로, 그 알지 못할 곳들과 얼마간 짐작 가능한 곳으로 떠났다. 나침판과 저울을 가지고 그곳에서 그들은 세상의 무게와 깊이를 측량한다. 이승우 소설의 지도제작술은 상징화된 세상의 축도를 위해 좌표를 그리고 괄호를 해체하는 작업에 다름 아니다. 방향을 정하고 거리를 잴 뿐 아니라 이름을 붙이는 사역. 지도는 명백한 드러냄을 위해 존재한다. 모호함이 있다면 그것은 반칙일 것이다. 그렇게 그들은 어디론가 떠났다.

어디론가 가야만 하는

이승우는 어떤 장소들을 편애한다. 아이러니를 체현하는 미궁과 같은 곳과, 낭만적 신화를 완성해주는 에덴과 같은 곳이 그 둘이다. 카프카 소설을 직접적으로 환기하는 「관청에 가다」(『나는』)와 「사령(辭令)」(『심인 광고』), 『그곳이 어디든』이 전자에 속한다면, 부활과 재생의 공간인 동굴과 낙원의 이미지를 확대한 이데아의 영토가 후자에 놓인다. 이 두 축은 이승우 소설의 현실을 지형화하는 대척점이 되기도 한다. 거기엔 각각의 동인이 매개되어 있다. 지금-여기의 추상화와 태고의 시원을 거스르는 기억복원술이 그것이다. 저 너머의 보편불변과 지하의 원형질의 형상이 궁금하다면 이승우 소설의 '동굴'로 들어가면 된다. 그곳에선 감각이 부정되고 계시가 중요해진다. 그 문턱을 넘기 전에 전자부터 살펴보기로 한다. 후자는 한번 입성하면 돌이키기 힘든 절대적인 공간이기 때문이다.

> 사회라니! 참으로 오랜만에 들어 보는 이름이었다. 심지어 우리 중에 어떤 이는 그 이름을 기억하지도 못했다. 그곳으로 출장 간다는 것은 불가능한 일이었다. 어디든 출장을 갈 수 있었다. 그러나 사회는 아니었다. 그곳은 갈 수 없는 곳이었다. 무엇보다 그런 이름으로 불리는 지역은 이제 이 지상에 없었다. 우리는 어쩔 수 없이 웃었다. 불가능한 일입니다. (…중략…) 여기서 거기로 가는 사람도 없고 거기서 이리로 오는 사람도 없습니다. 왜냐하면 그곳으로 가는 길은 폐쇄되었기 때문입니다. 더 이상 사회라고 부르지도 않습니다. 그 이름도 폐기되었습니다.
>
> —「사령(辭令)」, 14~15쪽

'사회'라는 곳은 괴질 때문에 폐쇄된, 없어진 곳이다. 사내는 어디로 가야 하는가. 이승우 소설에는 '어딘가'로 갑작스러운 출장과 발령을 명령받은 인물들이 자주 제시된다. 그러나 그들은 상부의 지시를 따를 수 없다. 그 어딘가는 애초 불가능한 곳이기 때문이다. 현실에 등록되어 있지 않거나, 도달한다 해도 부재를 증명하는 방식으로만 그곳에 이른다. 「사령(辭令)」에서처럼, "이곳은 누군가 찾아올 수 있는 곳이 아니었다. 누구도 찾아와서는 안 되는 곳이었다." 카프카적인 알레고리는 자발적인 길 떠남의 상황에서도 반복된다. 이승우의 다른 많은 인물들처럼 세상살이에 지친 '윤'은 현실 밖의 정토를 꿈꾼다(「세상의 배꼽」). 그는 막연한 희망을 품고서 "우리가 사는 세상의 중심"에 가고자 한다. "세상이 시작되었다는", "생명나무가 서 있는 신화 속의 그 땅"(『사람들은』)은 그러나 현실에서는 막상 치안이 매우 불안정한 여행통제지역일 뿐이다. 윤은 그곳에서 지옥과 같은 폭력과 공포를 겪는다. 그리고 모래사막이 자신을 삼킨 후에야 비로소 그 곳에 도달하게 된다. 『그곳이 어디든』에서도 상황은 동일하다. '서리'로 발령을 받은 '유'는 부조리의 연쇄 속에 갇힌다. 외적 상황은 예측불허로 전개되고, 그곳에서 유는 철저한 이방인이 되어 버림받는다. 「사령(辭令)」·「객지일기」(『심인 광고』), 「관청에 가다」·「길을 잃다」·「부재 증명」(『나는』), 「실종 사례」·「정남진행(行)」·「풍장—정남진행 2」(『오래된 일기』) 등에서 보듯 추방과 실종의 모티프는 이승우 소설의 근본상황을 이룬다. 인물들은 아무도 나를 알지 못하는 곳에 부려진 채, 철저한 고립 속에 부조리한 삶의 형벌을 경험한다. 그들의 귀양살이는 그러나 우리의 삶이 실상 영원한 추방 상태에 있음을 환기시킨다.

그렇다면 또 다른 곳은 어디인가. 그것은 많은 경우 작가의 관념적 지형도에 있어 성소의 자리에 위치한다. 에덴을 상기시키는 『식물들의 사생활』에서의 남천이 그 대표적인 예이다. 어머니의 첫사랑을 증거하는 그곳엔 생명과 사랑의 나무 야자수가 기적처럼 뿌리를 내리고 있다. 밤이 되면 사랑의 영혼들이 그곳에서 교합을 한다. 어머니뿐 아니라 형과 순미의 사랑이 다시 그 곳에서 겹쳐질 때 남천은 절대순수의 성지가 된다. 이때 주목할 것은 이원성의 세계가 생기기 '이전'의 에덴동산에 놓인다. 작가의 이념적 산물로서의 그러한 초월의 신비가 남천에 집중적으로 구현되어 있다. 여기엔 신화적 상상력을 통해 인간의 타락을 초래한 금지의 명령을 되돌리고자 하는 욕망이 숨어 있다. 지상에 고통과 죄악을 불러온 사건이 사랑의 화신—나무들에 의해 회수되고 소멸되는 것이다.

그러나 이러한 봉합은 지나치게 상상적이다. 이들은 산문적인 현실을 담기보다는 작가의 관념적 지리학을 위해 소용된다. 그의 상상의 영토는 허공에 강림한다. 삶의 보편율에의 관심은 이승우 소설 특유의 신화적·종교적 색깔을 설명해준다. 그러나 보편은 특수와 함께 성립하는 맞짝 개념이며 그것과 함께 다루어질 때 제의미를 갖게 된다. 당위적인 가치들 역시 마찬가지다. 그것은 너절하고 별 볼일 없는 삶의 현실적 세목 속에서 솟아나올 때 당위 아닌 당위로 존재하게 될 것이다. 다시 말해, 보편률로 쉽게 환원되지 않는 삶의 완강한 사실이 함께 길어 올려질 때, 그 사소하고 특수한 과제들과 보잘것없는 비루함이 함께 공연

될 때, 이들의 관계는 보다 온전해질 것이다. 삶의 많은 디테일과 이야기를 품고 있음에도 특수를 가장한, 작가가 겨냥하고 있는 보편을 위해 선취된 그러한 세목들, 그 이야기들이 추상성을 피할 수 없는 까닭이 여기에 있다. 가령, 혜령은 다음과 같이 묘사된다.

> 그래, 혜령이는 땅에 뿌리를 내리기에는 너무나 고급한 식물인지 모른다. 너무나 투명한 영혼을 소유한 자에게는 암울하고 음산한 이 땅, 투쟁과 타산(打算)이 생존의 요소인 이 세상의 구조가 적합하지 못한 법이지. 어떤 열대지방의 숲에는 하늘에다 뿌리를 박고 창공에서 양분을 섭취하며 자라는 난초가 있다고 한다. 그런데 그 난초를 시커먼 땅에 이식하면 금방 말라 죽어 버릴 것이다. 하늘의 식물에겐 이 땅은 너무 척박하다.
>
> —『에리직톤의 초상』, 121쪽

난초와 같은 하늘의 식물에게 이 땅은 몸담을 곳이 못 된다. 혜령뿐 아니라 이승우의 인물들은 흔히 어떤 관념과 태도의 대리물인 경우가 많다. 그들은 각각의 진실성을 담보하고 있다고 믿어지는 어떤 이념의 구현물들이다. 더욱 중요한 것은 그들이 이승우 소설－지도의 인간화된 축척이 된다는 점이다. 그들을 중심축으로 하여 대상은 거리화되고 측량되어진다. 그러나 관념적인 토포스의 유형학을 구축하기 위해서는 치러야 할 대가가 있다. 리얼리티의 훼손이 그것이다. 모든 꿈이 맞아떨어지는 예언의 세계와 빈틈없이 일대일 대응하는 견고한 상징체계, 서술자의 과도한 해석의지와 '남김없이' 모든 것을 말하고 나서야 마무리되는 서사구조에 의해, 현실성은 침해된다. 관념성 짙은 작가의 많은 작품들에서 이러한 문제점이 드러난다 하겠다.

이승우의 소설－지도는 또한 감각을 믿을 수 없는 것으로 여기는 이성 우위의 관점에 의해 지지된다. "감각이 날뛰는 한 누구도 평화로울 수 없는 법이다. 날카롭게 버려질수록 성가신 것이 감각이다. 죽은 자가 왜 평화로운지 말할 수 있다면 왜 성가신지도 대답할 수 있다. 감각은 살아 있다는 징표이면서 모든 불화의 근거이다. 평화로운 자는 감각을 잃거나 버린 자이다."(『그곳이 어디든』) 물론 이것만이 작가의 감각론의 전부는 아니다. '유'와 '노아'와 '그녀'를 통해 작가가 도달하고자 하는 곳은, 그 곳은 "삶도 아니고 죽음도 아닌, 감각의 유무로 삶과 죽음이 결정되지 않는, 차원이 다른 삶"이었다. 하지만 그것은 "영원히 살 집"을 빌어 존재한다. 육체와 감각은 의식의 수레로, 덧없는 것임에 분명하다. 작가는 특히 노아를 통해 현실세계의 불화 너머의 지극한 평화와 '영원한 삶'의 구경을 말한다. 이즈음에서, 감각의 제거가 가능하며 또 그래야만 하는가를 묻는다면 우문에 속할 것이다. 모든 것이 화산재에 덮여 사라지고 마는 소설의 결말 역시 암울한 묵시록을 보여주고 있을 따름이다. 하지만 생명의 다른 이름은 우리가 살아 있는 이 유일무이한 순간을 음미하고 감각하는 것이 아니었던가. 영혼이 깃드는 구루가 육체라면 말이다. 니체의 말을 이쯤에서 떠올려본다. '몇 번이라도 좋다. 오, 끔찍한 생이여, 다시 한번!'.

용서를 구해야만 하는

이승우의 소설은 다른 한편 죄의식의 기록지이다. 크고 작은 잘잘못과 양심의 가책은 어김없이 그의 소설적 사건이 된다. 삶 자체가 어떤 면에서는 과오를 쌓아가는 과정이기도 하다. 죄 없는 사람은 없다. 살아가는 동안 우리는 자신의 생명활동을 위해 다른 생명을 먹고, 타인에게 상처를 입히며 때로 그들을 모욕하기도 한다. 하물며, 죄의식에 명민한, 자신을 늘 죄인이라 부르는 섬세한 윤리감각의 소유자들인 이승우의 인물의 경우라면? 그들은 묻는다, 네 죄를 네가 알렸다? 혹은 요한복음의 한 구절을 빌려본다. '너희 가운데 죄 없는 자가 먼저 저 여자에게 돌을 던져라.'

죄를 묻는 심판자의 시선엔 무엇보다 선악을 구획하고 이를 밝히려는 도덕률이 수반되기 마련이다. 용서를 구하는 자기구원의 시도는 또한 이승우 소설을 한 편의 속죄와 회심의 드라마로 만든다. 그것은 차라리 제의에 가깝다. 도처에서 발견되는 "강렬한 죄책감"(「심인 광고」)은 회한의 서사를 토로하게 하거나, 스스로에게 부과한 고행을 통해 고해성사를 집전하게 한다. 혹은 세상의 가장 낮은 곳에 임해 타인을 향해 몸을 낮추고 용서를 기도하게 한다. 그들은 더러 용서받고 화해에 이르지만 또 더러는 채무를 변제받지 못한 채 그 대가를 치르기도 한다. 자신의 몸을 바람에 말리고 음식을 끊음으로써 풍장의 제의를 올리는 것이다. 우리는 그렇게 원죄설을 증명하는 장면들을 만난다.

이승우 소설에는 때로 진짜 대죄를 지은 '나쁜놈들'이 등장하기도 한다. 「터널」(『심인 광고』), 「검은 나무」(『나는』), 「정남진행」 연작(『오래된 일기』)의 아버지들을 보자. 「검은 나무」의 의붓아버지는 누이를 범했던 자신의 과거를 용서받기 위해 "검은 죄를 표상"하는 숯검정의 감나무 아래 서서 몇 년 동안 물만 마시며 나무들처럼 살다 죽는다. 또 다른 아버지는 '가슴앓이섬'의 전설을 완성하는 자이다. 시앗과 함께 살 것을 거부한 어머니를 섬에 가두고 굶겨 죽이려 했던 아버지는 이제 스스로 그 섬에 들어가 곡기를 끊는다. "그 양반, 음식을 통 먹지 않았다고 한다. 시한을 받아둔 상태이긴 했지만 음식물 섭취를 거부함으로써 시간을 앞당긴 셈이지. 우리 어머니가 얼마 후에 다시 섬에 갔는데, 바위 위에 반듯이 누운 채 숨을 쉬지 않았다고 하더라."(「풍장—정남진행 2」) 「정남진행(行)」의 상황도 비슷한 형국이다. 나는 '정남진'으로 여행가자는 옛 여자친구의 부탁을 거절한 적이 있었다. 그녀의 갑작스런 부음을 들은 후 나는 그곳을 찾는다. 그녀의 요청과 죽음에 상관관계가 있는 것은 아니지만 나의 죄책감은 둔중하다.

사실 이승우의 인물을 괴롭히는 죄의식은 작가의 오래된 문제의식에 속한다. 최근 작품집에 실린 단편이 아니더라도 우리는 곳곳에서 이 점을 두루 확인할 수 있다. "하식아. 이 아비를 용서해다오. 이 못난 아비를. 그러는 게 아니었는데. 그때 내가 어리석었다. 내가 어리석었어, 참으로. 하식아……"(「일식에 대하여」)의 피 끓는 외침과 "한번 들어온 죄책감은 어떻게 해도 빠져나가지 않았다. 죽을 것 같아졌다, 나는. 이제 내가 죽더라도 나는 죽는 것이 아니다. 왜냐하면 나는 이미 죽었으니까."(「그의 광야」)에서의 고통스러운 고백은 어떤가. 『생의 이면』의 나 역시 "채무의식" 때문에 소설가 박부길의 삶의 이력을 쓰게 된다. 박부길의 연대기에 있어서도 문제가 되는 것은 "작가의 의식 안쪽에 단단하게 붙어 그의 삶과 문학을 지배해 온 질기고 억센 몇 개의 큰 흉터"다. 그의 삶의 내력은 과거의 시간 속에 저당 잡힌 어떤 흔적으로서의 흉터—이야기들인 것이다. 이처럼 '나에게 안 미안한가?'(「오래된 일기」)의 목소리 이전에도 "제게 빚진 것 생각나세요?"(『생의 이면』)라는 추궁이 이승우 소설에는 오래 전부터 있어왔던 셈이다. 그 앞에서 이승우의 인물들은 고개를 수그리고 자신을 되돌아본다. 그리고 속죄의 제의를 올린다.

그런데 이들은 이승우 소설의 구원을 향한 도정의 중간지 역할을 한다. 이들의 상징제의는 흉터scar '이전'의 훼손되지 않은 순결성을 회복하려는 뿌리 깊은 기원과 맞물려 있다. 빚진 자들, 빛 속으로! 그것은 '악'을 징벌과 관련해 이승우 소설의 선악계율을 상기시키는 한편 결점 없는, 선악과 사건 '이전'에의 강한 회귀의지를 보여준다. 이러한 기도는 낭만적일지언정 이승우 소설에 어떤 교훈성을 부여하고 있지는 않다. 덧붙일 것은, 그의 소설에 채무자들만 존재한다는 점이다. 빚진 자는 있되 빚내준 자는 없다. 짐 진 자는 있되 짐을 부리는 자는 없다. 혹은 회한과 고통은 있되 향유와 축복은 없다. 하물며, 사랑하는 자와 춤추는 자는 매우 드물밖에. 채권자는 어디에 있는가. 생성과 권능의 힘은? 다만, 신이 용서할 뿐이다. "자비와 용서가 장기인 분이니까."(「그의 광야」)

『욕조가 놓인 방』은 드물게도 연애소설의 형식을 취하고 있는 작품이다. 그런데 이 소설은 주인공('당신')이 사랑하는 '그녀'에 대해 이야기하고 있지 않다. 화자는 사랑할 수밖에 없는 그녀에 대해 말하는 대신, 사랑에 빠질 수 없는 당신에 대해 이야기한다. 당신은 명분이 있어야 행동이 가능한 사람이다. 그래서 당신에겐 끝없는 '자기 합리화'가 필요하다. 그녀를 다시 만나기 위해, "당신은 조급증과 쑥스러움을 감추기 위해 이타심이라는 위장포를 뒤집어썼다. 예컨대 당신은 그녀에게 무슨 일이 생겼을지 모른다는 우려를 급조"해서 자신을 설득시킨 후에야 비로소 그녀를 찾아갈 수 있는 것이다. 늘 그런 식이다. 자아는 감옥이다. 그녀를 보호해야 한다는 "의무감이라는 명분 뒤에 숨겨 놓은 자신의 욕망"이 그러하고, 자신을 속이기 위한 '논리', 그 많은 명분과 정당화가 그러하다. 뿐만 아니라 당신이 빌려오는 바르트와 쿤데라의 사랑에 대한 단상이 그러하고, 당신의 두 가지 사랑론, '돈오적(구원파적) 입장'과 '점오적 입장' 또한 그러하다. 반복하자면, 이 소설은 사랑에 빠질 수 없는 당신에 대한 이야기다. 가슴보다 머리가 크고 감각보다 의식이 중요한 당신이기에 사랑의 과제는 늘 불가능에 가깝다. 앞서 말한 사랑을 통한 자기구원의 가능성은 당신의 경우 차단될 수밖에 없다. 그러나 우리는 현실에서 늘 그렇게 논리를 따져 사랑하는 것은 아니다. 『욕조가 놓인 방』은 현실의 연애사건을 다루기보다는 사랑에 대한 작가의 관념을 압축해 보여주는 작품이라 할 수 있다. 그러나 사랑에 빠지지 못하는 자는 춤을 출 수도 없다. 죄를 추궁하고 심판하는 판관은 단죄와 금지의 부정적인 방식으로 작동하는 삶을 보여줄 수 있을 뿐이다.

이야기해야만 하는

이승우 소설에는 사연들이 많다. 소설은 저마다의 사연을 품고 있어, 그 갈피마다 광기와 운명의 드라마가 상연된다. 이승우 소설의 서사는 늘 비밀에 싸인 채 어긋난 운명과 기이한 인연으로부터 이야기를 시작한다. 고해성사가 그 과정의 필수코스였다면 무수한 흉터자국은 그것이 남긴 훈장이라 할 것이다. 화자는 끊임없이 말하고 누군가는 계속하여 듣는다. 비밀을 풀어야 하는 자의 고백은 신념에 차 있다. 그는 사건의 전후사정과 해설을 도맡는다. 그의 고백에 의해 모든 것은 해결되며 의문은 남김없이 해소된다. 김윤식의 지적처럼, 묘사와 감각을 배제한 채 모든 사건의 인과를 차근차근 서술하는 '구약 기술의 방식'이 이를 잘 설명해준다.[1] 그 설화적인 세계에서, 그러나 그 해결이 해피엔딩에 이르거나 추방된 낙원에의 회귀를 노정하고 있는 것은 아니다. 다만 그의 소설에서 결계를 풀고 서사를 매듭짓는 자는 대개 소설가로 설정되어 있는 세헤라자데이거나 비밀을 발설하지 않으면 미칠지도 모르는 이발사들이다. 이들은 서사를 주재하는 높은 곳에 임한다. 전능한 권위가 이들에게 부여되는 것은 어쩌면 자연스러운 일인지 모르겠다. 독자는 궁금함을 가질 틈이 없다. 화자가 모든 것을 말하기 때문이다. 끝없는 이야기의 성채, 서사의 향연장에서는 낭독성이 우세해진다. 말하라, 낭독하고 고백하라. 그렇지 않으면 당신은 죽을 지도 모른다.

이승우의 첫 번째 소설집 『구평목 씨의 바퀴벌레』에는 이런 구절이 나온다. "스스럼없이 속엣 것을 꺼내놓을 때, 그 단순한 행위만으로도 정신의 내부가 말끔하게 청소되는 경험은 얼마든지 가능한 법이다. 이른바 담화요법(談話療法)에 의한 정화작용이라고 부를 수 있는 것"(「당신의 자리」, 20쪽)이 있다. 이승우의 소설들은 실제 이를 증거하고 실천한다. 소설가 혹은 수다쟁이의 정체. 이들은 오랜만에 만나는 작중인물에게 저간의 사정을 이야기한다. 처음 보는 낯선 이에게도 스스럼없이 자기 얘기를 들어줄 것을 부탁한다.

> 털어놓을 거예요. 기왕 꺼낸 건데 못할 이유가 어디 있겠어요? (…중략…) 들어 보세요. 이건 지어낸 이야기가 아니라 내 이야기예요.
>
> —「육화(肉化)의 과정」, 『나는』, 129쪽

> 아니요. 듣고 싶지 않아요. 말하지 마세요. 내 대답을 기다렸다는 듯 그는 단호하게 손을 저었다. 나는 해야겠어요. 성목경 씨는 내 이야기를 들어야 해요.

1) 이승우, 「우리 시대와 자유에서의 도피」, ≪문예중앙≫ 1990년 가을, 335쪽.

(…중략…) 그는 자기 말을 들어줄 누군가를 필요로 하고 있었다.

—「책과 함께 자다」, 같은 책, 256쪽

말에 갈급한 사람을 눈앞에서 보고 있었다. 조금만 늦었으면 그 사람은 말을 공급받지 못해 질식사했을지도 모른다는 생각이 들었다.

—「사령(辭令)」, 『심인 광고』, 24쪽

그는 죽기 전에 이야기를 해야겠다는 듯, 그렇지 않으면 죽을 수 없다는 듯, 말하는 것이 너무 힘들어 보여서 그만 하라고 말리는데도, 거의 필사적으로 이야기를 이어 갔다.

—「심인 광고」, 같은 책, 81쪽

"오늘은 내가 화자 할 겁니다. 오늘은 김선생이 내 이야기를 들어주세요." 그러고는 곧바로 자기 이야기를 하기 시작했어. 쉬지 않고 이야기를 풀어갔지. 길고 어둡고 놀랍고 뜨거운 이야기였어. 어찌나 열중해서 이야기를 하는지 듣는 내내 저 사람이 저 이야기를 하지 않고 어떻게 여태 살 수 있었는지 의문이 생길 정도였어.

—「전기수(傳奇叟) 이야기」, 『오래된 일기』, 127쪽

자신의 목숨을 담보로 이어가는 이들의 이야기는 이승우 소설 곳곳에서 울려나온다. 이때 주목할 것은 전언보다는 이야기하는 행위 그 자체에 놓인다. 세헤라자데의 후예임을 자처하는 이들은 스스로의 진정성을 의심하지 않는다. 고백의 모드가 이를 잘 보여준다. 이승우 소설의 "길고 어둡고 놀랍고 뜨거운 이야기"들은 이미 죽음에 육박하는 진실성을 갖는다. 죽음의 대가를 치르고서라도 필사적으로 발화되어야 할 이야기는 그러나 소설적인 범속함의 세계를 벗어나 있다. 그것을 말하는 자에게는 후광이 드리워진다. 그 이야기는 함부로 말해질 수 없다. 시시껄렁하거나 하찮을 수 없는 그것은 고귀한 어떤 것, 신적인 어

떤 것이다. 청자 역시 그 이야기를 심드렁하게 들을 수는 없다. 진지한 숙연함을 종용받는다. 독자도 물론 정색을 하고 그의 소설을 읽어야 한다. 이승우 소설이 낭독되는 무대의 암묵적인 분위기가 있다면, 그런 것일 게다. 그런데 이는 소설적인 것을 넘어, 보다 정확하게는 소설적인 것의 '이전'에 존재하는 것들을 닮아 있다. 그것은 다시 말해 엄숙한 비장함과 함께 신화와 설화의 구조를 상기시킨다.

그런데 이승우 소설의, 소설가의 운명을 지닌 자들에 보다 주목해 볼 필요가 있다. 작가의 표현을 빌자면 "소설가는 증거하거나 논쟁하기 위해 글을 쓰는 것이 아니라 이야기를 들려주기 위해 글을 쓰는 사람"(「미궁에 대한 추측」)이다. 다름 아닌 이야기의 화자인 것이다. 이들은 그러나 그를 유혹하는 많은 현실적인 악들에 직면해 있다. 유혹자는 이들의 신성한 미션을 방해한다. 돈, 여자, 소설(책)이 경시되는 사회풍조 등이 그 예다. 이들은 소설가를 음해하고 모욕한다. 「동굴」, 「도살장의 책」, 「육화(肉化)의 과정」, 「책과 함께 자다」, 「전기수(傳奇叟) 이야기」, 『생의 이면』에 이런 상황이 반복 제시된다. 소설가뿐 아니라 책 배달꾼, 21세기의 전기수도 마찬가지다. 책이 사라지고 잊혀져감에 비례해 세속적 회유책이 이들을 시험한다. 그럴 때 이에 대항하는 소설쓰기, 혹은 이야기하기는 그 자체로 숭고한 일임에 분명하다. 주지하다시피 이승우 소설에서의 '이야기'는 상처와 흉터를 치유하는 역할을 한다. 그것은 해원하고 치료한다. 이런 점에서 이승우 소설의 '말하는 자'는 축복받은 자라 할 수 있다. 모든 죄를 사하고 잃어버린 땅을 회복하는 방법적 실천이 바로 그들의 입을 통해 이뤄지는 것이다.

초월과 관념과 고백을 넘어

이승우 소설을 읽다보면 하나의 의문이 생겨난다. 고통과 참회의 기원에 대하여. 그것은 행여 임금님귀의 비밀을 폭로할 수 없었던 이발사의 고통처럼 이미 상정된 것, 그렇게 결정된 채 존재해 온 갈대숲의 외침은 아닌가 하는. 벌거벗은 임금님의 비밀 아닌 비밀 말이다. 계시와 폭로보다 중요한 건 질문을 어떻게 던질 것인가의 문제가 아닌가 싶다. 대답은 차후의 사건이며 많은 경우 질문 속에 답이 숨어 있는 것이다. 그런데 그가 묻고 그가 답한다면, 수수께끼처럼 풀리고 말 하나의 정답이 존재한다면, 그런 모범답안의 세계는 적어도 재미를 주지는 못할 듯하다. 작가의 필력에 비해 그동안 이승우 소설이 '재미없다'는 평가를 받았던 이유 중의 하나, 그런 게 아니었을까.

이승우는 우리의 최근 소설경향에서 보기 드문 종교적이고도 형이상학적인 글쓰기를 계속해 오고 있다. 그의 작품 한편에서 신화적 상상력을 바탕으로 한 속죄와 구원의 드라마가 펼쳐진다면, 다른 한편엔 삶에 불쑥 끼어드는 통속과 진부해 보이는 멜로가 존재한다. 혹은 한편에 이타심을 가장한 이기심을 꿰뚫어보는 섬세한 도덕률이 존재한다면, 다른 한편엔 폭력적인 파괴 욕망에 붙들린 축생의 얼굴이 현상된다. 성과 속이 대립하는 그곳은 물론 신화 속의 땅인 것만은 아니다. 동시에 그것은 작가가 바라보는 지금 여기의 축도이기도 하다. 이승우의 인물들, 세헤라자데와 이발사들 역시 저 멀리 아득한 보물지도 속에만 존재하지는 않는다. 그들은 오늘날 더더욱 사라져서는 안 될 우리시대의 수문장들로 그려진다. 다소 무거웠던 이승우의 이야기들은 최근 작품집에 와서 딱딱한 관념의 옷을 벗고 한결 구체적이고 유연해진 느낌이다. 작가의 문제의식은 여전하지만 이야기방식은 좀 더 풀어져서 보다 작고 편안한 세계로 독자들을 초대한다. 한세대에 맞먹는 지난 30년 가까이의 작품 활동이 그의 전사였다면, 앞으로 계속될 그의 후사가 자못 궁금해지는 이유가 여기에 있다.

박진영
문학평론가. 1974년생. 2005년 ≪문화일보≫ 신춘문예로 등단. 항공대 강사. 주요 평론으로 「몸 이야기, 분신(分身)하는 그녀들－천운영론」이 있음. feel-so-gut@hanmail.net

윤리적 주체의 자리

이승우의 최근 소설 읽기

정영훈

1

환대는 어떤 경우에 가능한가. 우리는 어떤 경우에 타인들을 환대할 수 있는가. 다시 말해 환대의 가능 조건은 무엇인가. 타자에 대한 환대를 이야기하면서 누구도 묻지 않는 물음 가운데 하나가 이것이다. 환대의 의무에 대해서만 말하고 그것을 그저 당위로서만 제출할 뿐 도대체 타자를 무조건적으로 환대한다는 것이 가능한 일인가에 대해서는 묻지 않는다. 타자에 대한 무조건적 환대라는 윤리적 요구는 고상하고 그 뜻이 높지만, 바로 그런 이유로 지극히 비현실적으로 보이는 것 또한 사실이다. 더욱이 우리는 환대의 윤리가 타자를 맞이하여 기꺼이 자신을 내어주는 대신 자신을 대상의 자리에 놓는 요구로 전도되는 현실을 목도하고 있지 않은가.[1)]

환대는 타자를 맞아들일 수 있는 최소한의 공간을 필요로 한다. 이를 윤리적 주체의 자리라고 불러 볼 수 있다면, 이러한 윤리적 주체는 어떻게 정립될 수 있는가. 이런 물음을 던지면서 이야기하고자 하는 것

1) 이 점에 대해서는 정영훈, 「앓는 시대와 소설의 윤리」, ≪문학수첩≫, 2009년 봄호 참조.

은 어떤 일반론이 아니다. 모든 경우에 해당하는 어떤 조건, 가령 누구라도 타인들을 환대할 수 있게 만드는 그러한 조건에 대해 이야기하는 것은 나의 능력을 벗어나기도 하거니와 이 글의 관심사도 아니다. 이 글에서 확인해 보려 하는 것은 이승우 소설의 인물들에게서 발견할 수 있는 환대의 가능 조건이다. 이승우 소설에서 인물들은 타인의 고통에 쉽게 상처받고, 무엇인가를 해야 한다는 윤리적 의무감에 사로잡히고, 이들을 위해 자기 거처를 기꺼이 내어놓는다. 이러한 가능성은 어디서 오는가. 이것이 이승우 소설을 향해 던지는 이 글의 물음이다.[2)]

2

「오래된 일기」로부터 시작해 보자. 이 소설은 죄책감에 대해 이야기하고 있다. 근원을 알 수 없는 곳으로부터 출현하는 죄책감, 잘못한 일에 대해 그것이 자기 잘못에 기인하고 있다는 데서 오는 어떤 느낌. 죄책감은 가령 아버지의 죽음이라는 갑작스러운 사건으로도 찾아온다. '나'는 어느 여름날 얼음과자를 사먹기 위해 아버지의 지갑에서 천 원짜리 한 장을 훔친다. 아버지가 눈치 채지 못할 것이라고 생각했고, 먹을 때는 달콤하고 시원했지만, 얼음과자가 점점 줄어들면서 염려와 불안이 깨어난다. 이어 아버지에게 맞을 일이 머릿속에 그려지고, 아버지가 집에 돌아오지 않고 사라져 버렸으면 하는 바람이 생긴다. "그 바람은 거의 무의식적인 것이었다. 나는 내가 무얼 원하는지도 분명하게 알지 못했다. 그저 종아리와 엉덩이에 떨어질 몽둥이의 공포로부터 벗어나고 싶을 뿐이었다." 그런데 믿을 수 없는 일이 일어난다. 아버지가 정말로 돌아오지 않은 것이다. 이웃 어른의 트럭을 타고 돌아오던 아버지는 트럭이 언덕 아래로 굴러 떨어지면서 의식을 잃었고, 병원에 옮겨

---

2) 이 글에서 인용하는 이승우의 소설은 모두 『오래된 일기』(창비, 2008)를 따르고, 필요한 경우를 제외하고는 인용문 뒤에 면수만 표시하기로 한다.

진 지 일주일 만에 돌아가신 것이다.

"아버지의 갑작스러운 죽음은 친척들을 비롯하여 그를 알고 있는 모든 사람들을 놀라게 하고 당황하게 했지만, 내가 받은 충격에 비교할 정도는 아니었다. 마치 하나밖에 없는 아들의 소원을 들어주지 않을 수 없다는 듯 지상에서의 삶을 급히 마감해버린 것이 아닌가. 아버지가 죽은 것은 내가 사라져주기를 바랐기 때문이라는 사실이 무슨 신념처럼 견고해졌다. 내가 그런 마음을 먹지 않았다면 아버지는 죽지 않았을 거라고 그 신념은 대들었다. 한 번도 탄 적 없는 그 트럭을 하필이면 그날 아버지가 왜 타고 왔겠는가. 너의 아버지를 죽은 사람이 네가 아니라고 말할 수 있는가. 내 안에서 태어나고 자라난 신념이 나를 취조하고 심문했다. 나를 변호하는 목소리는 어디서도 들리지 않았다. 불합리한 재판이었다. 시간이 흐르면 죄책감이 엷어지지 않을까, 하고 은근히 기대해보았지만 기대대로 되지 않았다. 마음의 법정에서는 시간도 내 편이 아니었다. 시간은 오히려 나에게 불리한 증언을 했다. 시간이 흐르면서 죄의식은 오히려 더 생생해지고 빤질빤질해졌다." (12~13쪽)

아버지가 돌아오지 않았으면 하는 마음을 품었던 '나'에게 아버지의 갑작스러운 죽음은 내 불온한 욕망이 실현된 사건처럼 여겨진다. 둘 사이에는 어떤 합리적인 연결 고리도 없지만, 그렇게 생각한다고 해서 죄책감이 사라져 주지도 않는다. "우리가 속으로 무엇인가를 바라기만 해도 전능하시고 사랑이 많으신 하나님이 그 마음의 소원을 다 기억하고 있다가 적당한 때가 되면 이루어주신다는" 주일학교 선생님의 가르침은, 애초에 그 말이 의도했던 것과는 전혀 다른 방식으로 '내' 마음의 과녁을 명중시킨다. "그는 신실하고 열정적이었지만, 기도에 대한 그의 신실하고 열정적인 가르침이 두려움에 사로잡혀 있는 한 불쌍한 영혼을 죄의식의 구렁텅이에 빠뜨렸다는 걸 아마 깨닫지 못했을 것이다. 물론 그의 탓은 아니다." 그러나 이런 죄책감도 이어지는 내용에 비하면 오히려 부족한 데가 있다. 아버지의 죽음에 얽힌 일화는 이런 종류의 의식 형태를 설명하기 위한 실마리일 뿐, '나'를 양심의 법정으로 거듭 회부하는 의식은 따로 있다. 마음속 보다 깊은 곳에 놓인 존재는 사촌 형인 규이다.

규는 여러모로 '나'와 닮았다. 한날 태어났고 "체격과 얼굴은 물론 목소리까지" 똑같았고, 아버지가 돌아가신 후로 한집에서 살았다. 그러나 둘은 또 다르기도 해서 '내'가 9년 내내 우등생이었던 것과 달리 그는 한두 해를 빼놓고는 우등생이어 본 적이 없고, 소심한 '나'와는 달리 그는 대범하다. 흥미로운 것은 둘을 대하는 큰아버지의 태도이다. 큰아버지의 인정을 받아야 하는 것은 '내'가 아니라 규였지만, 큰아버지는 "공부도 좀 닮으면 좋겠느냐"(14쪽)는 말로 '나'를 불편하게 하고 규를 언짢게 했고, '내'가 대학에 들어가게 되었을 때는 예비고사에 떨어진 규 대신 '나'의 입학금을 내 준다. 큰아버지가 등록금을 내 준 것이 "아들을 포기하고 조카를 선택한 결과는 아니"었지만 "나는 규의 등록금을 가로챈 것 같은 자격지심에 오래 시달렸다. 내가 대학에 갔기 때문에 그가 대학에 가지 못했다는 굴절된 관념이 머릿속을 들쑤시며 괴롭혔다. 규는 예비고사에 떨어졌다, 그는 아무 대학에도 원서를 쓸 수 없었다, 나 때문이 아니라 자기 때문에 대학에 가지 못한 거다, 하고 정당한 이유를 끌어다 설득해도 소용없었다." 규와의 이런 관계는 훗날 다시 한 번 반복된다. 규는 학교에 다닐 때 시를 썼고, 나중에는 소설을 썼다. '나'는 애초에 글을 써 보겠다는 생각을 한 바가 없다. 그러나 정작 신춘문예에 당선이 된 것은 '나'이다. 규가 쓴 소설을 읽고 몇 번인가 평을 해 준 일이 있고, 소설을 보는 눈이 정확하다며 규가 소설 쓰기를 권한 후 소설을 써 보고 싶은 충동이 일어나 일기 쓰듯 소설을 써 보았던 것인데, 덜컥 당선이 된 것이다. 이를 원고지에 옮겨 적어 잡지사에 보낸 것은 규였고.

이런 구도는 어쩐지 낯이 익다. 최인훈의 1959년 작인 「라울전」을 읽어 본다. 라울과 바울은 같은 문하에서 동문수학한 사이이다. 둘은 성격이 판이한데, 라울이 스스로 '선택받은 자'라는 긍지와 사명감을 가지고 있는 반면 바울은 제사장 집안에서 태어났다는 사실을 제외하고는 제사장이 되어야 할 아무런 이유도 없다. 적어도 이런 조건만을 놓고 보면 신으로부터 선택받아야 하는 것은 라울이지만, 어려서부터 줄곧 신은 단 한 번도 라울을 선택한 적이 없다. 훗날 이런 관계가 다시 한 번 되풀이된다. 나사렛 사람 예수에 관한 소문이 들리고, 바울이 예수를 볼 것 없는 사기꾼으로 치부했을 때, 라울은 구약의 경전과 사료를 뒤져 예수가 메시아임을 증명해 낸다. 그러나 이 모든 노력에도 불구하고 결국 예수의 앞에 나아가 그의 제자가 되는 것은 바울이다. 라울이 예수에게로 나아갈 시간적 여유를 얻기 위해 미적대는 사이 예수가 처형당했다는 소식이 전해져 왔고, 그 소식에 충격을 받고 허둥대고 있는 사이 바울은 예수의 남은 제자들을 잡으러 가던 도중 다메섹이라는 곳에서 부활한 예수를 만나 단번에 그의 제자가 된 것이다. 라울은 자신의 운명을 저주하고, 의당 있어야 할 곳에서 자신을 내어 쫓고 바울을 대신 앉힌 신을 힐난한다. "신은, 왜 골라서, 사울(바울쪽) 같은 불성실한 그리고 전혀 엉뚱한 자에게 나타났느냐? 이 물음을 뒤집어놓으면, 신은 왜 나에게, 주를 스스로의 힘으로 적어도 절반은 인식했던! 나에게, 나타나지를 아니하였는가?"[3] 생각하면서.

이 둘의 관계를 유사 형제관계로 읽어 보는 것은 어떨까. 우리는 형제 사이의 분쟁에 관한 오래된 이야기 가운데 하나인 카인과 아벨의 이야기를 잘 알고 있다. 사건은 야훼가 카인의 제사는 거절하고 아벨의 제사만 받아들이는 데서 시작된다. 야훼가 카인의 제사는 거절하고 아벨의 제사는 받아들인 이유가 무엇인지 이 사건을 기록한 성서 기자는 아무런 이야기도 들려주지 않는다. 카인으로서도 그에 대한 합당한 이유를 알 수 없었던 탓인지 야훼에게 따져 보지만 그가 어떤 대답을 돌려받았는지에 대해서도 기자는 침묵한다. 다만 카인이 아벨을 쳐 죽였다는 사실로부터 그 대답이 그에게 합리적으로 여겨졌던 것 같지는 않

3) 최인훈, 「라울전」, 『우상의 집』(재판: 최인훈 전집 8), 1993, 70쪽.

음을 짐작할 뿐이다. 아마도 그가 던졌던 질문은 왜 장자인 자기 대신 아벨을 선택하였는가 하는 것이 아니었을까. 장자임에도 선택받지 못한 것은 카인만이 아니다. 아브라함으로부터 이어지는 계보에 등재되어 있는 것은 장자인 이스마엘과 에서가 아니라 차자인 이삭과 야곱이고, 야곱이 요셉의 두 아들을 축복할 때 그의 오른손이 향한 것도 장자인 므낫세가 아니라 차자인 에브라임이었으며, 예수의 비유에서 아버지의 환대를 받은 것은 성실한 큰아들이 아니라 물려받을 재산을 미리 챙겨 아버지의 집을 떠났다가 돈을 탕진하고 누추한 몸을 이끌고 집으로 돌아온 둘째아들이다.

장자와 차자에 대한 야훼의 이 알 수 없는 태도에 관한 이야기는 『산문시대』의 동인이었던 작가 김성일의 의식을 오래도록 사로잡았던 주제이기도 하다. 장남이었던 그에게 장자에 대한 야훼의 알 수 없는 거부감은 감당하기 어려운 주제였고, 그가 나중에 회심하였을 때 해결해야 했던 것 가운데 하나도 바로 이 문제였다. 「홍부전」을 패러디하여 쓴 「홍보가」에 이런 심정이 잘 드러나 있다. 「홍부전」은 우리 고전이 그리고 있는 형제 관계의 전형적인 형태를 보여주고 있는바, 욕심 많고 못된 형과 착하고 가난한 동생이라는 구도가 바로 그것이다. 왜 옛이야기들은 장자와 차자를 이런 방식으로 일관되게 그리고 있는 것일까. 혹 이러한 대립 구도 속에는 야훼가 장자와 차자를 차별했던 것과 동일한 형태의 의식이 개재되어 있지 않을까. 김성일은 이에 대해 한 인물의 입을 빌려 "부모들의 차남 사랑은 바로 차남에게 소홀히 했던 결과로 무의식 가운데 잠재하고 있는 아버지의 자책감과 그에 따른 보상심리 때문"[4]이라는 답을 들려준다. 대답의 적실성 여부를 떠나 우리가 여기서 눈여겨보아야 할 것은 「홍부전」에서 장자와 차자를 대하는 아버지의 이해할 수 없는 태도를 읽어 내는, 선택받지 못한 장자의 자의식이다. 최인훈이 「놀부뎐」을 써서 놀부를 향한 세상의 온갖 오해

4) 김성일, 「홍보가」, ≪월간문학≫, 1987.10, 133쪽.

에 대해 항변한 것도 같은 맥락에서 이해할 수 있지 않을까.[5)]

마땅히 자신이 선택 받았어야 한다고 생각하는 라울은 장자이되 아비로부터 선택받지 못한 자이다. 최인훈이 라울과 바울 가운데 라울에게 우호적이라는 것은 두말할 나위가 없다. 최인훈은 라울을 편애한다. 최인훈이 오직 라울에게만 자의식을 부여한다는 점, 라울이 시종일관 초점화자로 설정되어 있다는 점이 그 증거이다. 바울은 실성하여 사라진 라울에 대해 논평하는 마지막 장면에서만 시선의 주인이 된다. "옹기가 옹기쟁이더러 나는 왜 이렇게 못나게 빚었느냐고 불평을 한들 무슨 소용이 있으랴. 옹기쟁이는 자기가 좋아서 못생긴 옹기도 만들고 잘생긴 옹기도 빚는 것이니"[6)]라는 저 유명한 말을 되풀이하는 장면에서, 서술자의 편견이 배어 있는 "차디찬 투로"라는 어구와 더불어. 적어도 「라울전」의 문맥에서 이 "차디찬 투로"라는 어구는 '확신에 찬 투로'의 변형일 수도 있지 않을까. 신의 선택과 관련하여 인간 편에서는 할 수 있는 이야기가 조금도 없다는 확신, 비록 그것이 불합리하고 불가해해 보이더라도 바울의 입장에서는 미안해하거나 죄스러워할 이유가 조금도 없다는 확신.

그러나 이것은 혹 바울에 대한 라울의 편견일 수도 있지 않을까. 어디 자의식이 선택받지 못한 장자들에게만 있을까. 선택받은 차자들에게도 자의식은 있는 법이다. 규는 이렇게 말한다. "너는 대학 갔지. 나

---

5) 『화두』의 이들과 유사한 자기 처지를 두고 폐적자(廢嫡子), 곧 '적자였으나 적자의 자리에서 쫓겨난 자'라는 이름을 붙여 준다. 해당 대목을 옮겨 본다. "가족들이 미국으로 떠나고 나서 나는 H역에서 시작된 그 피난 대열에서 나 홀로 남겨진 전쟁고아처럼 느꼈다. M시에 오자마자, 전쟁이 난 그 해를 넘기지도 않은 50년 12월에 피난지의 생소한 학교에 찾아가서 나를 그 학교에 전학시켜 준 아버지 성의와 기대를 나는 갚지 못하였다. 법과대학에 입학하였기 때문에 나는 열심히 공부했더라면, 북쪽 끝에서 피난 온 가족에게 이 사회의 양지 바른 언덕의 한쪽 끝에 안주할 수 있는 밑거름이 될 수 있었을 터였다. 그랬더라면 나는 H에서의 아버지처럼, 집안의 착한 맏이 노릇을 했을 것이고 아버지의 아들일 수 있었을 것이다. 그런데 나는 그렇게 하지 못하였다. 고향에서의 아버지 나이를 지나고도 그때의 아버지의 경제적 위치는 그만두고 수입이랄 만한 것이 없는 나는 계급 탈락자로 느끼고, 그래서 가장으로서 아버지가 결단한 미국 이주에도 참가하지 않은 자기를 폐적자(廢嫡子)로 느꼈다."(『화두』 1, 민음사, 1994, 101쪽)

6) 「라울전」, 73쪽.

는 못 갔다. 그게 대수냐? 대수지. 안 그래? 어이, 내 사랑하는 사촌. 자네는 인생에서 뭐가 제일 중요하다고 생각하나. 너는 대학…… 나는 안 된다. 나에게 안 미안한가?" "부러 흘려 넘기려 했던 그의 말, '나에게 안 미안한가?'가 망치처럼 뒤통수를 때렸다. 의당 무슨 말인가를 해야 하는 상황이었음에도 나는 아무 말도 하지 못했다." "규는 나를 불편하게 하고 있었다. 그리고 나는 내가 느끼는 불편이 불편했다. 사실은 병실에 들어오기 전부터 규의 목소리를 듣고 있었다. '나에게 안 미안한가?'" 동일한 물음을 되풀이해서 떠올리고 있다는 사실부터가 이미 '내'가 규의 물음으로부터 자유롭지 못함을 증명해 주고 있다. 아마도 이 물음은 이런 뜻을 내포하고 있으리라. '마땅히 내가 물려받았어야 할 자리를 대신 차지하고 있는 그대는, 나에게 미안하지 않은가.' 이 물음이 '나'를 사로잡고 있는 한 '나'는 '내'가 선택받은 것을 당연하게 여길 수가 없다. 아마도 바울에게 자의식이 있었다면, 그 역시 이런 물음에 사로잡히지 않았을까.

3

'내'가 느끼는 어떤 "부끄러움" "자책감" 같은 것들은 자신이 누군가의 자리를 대신 차지하고 있는 것이 아닌가 하는 심리적 사실에서 온다. '내'가 지금 앉아 있는 이 자리는 원래 다른 사람에게 돌아갔어야 할 자리이다. 큰아버지가 대신 내 준 대학 등록금이 원래는 사촌형인 규에게 돌아갈 것이었던 것처럼, '나'의 자리 역시 그러하다. 미안하지 않으냐는 규의 물음은, 장자의 명분 없이 장자의 권리를 상속받고 차자로서 장자가 된 '나'를 윤리의 재판정으로 소환한다. 마땅히 받아야 할 정당한 몫보다 더 많은 것을 받았고, 그렇기에 받은 선물에 대해 그것이 정당하다고 주장할 명분이 없기에, 규의 물음 앞에서 '나'는 속수무책이 될 수밖에 없다. 혹 큰아버지가 '나'를 편애했다고 하더라도 그것이 '나'의 잘못은 아니다. 규의 육신이 병들어 누워 있게 된 것 역시 '나'의 잘못 때문은 아니다. 그럼에도 '나'는 "내가 너에게 무슨 짓을 한 거지?"라는 질문이 생겨나는 것을 어찌하지 못한다. "나는 아무 짓도 하지 않았다. 그렇지만 누군가 나로 인해 아파하는 사람이 있다면 내가 아무 짓도 하지 않았다고 말하는 것이 떳떳한 일일까." 이승우가 이 문제를 얼마나 중요하게 여기고 있는지는 이번 소설집에서 반복적으로 제시되는 이와 유사한 상황들을 일별해 보는 것으로도 쉽게 확인할 수 있다.

먼저 「실종사례」를 읽어 본다. 소설은 지하철에서 일어난 화재 소식을 TV 화면으로 지켜 보다 낯익은 얼굴을 발견하는 장면에서 시작된다. 화면에서 보게 된 그녀는 9년 전 우리 부부에게 빌린 돈을 갚지 못하고 끝내 종적을 감추고 만 재석이네다. 돈을 떼어먹고 달아난 그녀를 9년 만에 보게 되었으니 화가 날 법도 한데, 사정은 그렇지가 않다. 그때 그들 부부는 돈을 꼭 갚겠다는 약속에 대한 일종의 담보물로 48만 원짜리 강원도 산간의 두 마지기 밭문서를 넘겨주었었다. 빌려 준 돈에 비하면 터무니없이 적은 액수였고, 밭문서를 건네는 그들 입장에서도 염치없는 일이었다. 그랬던 그 땅이 그로부터 4년여의 시간이 흐른 후 땅은 평당 80만 원을 호가하는 금싸라기 땅으로 변한다. 땅을 판 돈으로 우리는 빚을 갚고 30평짜리 연립주택을 살 수 있었다. 그러니 그녀의 출현이 마냥 반가울 리 없다. "나는 진작 그들을 찾아 생각지 못한 횡재 사실을 알리지 않은 걸 후회하고 반성했다. 물론 법을 위반하지는 않았다. 내 소유의 땅을 처분하고 그 돈으로 빚을 갚고 집을 산 나의 행동은 합법적이었다. 합법이라는 명분이 나를 정당화해줄 거라고 나는 믿었다. 그러나 합법이라는 것은 아주 허술한 위장막에 불과했다. 합법이라는 피켓을 치켜든 나는 아주 초라하고 볼품없었다. 피켓의 글씨도 흐릿하게 지워져 읽기 어려웠다." 땅을 팔아 얻은 돈은 합법적인 '나'의 소유였지만, 의식 깊은 곳에서는 이와는 상반되는 목소리를 내고 있었던 것이다.

소유권을 둘러싼 분쟁은 내면이라는 제한된 공간에서만 벌어지지 않는다. 「타인의 집」을 읽어 본다. 아내의 생일날 케이크와 선물을 사들고 퇴근하던 그는 아침에 나올 때까지만 해도 멀쩡하던 자물통이 숫자판으로 바뀌어 있는 것을 보게 된다. 결혼식 다음날부터 싸우기 시작해 내내 사이가 좋지 않았던 아내가 잠금장치를 바꾸었으리라 짐작하며 초인종을 누르자 "어딜 온 거야?"라는 남자의 목소리가 되돌아온다.

> "그는, 저기, 저, 하고 머뭇거리다가 나는 이 집 주인인데 누구세요? 하고 물었다. "주인이라고? 허허, 미친 소리! 이 집이 어떻게 네 집이야?" 안에서 돌아오는 반응이 그를 당황하게 했다. "윤선호가 나예요. 이 집 주인." 자기 집 앞에서 자기 집에 들어가기 위해 자기 이름을 밝히고 있다니, 슬그머니 짜증이 나려고 했다. 손님으로 온 누군가가 장난을 치는 거라는 짐작을 했지만, 어쩐 영문인지 마음 한쪽에서 그게 아닐지 모른다는 불안이 스멀거렸다. 윤선호든 누구든 이 집 주인은 아니지, 하는 대답이 스피커를 통해 전해졌을 때 불안은 급격하게 팽창했다. 지금 나에게 나를 증명하라고 요구하고 있는, 저 문 안의 질문자는 누구란 말인가. "둔하기는. 그렇게 사태 파악이 안돼? 너는 여기 못 들어와. 어떻게 그걸 몰라? 여긴 이제 너의 집이 아니야. 아니, 언제 너의 집이었던 적이 있었나? 몰아붙이듯 내쏜 다음 집 안의 질문자는 인터폰을 내려놓아 버렸다." (78~79쪽)

목소리의 주인은 장인이었다. 장인은 두 사람 사이가 끝났으니 만큼 이 집은 이제 자기가 소유한다고 일방적으로 선언한다. "장인의 논리는 단순하고 명쾌하고 완고했다. 그 집을 살 때 집값의 절반에 가까운 돈을 빌려주는 형식으로 댔다는 것이 그 논리의 단순하고 명쾌하고 완고한 근거였다. 절반에 가까운 돈은 은행에서 대출을 받았다. 그러니까 실제 그의 돈은 아주 조금밖에 들어가지 않았다." 사정이 이러한 터라 그는 이 집이 자기의 것이라고 주장할 엄두를 내지 못한다. 「방」의 '내' 상황도 이와 비슷하다. 큰어머니를 돌보는 문제로 다툰 후 아들을 데리고 친정으로 간 아내는 방학이 되자 언니가 살고 있는 시애틀로 훌쩍 떠나 버리더니 어느 날 집을 팔아 돈을 부쳐 줄 것을 요구한다. 아마도 아내로서는 그럴 만한 권리가 있다고 생각했을 것이다. 친척으로부터 경매 물건이 있다는 연락을 받고 관심을 내비친 것도 아내였고, 친정에서 여유자금을 얻어와 대출을 끼고 그 집을 산 것도 아내였기 때문이다. '나'는 아내의 요구대로 집을 팔아 집값의 절반을 부쳐 준다. 집을 사는 과정에서 '내'가 기여한 바가 없고, 따라서 이 집이 '나'의 것이라고 주장할 명분이 없는 '나'로서는 이렇게 하는 것 외에 다른 도리가 없었을 것이다.

소설 속 인물들이 가지고 있는 재산이며 집은 사실상 이들의 것이 아니다. 이들은 남에게서 얻은 것을 가지고 몇 백 배의 차익을 남겼고(「실종사례」), 아버지가 세상을 떠난 뒤 큰아버지가 내어준 사랑채에서 지냈고(「오래된 일기」), 자기 돈 들이지 않고 집을 장만했고(「타인의 집」, 「방」), 집을 나올 상황이 되자 6년 전 헤어진 애인의 집으로 들어가 살거나(「타인의 집」), 집주인이 2개월 정도 비울 예정인 집으로 찾아들어 간다(「방」). 임시적이고, 여분의 것으로 주어진 자리, 비유컨대 장자권을 대신 물려받은 차자의 자리가 이들의 삶이 정립해 있는 곳이다. 그렇기에 이들은 주인이 돈을 돌려달라거나 방을 빼 줄 것을 요구하면 언제든 돈을 내어주고 짐을 싸서 집을 나갈 수밖에 없다. 주인은 점령군처럼 들어와 집의 소유권을 주장하는 장인의 모습으로 찾아오기도 하지만, "머리가 하얗게 세고 허리가 구부정하고 다리와 팔이 바깥쪽으로 구부러진 노인"(「방」)의 모습으로 찾아오기도 한다.

「방」을 좀 더 읽어 본다. 노인은 우리가 이사를 들어가던 그 무렵부터 종이박스와 신문지를 모아 연립주택 공터에 쌓아 두었다가 고물상에 가서 팔기 시작했는데, 이상한 것은 이곳에 살고 있는 사람들의 태도이다. 무엇이라고 이의를 제기하는 사람이 아무도 없었기 때문이다. "그 궁금증을 해결해준 사람은 2층에 사는 남자였다. 집이 지어질 때부터 살았던 2층 남자의 설명에 의하면, 노인은 그 건물을 지은 사람이었다. 한 층에 네 가구씩, 모두 열두 가구를 지어 여덟 집을 분양하고 두

집을 세놓았다. 한 집은 아들 내외에게 주고 자기는 1층에서 살았다. 그런데 아들이 사업을 한다며 집을 담보로 대출을 받아 쓰고는 부도를 내버렸다. 하루아침에 집을 내놓고 거리로 나앉게 된 아들 내외는 어느 날 동네를 떠났다. 어떤 연유인지 노인은 아들과 함께 떠나지 않고 마을에 남았다. 어떤 이는 아들 내외가 노인 몰래 도망쳐버렸다고 하고, 어떤 이는 노인이 아들과 함께 떠나는 걸 거절했다고 했다." 사람들은 노인을 쫓아내지 않는다. 그럴 수 없는 것일지도 모른다. 노인은 한때 이 건물이 자신의 소유였다는 사실과 지금의 남루한 현실을 통해, 지금 이곳에서 살고 있는 사람들이 누군가의 삶이 스러지고 흩어진 자리 위에서 살고 있는 것임을 환기시킨다. 노인의 불행과 이들의 행복이 서로 자리를 맞바꾸고 있다고나 할까. 사람들이 노인을 보면서 느끼는 것은 아마도 "큰어머니에 대한 내 부채의식과 의무감"이나 규에 대해 '내'가 가지고 있던 죄책감(「오래된 일기」), 그들 부부에게 돌려주어야 할 빚이 있다는 데서 오는 불편함(「실종 사례」)과 비슷한 그 무엇일 것이다.

이승우 소설의 인물들은 "우리는 모든 사람에 앞서, 모든 사람에게 책임이 있고 나는 다른 모든 사람보다 책임이 더 많다"는 레비나스의 이야기를 떠올리게 한다. 레비나스에게 주체가 된다는 것은 타인의 고난을 대신 짊어지는 것을 말한다. 메시아는 이러한 주체의 이념을 가장 잘 구현하고 있는 존재이고, 이런 맥락에서 "메시아, 그것은 나이고, 내가 된다는 것, 그것은 곧 메시아가 된다는 것Le Messie, c'est moi, Être moi, c'est être Messie"을 의미한다.[7] 이승우 소설의 인물들이 타인들의 삶에 자신이 책임질 것이 있다고 느낄 때, 가령 「무슨 일이든, 아무 일도」의 그녀가 동생 상규를 "짊어지고 가야 할 내 몫의 십자가"로 인식하고 "십자가는 자원해서 맡는다기보다 떠맡겨지는 편에 가깝다고, 그러니까 그것은 일종의 숙명인 것이라고, 그렇기 때문에 거부할 수 없는 것이라고" 말할 때, 이들은 이미 메시아적 주체의 이념을 구현하고 있다. 십자가를

7) 강영안, 『타인의 얼굴』, 문학과지성사, 2005, 231쪽.

짊어지고 있는 자는 그리스도, 곧 메시아가 아니던가.

그러나 한때의 일을 내세워 소유권을 주장하는 이들과 십자가가 되어 어깨를 무겁게 하는 이들을 대하는 우리의 눈길이 언제나 호의적일 수는 없다. 환대hospitalité가 적의hostilité로 바뀌는 것은 한순간이다. 환대는 어떤 경우에 가능한가. 그러니까 "내가 나의-집을 개방하고, 이방인(성을 가진, 이방인이라는 사회적 위상 등을 가진 이방인)에게만이 아니라 이름 없는 미지의 절대적 타자에게도 줄 것을, 그리고 그에게 장소를 줄 것을, 그를 오게 내버려둘 것을, 도래하고 두고 내가 그에게 제공하는 장소 내에 장소를 가지게 둘 것을, 그러면서도 그에게 상호성(계약에 들어오기)을 요구하지도 말고 그의 이름조차도 묻지 말 것을 필수적으로"[8] 내세우는, 그러한 절대적 환대는 어떻게 가능한가. 이승우 소설에서 환대는 집이 나의 것이 아니라는 인식, 그것은 다만 누군가를 위해 내어주기 위해 임시로 맡은 것일 뿐이라는 인식과 더불어 비로소 가능해진다. 자기 소유가 아닌 곳에서 임시로 살고 있는 이들에게는 문을 두드리는 누구나가 다 주인이 될 수 있고, 지금 문을 두드리며 도움을 호소하는 이가 한때 그곳에 살고 있었을 가능성을 배제할 수 없다는 인식이 환대를 가능하게 한다. 나 자신 한때 찜질방과 PC방을 전전하던 떠돌이였음을 잊고 이곳이 자기 소유임을 한 치의 의심도 없이 받아들이게 될 때, 집 앞에 서서 문을 두드리는 그들은 언제든 내가 맞아들여야 할 주인이 아니라 내 안락한 삶의 공간을 위협하는 침입자로 여겨지기 쉽다. 모든 타인을 잠재적인 적으로 간주하는 위험으로부터 벗어나는 길은 자신이 세 들어 사는 존재이고 자기에게 주어진 것이 순전한 선물이라는 사실을 기억하는 것이다. 미안하지 않느냐는 규의 물음을 간직하고 큰어머니의 체취를 기억하는 것이 소중한 것은 바로 이 때문이다. 환대의 가능성이 거기서 나오기 때문이다.

환대를 가능하게 하는 것은 자신을 선택받은 차자로 여기는 자의식

---

8) 자크 데리다, 남수인 역, 『환대에 대하여』, 동문선, 2004, 70~71쪽.

이다. 앞서 언급한 소설에서 김성일은 "세상에 불공평이 생기기 시작한 책임이 자기 자신에게 있으므로…… 그는 모든 비난을 감수하고 자기 아들을 이 세상으로 보내어 모든 것이 자기의 책임임을 고백한 것입니다. 그렇다면 여러분…… 구세주가 이 땅에 온 것은 측은한 둘째 아들 때문이며…… 그렇다면 세상의 장남들은 그들이 장남이기 때문에 아버지의 심정을 이해하고 침묵해야 할 것 같습니다."라는 이야기에 덧붙여 "그렇다면…… 홍보네 박에서 예수가 나왔다는 (…중략…) 말이 맞는 것"[9] 같다고 결론 내리는데, 이런 주장이 전혀 터무니없는 것만은 아니다. 메시아를 낳은 이스라엘 민족부터가 이미 장자의 권리를 대신 물려받은 차자의 후손들이다. 이삭과 야곱이 차자였음은 두말할 나위가 없고, 젖과 꿀이 흐르는 땅으로 묘사되는 가나안 역시 그들의 조상이 정당한 권리 없이 이방인으로 들어와 살던 곳이 아니던가. 이들에게서 메시아가 난 것을 우연이라 할 수 있을까. 이들로부터 메시아가 나오는 것은, 이들의 자리가 선물로 주어진 자리이기 때문이고, 그런 만큼 순수-증여의 형태로 이를 누군가에게 되돌려주어야 하는 의무가 이들에게 있기 때문이다. 자기에게 주어진 것이 순전한 선물일뿐더러 선물로 주어지기 위해서 다른 누군가로부터 옮겨져야 했음을 아는 이들은 차자의 자의식으로 충만해 있는 자들이고, 메시아는 이러한 자의식이 육체를 입어 나타난 자이기 때문이다.

4

선택받은 차자의 자의식은 인물들이 글을 쓸 수 있도록 만드는 원동력이 된다. 가령 「오래된 일기」의 나는 "글을 쓰면서, 규가 이 문장을 읽는다면 어떤 반응을 보일까를 늘 생각"하고, 「방」의 나는 "큰어머니

---

9) 「홍보가」, 133쪽.

의 배설물과 땀과 약, 그리고 살갗에서 떨어진 살비듬이 한데 섞여 만들어 낸 냄새"를 맡고서야 비로소 "하지 않은 말들, 할 수 없었던 행동들"이 "일깨워졌고, 살아났고, 그런 것들이 글이 되었다." 규와 큰어머니를 마주 대할 때마다 떠올리게 되는 미안한 마음이 글을 쓰게 한다. 이들이 글을 쓰기 위해 찾아가는 곳에서 이들은 집의 주인이 아니다. 이들은 쓰면서 자기의 자리를 거듭 확인한다. 자기는 장자가 아닌 차자임을 되새기고, 자신에게 주어진 것이 순전한 선물임을 확인하면서, 자기 때문에 받지 못한 그들을 기억하고자 한다. 이들이 쓰는 것은 쓰면서 그들에게 받은 것을 되돌려주기 위함이다. 그러므로 이들이 쓰는 것은 그 자체로 윤리적이다.

마르트 로베르는 『기원의 소설, 소설의 기원』(문학과지성사, 1999)에서 작가를 업둥이의 유형과 사생아의 유형으로 대별한 바 있다. 업둥이의 유형은 오이디푸스 이전의 잃어버린 낙원으로 돌아가기를 원하며 부모 양쪽을 모두 부정하는 경우이고, 사생아의 유형은 오이디푸스의 투쟁과 현실을 수락하며 아버지를 부정하고 어머니를 인정하여 아버지와 맞서 싸우는 경우이며, 이 둘은 각각 낭만주의와 사실주의 경향의 작가들에 대응된다는 것이 그의 설명이다. 이승우 소설을 몇몇 작가들의 다른 작품들과 겹쳐 읽으면서 드는 생각은, 업둥이이든 사생아이든 이들은 모두 근본적으로는 장자가 아니었을까 하는 점이다. 이들에게는 형제가 없으니 질투할 대상도, 아버지와의 관계에 영향을 끼치는 경쟁자도 없지 않던가. 그러니 이들의 옆에 선택받은 차자, 선택받았다는 사실을 오히려 죄스러워하는 아들을 놓아 보는 것은 어떨까. 선택받지 못한 장자의 자의식이 자신을 그 자리에서 내어 쫓은 아버지에 대한 반항으로, 나아가 아버지를 상징하는 신, 역사, 권력 등과의 대결의식의 형태로 표출된다면, 차자의 자의식은 자신을 그 자리에 앉혀 놓은 아버지에 대한 질문의 형태로, 자기가 그 자리를 대신해 버린, 내어 쫓긴 그 누군가에 대해 갖는 죄책감의 형태로, 거저 받았으므로 자기 받은 것을 다른 사람을 위해 내어놓아야 한다는 윤리적인 형태로 표출되는 것이 아닐까.

그러나 너무 멀리 가지는 말자. 이승우 소설이 발견한 것은 선택받은 차자의 자리, 곧 윤리적 주체가 정립되는 자리이다. 이 윤리적 주체는 이제 겨우 자기의 자리를 확인하였을 뿐이다. 이들에게는 타인과의 관계 속으로 좀 더 깊이 나아가는 일이 과제로 주어져 있다. 이 관계 맺음 속에서 새로운 형태의 서사들을 만들어 갈 때, 그때 이승우 소설이 발견한 차자의 자의식은 소설의 또 다른 기원이 될 수도 있을 것이다. 鬪

정영훈
문학평론가. 1973년 출생. 2004년 중앙신인문학상 당선. 현재 서울시립대학교 강의전담객원교수로 재직 중. 주요 평론으로 「윤리의 표정」, 「앓는 시대와 소설의 윤리」 등이 있음.

갑자기, 영원히 쓰는 소설가

이승우론

조효원

죽음의 얼굴은 세계의 기호이다. 시간은 죽음의 군주이며, 영원은 삶의 군주이다.

—야콥 타우베스[1)]

갑자기 쓰는 이는 시인이며, 영원히 쓰는 이는 소설가이다. 시인의 운명이란 '지금, 여기hic et nunc'를 쇄도해 들어오는 마치 벼락과도 같은 어떤 '순간Augenblick'을, 날으는 파리를 펜촉으로 찍으려는 것처럼 허망한 움직임 속에서 손끝으로 붙잡으려는 몸짓이며, 소설가의 운명은 그 어떤 표지도 흔적도 없이 시나브로 밀려왔다가 스르르 빠져나가는 삶의 파도 위에서 부표처럼 흔들리며 언제까지고 떠 있는 것이다. 그러니 시인은 죽음의 군주와, 소설가는 삶의 군주와 싸우는 셈이다. 어쨌든 이러한 싸움 속에서 시인과 소설가는 공히 세계의 기호/죽음의 얼굴과 대면하는 일을 피할 수 없다. 세계의 기호는 그들에게 결코 동일한 모양으로 새겨지지 않을 것이며, 죽음의 얼굴은 시인과 소설가에게 각기 다른 표정으로 나타날 것이다. 그런데, 기이하게도, 갑자기 쓰면서 영

1) Jacob Taubes, *Abendländische Eschatologie*, München, Matthes & Seitz, 1991, S. 4.

원히 쓰는 소설가가 있다. 그러나 그렇다고 해서 그가 이른바 시인-소설가인 것은 아니다. 그는 분명 소설가다. 그렇다면 어째서 그는 갑자기 쓰면서 동시에 영원히 쓰는 자인 걸까?

그것은 그 소설가가 '진정한 길' 위에 서 있기 때문이다. '진정한 길'이란, "지나가기 위해서라기보다는 걸려 넘어지게 하기 위해서 있는 길"이다.[2] 이 길은 길이면서 길이 아닌데, 왜냐하면 이 길은 너무나 많은 길들이 있는, 모든 곳 / 것이 길인 그러한 공간 속에 있기 때문이다. 그 공간은 '광야'라 불리운다. 이야기가 태어나는 곳은 오로지 '광야'일 뿐이라고 말하는 이 소설가의 이름은 이승우다.[3] 그러나 사실 '이승우'라는 이름을 여기에 글로 새기는 것은 허망한 짓일지도 모른다. 왜냐하면 이승우 스스로가 한 시인의 입을 빌려 다음과 같이 고백하고 있기 때문이다.

> "일찌기 나는 아무 것도 아니었다."[4]

아무 것도 아닌 자의 소설쓰기. 진정한 길에서 넘어지는 자의 소설쓰기. 홀로 광야에 서 있음을 철저히 처절히 느끼는 자의 소설쓰기. 이승우의 소설쓰기가 '갑자기, 영원히' 쓰기인 것은 바로 이런 까닭에서다. 이 글은 '2000년 이후의 이승우 소설'에 대하여 써달라는 요청에서 쓰여지는 것이지만, 이승우의 '광야'를 체험해 본 사람이라면 누구라도 '2000년 이후'라는 시간적 제한이 그의 소설 세계로부터 얼마나 멀리

---

2) 프란츠 카프카, 김영옥 역, 『오드라덱이 들려주는 이야기』, 문학과지성사, 1998, 156쪽.

3) 이승우, 『당신은 이미 소설을 쓰기 시작했다』, 마음산책, 2006, 17쪽. 이승우는 '진정한 길'에 대한 카프카의 문장을 이 책에서 직접 인용하고 있다. 이 글에서 다룰 이승우의 작품은 『구평목 씨의 바퀴벌레』(책세상, 2007), 『검은 나무』(민음사, 2005), 『그곳이 어디든』(현대문학, 2007), 『끝없이 두 갈래로 갈라지는 길』(창해, 2005), 『사람들은 자기 집에 무엇이 있는지도 모른다』(문학과지성사, 2001), 『生의 이면』(문이당, 1992), 『오래된 일기』(창비, 2007) 등이며, 에세이집 『당신은 이미 소설을 쓰기 시작했다』(마음산책, 2006), 『소설을 살다』(마음산책, 2008)에 대해서도 비중 있게 다룬다. 앞으로 이승우의 작품은 본문에 작품명과 쪽수를 병기한다.

4) 최승자, 「일찌기 나는」, 『이 시대의 사랑』, 문학과지성사, 1981. 이 시 역시 이승우는 자신의 책 『소설을 살다』(마음산책, 2008)에서 인용하고 있다.

떨어져 있는 것인지 알아챌 수 있을 것이다. 그의 말처럼, 광야에서는 "무슨 일이든 일어날 수 있는 것이 아닌가."(『당신은 이미 소설을 쓰기 시작했다』) 하여 나는 이 글에서 2000년 이후 이승우의 작품을 지팡이 삼아 그 영원한 광야를 헤매는 모험을 감행하기로 한다.

1. 어느 시골 소설가

2008년에 출간된 『소설을 살다』라는 책에서 이승우는 자신의 고향에 대해 회상하면서 다음과 같이 말하고 있다.

> "아, 나는 죄를 지었다. 존재의 기반을 폐하고자 하는 나의 낡고 오만한 자의식은 시간 앞에서 속수무책이다. 시간이 멀어지면 멀어질수록 고향과의 거리가 반대로 좁혀지는 것을 느낀다." (25쪽)

'죄를 지었다'고 그는 말한다. 고향이라는 존재의 기반을 폐하고자 했었던 것이 그 죄명이다. 그의 고향은 어떤 곳인가? 그곳은 그 말의 가장 완벽한 의미에서 '시골'이다. 그곳에서 그는 이른바 생의 권태와 역겨움 그것을 온몸으로 느꼈던 듯하다. 고향은 그에게 있어 마치 감옥처럼 "세상과 사람과 인연으로부터 완전히 떨어져 격리된 곳"(『그곳이 어디든』)이었던 것이다. 그래서 그는 고향을 떠났고, 거의 완전히 잊다시피 하며 살았다. 혹은 그렇게 믿으며 살았다. 그러나 고향은 결코 망각 속으로 가라앉지 않았고, 오랜 시간이 지난 뒤 불쑥 수면 위로 떠올라 그에게 죄의식을 안겨주고 있는 것이다. 그렇지만, 죄의식이라니. 그에게 고향이란 감옥과 같은 공간이 아니었던가. 자신이 떠나온 감옥을 잊으려 애썼다는 것이 어째서 죄가 된다는 말인가. 일찍이 젊은 이승우는 앙드레 지드의 다음 말을 가슴에 새긴 채 고향을 떠났다. "그대를 닮은 것 옆에 머물지 말라. 결코 머물지 말라……. '너의' 집안, '너의' 방, '너의' 과거보다 더 너에게 위험한 것은 없다."(『생의 이면』, 작가의 말에서 재인용) 그런데 이토록 위험하고 끔찍한 고향—감옥이 어째서 지금에 와서 '존재의 기반'으로 탈바꿈하고 있는 것인가? 이 물음에 대해서는 작가 이승우의, 앙드레 지드로부터 카프카로의 이행이 답을 줄 수 있을 것이다. 젊은 시절 가슴에 새겼던 앙드레 지드의 '결코 머물지 말라'는 경고에 대해, 고향을 떠나 긴 세월을 방황한 죄인은 다음과 같이 응답한다.

> 나는 말한다. "나는 일찍이 '나의' 집안, '나의' 방, '나의' 과거로부터 떠나고자 하였다. 그러나 위험하지 않은 적은 한 번도 없었다."
>
> —『생의 이면』, 작가의 말

이 응답은 앙드레 지드에 대한 강력한 항의로 읽힌다. 말하자면 그는 앙드레 지드에게 '속은' 것이다. 고향을 떠나서 세상의 길들을 부지런히 걸었지만, 마침내 그가 느낀 것은 그저 어쩔 수 없는 막막함이었다. 그는 자조하듯이 묻는다. "부지런히 걷는다고 해서 될 일이 아니라는 사실을 확인할 때의 여지없는 낭패스러움을 어쩔 것인가. 그럼에도 불구하고 이제까지의 부지런한 보행을 포기할 수 없는 자의 막막함은?"(『검은 나무』) 권태로 가득 찬 고향만큼이나, 아니 고향보다 더 고향 밖 세상은 위험했으며, 때문에 그는 결국 멈출 수도 계속 걸어갈 수도 없는 난관에 처한 것이다. 그런데 이러한 깨달음은 카프카의 가르침과 함께 그에게로 왔다. 카프카가 공들여 그려낸 「어느 시골 의사」는 이야기의 마지막에서 이렇게 외친다. "속았다! 속았어! 한번 잘못 울린 야간용 벨소리에 따르다니—결코 돌이킬 수 없으리라."[5] 한번 잘못 울린 야간용 벨소리 때문에 돌이킬 수 없는 길을 떠난 시골 의사처럼 이 시골 소설가는 한번 잘못 쓰여진 문장 때문에 돌아갈 수 없는 길을 나선 것이다. 이러한 '돌이킬 수 없음'에 대한 깨달음에 직면한 시골 소설가

---

5) 프란츠 카프카, 앞의 책, 31쪽.

는 고백하지 않을 수 없었다: "왜 나는 내 고향이 떳떳하지 않았을까. 그것은, 내가 떳떳하지 않았기 때문이다."(『소설을 살다』) 그리하여 이 두 시골 사람은 한 입으로 말한다. "생각하고 싶지 않다. 발가벗은 채로, 이 불행하기 짝이 없는 시대의 혹한 속에 내던져져, 현세의 마차와 초현세의 말들을 타고, 늙은 나는 이리저리 헤매고 있다."[6] 이 시대의 혹한, 그것은 광야에 몰아닥치는 추위다.

2. 그곳이 어디든, 그곳은 광야

고향을 떠난 길의 첫 번째 기착지는 신학교였다. 여기에서 그는 '불트만의 독일어 원서'와 '헬라어 성경과 헬라어 사전'에 파묻히게 된다(「고산 지대」). 그러나 이러한 안온한 파묻힘은 오래 가지 못하는데, 그것은 억압하는 폭력과 저항하는 폭력 사이의 충돌로 말미암아 세상이 온통 피로 물들어 가고 있었기 때문이다. 그 소용돌이 속에서 신학생들마저 세상이냐 하나님이냐 라는 격한 이분법적 구호로 온몸과 온 정신을 뜨겁게 달궈가고 있었다. 이러한 시대의 한 상징과도 같은 장면을 이 소설가는 신학도의 눈으로 그려내고 있다.

> 쫓고 쫓기며, 던지고 피하는 전경들과 학생들의 싸움판 한 귀퉁이에서……. 아, 나는 보았다, 거대한 십자가 하나가 상처 입은 맹수처럼 걸어오고 있는 모습을. 그 걸음걸이는 매우 서툴렀다. 몇 발짝 걷지 못해 그 자리에 푹 고꾸라지고, 그러다가 한참 만에 다시 힘겹게 몸을 일으켜 세워 서너 발짝 걷는가 싶으면 다시 쓰러지곤 하는 무거운 걸음으로 십자가는 교정의 가파른 경사로를 오르고 있었다.
>
> —「고산 지대」, 52쪽

6) 위의 책, 30~31쪽.

이 장면을 목격한 '나'는 거의 무의식 상태에서 '불트만의 신약성서 신학과 헬라어 성경과 사전'을 '낙엽처럼 아래층으로' 떨어뜨리고 만다(「고산 지대」). 이러한 무의식적 떨어뜨림의 기저에는 그러나 더 근원적인 충격파가 흔적처럼 새겨져 있다.

> 무개차를 타고 순례자들 사이를 지나가던 교황을 향해 누군가 총을 쏘았다. 아그자라는 터키의 젊은이였다. 신문들은 사건의 전말과 범인의 인적 사항과 범행 동기에 대한 기사를 연속적으로 내보냈다. 나는 어떤 충동인가에 이끌려 그 기사들을 꼼꼼하게 읽었다. 그리고 그 어느 순간에 내 가슴속에서 울리는 총소리를 들었다. 신을 향해 총을 쏘는 불경한 인간의 이미지가 눈앞에 그려졌고, 그리스 신화에서 읽었던 한 인물이 아그자와 겹쳤다. 에리직톤. 시어리어스 신이 총애하는 숲 속의 나무를 훼손하여 저주를 받은 인물이었다. 그에게 내려진 신의 저주는 채워지지 않는 허기였다. 먹어도 먹어도 배가 고픈 에리직톤은 전 재산을 탕진하고 자기 딸까지 팔고, 나중에는 자기 살을 뜯어 먹으며 죽어갔다.
>
> 그 이미지는 생각은 많고 행동은 느린 한 신학생의 정신을 충격했다. 나는 로마에서 날아온 그 놀라운 사건에서 현대의 얼굴을 보았다고 느꼈고, 그 느낌은 너무나 생생해서 내 안에 가둬둘 수가 없었다. 교황을 향해 총을 쏜 아그자라는 젊은이와 자기 살을 뜯어 먹고 죽은 에리직톤이라는 신화 속의 인물이 머릿속에서 떠나지 않았다.
>
> —『소설을 살다』

신(의 대리인)은 총을 맞았고, 성서는 땅에 떨어졌다. 이것은 젊은 신학도에게 현대의 얼굴로 인식되었다. 경악한 그의 눈에 비친 이 세계는 "신의 왕국이 하나의 허구적인 국가로 조롱되어 불리는 영역"이었다.[7] 궁핍한 시대. 생각하는 사람Denker 하이데거는 이러한 시대를 두고 "신의 결여(Fehl Gottes)"라 규정하고 있다. "신의 결여란 어떠한 신도 더

---

7) 레오 스트라우스, 양승태 역, 『정치철학이란 무엇인가』, 아카넷, 2002, 10쪽.

이상 분명하게 그리고 일의적으로 사람들이나 사물들을 자기 자신에게로 모아들이지 못하고, 또 그러한 모아들임으로부터 세계사 및 이러한 세계사에서의 인간적 체류를 마련해주지 못하고 있다는 것을 의미한다."[8] 인간과 사물들을 모아들이던 신들의 숲이 모두 불타버린 자리, 그 황량한 잿더미 위에서 자기의 살을 뜯어먹으며 죽어가는 에리직톤의 삶. 현대의 삶이란 이런 것이라는 인식에서 뿜어져 나오는 막막함, 낭패스러움은 그를 세계란 헤어 나올 수 없는 미로와 같은 것이라는 깨달음으로 이끌었다. 미로란 '닫힌 문'들로 이루어진 공간이다.

> 저것은 문입니다. 저 문은 들여보내야 할 사람과 들여보내지 않아야 할 사람을 잘 알고 있습니다. 문은 사람을 차별합니다. 열리기도 하고 닫히기도 합니다. 열려 있기만 한 것은 문이 아니지요. 문이 세워져 있는 것은 들어갈 사람이 있고 들어가지 않아야 할 사람이 있기 때문이 아닙니까? 그렇지 않다면 무엇 때문에 문이 세워져 있겠습니까? 더구나 여기 이 길에 말입니다.
>
> —「선고」, 『검은 나무』, 139쪽

걸음을 멈출 수는 없기에 그는 걷고 또 걷는다. 이쪽에서 저쪽으로, 좌에서 우로, 앞에서 뒤로, 동서남북 사방으로, 그는 걷는다. 그러나 그가 걷는 곳곳마다 그의 앞에는 '닫힌 문'이 세워진다. 부수고 나갈 수도 뛰어넘을 수도 없다. 그의 몸은 이미 녹초가 되었다. 그가 가는 곳, 그곳이 어디든 그곳은 광야다. 광야는 어떤 고립된 공간이 아니다. 광야는 어디서든 불쑥, 갑자기, 예고 없이 출현하는 현상이다. 하므로 그것은 공간이라기보다는 차라리 모종의 시간적인 사태이다. 이 막막한 광야 속에서 이제 무엇을 할 수 있는가? 놀랍게도, 할 수 있는 일이 남아 있다. 그것은 넘어지는 일이다. 저 거대한 십자가처럼. 진정한 길이란 지나가게 하기보다는 걸려 넘어지게 하는 것이라고 말한 사람은 이승

8) 마르틴 하이데거, 신상희 역, 「무엇을 위한 시인인가?」, 『숲길』, 나남, 2008, 395~396쪽.

우의 스승 카프카였다. 넘어진다는 것, 포기한다는 것은 매우 파괴적인 행위라고 할 수 있다. 왜냐하면 그것은 '돌발성Plötzlichkeit'을 적극적으로 수용하는 행위이기 때문이다.

3. 어느 신학도의 산책

돌발성에 대한 인식은 이승우 소설 속에 다음과 같은 문장을 심어놓았다.

> 뜻밖의 일이 불쑥 끼어들어 삶의 중요한 부분을 결정해버리곤 한다. 끼어든 것들이 삶을 이룬다. 아니, 애초에 삶이란 게 따로 있는 것이 아니다. 다만 일찍 끼어드느냐 늦게 끼어드느냐 하는 문제만 있을 뿐이다. 끼어드는 것이 없으면 삶도 없다.
>
> —『오래된 일기』, 18쪽

삶이란 '불쑥 끼어드는 것'들로 이루어지는 것이다. 넘어지지 않고, 피로를 느끼지도 않고 줄기차게 걸어가는 삶, 의지와 계산과 예측과 결단의 사슬로 이어지는 삶은 문득, 불쑥, 갑자기, 후회와 회의와 절망과 포기의 도끼에 의해 끊어진다. 그러나 이러한 끊어짐 앞에서 중요하게 떠오르는 것은 '태도'이다. 기꺼이, 그러나 결코 가볍지는 않게, 넘어지려는 태도. 이러한 태도를 갖추는 것은 최고로 강력한 의지와 결단력, 그리고 가장 멀리까지 볼 수 있는 예측력을 다 합친 것보다 더 값진 것이라 할 수 있다. 「선고」의 화자는 경험을 통해 이러한 태도를 몸에 익히게 된다.

> 몸과 정신을 폐허로 만들어가며 수고하고 노력했지만, 정작 목표에 도달한 것은 그 수고와 노력의 결과가 아니었다. 물론 그가 애썼기 때문에 여기까지 이르렀다. 그 공로는 무시할 수 없는 것이긴 했다. 그것은 사실이지만, 그럼에도

불구하고 그 공로가 지겹게 길고 한없이 막막한 그 길을 끝나게 해준 것은 아니었다. 그 끝은 그냥 나타나준 것이었다. 불쑥, 그렇다, 그렇게 불쑥 나타나준 것이었다. F는 그 사실을 또렷하게 인식했다.

—『검은 나무』, 152쪽

'불쑥 나타나는 것'은 '끝'이며, '끝'이란 죽음의 얼굴이다. 이승우의 소설들에는 죽음의 얼굴을 가진 인물들이 반복적으로 다양하게 변주되며 등장한다. 가령, 「하루」에서, 불쑥 집안으로 들어와 묽은 정액을 뚝뚝 떨어뜨리는 '노인'은 「당신의 자리」에 와서는 김이박씨를 비웃는 '맹인'으로 바뀌고, 『生의 이면』에서 음습한 골방에 머물다 죽어간 남자는 「첫날」에서는 사람들로부터 손가락질을 받으며 죽어간 '지붕 위의 남자'로 등장하고 있다. 이러한 인물들의 원형은, 짐작이 가고도 남음이 있는 바, 소설가 이승우의 삶에 불쑥 등장한 저 총을 든 터키 사나이다. 신을 향해 총을 쐈던 터키 사람 아그자. 아그자의 손끝에서 울린 총성이 불쑥 이승우의 귓속으로 쳐들어와 그의 삶을 뒤바꾼 것이다. 이처럼 인간이 의지하고 욕망하고 노력하며 결정하는 모든 것들과 무관한 질서에 의해서 '끝'은 도래한다. 그러니 뭇 인간의 노력은 껍질뿐인 공로로 기록될 따름이다. 그에 반해 시인과 소설가는 죽음의 얼굴과 싸운다. (신학도 이승우는 소설가 이승우가 되었다!) 다시 말해 '불쑥'과 '갑자기'에 맞서 싸우는 것이다. 아니, 정확하게 말하자면, 그들은 그 '불쑥'과 '갑자기'를 온전히 삶 속으로 받아들이기 위해 애쓰는 것이다. 그것은 그러니까 불가능성과의 싸움이며, 그들의 저 먼 할아버지가 그랬듯이 세숫대야를 뒤집어쓰고 풍차를 향해 돌진하는 것과 같은 싸움이다. 세르반테스를 열독하던 카프카는 이러한 '싸움 아닌 싸움'에 대한 기막힌 이야기를 우리에게 들려주고 있다. 그것은 요제프 K.의 꿈 이야기이다.

"화창한 날이었고 K.는 산책을 나가려 했다. 그러나 두어 걸음 내딛자마자 그는 이미 묘지에 있었다. 그곳에는 대단히 인공적이고 비실용적으로 구부러진 길이 여러 갈래로 나 있었다. 그러나 그는 그 중 하나의 길 위를 급류 위에 흔들림 없이 떠 있는 듯한 자세로 미끄러져갔다. 이미 멀리서 그는 갓 쌓아올린 무덤 하나를 눈여겨보았다. 그는 여기서 멈추려 했다."[9]

돈키호테의 돌진은 요제프 K.에게 와서는 산책으로 변형된다. 카프카는 거추장스러운 것을 싫어했던 까닭에 K.의 산책은 가뿐하다. 그러나 이 산책의 양상을 자세히 살펴보자. '두어 걸음 내딛자마자' '이미 묘지에' 가닿고, '구부러진 길' 위를 마치 '급류 위에 흔들림 없이 떠 있는 듯한 자세로 미끄러져'가는 것이 요제프 K.의 산책이다. 이 얼마나 기묘한가? 이 기묘함은 이야기가 진행되면서 더욱더 크게 증폭된다. 그리고 이때 염두에 두어야 할 사실은 그의 산책이 단 두 개의 걸음과 미끄러짐으로 이루어졌다는 점, 그리고 그가 도달한 곳이 묘지라는 점이다. 요제프 K.는 이 묘지에서 세 명의 사내를 만나는데, 이들 중 두 사내는 한 무덤의 묘석을 만들었고, 나머지 한 명의 사내—그는 예술가다—는 이 묘석에 '여기 잠들다'라는 글자를 새겨 넣는다. 요제프 K.는 이 모든 장면을 관찰한다. 그런데 문득 예술가가 몸을 돌려 K.를 쳐다본다. 이때 묘지 예배당의 작은 종이 울리고 K.는 흐느끼기 시작한다. 예술가는 다시 한 번 묘석에 획을 그어 새기고, 기다렸다는 듯 K.는 묘석 아래에 흙을 파기 시작한다. 마침내 땅속으로 커다란 구멍이 입을 벌리자 K.는 그 구멍 속으로 잠겨 들어가 눕는다. 그리고 잠든 그의 몸 위에서 묘석에 그의 이름이 새겨진다. 세 명의 사내가 만들고 새겼던 묘석은 다름 아닌 요제프 K.를 위한 것이었던 것이다. 이 모든 광경을 꿈으로 본 요제프 K.는 황홀해하며 잠에서 깨어난다. 황홀함이라니! 카프카는 현대의 익살꾼임에 분명하다. 자신의 묘석을 보고서 제 스스로 무덤을 파고 그 속에 들어가 눕는 장면을 꿈꾸는 사내가 '황홀함'을 느낀다는 문장을 카프카 외에 어느 누가 쓸 수 있겠는가! 불쑥, 갑자기, '두어 걸음 내딛자마자' 나

9) 프란츠 카프카, 앞의 책, 149쪽.

타나는 저 죽음의 얼굴을 이토록 침착하게 받아들일 수 있는 사람은 결코 많지 않을 것이다. 그리고 바로 이러한 점에서 이승우는 카프카의 충실한 학생임이 분명하다. 그렇지 않고서야 다음과 같은 멋진 장면을 소설의 마지막에 배치할 수는 없을 것이다. 산책길에서 들은 비웃음 소리 때문에 신학도 요제프 K.는 소설을 쓰기로 결심했던 것이다.

> 그리고, 그는 다시, 그 비웃음 소리를, 매우 또렷하고 울림이 큰 그 쇳소리를, 분명하게, 다시 들었다. 그 웃음소리는 매우 가까이에서 들려왔다. 너무 가까워 혹시 자신의 내부에서 새어나오는 게 아닌가 의심스러워질 정도로.
>
> —「당신의 자리」, 『구평목 씨의 바퀴벌레』, 32~33쪽

비웃음 소리가 매우 가까이에서 들리는 이유는 그것이 실은 자신의 내부에서 새어나오는 것이기 때문이다. 죽음의 얼굴이 불쑥, 갑자기 나타나는 이유는 그것이 실은 자신의 내부에서 튀어나오는 것이기 때문이다. 충실한 학생은 자신의 스승에 대한 존경의 표시로서 스승의 문장을 제목으로 삼아 소설집을 출간한 바 있다. "사람들은 자기 집에 무엇이 있는지도 모른다." 이들 광야의 사제師弟에 매료된 나는 그들에 대한 존경의 표시로서 다음과 같이 말하고 싶다. "사람들은 자기 몸 안에 무엇이 있는지도 모른다."

4. 목(에서 나온 것이 아닌)소리

자신이 그토록 끔찍해 했던 권태로운 고향, 그 감옥과도 같은 공간이 사실은 이 세계의 도처에 도사리고 있다는 사실을 알았을 때, 그는 자신의 어리석음을 통탄할 수밖에 없었다. 동시에 그는 바로 그 고향이 자신의 존재의 기반이라는 사실을 인정하지 않을 수 없었다. 그러나 그의 인식은 여기서 멈추지 않았다. 거기서 더 나아가 그는 자신의 몸 자체가 바

로 자신이 그토록 끔찍해 했던 그 고향에 다름 아니라는 인식에 이른 것이다. 자신의 집 안에, 제 몸 안에 무엇이 있는지조차 모르고 살아간다는 것. 이러한 상황에 대한 반성이야말로 이승우의 소설이 잉태되는 자리이다. 그러니 그의 소설의 인물들이 종종 저 자신이 한 말을 두고 깜짝 놀라는 것은 그럴 만하다. 그들은 제 몸 안에서 어떤 일이 벌어지고 있는지 알지 못한다. 통상적인 믿음과는 달리 그들은 자신의 몸의 주인이 아닌 것이다. 가령, 단편 「첫날」의 화자는 다음과 같이 말하고 있다.

> 아버지는 말했고, 나는 따랐다. 습관적이었고, 기계적이기도 했다. 아버지도 나도 습관과 기계로부터 자유롭지 못했다.
>
> —『사람들은 자기 집에 무엇이 있는지도 모른다』, 112쪽

말하는 아버지와 그 말에 따르는 '나'는 공히 제 말과 행위의 주인이 아니다. 그것들의 주인은 습관이고 기계이다. 이와 같은 인물들에게는 행위와 사건이 구분되지 않는다. 어디서부터가 나의 의지와 결정에 의한 행위인지, 나의 외부에서 발생(한다고 생각)하는 사건은 어디서 끝나는 것인지, 그 둘 사이의 경계가 모호하고 흐릿한 것이다. 그래서 이 단편의 화자인 '나'는 어떤 말인가를 하고도 곧바로 자신은 아무 말을 하지 않았다고 자신의 진술을 번복한다.

> 그분을 귀찮게 하지 마, 하고 타일렀고, 부끄러운 줄을 알아야지, 하고 야단쳤다. 그러나 누이동생은 애원과 교태를 멈추지 않았고, 누구도 나에게 반응을 보이지 않았고, 나는 내가 한 말이 아무에게도 전달되지 않은 사실을 알았다. 내 말은 내 귀에만 들렸다. 실제로는 내가 아무 말도 하지 않았기 때문이었다.
>
> —『사람들은 자기 집에 무엇이 있는지도 모른다』, 123쪽

'나'는 어떤 행위(말하기)를 했지만, 그것은 외부적 사건이 되지 않는다. 외부적 사건이 되지 않았으므로, 그 행위는 사실상 이루어진 행위

가 아니다. 그러나 그 행위는 분명히 어떤 결과를 가져왔다. '나'의 귀에는 그 말이 들렸다는 사실이 그 증거이다. 타인을 향한 타이름과 야단이 정작 그 수신자인 타인의 귀에는 전혀 들리지 않고, 오히려 자신의 귀에만 들리고 있는 것이다. 내 귀에만 들리는 타인을 향한 타이름과 야단. 이것은 이 소설집에 실린 표제작 「사람들은 자기 집에 무엇이 있는지도 모른다」에서는 출처를 알 수 없는 질문으로 변모한다.

> 무슨 말을 한다는 거니? 한참 만에 내 입에서 나온 질문은 내가 한 것 같지 않았다.
>
> —『사람들은 자기 집에 무엇이 있는지도 모른다』, 265쪽

제 몸 안에 무엇이 있는지 모르는 사람이 제 목소리를 듣고 놀라지 않을 수 있겠는가? 그런 사람은 목소리에 대해서도 자신의 소유권을 주장할 수 없는 것이다. 자신의 목소리마저 낯설게 느끼는 사람이 이 세계에서 익숙한 듯 살아갈 수 없는 것은 당연해 보인다. 그래서,

> 규는 자기가 이해할 수 없고, 자기를 이해해주지 않는 세계에서 살았다. 자기를 이해해줄 수 없는 세계에서 그가 취할 수 있는 아마도 유일한 존재방식이 부유(浮遊)였다는 것이 어렴풋하게 깨달아졌다.
>
> —『오래된 일기』, 32쪽

죽어가는 규를 바라보며 이 소설의 화자는 다음과 같이 말한다. "조금 전에 산 사람은 살아야 한다고 말한 사람은 나였을까."(33쪽) 이승우 소설의 인물들이 하는 행위는 그들의 몸에 의한 것이 아니고, 그들이 내뱉는 말들은 그들의 목소리에서 나온 소리가 아니다. 그들은 아무것도 소유할 수 없는 인물들, 가질 수 있는 것이라고는 오로지 숨 쉴 공기밖에 없는 인물들인 것이다. 이 인물들은 카프카가 다음과 같이 말했을 때의 그 기분을 잘 이해하고 있는 인물들이다.

"내가 감옥의 공기 말고 다른 공기를 맛볼 수 있을 것인가? 이것이 바로 가장 중요한 질문이다, 혹은 내가 석방될 전망이 있다고 할 경우 가장 중요한 질문이 되리라."[10]

그가 석방될 전망은 있을까?

5. 모두 어딘가에 더해진 존재

이 세계는 광야이고 삶이란 광막한 광야에서의 헤매임에 불과한 것이라는 사실을 인정할 때, 인간은 그가 어디를 가든 자신의 고향-감옥에서처럼 갇힐 수밖에 없는 존재이며 그가 걷는 길은 그를 지나가게 하는 대신 넘어지게 만드는 것이라는 사실을 받아들일 때, 그렇게 헛된 발걸음을 거두고 나아가기를 포기할 때, 바로 그때에만 역설적이게도, '석방될 전망'은 있다. "에밀 아자르 식으로 말하면, '인간이란 모두 어딘가에 더해진 존재'"(『그곳이 어디든』, 28쪽)라는 사실을 인정할 때, 비로소 전망은 열리는 것이다.

이렇게 말하는 것은, "이승우의 소설이 기독교적인 측면으로만 '신화화'되었으며 이승우의 작가적 이력은 곧 이 신화화를 '비신화화'하는 움직임"(『구평목 씨의 바퀴벌레』, 2007년판 해설, 295쪽)이라고 말하는 평론가들(최성민과 허윤진)의 견해에 맞선다는 것을 뜻한다. '기독교적인 측면으로만'이라는 진술과 '신화화 / 비신화화'라는 개념쌍의 사용은 이러한 비평의 전략이 어떤 것인가를 단적으로 드러내 보여준다. 즉 이러한 견해는 세상과 삶의 여러 복잡다단한 측면들에 대해서 어떤 것이 '기독교적인 측면'이고 어떤 것이 그렇지 않은 측면인지를 분명하게 구획 지을 수 있다는 자신감을 전제로 하고 있다. (어떤 사건이나 행위 혹은 믿음의

10) 위의 책, 127쪽.

표현을 두고 “그건 기독교적이군.” 하고 논평하는 것은 손쉬운 일이다.) 그러나 과연 기독교적인 것이란 도대체 어떤 것이란 말인가? 신과 구원과 종교를 언급하거나 소재로 삼거나 혹은 그러한 뉘앙스를 소설 속에 심어놓으면 기독교적인 것인가? 우리의 삶이 해부학적 분석으로는 도저히 파악될 수 없을 정도로 복잡성을 띠는 것이라는 사실을 인정한다면, 기독교적인 측면으로의 신비화 / 비신비화라는 해석의 행로는, 카프카를 따르는 보르헤스를 따르는 이승우 식으로 말하자면, ‘끝없이 두 갈래로 갈라지는 길’ 앞에서 속수무책일 수밖에 없을 것이다. 왜냐하면 그런 식의 해석은 결코 넘어지지 않고 지치지도 않은 채 계속해서 길을 걸어가려 할 것이기 때문이다.

그러므로 우리가 ‘종교는 정녕 삶이라는 소설의 영토로부터 초월해 있는 것인가?’라고 물었을 때, 이 물음에 대해 ‘그렇다’고 대답하는 것이야말로 신을 향해 쏘아진 총성이 오늘날에도 여전히 되울리고 있다는 사실에 대한 증거이며, 이승우의 소설 쓰기는 바로 이러한 되울림에 맞서 있는 것이다. 다시 한 번 물어보자. 소설가 이승우가 신학 공부를 포기하고 소설을 쓰고 가르치는 사람이 되었다고 해서 그에게 있어 신학 공부가 무의미해졌다고 말할 수 있을까? 우리의 훌륭한 카프카의 제자는 그렇지 않다고 말할 것이다. 그러므로 우리는 다음과 같이 말해야 한다. “이승우의 소설들은 자신의 소설에 대한 기독교적인 측면의 신화화에 대해 ‘비신화화’로 맞선 것이 아니라, 오히려 반대로 그 신화화를 완벽하게 만들기 위한 움직임이었다.” 그러니까 이승우에게 “유일한 신앙의 대상”은 “책과 글쓰기 자체”가 아니다. 글쓰기는 그의 삶의 방법이다. 무엇을 위한 방법인가? “앓고 있는 사람” 예수를 본받기 위한 방법이다. 이승우는 말한다.

> 예수는 사랑하는 마음 말고는 아무것도 없는 철저하게 무력한 사람이었다. 그리고 그의 사랑은 현실세계에서는 아무것도 할 수 없는 것이었다. 그것은 권력이 아니었다. 자신을 따라다니는 불쌍한 ‘땅의 사람’들에게 아무런 능력도 기

적도 보여줄 수 없다는 무력감 때문에 괴로워한 사랑의 사람 예수. 내게는 그가 '앓고 있는 사람'으로 보였다. 그리고 나는 그제서야 깨달았다. 구원이 어디서 오는지를. 그것은 신적인 초능력에서 오는 것이 아니라, 가장 낮은 땅에 엎드려서 지상의 병을 '앓고' 있는 자의 가슴으로부터 오는 것이었다.

―『소설을 살다』, 61쪽

앓는 사람 예수는 광야에서 살았다. 그리고 광야에서 그가 한 일은 기도였다. 앓는 사람 카프카는 광야에서 살았다. 그리고 광야에서 그가 한 일은 글쓰기였다. 예수의 앓음으로부터 구원이 어디서 오는지를 배운 신학도 이승우, 카프카의 넘어짐으로부터 '진정한 길'이 어디서 오는지를 배운 소설가 이승우, 이들은 서로 다른 두 사람이 아니라 똑같은 한 사람이다. 그리고 그가 광야에서 하는 일은 기도로서의 글쓰기, 글쓰기로서의 기도이다. 그리고 바로 그러한 점에서 그의 이름은 '아무것도 아닌 자'이다. 그는 갑자기, 그리고 영원히, 광야에 있다. 나는 광야에 있는 그를 위해, 광야에 있는 그의 옆에 서서 릴케의 시를 읊조린다. '죽음의 얼굴'에 대한 타우베스의 저 묵시론적 진술을 영원히 되울리게 만드는 릴케의 비가를.

"죽음을 보는 것은 우리뿐이다. 자유로운 짐승은
몰락을 끊임없이 뒤로 하고
앞에는 신(神)을 두고 있다. 그리고 떠날 때는 그렇게
영원 속으로 간다, 마치 샘물이 흘러가듯."[11]

조효원
문학평론가. 1981년생. 성균관대학교 독어독문학과 석사과정 재학 중. 2008년 ≪세계일보≫ 문학평론 당선, 2008년 ≪문학동네≫ 문학평론 신인상 수상. hollowoom@gmail.com

11) 라이너 마리아 릴케, 안문영 역, 『릴케 시집—두이노의 비가 / 오르페우스에게 바치는 소네트』, 문학과지성사, 1994, 52쪽.

원고 모집 안내

▌ 비판과 매혹의 공존을 지향하는 반년간지 ≪작가와비평≫은 당대 문학에 대한 비판적 문제의식과 도전정신, 텍스트에 대한 뜨거운 애정이 담긴 원고를 찾고 있습니다. 특히 문학계의 문제점을 지적하고 대안을 제시하는 소장 평론가의 글을 기다립니다.

▌ ≪작가와비평≫은 기성 문인과 신인 모두의 글을 환영합니다. 그리고 원고 채택에서 학연, 지연 등을 단호히 배격합니다. 오직 글로써만 여러분들의 글을 평가할 것입니다. 문단 신인들의 많은 호응을 부탁드립니다.

▌ 원고는 가급적 이메일로 보내주시기 바랍니다. 수신 확인 이메일이 오지 않을 경우 ≪작가와비평≫ 공지게시판에 문의하시기 바랍니다. 보내신 원고의 채택 여부는 한 달 내에 이메일 답장이나 공지사항에 간략히 올리도록 하겠습니다. 채택된 원고에 한해 소정의 원고료를 지급합니다.

모집분야 문학평론(원고 70매 내외)
전자우편 writercritic@chol.com
우편주소 134-010 서울시 강동구 길동 349-6 정일빌딩 401호
유의사항 간단한 약력과 전화번호 필히 게재

문학의 '시취'를 둘러싼 추문 혹은 추도 / 박대현
: 고진과 랑시에르의 '결립'을 넘어서

성장과 그 불만, 2000년대 성장소설의 몇 가지 물음 / 이 훈

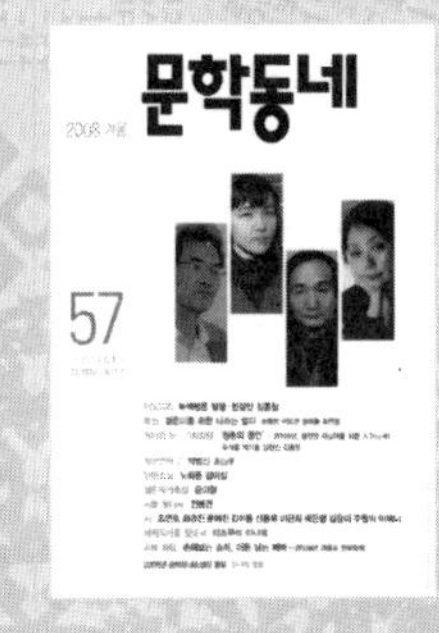

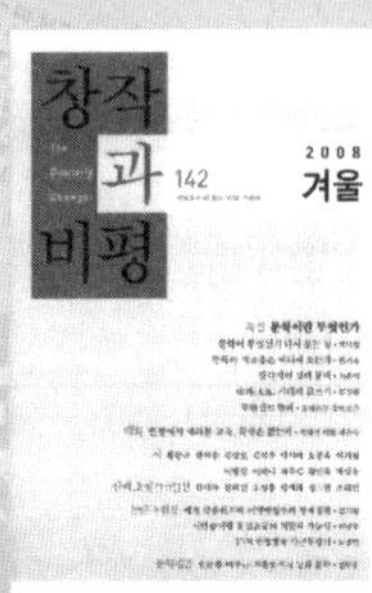

비평 대 비평

문학의 '시취'를 둘러싼 추문 혹은 추도

고진과 랑시에르의 '결립'을 넘어서

박대현

1. '시취尸臭'의 문학을 대하는 두 가지 태도

가라타니 고진의 근대문학 종언론이 우리 문학계에 던진 화두는 이제 문학은 사회정치적 효력을 상실했다는 사실에 대한 확증이었다. 고진의 발언들이 한국문단에 의외로 큰 파장을 불러왔던 것은 이미 균열이 갈대로 가버린 한국문학의 현실을 폭로하는 계기가 되었기 때문이다. 고진의 발언이 불러일으킨 민감한 파장은 자기 병의 심각성을 이미 짐작하고 있음에도 불구하고 의사로부터 다시 확증받는 충격과 유사한 성격을 지닌다. 2005년의 고진이 아니더라도 문학의 사회적 시효가 만료되었다는 진단은 최근 몇 년 간 끊임없이 되새김질 되어 오지 않았던가. 예컨대 김종철은 이미 1999년에 문학이란 "폐쇄적 지적 유희"이며 더 단도직입적으로 말해 "종이 위에서 누가 더 정치적으로 급진적인가 하는 경쟁"[1]에 지나지 않는다고 말한 바 있다. 그럼에도 불구하고 고진의 발언에 의해서야 다시 증폭된 충격파는 한국 비평의 허약함[2]에

1) 김종철·구모룡, 「세기말, 문명의 반성과 생명의식」, ≪시와생명≫, 1999년 여름, 40쪽

2) 조영일은 이에 대해 다음과 같이 말하고 있다. "「근대문학의 종언」을 읽은 대부분의 한국비평가들이 불편한 감정(망설임)을 가진 것은 단순히 선수를 빼앗겼다는 데 있다기보다는 오히려 그런 선언을 할 수 없었던 자신들의 위치를 별안간 인식했기 때문이다. (…중략…) 종언을

대한 폭로라고도 할 수 있다.

김종철의 발언을 자세히 들여다보면, 그것은 문학의 문제라기보다는 문학적 주체의 문제임을 알 수 있다. 여전히 문학이 사회현실과 역사에 대한 급진적 개혁을 말한다 하더라도 그것이 담론의 층위에서만 사건화될 뿐 실제 현실 속으로의 파급효과가 미미한 까닭은 단지 "종이 위에서"의 급진성일 뿐이기 때문이다. 뒤집어 말하면 김종철의 발언은 담론을 실천으로 확장해 나가지 않는 문학적 주체(작가)에 대한 환멸을 적시한 것이라 할 수 있다. 반면에 고진은 문학적 주체에 대한 환멸에까지 나아가지 않는다. 고진은 단지 오늘날의 문학이 근대문학처럼 정치에 대한 우위 의식을 지니지 않는다는 점을 강조할 뿐이다. 문학이 사회적·도덕적 과제를 짊어지지 않는다면, 그것으로부터 해방된 문학은 그저 오락이 될 뿐이고 윤리적·정치적인 것을 요구하는 사람은 문학보다 더 큰 것, 이를테면 사회운동으로 나가면 될 뿐이라고 말한다. 문학의 근대적 역할을 문학이 아닌 다른 무엇이 대체해버린 시대가 왔으므로 '문학'은 종언을 맞이하였다는 것. 따라서 고진의 종언론은 문학에 대한 환멸도 애정도 아닌 객관적 기술일 뿐이다.

한국문학계가 고진의 주장을 두고 깊은 충격과 논란에 휩싸인 현상을 보면, 종언론에 대한 한국문학계의 저항과 반발이 만만치 않음을 알 수 있다. 그런데 최근 계간문예지에서 새로운 논의의 흐름이 포착된다. 랑시에르가 집중적으로 소개되고 있는 것이다.[3] 랑시에르가 최근 집중적으로 부각되고 있는 것은 고진의 근대문학 종언론과 연동된 결과이다. 랑시에르의 한국방문(2008년 12월)이 계기가 되었겠지만, ≪창작과비

선언한다는 것은 자기가 자신이기를 포기한다는 의미이기 때문이다. 즉 비평가가 비평가임을 포기하는 것이다." 조영일, 『가라타니 고진과 한국문학』, 도서출판 b, 2008, 25쪽.

3) 진은영의 「감각적인 것의 분배」(≪창작과비평≫, 2008년 겨울), 이장욱의 「시, 정치 그리고 성애학」(≪창작과비평≫, 2009년 봄), 서영채의 「역설의 생산 : 문학성에 대한 성찰, 2009」, 김홍중의 「행복의 예술, 그 희미한 예술의 힘」, 특집-좌담 '감각적인 것과 정치적인 것 사이에서'(이상 ≪문학동네≫, 2009년 봄), 박기순의 「랑시에르 : 민주주의에 대한 철학적 옹호」, 이택광의 「랑시에르의 미학론」(이상 ≪문학수첩≫, 2009년 봄) 이상의 글들을 인용할 경우에는 쪽수만을 명기하며, 인용 글 파악이 혼란스러울 경우에만 글의 제목을 밝히도록 한다.

평≫, ≪문학동네≫, ≪문학수첩≫ 등 주요 문예지들이 랑시에르를 다루고 있는 것은 그를 통해 고진의 종언론을 넘어서고자, 아니 근본적으로 다시 검토해보고자 하는 욕망의 소산일 것이다.

고진에서 랑시에르로 절묘하게 넘어가는 담론의 변화에는 근대문학의 종언에 대한 근본적인 사유, 근대문학의 부활에 대한 욕망의 심급이 숨어 있다. 미학과 정치에 대한 랑시에르의 사유는 바로 이 지점에서 강한 점화력을 지닌다. 흥미로운 것은 ≪창작과비평≫(2008년 겨울)과 ≪문학동네≫(2009년 봄)의 접근 방식의 차이이다. ≪창작과비평≫이 '문학이란 무엇인가'란 특집을 통해 "위기의 시대"에 요구되는 "참된 문학의 감수성"에 대한 현실참여적인 질문을 던지고 있다면, ≪문학동네≫는 '2009, 문학의 새로운 구성'이라는 특집을 통해 ≪창작과비평≫과는 다른 방향에서의 문학성을 검토하고 있기 때문이다.

문학은 근대적 기원부터가 분열을 내포한다. 모리스 블랑쇼의 비유를 참조하자면, 문학은 무덤에서 '부활한 나사로'와 '시취를 풍기는 나사로'라는 양면성을 지닌다.[4] 무덤이 '문학'이라면 나사로는 무덤(문학)이 생산하는 '의미'이다. '부활한 나사로'가 사회적으로 소통가능한 문학의 의미를 지시한다면, '시취尸臭 가득한 나사로'는 접근불가능한 문학의 잉여적 의미이자 미지의 영역을 뜻한다. 고진의 '종언론'에서 참조되었던 문학의 의미는 '부활한 나사로'이다. 그러나 고진이 "'문학'이 윤리적·지적인 과제를 짊어지기 때문에 영향력을 갖는 시대는 기본적으로 끝났"으며, "지금도 문학이 있다고 말하는 사람이 있"다면 "고립을 각오하고 해나가고 있는 소수의 작가"일 뿐이라고[5] 했을 때, '부활한 나사로'는 근대의 소임을 다 한 후 이제 다시 죽어야 할 운명에 처했음이 분명하다. '무덤'(문학) 주변의 시취는 더욱 독해지는 것이다.

고진은 종언론으로써 문학의 정치적 죽음(시취)을 선언하고 확증했

4) 울리히 하세 · 윌리엄 라지, 최영석 역, 『모리스 블랑쇼 침묵에 다가가기』, 앨피, 2008, 40쪽 참조.
5) 가라타니 고진, 조영일 역, 『근대문학의 종언』, 도서출판b, 2006, 65쪽.

다. 종언(시취)의 센세이션은 한국비평계를 들쑤셔놓았다. 2005년의 종언론 이후, 고진은 한국비평이 해결해야 할 난제 중의 난제로 들어앉았다. 그러나 종언론을 극복하기란 여간해서는 힘들어 보인다. 무수한 비평가들이 지적하듯이 문학이 현실을 개조하거나 사회의 전체상을 드러내야 한다는 당위적 요청과는 별개로, 이미 진행된 문학적 주체의 왜소화는 피할 수 없는 운명으로 받아들여지고 있기 때문이다. 이때 시취의 문학을 대하는 비평적 태도는 대략 두 가지이다. 코를 틀어막고 문학의 시취를 소제하는 비평이거나, 문학의 시취를 더욱 깊이 들이 마시는 비평. 물론 고진이 지적했듯이 인도작가 '아룬다티 로이'처럼 '무덤'(문학)을 떠나 새로운 길을 개척하는 방법도 있겠지만 말이다. 그러나 2009년 봄, 한국문단은 여전히 '무덤' 주위를 맴돈다. 그러니 이 두 가지 방법에 대해서 말할 수밖에 없지만, 궁극적으로는 무덤에 꽃을 피우는 데까지 나아가 보기로 한다.

2. '부활한 나사로'의 죽음과 추문

2008년 겨울호 ≪창작과비평≫의 특집 '문학이란 무엇인가'에서 가장 근본적인 질문을 제기하고 있는 글은 진은영의 「감각적인 것의 분배」이다. 이 글이 랑시에르의 논의를 바탕으로 하면서도 문학과 정치의 괴리에서 오는 괴로움을 근본적으로 사유하고자 하는 절실함을 드러내고 있기 때문이다. 진은영은 오늘날 발생하는 시인의 괴로움을 정확히 지적해서 말한다. 이는 가라타니 고진이 불러온 파장의 핵심적 사안이기도 한데, 진은영은 그 지점을 매우 명확하게 드러낸다.

"이주 노동자와 비정규직 노동자들의 투쟁을 지지하며 성명서에 이름을 올리거나 지지 방문을 하고 정치적 이슈를 다루는 논문을 쓸 수도 있지만, 이상하게 그것을 시로 표현하는 것은 쉽지가 않다. 사회참여와 참여시 사이에서의 분열,

이것은 창작과정에서 늘 나를 괴롭히던 문제이다. 나는 이 난감함이 많은 시인들이 진실된 감정과 자신의 독특한 음조로 새로운 노래를 찾아가려고 할 때 겪는 필연적 과정일 거라고 믿고 싶다." (69쪽)

사실 이와 같은 '분열'은 몇몇을 제외하고 대부분의 시인들이 겪는 문제이다. 이 문제에 대한 근원적 진단을 위해 진은영은 랑시에르의 논의를 빌려온다. 현 시점에서 랑시에르의 논의는 "문학과 윤리 또는 미학과 정치의 관계에 대해 영원회귀하는 질문들"과 미진한 "대답들"을 해소해줄 것으로 기대되기 때문이다. 이미 2008년 겨울호와 2009년 봄호의 계간지들이 랑시에르의 미학에 대해서 상세히 다루고 있으므로, 여기서 랑시에르의 예술체제에 대한 덧글을 다는 것은 별로 의미가 없을 듯하다. 결론만 말하자면, 랑시에르에게 의미 있는 것은 미학적 예술체제이다. "예술의 미학적 체제란 주제들과 장르들의 위계가 붕괴하는 체제이다. 어느 주제든 재현해도 좋으며, 어떤 주제도 그것에 부합하는 형태를 미리 규정하지 않는다."[6] 기존의 예술 체제가 위계적으로 분할됨으로써 일종의 억압체제를 구축하고 있다면, 예술의 미학적 체제는 "공동의 것을 규정하는 감성의 분할을 재구성하는 일을 하며, 새로운 주체와 대상을 공동체에 끌어들이고 보이지 않던 것을 보이게 만들고 시끄러운 동물들로만 지각됐던 사람들의 말을 들리게 하는 일을 한다."[7] 위계화되어 있는 감성의 분할구도를 깨뜨림으로써 감각적 경험의 정상적 정보들을 중지시키는 '정치적' 역할을 담당하게 되는 것이다. 다시 말해, 미학적 예술체제는 "감성의 정치적 분할을 건드린다."(『미학 안의 불편함』, 65쪽) 이와 같은 랑시에르의 논의를 경유하여 진은영이 당도한 결론은 다음과 같다.

"한국시에 등장한 새로운 어법, 새로운 감수성의 탄생과 발명은 이전 것들을

---

6) 랑시에르, 「미학적 전복」, 2008년 12월 3일 홍익대 강연문.
7) 랑시에르, 주형일 역, 『미학 안의 불편함』, 인간사랑, 2008, 55쪽.

격렬히 부정하며 감성적 불일치를 추구했지만, 어떤 의미에서 그것은 충분히 격렬한 것이 아니었다. (…중략…) 텍스트들간의 얽힘과 직조를 만들어내는 것은 문학 텍스트와 다른 사회적 텍스트의 끊임없는 접합이다. 이 이질적 접합의 지속적 가능성을 예술가가 자신의 삶 속에서 마련해두지 않는 한, 문학적 발명이 충분히 새로워질 수 없다는 것은 분명하다." (83~84쪽)

"한국시에 등장한 새로운 어법, 새로운 감수성의 탄생과 발명"은 ≪문예중앙≫의 권혁웅으로부터 촉발된 '미래파'를 지칭한다. 진은영의 논조는 미래파는 결국 미진하기는 했지만, 위계화된 감성의 분할을 전복함으로써 새로운 감성의 체계를 구축하고자 하는 시도였다는 점을 강조한다. 자명화된 감성적 공동체에 균열을 일으키는 '불화'를 통해 감성의 공동체의 지반을 뒤흔드는 정치성을 겨냥한 결과가 곧 미래파의 전위성이라는 것이다. 이러한 논조에 토를 다는 것은 기존의 미래파 논쟁의 지루한 반복에 지나지 않을 것이므로 논외로 하더라도, 주목해야 할 것은 "이질적 접합의 지속적 가능성을 예술가가 자신의 삶 속에서 마련해 두지 않는 한"이라는 조건이다. 진은영은 "자신의 삶 속"이란 어사를 쓴다. 감성적 분할을 뒤흔드는 이질적 접합이라는 '불화'를 "자신의 삶 속"에 마련해 두라는 진은영의 말은 다시 한 번 되새길 필요가 있다. 이는 '종이 위'의 급진성만으로는 기존의 감성 체계에 균열을 내기란 힘들다는 것을 내포한다. 미적 급진성 혹은 전위성을 극단적으로 추구할지라도 그것은 '종이 위'의 장난에 지나지 않는 것이므로 감성적 분할을 변동시키는 충격은 극히 미미할 수밖에 없다. 따라서 예술과 삶의 미분리는 예술의 미학적 체제가 정치적 기능을 발휘하기 위한 기본 전제가 된다. 이는 감성적 분할을 전복하는 미학적 충격이 정치적 기능까지 확보하기 위해서는 예술과 삶의 구분을 무화해야만 한다는 것을 말해준다. 감성적 분할이 더 이상 존재하지 않는 자율적 공동체는 "체험된 경험이 분리된 영역들로 나눠지지 않은 공동체이며, 일상생활, 예술, 정치나 종교 사이의 분리를 알지 못하는 공동체이다."(『미학 안의 불편함』, 69쪽) 다시 말해, 예술을 삶과 분리된 영역으로 파악하지 않는 공동체이다.

이장욱은 진은영의 진술에 대해 좀 더 구체적인 접근을 한다.[8] 진은영의 글이 랑시에르의 논의를 빌려 '삶 / 정치와 문학의 일치'라는 결론을 향해 나아간다는 점을 주목한다. 진은영의 글을 읽으면서 그가 빌리고 있는 김수영의 '온몸'의 시학은 삶 / 정치와 문학의 일치를 환기하기 위한 방편이다. 그리고 그는 가장 핵심적인 구절을 남긴다. "현실정치의 퇴행이 명백한 오늘에조차, '온몸'을 요구하는 시의 '윤리'는 많은 경우 시민적 '윤리'의 단선적인 시적 변용을 초과하는 무엇인가를 요구한다."(강조는 인용자, 296쪽) 사실 우리가 고진 이후, 랑시에르에 대해 전격적인 관심을 표명하는 이유 역시 이장욱이 말한 그 '무엇'을 랑시에르가 담지하고 있으리란 기대감 때문이다. 진은영이 삶과 시의 분절 속에서 랑시에르를 매혹적으로 보았던 이유 역시 마찬가지 맥락이다. 시의 윤리가 곧 삶 / 정치의 윤리로 전화되는 것이야말로 고진의 종언론을 근원적으로 극복하기 위한 해결책이다. 이장욱의 논의는 당연한 수순으로 삶 / 정치와 문학의 일치를 추구했던 20세기 초 전위들로부터 시작해서 1960년대 국제상황주의자에 이르기까지 굵직한 문학적 '사건'들을 소개한다. 그러나 결국 다음과 같이 마무리된다.

> "앞서 살펴본 대로, 정치적 실험과 문학적 실험을 일치시키고자 했던 시도는 역사적으로 다양하게 존재해왔으되 문제는 지속성이었다. 개인적으로 나는 저 역사적 사례들이 오늘날 반복될 수 있는가에 대해서 답을 가지고 있지 않다." (310쪽)

그 '무엇'에 대한 답은 여전히 유보적이다. 그러면서 덧붙인다. "그들은 안전한 문화적 세계에 상주하는 대신 위태로운 과잉과 결핍을 감수

---

8) 이장욱, 「시, 정치 그리고 성애학」, ≪창작과비평≫, 2009년 봄호.

하며 나아갔으되, 그것은 불가피하게도 파국을 향한 도정이기도 했다." 이장욱 역시 파국의 파토스는 문학의 귀결점이며, 급기야 "정답이 없는 물음을 계속하는 것, 그것이 문학이다"라는 애매한 답을 내놓고 만다. 고진의 의해 촉발된 문학의 결핍을, 랑시에르를 통해 사유하고자 했던 진은영과 이장욱은 결국 뚜렷한 답을 내놓지 못하고 있는 셈이다. 문제는 여기에 사족처럼 덧대고 있는 이장욱의 다음과 같은 진술이다. "반대로 삶 / 정치의 내부로 환원될 수 없는 이 '잉여' 혹은 '불순물'이 바로 문학의 가치라는 점을 무시하는 것 또한 안이한 일이다." 대체로 동의할 수밖에 없는 내용이기는 하지만, '무엇'이라는 답을 찾기 위한 성찰의 실패를 결국 '삶 / 정치'로 환원되지 않는 잉여와 불순물로의 회귀로 희석시킴으로써 '무엇'에 대한 기대감을 무참하게 만들 뿐이다.

3. 매혹적인 문학의 '시취尸臭'와 추도

삶 / 정치와 문학, 그리고 랑시에르를 둘러싼 풍경이 또 하나 있다. ≪문학동네≫ 2009년 봄호에 '2009, 문학성의 새로운 구성'이라는 제하의 특집은 '감각적인 것과 정치적인 것 사이에서－오늘날 시는 무엇을 할 수 있는가'라는 좌담을 실었다. 시인 심보선, 서동욱, 김행숙과 평론가 신형철의 대담은 시의 현재적 역능과 위상을 중심으로 전개되고 있지만, 랑시에르를 논의의 바탕으로 하고 있다는 점에서 진은영과 이장욱의 글과 연계해서 읽을 수 있다. '시는 무엇을 할 수 있는가'라는 부제가 암시하듯이 이 대담은 시의 몰락한 역능에 대한 위기의식의 소산이다. 이들의 대담 또한 진은영·이장욱의 결론과 달라보이지는 않는데, 대담의 종착점이 다음과 같은 서동욱의 질문으로 드러나기 때문이다.

> (서동욱) 시가, 또는 예술이 가져다 줄 수 있는 낯선 감성적 체험 자체와 정치적 효과는 어떻게 직접 연결될 수 있는 것일까요?[9)]

진은영이 결론처럼 도달한 '자신의 삶 속'이나 이장욱이 끝내 해명하지 못한 '무엇'처럼 이들의 좌담 역시 궁극적인 한계에 봉착하고 만다. 서동욱의 질문에서부터 논의는 더 이상 진전되지 못한다. 심보선은 시(문학)의 정치적 기능은 "우울함, 망설임, 불안함"과 같은 "감수성들이 하나의 공동체를 이루"는 데서 찾을 수 있다고 힘겹게 말하지만, 서동욱은 "문학의 정치적 효과를 현실적으로 확인해야 될 국면에서 꼭 그런 방식으로 달아나"며, 그 결과는 "실제 사물의 질서를 변경시키는 정치에"의 "근접"이 아니라 "정신적 세계 안에"의 "안주"임을 일갈한다. 김행숙 역시 "시의 모험이 주체에 대한 실험으로, 삶에 대한, 세계에 대한 실험으로 작동하기를 바라지"만 "미학(문학)의 영토 안에서'만' 벌어지는 사건이고 실험이 아닌가" 하는 의심을 솔직하게 토로하고 만다. 결국 이들의 좌담은 종언론 이후 봉착한 난제(예술의 정치적 역능)에 대해서 별다른 해결책을 내보이지 못한다. 다만 시의 정치적 기능에 관한 좌담을 통해, 랑시에르에게서 비롯된 지적 희열과 우울이 교차되는 난장亂場을 엿보고 난 기분이랄까.

그러나 이 좌담에서 우리가 주목해야 할 부분은 서동욱의 진술이다. 앞서 지적했듯이 그는 랑시에르를 논의를 둘러싼 좌담의 난맥상을 정확하게 진단한다. 예술의 감성적 체험 자체와 정치적 효과가 어떤 메카니즘을 통해 연동되는가에 대한 정확한 해명은 이들 좌담자들을 비롯한 한국문학이 남긴 과제임에 틀림없다. 이에 대한 명확한 해결 없이, 시와 정치의 분절이라는 한계는 결국 "기묘한 감성적 충격을 생산하는데 몰두했던 시들에서는 정치적 의미의 가독성이 사라지고 정치적 의미의 가독성을 최대화한 시들에서는 기묘함이 실종되는구나."와 같은 진은영의 탄식으로 이어지거나 심보선과 같은 '미심쩍은' 미적 자율성의 논리로 귀결되고 말 것이기 때문이다.

사실 심보선이 좌담에서 미처 말하지 못한 부분은 서영채와 김홍중

---

9) 특집-좌담 '감각적인 것과 정치적인 것 사이에서', ≪문학동네≫, 2009년 봄, 385쪽.

의 글[10]을 통해 추측해 볼 수 있다. 서영채의 「역설의 생산 : 문학성에 대한 성찰, 2009」은 문학의 기능에 대한 그의 오래된 입장을 재확인한다. 고진의 종언론이 문학성의 죽음, 즉 "문학성의 죽음"을 뜻한다면 문학성은 바로 그 죽음의 자리에 존재하며 "부재하는 중심"으로서만 존재할 수 있다는 것이다.[11] 그리고 서영채는 고진이 말하는 문학의 종언이 단순히 문학의 "사회적 영향력의 상실"을 지칭한다면 "매우 순진한 발상"이라고 비판하고, 종언의 대상이 되는 고진의 '문학성'을 "실체가 아니라 그 어떤 효과로서, 부재하는 중심으로서만 존재할 수 있는 것"으로의 형질 전환을 시도한다. 하여 "근대문학의 종언이라는 고진의 입론은 그의 의도와는 무관하게 오히려 죽음과 소생을 반복하는 것으로서의 문학성의 본질에 관한 테제로 받아들여야 할 것이다."라고 주장한다. 서영채는 고진의 종언 테제 속에 숨겨진 문학성의 사각지대를 발견하고 있는 것이다.

가라타니 고진과 서영채의 문학관이 무덤에서 나온 '나사로'로 함께 함축될 수 있을지라도 이들의 문학관은 '부활한 나사로'와 '시취의 나사로'처럼 상극의 개념이 될 수밖에 없다. 고진의 종언론에 대한 서영채의 전도된 해석은, 고진이 말하는 문학의 사회적 기능이 애초부터 존재하지 않았거나 일종의 "환영"에 지나지 않는다는 신념 위에서 이루어지며 그 신념은 매우 완고한 것으로 보인다. 이장욱의 말을 빌려 말한다면, 서영채는 "삶 / 정치의 내부로 환원될 수 없는" "잉여 혹은 불순물"을 문학성의 진정한 본질로 투여할 뿐이다. 이러한 논의는 문학의 순수성과 자율성으로 귀속될 수밖에 없다. 문학의 순수성과 자율성의 자리에서 뿜어져 나오는 것은 결국 "실재의 자리와 물자체의 자리에 다가감으로써 빚어지는 순간적인 계기"에 대한 갈망이다.

---

10) 서영채의 「역설의 생산 : 문학성에 대한 성찰」(2009), 김홍중의 「행복의 예술, 그 희미한 예술의 힘」(≪문학동네≫, 2009년 봄)

11) 이는 위세 당당한 오디세우스 앞에 선 '사이렌의 침묵'이 '역설'의 공간이며 그 '역설'이야말로 문학의 근본적 운명이라는 주장의 연장이다. 서영채, 「사이렌의 침묵: 문학적 사유와 역설의 힘」, 『문학의 윤리』, 문학동네, 2005, 31쪽.

김홍중의 글 「행복의 예술, 그 희미한 예술의 힘」 역시 '시취'의 매혹에서 출발한다. 그러나 김홍중은 시취로서의 문학이 지닌 역능에 주목하면서, '시취'의 문학이 지닌 예술의 '약한 힘'에 대해서 언급한다. 벤야민에 기대어 문학을 메시아에 비유하는 그는, 메시아로서의 문학은 전능한 것도 아니고 무능한 것도 아니라고 말한다. 그에 따르면 메시아—예술은 "무능력의 정점에서 역설적으로 더 이상 파괴될 수 없는 오만하고 철저한 권능(자율성)"을 획득하는 것으로서 "무능과 전능을 구별할 수 없는 일체"이다. 여기서 김홍중은 조심스럽게 묻는다. "전능과 무능 사이에 어떤 '약한' 메시아가 예술의 형상으로서 존재할 가능성은 과연 없는가?" 인간을 구원할 수 있는 문학의 가능성이야말로 김홍중의 글이 닿고자 하는 궁극이다. 벤야민이 말한 우울한 형상의 메시아가 과거의 모든 세대가 기다렸던 우리 자신을 지칭하듯이, '메시아—예술'이 행할 수 있는 구원이란 "불가능한 유토피아의 환상적 도래가 아니라 작은 차이, 작은 변화의 지속적 성취와 실천"임을 역설한다. 과거가 기다렸던 메시아가 바로 '우리' 자신이라는 점에서 '우리'는 깊은 우울에 빠지게 되며, '우리'는 클레의 우울한 천사처럼 폭풍에 떠밀리는 '진보'의 운명을 수락할 수밖에 없는 것이다. 마찬가지로 우울한 메시아에 비유된 "예술은 우리를 '단지 약간' 감동시키며, '단지 약간'만 전율케 한다."

이처럼 서영채와 김홍중은 예술의 '약한' 역능이야말로 예술이 도달할 수 있는 최대 정점이라고 주장함으로써 종언 테제의 사각지대로 되돌아간다. 문학은 이미 근대적 힘(예술의 정치적 기능)을 상실했으므로 문학의 본래성으로 되돌아가야 한다는 것. 블랑쇼식으로 말해 문학은 그 자신의 본질, 즉 소멸(죽음)을 향해 간다는 것. 예술이 우리를 '단지 약간' 감동시키고 전율시킨다는 언급은 수용미학자인 야우스의 관점에서는 미적 실천을 의미하기도 한다. 야우스는 정치적·윤리적 행위 속에서가 아니라 예술적 생산행위Poiesis, 수용행위Aistesis, 카타르시스Katharsis 차원에서 '미적 실천'을 발견한다. 다시 말해, 아방가르드 이후의 미적 실천은 예술의 생산과 향유과정에서 이루어지는 경향이 강하며 미적 경험·미적 향유의 범주 바깥으로 빠져나가기란 매우 힘들다는 것이 야우스가 말한 미적 실천의 요체다. 그렇다면 오늘날의 예술의 생산자 혹은 향유자는 '정치적 인간'이 아닌 '미적 인간'으로의 존재론적 전환에 처해 있는 것이다.[12] 미적 인간이 예술을 통해 느끼는 '약간'의 감동과 전율은 극히 미약한 힘에 불과하다. 심미성의 공동체를 통해 역사와 사회를 점진적으로 변화시킬 가능성 역시 미미하다. 미학이 수단이 아닌 본질이 된 상황에서는 '약간'의 감동과 전율로 구축된 자족적인 심미화의 감옥 속에 미적 인간들을 유폐시킬 우려마저 내재되어 있는 것이다. 랑시에르가 말한 감성의 전복이 이러한 우려를 제거할 수 있는 대안이 될 수 있겠지만, 이 역시 '미학적' 대안일 뿐 현실정치로 투여될 만한 영향력을 지니고 있지는 못하다는 점에서 한계가 있다.

문학이 죽음의 언저리에서 뿜어대는 '시취'는 그 자체로 이 세계에 대한 애도이자, 이 세계의 파국과 균열을 내포하는 의미의 자장을 형성한다. 파괴되고 몰락한 세계에 대한 조사弔辭를 통해 형성된 우울한 공동체는 이 세계에 대해 아무것도 하지 않으며, 할 수 있더라도 '미약한' 수준을 넘지 못한다. 자기파괴를 통한 '침묵'으로써 '저항'하고 역사와 세계의 몰락을 현시하는 '시취'의 공동체인 것이다. 그 시취 속에서 일상과 역사를 초월한 존재태로서의 접근 불가능한 구원의 메시지가 상정된다. 그러나 그 구원은 얼마나 '우울'한 것인가.

4. 김수영의 시적 파산과 랑시에르

사실 '문학(시)은 무엇을 할 수 있는가'라는 질문이 더 적절할지도 모른다. '인간이란 무엇인가'보다 '인간은 무엇을 해야 하는가'라는 질문이 더 절실할 때가 있는 것처럼, 문학 역시 '무엇을 해야 하는가'라는 질문

12) 예술의 실천에 대한 다양한 논의를 소개하는 글로 최문규의 「'실천'이 '시적'일 수 있을까?」가 있다. 최문규, 『자율적 문학의 단말마?』, 글누림, 2006.

앞에 자주 서 왔다. 그러나 이제는 '무엇을 해야 하는가'와 같은 질문 앞에 문학은 힘겨워 보인다. 오늘날 현실정치는 문학에 거대한 책무를 강요하지 않을뿐더러, 문학이 그 책무를 가까스로 지려할지라도 그것은 '텅 빈' 것에 지나지 않기 때문이다. 문학적 자탄, 그러니까 이제 문학이 '도대체' '무엇을 할 수 있는가'라는 자탄自歎이 더 적절한 상황이 되어 버린 것이다. 이런 상황까지 오게 된 것은 "시민으로서의 사회참여가 곧바로 시인으로서의 시로 전이되지 않는"(이장욱) 현상 때문이다.

왜 그런가. 랑시에르의 우려대로 자본주의 사회에서의 감성은 이제 여러 겹의 분할선을 지니고 있기 때문인지도 모른다. 여기에 대해 좀 더 깊은 논의가 필요하겠지만, 예술의 세련된 감성은 이제 부르주아의 미적 취향으로 전락했을 뿐만 아니라 그나마 지니고 있던 예술의 전복성마저 부르주아의 아비투스habitus 내에서 순화되고 만 것이다. 마치 레고 장난감의 한 캐릭터로 부활한 '체 게바라'처럼 말이다. 자본주의 최대 적이었던 혁명가가 자본주의의 상품으로 팔리고 있는 현실처럼, 이제 문학이 부르주아의 고급스러운 미적 취향으로 소비되고 있는 것은 분명해 보인다. 대중적이지 않아서 오히려 희귀성이 높은 문화상품으로서 말이다. 시인의 정치의식이 시 속에 투영되는 과정에서 불편함을 느끼거나 무의식적 저항에 부딪혔다면, 이미 시적 감성의 분할선이 경화되었거나 '문화귀족'(부르디외)의 제도화된 미적 형식에 점령당한 결과일지도 모른다.

여기서 회귀할 수밖에 없는 지점은 시인 김수영이다. 백낙청의 「문학이 무엇인지 다시 묻는 일」(≪창작과비평≫ 2008년 겨울호)이 김수영의 시 「絶望」을 인용하고, 이장욱이 「시, 정치 그리고 성애학」(≪창작과비평≫ 2009년 봄호)에서 김수영의 '온몸'을 언급하고, ≪세계의 문학≫이 일찌감치 2008년 여름호에서 김수영을 특집으로 다룬 것은 우연이 아니다. 물론 여기서 김수영은 사후적으로 재해석된 김수영이어야 한다.[13] 김

---

13) 김수영을 사후적으로 해석해야 할 당위성은 서동욱의 진술 속에서 암시받을 수 있다. "그(김수영; 인용자)의 작품에 대해 생각한다는 것은, 우리의 상황, 지금 우리가 치르고 있는 분쟁

수영은 끊임없이 반복되는 시대적 불화와 억압 속에서 재코드화의 과정을 거쳐 되살아난다. 김수영은 랑시에르의 논의 속에서 재코드화되는 것이다.

사실 예술(시)과 정치(삶)의 경계와 한계에 대한 통찰은 김수영 시학의 핵심적인 요소이다. 문학과 정치의 접맥을 그 한계선까지 밀고 나갔던 김수영의 '온몸'의 시학은 사실 랑시에르의 논의를 선취하고 있는 데가 분명 존재하기 때문이다.

> 똑같은 말을 되풀이 하는 것이 되지만, 시를 쓴다는 것이 무엇인지를 알면 다음시를 못쓰게 된다. 다음시를 쓰기 위해서는 여직까지의 시에 대한 思辨을 모조리 파산을 시켜야 한다. 혹은 파산을 시켰다고 생각해야 한다. 말을 바꾸어 하자면, 詩作은 〈머리〉로 하는 것이 아니고, 〈심장〉으로 하는 것도 아니고, 〈몸〉으로 하는 것이다. 〈온몸〉으로 밀고나가는 것이다. 정확하게 말하자면, 온몸으로 동시에 밀고 나가는 것이다.[14)]

시를 쓴다는 것이 무엇인지를 아는 순간 시인은 그 속에 감금되고 만다. 시인이 생각하는 시詩와 시작詩作이 현실 속에서 특정한 위상을 획득하는 순간, 그것은 예술로서의 자유를 상실한다. 시의 정의定義가 확정되는 순간 '감성의 분할'을 주관한 로고스logos는 예술의 감성을 위계화하고 억압하기 때문이다. 로고스가 구성하는 감성의 질서는 일종의 치안으로 기능하고 그 치안 속에서 시의 정치성은 억압되고 순화된다. 다시 말해 위계화된 이전의 시들을 생각하는 순간 스스로가 구성한 감성의 분할에 갇히게 되고 이미 치안police의 논리로 작동하는 시의 감성적 관습에 포획당하고 만다. 따라서 김수영의 말대로 시인은 "여직까지

에 대해 생각한다는 것을 뜻한다(따라서 분쟁을 치르고 있는 자들은 시인의 작품을 자신들의 분쟁을 위해 작동하게 할 수 있을 뿐이다). 사후 40년. 그는 여전히 우리와 더불어 있는 시인인가?" 서동욱, 「천수천족의 시-참여문학에 대한 단상」, ≪세계의 문학≫, 2008년 여름, 198~199쪽.

14) 김수영, 「시여, 침을 뱉어라」, 『김수영 전집 2』, 민음사, 1982, 250쪽.

의 시에 대한 思辨을 모조리 파산을 시켜야 한다." 스스로가 생산하는 분할과 위계를 벗어나기 위해서는 시인 스스로 이전의 시들을 삭제하거나 파산시켜야 한다. 시의 파산은 곧 시의 '생산적' 분열이다. 확정된 시적 감성 속에서 낯익은 시를 생산하는 것이 아니라, 시의 분열 속에서 과거를 삭제하고 새로운 모험을 감행하는 시들을 생산하는 것이다. 이처럼 김수영은 위계화된 감성들과의 지속적인 '불화'를 통해 감성의 분할에서 이탈하고자 했다. 위계 속의 안온함을 '미학 안의 불편함'으로 자각하고 제거해 내는 일, 그것이 김수영의 시적 '파산'인 것이다.

그러나 김수영의 시적 욕망과는 전혀 다르게, 오늘날 대부분의 시는 감성의 분할 속에 존재한다. 그 결과 시 쓰는 행위는 쓰고 싶은 것에 대한 욕망을 배반하는 것으로 드러날 수밖에 없다. "정치적 이슈를 논문으로 쓸 수도 있지만, 이상하게도 그것을 시로 표현하는 것은 쉽지가 않다"는 진은영의 당혹감은 정확히 여기서 비롯된다. 이제 시는 시인이 쓰고 싶은 것을 배반한다. 감성의 분할이 이 위계화 한 '시적인 것'에는 더 이상 사회적 발언이 자유롭게 내왕하지 못한다. 예컨대 김수영의 '미국놈 좆대강이'(「거대한 뿌리」) 같은 시어가 감성 체계 내로 끼어들기 전에 시인의 무의식을 장악한 이성과 감성의 위계가 이를 즉각 차단한다. 진은영의 곤혹은 정치적 발언을 수용할 만한 감성 영역이 망실된 한국시의 위기를 드러내는 징표인 것이다.

무엇보다 심각한 것은 감성의 전복이 이제 미학적으로 일상화되었다는 데 있다. 일상화된 감성의 충격은 예술체제 내의 사건일 뿐 현실의 사건은 되지 못한다. 감성의 분할이 생체권력적으로 작동하는 상황일지라도 '감성의 전복'이란 김수영의 말대로라면 문화, 민족, 인류[15]를 포함한 모든 위계의 '파산'이어야 한다. 그러나 감성의 전복을 '온몸'으로 시도했던 김수영조차도 시(예술)와 정치(삶)의 경계만큼은 일종의 한계로 인식하고 있다는 점에 위기의 본질이 지속된다.

---

15) "시는 문화를 염두에 두지 않고, 민족을 염두에 두지 않고, 인류를 염두에 두지 않는다. 그러면서도 그것은 문화와 민족과 인류에 공헌하고 평화에 공헌한다." 김수영, 위의 글, 253~254쪽.

"그러나 나는 아직까지도 〈여직까지 없었던 세계가 펼쳐지는 충격〉을 못 주고 있다. 이 시론은 아직도 시로서의 충격을 못 주고 있는 것이다. 그 이유는 여직까지의 자유의 서술이 자유의 서술로 그치고, 자유의 이행을 하지 못한 데에 있다. 모험은, 자유의 서술도 자유의 주장도 아닌 자유의 이행이다." (252쪽)

김수영의 시적 혁명은 정확히 '자유의 서술'이 '자유의 이행'으로 전환되는 지점 위에 서 있다. 김수영의 고민은 앞서 인용했던, "낯선 감성적 체험 자체와 정치적 효과는 어떻게 직접 연결될 수 있을까"와 같은 서동욱의 고민과 정확히 일치한다. 정확히 40년의 간격을 두고 반복되는 이 질문은 미학의 역사가 함축하고 있는 근본적인 질문이자 한계이다. 따라서 김수영의 혁명('자유의 이행')은 미완의 자리에 머문다. 그 혁명은 과연 불가능한가. 만일 그렇다면 결국 "현대예술 혹은 현대적 글쓰기가 내포하는 (진정한) 자기모순과 역설적 상황이 정확하게 현대예술 자체의 존재조건"(300쪽)이라는 이장욱의 결론으로 회귀하게 된다. 매우 타당한 결론임에도 불구하고, 우리는 이 결론에서 비롯되는 깊은 '결핍'을 마주하게 된다. 랑시에르가 비록 예술체제 내에 존재하는 감성의 분할을 전복함으로써 현실 속에 내재된 증오와 배제의 분할을 불식시킬 수 있다고 보았음에도 불구하고, 예술의 힘이 현실의 힘으로 전환되는 메커니즘에 대한 자세한 논의를 적극적으로 전개하고 있지 않은 것과도 같은 결핍을 말이다. 고진의 종언론이 강력한 힘을 발휘하게 되는 근본 동력 역시 이 결핍에서 비롯된 것이다.

5. 감성의 '전복'에서 감성의 '도약'으로

랑시에르는 감성의 전복이 현실을 변화시킬 가능성에 기본적으로 동의하지만, 그것 역시 근원적 한계를 내포하고 있음을 고백한다. 예컨대 "미학적 예술은, 그 자신이 충족시킬 수 없는, 하지만 바로 이러한 애매성 위에서 번성하는 어떤 정치적 성취를 약속한다."[16] 여기서 문제가 되는 것은 정치적 성취에 부과된 "애매성"이라는 제약과 한계이다. 미학의 정치적 성취는 예술과 정치의 경계 위를 위태롭게 넘나든다. 예술과 삶의 분리(예술의 자율성)를 강조하는 입장에서 그것은 예술의 경계를 넘어 삶 속으로 침투하는 것이겠지만, 예술과 삶의 일치(예술의 정치성)를 강조하는 입장에서 그것은 여전히 예술의 영역에 머물러 있는 것에 지나지 않는다. "예술 작품은 실천 이하이기도 하고 실천 이상이기도 하다"[17]는 아도르노의 역설처럼 말이다. 문제는 이러한 예술의 "애매성" 때문에 자신의 정치적 욕망을 예술로써 실현하고자 하는 이들이 "모종의 우울증에 빠져들 수밖에 없다"(「미학혁명과 그 결과」, 493쪽)는 점이다. 이것이 종언론의 문학이 안고 있는, 근원적인 결핍인지도 모른다. 김수영은 이 결핍을 아래와 같은 아포리즘으로 껴안는다.

> "자유의 이행에는 전후좌우의 설명이 필요없다. (…중략…) 내가 지금—바로 지금 이 순간에—해야 할 일은 이 지루한 횡설수설을 그치고, 당신의, 당신의, 당신의 얼굴에 침을 뱉는 일이다." (252쪽)

문학의 결핍 앞에서, "자유의 이행"을 위해 "내가 지금—바로 이 순간에—해야 할 일"이 "당신의 얼굴에 임을 뱉는 일이다"는 김수영의 진술은 '사후적'으로 해석될 수밖에 없다. 결핍을 견딜만한 새로운 참조점을 찾지 않으면 안 되기 때문이다. 그렇지 않고서야 이 결핍을 어떻게 견딜 수 있을 것인가. 김수영의 시대에는 불온한 시를 쓰는 것만으로도 예술과 삶의 경계를 무너뜨리는 '온몸'의 시가 될 수 있었다. 정치적 금기가 문학의 내부 깊숙이 작용하고 불온한 시를 쓰는 것만으로 삶이 망가질 수 있던 시절에는, 시를 쓴다는 행위만으로도 정치적 힘(예술과 삶의 경계를 삭제하는)을 획득할 수 있었다. 그러나 이제는 금기를 의식하지

---

16) 랑시에르, 진태원 역, 「미학혁명과 그 결과」, 『뉴레프트 리뷰』, 길, 2009, 492쪽.
17) 아도르노, 홍승용 역, 『미학이론』, 문학과지성사, 2000, 373쪽.

않고 쓸 수 있는 시대가 도래했다. 시를 쓰는 일은 이제 대단한 용기를 요구하거나 "무서운 일"이 되지 못한다.[18] 예술의 자기파괴 혹은 혁신에도 불구하고 그것은 '예술적' 전복으로만 읽힐 뿐 '현실적' 전복으로까지 읽히지 않는다. 문학의 자유가 주어지는 즉시 문학의 거세 역시 이루어지고 마는 현실 속에 문학은 '단말마'의 (변태적) 쾌락 그 자체다.

출구는 "당신의 얼굴에 침을 뱉는 일"에 있다. 당신의 얼굴에 내뱉은 '침'은 예술과 삶의 경계 위에 떠 있다. 김수영 이후 그것은 예술의 '부재하는 중심' 쪽으로 서서히 좌표 이동을 해왔다. 시인들이 저항과 운동의 현장이 아니라 주로 대학의 문예창작학과에서 '곱게' 길러지는 사이, 문화적 우월감에 길들여진 시인들이 '문화귀족'(현실은 국가의 문인지원비에 목맬 뿐인)으로 행세하는 사이, 그리고 여전히 '어린' 전태일이 '평전評傳'의 감옥에 갇힌 채 근로기준법을 부르짖는 사이, 당신의 얼굴에 묻은 김수영의 '침'은 어느덧 미적 가상이 되어 말라버렸다. 이제 시의 한계선(아비투스)을 넘어서는 시적 전복을 감행할지라도 그것은 미적 가상에서 발현되는 충격일 뿐, 그것이 삶의 정치로 파급되기를 기대하기란 힘든 일이다.

오늘날 시의 위기는, 시가 '순간적' 장르라는 오랜 명제를 비꼬아 말하자면, 시인이 '순간적' 시인에 불과할 뿐이라는 점에서 비롯된다. 다시 말해 오늘날 시인은 시를 쓰는 '순간'에만 시인일 뿐이다. 시인은 사라지고 시만 남을 뿐이다. 감동을 주는 시는 있어도 감동을 주는 시인은 없다. 그러니 삶은 사라지고 예술만 남지 않겠는가. 시는 더 이상 실천을 보증하지 못한다. 그 실천성을 애써 감싸려 할지라도, 그것은 무수히 동어반복 되어왔듯이, "아직 시작되지 않은 실천, 그리고 그 누구도 그 실천이 변화를 가져오는지에 대해 말할 수 없는 실천이다."(아도르노, 『미학이론』)[19] 고진이 들추어낸 문학의 결핍은 랑시에르 역시 온전히

18) "오늘날의 한국문단에서는 문학을 한다는 것이 얼마나 무서운 일일 수 있는가 하는 생각은 거의 찾아보기 힘들게 되었고 문단은 민중현실과 완전히 격리된 세계라는 인상마저 풍기고 있습니다." 백낙청, 『인간해방의 논리』, 시인사, 1979, 20쪽; 백낙청, 「문학이 무엇인지 다시 묻는 일」, ≪창작과비평≫, 2008년 겨울, 17쪽 재인용.

껴안고 있다. 예술과 삶에 관한 온갖 미적 논의들은 사실상 이 한계를 넘어서지 못하므로, 김수영의 말대로 "횡설수설"에 지나지 않는다.

그러니 정말로 당신의 얼굴에 침을 뱉어라. 요구되는 것은 감성의 '전복'이 아니라 감성의 '도약'이다. 삶을 변화시키는 감성의 도약은 김수영의 침이 단지 '언어'의 침이 아니라 실제 '침'이 될 수 있을 때 비로소 실현될지도 모른다. '침'의 핍진성에 도달하기 위한 형상화에 골몰할 뿐인 감성의 쪽방에서 빠져나와 실제로 '당신'의 얼굴에 '침'을 뱉어버리는 도약. 미적으로'만' 투쟁할 것이 아니라 실제 온몸으로 투쟁하는 삶의 도약 말이다. 김수영의 아포리즘이 지금 요청하는 것은 바로 그런 것이 아닐까. 실제로 침을 뱉으려면 상대(적)와의 '불화'와 실전을 각오해야만 한다. 안온한 미적 가상 내의 불화가 아니라 삶의 불화 속으로 침투해야만 하는 것이다. 그것은 현실 속에서 그만큼 잃어버리거나 포기해야 할 것이 많음을 암시한다. 지금까지 삶의 불화를 미적 가상 속에 감금시켜왔다면, 이제 미적 불화를 삶의 공간으로 해방시키는 일이 요구된다. 그리고 그것은 단순히 시적 갱신이 아니라 삶을 포함한 '온몸'의 갱신을 요청한다. 그 순간, 시는 사라질 것이다. 그러나 한낱 시가 사라진들 어떤가. 삶의 육신을 얻은 시詩가 생겨났으니 말이다. 그것은 시(예술)의 진정한 해방을 지시하며, 그 '시'야말로 '나사로'의 진정한 부활이 아니겠는가 말이다. 하여 다시 볼 수 있기를. 온몸이 피 흘리며 온몸으로 기어가는 자리에 어느덧 돋아나있는, 뼈와 살로 빚은 언어들의 꽃!

박대현
문학평론가. 1972년생. 2005년 ≪부산일보≫ 문학평론 당선. 인제대 강사. 주요 평론으로 「시뮬라크르의 칼날」, 「미래파의 상상력과 윤리적 지평」 등이 있음. daehyunp@hanmail.net

19) 최문규, 『자율적 문학의 단말마?』, 글누림, 2006, 190쪽 재인용.

성장과 그 불만, 2000년대 성장소설의 몇 가지 물음

이 훈

1. 성장의 전제

태초에 상실과 상처의 신화가 놓인다. 가령 잃어버린 것을 향한 주체의 미망은 현실원칙에 맞게 깎여나간 자신의 정체성 주위를 의심스럽게 떠돈다. 그리고 일반화된 사회적 성장과정에서 억압당한 다형적 욕망들은 언제라도 현실의 둑을 터트리려고 저 너머에 도사린다. 이런 식의 논리는 나약한 개인이 문명으로 진입하는 과정에서 필연적으로 억압당할 수밖에 없는 지점을 주목한다. 말하자면 성장이란 순수한 주체가 타락한 사회에 자신을 내맡겨야 하는 치욕스러운 과정일 따름이다. 타락한 세상에서 타락한 방법으로 진정한 가치를 찾는다는 계몽적 주체의 등장도 이 범주에 속한다. 그러나 문제는 그리 간단하지 않다. 자신이 순수한 주체인지를 어떻게 아는가하는 질문이 따라올 터이고 개인의 자유는 신성불가침의 절대적 가치를 지니는 게 맞는가, 아니면 자유의 가치는 개체의 내재적인 범주로 해소되는 게 당연할까 등등 말이다.

때문에 여기에서 가능한 현실이라는 항수를 항상 기입해야 한다. 개인이 몸담고 있는 사회의 역사적 정체성도 포함된다. 개인은 이 항목들의 교차점에서 사회화를 통해 억압하거나 보류해야만 하는 리비도의 양을 선고받는다. 궁하면 통한다고 대부분의 사람들은 불가판정을 받은 상당량의 무의식을 보존하기 위해 나름의 '지하실'을 만들어낸다. 지하실의 크기를 결정하는 건 온전히 개인의 리비도에 대해 사회가 어느 정도까지의 인내심을 발휘하는가, 사회발전의 에너지로 개인적 리비도를 어떤 방식으로 포섭하는가 하는 문제가 걸려 있다. 물론 마르쿠제Mercuse의 논리에 따르자면 사회를 구성하는 데 있어 필요한 리비도의 전용부분은 인정해야 한다. 중요한 점은 문명건설을 위해 감수해야 할 기본억압인지 아니면 계층적 이익이 포함된 초과억압인지의 구분이다. 당연하게도 대부분의 역사는 초과억압의 역사였고 몇몇 혁명적 상황을 제하고는 근대성립 이후 전망은 더욱 암울해지고 있다. 개개인은 사회적으로 인증받은 억압된 승화의 몇 가지 양식으로 만족하든가 그 흐름을 온몸으로 버티다 비극적으로 사라지는 시야만을 볼 수 있다. 리비도의 자기승화를 통한 욕망의 진화는 요원하기만 하다.

그래서 모레티Moretti가 "개인의, 그리고 그가 세계와 맺는 관계의 분명한 안정—이야기의 마지막 단계로서의 '성숙'—은 그러므로 전자본주의적 세계에서만 완전히 가능하다."[1]라고 단언했을 때 더 이상 고전적 의미에서의 성장은 가능하지 않음을 간파한 것이다.『빌헬름 마이스터』나 『오만과 편견』에서 개인의 성장이 사회적 통합과 불가분한 관계였던 것이 스탕달과 푸시킨 정도로 오면 가능하지 않다고 말한다. 개인의 선택과 결말이 해당 공동체의 윤리적 목표와 발전에 평화롭게 조응하는 상호작용의 이상은 특수한 소설적 설정을 매설하지 않고서는 어렵다는 이야기이다.

때문에 성장소설은 이제 사회에서의 성장이 가능하지 않음을 역설적으로 보여주거나 현실의 흐름을 거슬러 간신히 흔적을 남기는 비극적이면서 영웅적인 투쟁, 혹은 세계에 대한 알레고리로 후퇴하거나 충분

---

1) 모레티, 성은애 역, 『세상의 이치』, 문학동네, 2005, 64쪽.

히 알지 못하는 미성숙한 영혼의 협소화를 통해서만이 가능성을 탐지한다. 성장소설을 둘러싼 제반조건의 변화는 새로운 이야기방식을 강제하게 되었다. 가령 고전적 방식에서 흔히 등장하는 결혼이 성장에 대한 하나의 상징이라면 그 이후에는 흔히 죽음이 대신한다. 의미의 완성을 위해 인물은 기꺼이 자신을 희생해야 한다. 과거에 문제적 개인의 성공이 성장에 대한 전기의 방식에서 기인한다면 근대 이후에는 인물이 의미의 완결에 어느 정도로 봉사하느냐가 잣대가 된다.

2. 관념으로의 후퇴

간과하지 말아야 하는 건 성장을 이야기함에 있어서 현실을 추상화, 관념화하는 유혹에서 벗어나야 한다는 점이다. 사실 많은 성장소설이 이 덫에서 자유롭지 못했다. 순수한 주체와 타락한 현실의 대립항이 대표적이다. 여기서 개인과 사회는 결코 넘어설 수 없는 강으로 나뉘어져 있고 시간은 개인의 정체성을 갉아먹는 저주일 따름이다. 시간은 미래를 향해 흐르지 않고 과거를 뒤돌아보며 뒷걸음친다. 이런 소설에서 현실의 폭력성에 대한 지칠 줄 모르는 비판은 선명한 주제의식과 날카로움을 분명 지니고 있다. 문제는 소설에서 만나게 되는 진저리치는 현실이 선명한 관념에서 호출된다는 데 있다. 개체의 순수성은 늘 바깥의 사악하고 이질적인 무엇으로부터 위협 당한다.

이는 지젝Zizek이 영화 〈늑대와 춤을〉을 분석하면서 밝힌 '기분 좋은' 반성의, 뒤집혀진 도식 사례와 같다. 폭력적인 백인이 순수한 인디언의 세계에 동화되고 그들을 존중해주는 이야기의 표면적 의미는 제국주의 폭력에 대한 비판으로 쉽게 읽힌다. 그러나 '순수한 인디언'을 향한 백인들의 죄의식은 백인주인공의 행위를 통해 매끄럽게 경감된다. 순수한 인디언을 향한 애도어린 신화화는 대상을 향한 폄하와 결국은 마찬가지이다. 현실에서 들어 올린 인물들의 행위는 아름답게, 하지만 충분히 안전한 거리를 띄운 채 관념화되고 멀어진다. 애도와 폄하는 주체의 상징적 체계에 아무런 문제의식을 불러일으키지 못한다. 인디언의 순수는 백인들의 정체성 유지를 위해 꼭 필요한 덕목으로 호출된다.

마찬가지로 순수한 주체의 신화는 오직 현재에 대한 우월적인 화자에 의해서 가능하다. 도덕적이든 지적이든 우월한 화자의 전일적 시선에 의해 지나간 과거의 경험은 일렬종대로 배열된다. 때문에 순수했던 과거, 아름다웠던 유년은 현재의 시선에서 누락되고 결핍된 무언가를 채우기 위해 신화적으로 재구성된 환상일 가능성이 많다. 물론 아이도 어른과 똑같이 욕심 많고 이기적이라는 사실적 차원에서 이야기할 수도 있겠지만 문제는 주체가 불러들이는 모습이 현재에 대한 알리바이로 재구성된다는 데 있다. 회상의 서사를 말하기 위해서는 반드시 유혹의 경계지점을 통과해내는 인식이 필요한 이유이다.

이 문제는 후기자본주의사회에서 우리의 감성적 구조와도 닿아 있기에 중요하다. 현대인은 감성을 분리하는 경향이 강하다. 가령 사적인 영역에는 진정한 감성적 진지함과 충실성의 섹터가 있다. 사람들은 텔레비전의 〈러브 인 아시아〉나 자선 기부 프로그램 따위에서 기꺼이 눈물을 흘리고 공감하여 자선활동과 휴머니즘적 기부를 한다. 하지만 이런 내밀한 영역의 감성은 아이러니하게도 타인의 더 큰 고통에 눈을 감게 만드는 가리개로 작용하기도 한다. 전파를 타고 텔레비전의 프레임에서 전시되는 고통은 충분히 연민을 자아내지만 그 고통이 일상의 섹터에서 노골적으로 시연되는 것은 참을 수 없어 한다. 사람들은 하루에도 수십 번씩 감정의 기어 변속을 감행한다. 차갑고 메마른 섹터에서 빠져나간 감성은 내면의 저류지에 모인다. 그리고 우리를 따사롭게 하는 많은 이야기와 기억은 공적인 영역에서의 차가움을 가리는 훌륭한 소재가 된다. 매일 쏟아져 나오는 아름다운 유년서사, 선적 깨달음의 정갈한 명상 집들, 낭만화된 과거를 향한 향수어린 감성에 호소하는 영화 등등을 보라.

감정의 섹터화라는 틀을 벗어나지 못한다면 〈러브 인 아시아〉의 아름다운, 하지만 어딘지 허전한 감성에서 벗어나지 못할 것이다. 충실히 한국인의 아내가 되어 살아가는 역할모델, 가고 싶은 고향을 향한 그녀의 소원은 방송의 힘으로 가능하게 되어 마치 꿈은 이루어지고 그들이 이룬 작은 성취는 현실을 대리충족하게 한다. 그리고 따뜻한 공감의 서사는 현실을 분할한다. 폭력적인 남편과 편견, 봉건적인 농촌사회에서 고통 받는 외국인 여성의 흔적은 그들을 도와주는 한국인의 배역이 정해지지 않으면 적절히 배제된다. 따뜻한 지역공동체에서 생활하는 이야기는 우리가 충분히 받아들일 만한 이방인들의 모습 아닌가.

좀 에둘러 이야기하고 있지만 우리 성장소설을 말할 때도 마찬가지이다. 현실의 담론질서에서 사적 영역의 감성들은 철저히 계산된 만족의 영역으로 탈바꿈했다. 그렇다면 성장소설은 이런 사회적 담론의 자장에 대한 분명한 인식을 전제하지 않으면 안 된다. 결국 과거를 통해 현재에 대해 무엇을 말하느냐는 성장소설을 평가하는 중요한 잣대일 수밖에 없다.

3. 젊은이들은 왜 방황하는가?

『문학동네』(2008년 겨울)에서는 〈젊은이를 위한 나라는 없다〉라는 기획특집을 통해 성장소설에 대한 논의를 하고 있다. 이 중 소영현은 「청년문학의 계보」에서 1990년대 이후 성장소설의 특징으로 이미 세상의 이치를 아는 주인공의 등장을 들고 있다. 미성숙에서 성숙으로 나아가는 경우가 아니라 영혼이 세계보다 넓은 인물에게 성장은 "더러운 오물을 뒤집어쓰는 타락이자 오욕"이다. 특히 황석영의 『개밥바라기별』(문학동네, 2008), 박범신의 『더러운 책상』(문학동네, 2003) 등이 지나간 추억의 "낭만적 재생산"임을 분석하고 있다.

『개밥바라기별』에서도 역시, 그 호소력은 소설을 구성하는 주된 축 가운데 하나임에도 교육제도에 내장된 이데올로기를 폭로하거나 독서편력을 내세우며 일탈의 논리를 마련하는 자리에서가 아니라, 낡고 색 바랜 사진첩에서 튀어나온 듯 한 과거의 풍경들과 그것이 불러오는 친숙한 것에 대한 그리움에서 나온다.[2)]

문학청년들이 제도교육의 궤도에서 이탈해서 만들어낸 것이 "서정적 내면"이라는 맥 빠지는 영역임을 언급하고 있으며, "최근에 등장하는 청년시절에 대한 회상기들이 굴곡 있는 과거에 거리를 만들고 그저 향수할 수 있는 대상으로 종결지으려는 낭만적 경향 혹은 그 이데올로기적 역동의 기원"임을 말하고 있다. 계속해서 왜 지금 이 시점에서 청년시절의 회고담이 쓰이는지를 분석하면서 출판시장과 매체변화에 따라 "아동과 청소년 문학의 가치가 높아지는" 소비와 유통영역의 변화를 그 이유로 언급하고 있다. 아마도 소영현이 언급하고 있는 "이데올로기적 역동"은 앞에서 분석한 감정의 섹터화와 그리 멀지는 않을듯하다. 아기자기한 소품처럼 포장되어 나오는 문학작품의 형식과 내용적 추세는 바로 감정의 분할과 닿아 있는 셈이다. 분할은 강도 높은 충격과 자극의 반복적 노출에 대한 손쉬운 방어적 선택으로 기능하고 있다. 감각방어체계는 외부의 자극을 추상화해서 내면의 풍부함, 섬세함과 교환한다.

뒤이어 이도연은 황석영의 작품에는 "당대의 정치상황은 이 작품의 배면으로 저만치 물러나 있다. 『개밥바라기별』에서 전경화되고 있는 것은 나는 누구인가라는 정체성에 관한 질문이다."[3)]라고 분석하고 있다. 여기에는 내면적 과격성의 문제가 걸려 있다. 황석영의 작품은 준이라는 인물을 중심으로 10대 후반과 20대 초반의 청춘시대를 내면의 별을 찾아 떠나는 여행의 과정으로 서술되어 있다. 제도교육을 박차고 나선 준은 다양한 경험을 쌓으며 무전여행을 통해서 기층서민과 만난다. 준은 스스로를 "궤도에서 이탈한 소행성이야. 흘러가면서 내 길을

2) 소영현, 「청년 문학의 계보」, ≪문학동네≫, 2008년 겨울, 251쪽.
3) 이도연, 「2000년대 성장소설의 몇 가지 맥락들」, 위의 책, 260쪽.

만들 거야."라고 단언한다. 그러면서 친구들에게 "별은 보지 않고 별이라고 글씨만"쓰는 관념성을 비판한다. 소설의 행로는 이후 떠돌이 노동자 장 씨와의 만남에서 "살아 있음이란, 그 자체로 생생한 기쁨이다."이며 "사람은 씨팔…… 누구든지 오늘을 사는 거야"라는 절정에까지 다다른다.

그럼에도 이 소설은 관념적 궤도를 이탈하지 못한다. 소설 속 시간과 공간은 많은 이동성을 지니지만 그들을 감싸고 있는 것은 1960년대 풍경에 대한 회고적 복원과 주인공의 추상적 궤적뿐이다. 준이 학교를 박차고 나가며 쓰는 일종의 출사표에는 "저는 고등수학을 배우는 대신 일상생활에서의 셈을 하는 것으로 충분하며 주입해주는 지식 대신에 창조적인 가치를 터득하게 되기를 바랍니다."라고 말하며 여러 단계의 기계적인 피아노 배우기 대신에 처음부터 직접 등대지기라든가 슈베르트의 연가곡을 연주하면 안 되는지를 말하고 "창조적인 자신을 형성해나갈 것"을 선언한다. 준은 추상화된 현실인식을 거부하고 '직접적인' 삶 그 자체를 느끼고 싶어한다.

그런데 준의 이런 바람은 직접적인 삶이라는 또 다른 추상으로 회귀할 뿐이다. 가령 준이 쓴 김황원에 관한 짧은 소설에는 "그는 보경처럼 어느 경지엔가 당도할 목적지도 없으며 고통과 슬픔으로 가득 찬 세계를 변화시킬 방편의 관념도 사유하지 않는다. 그는 그냥 산다. 주어지는 대로 지금, 여기에, 있을 뿐이다."라는 부분이 나온다. 생의 향한 직접적 감각에의 회복염원이 기이하게도 주어진 현실을 도가연하는 몸짓으로 수용하는 데로 연결된다. 때문에 소설 마지막에서 준의 자살시도가 암시하는 젊음의 밀봉은 현실에 대한 관용적인 태도와 함께 이데올로기적 면죄부를 생산하는 기제로 기능한다. 추상화된 관념을 거부하는 주인공의 행위가 추상화된 현실수용으로까지 연결되는 기이한 역설은 소설에서 아름답게 묘사된 60년대의 따뜻함 뒤에 도사린 끔찍한 풍경이라 말하겠다.

가라타니 고진은 "메이지 20년대의 근대 문학은 자유 민권 투쟁을 계속하는 대신 그것을 경멸하고 투쟁을 내면적 과격성으로 전환시킴으로써 사실상 당시의 정치 체제를 긍정한다."[4]라고 비판한다. 주인공 준의 태도가 석연치 못한 점은 그가 말한 창조적 가치를 향한 열정과 자부심이 왜 자살시도까지 이어지는지를 설명하지 못한다는 데 있다. 예술가적인 자기승화와 초월적 지향의 문제라면 반성장反成長의 논리로 치열한 탐색의 과정을 보여주어야 한다. 소설은 그보다는 추억의 미담과 낭만적 방황의 신화화에 좀 더 가까운듯하다.

현실이 힘들어질 때 우리는 과거로 향하여, 뒤쳐진 리비도의 기억을 반복한다. 지나간 기억은 광휘에 휩싸여 현실을 견디는 하나의 위로가 된다. 이런 고착과 퇴행에는 그러나 좀 더 본질적인 욕망의 윤리가 담겨 있다. 고착과 퇴행은 현실이 개개인의 행복에 호의적이지 못한 조건을 폭로하고 해결을 종용할 때 혁명적 유류지로써의 역할을 한다. 성장을 강요하는 사회체제를 향해 리비도는 역류한다. 역류의 동력에는 고착과 퇴행을 정복하고 문명화해야 할 야생지가 아니라 문명의 정당성에 대한 진지한 반성과 개혁을 요구하는 윤리가 녹아 있다. 이루지 못한 채 밀봉된 지점을 왜 지금, 어떻게 이야기하느냐 하는 고민이 중요할 수밖에 없는 이유이다. 소설은 이에 대한 분명한 형식적 고민을 담지 해야 한다.

반면 황석영 소설에서 전일적인 화자는 독자에게 지나치게 '친절하게' 상황설명과 정리를 해서 다른 판단을 유보하게 만든다. 이를테면 "나는 이제 스무 살이 넘어서야 책을 벗어나 고되게 일하는 삶의 활기를 배우기 시작했다. 그것은 도회지로부터 멀리 떨어진 벽지에서 우리네 산하의 아름다움과 함께 자신을 다시 발견해내는 과정이었다."를 보면 "고되게" 일하는 것이 삶의 활기로 긍정되고 도회지는 소농촌공동체의 건강함과 대비되며 행위는 발견의 계몽으로 환치되고 있다. 그러니 발견의 경탄 뒤에 이어지는 자살시도 앞에 독자는 어리둥절할 수밖에

4) 가라타니 고진, 박유하 역, 『일본 근대문학의 기원』, 민음사, 1997, 9쪽.

없다. 자살결정의 뚜렷한 갈등의 계기와 의미를 문면화하고 있지 않기 때문이다. 수면제를 먹기 전에 어머니에게 남긴 유서에서 "뭔가 해보려고 애썼지만 이제 모두 시들합니다."라는 언급이 유일하다. 이게 입사를 위한 상징적 거세로 과연 볼 수 있느냐는 이차적인 문제이다. 거세의 고통스런 과정에서 얻게 되는 깨달음의 사리는 도대체 어디에서 찾을 수 있을까. 우리는 현재를 살아가는 뒤늦은 안착점 하나를 발견했을 뿐이다. 지배적 이데올로기는 여유롭게 '돌아온 탕자'를 받아들이고 현실이라는 이름의 환상은 알리바이를 강화하게 되는 건 아닌가.

4. 정치적 무의식

김진경의 장편 『굿바이 미스터 하필』(문학동네, 2008)은 가족과 떨어져 홀로 살아가게 된 한 소년이 내면의 대화를 통해 세계를 받아들이는 과정을 다룬 소설이다. 이 소설은 성장이 가진 보편적인 의미, 즉 아이가 어떻게 어른의 세계를 이해하고 진입하게 되는지를 설득력 있게 보여주고 있다. 주인공 지수는 힘들 때마다 뒷산의 너럭바위를 찾아간다. 지수에게는 나름 마음의 안식처인 셈인데, 어느 날 그곳에서 썩어가는 노숙자의 시체를 발견한다. "하필이면 그 많고 많은 데 다 놔두고 나만의 장소로 정해둔 곳을 무단 침입"해서 미스터 하필로 부르기로 한다. 지수는 미스터 하필과의 대화를 통해 자신의 상처를 되돌아보며 봉쇄된 의미를 의식의 표면으로 끌어올리는 작업을 하게 된다.

미스터 하필은 지수에게 이름을 불리는 순간 이야기를 하기 시작하며 이름이 "죽음"으로 바뀌는 순간 마지막에 사라진다. 하필은 지수에 의해 만들어졌지만 이름을 얻는 순간 하나의 생명처럼 독자적인 대화상대로 부상한다. 하필의 존재는 본성의 일부가 아니라 외재적이며 동시에 이미 죽은 존재이기에 존재하면서 존재하지 않는 특성을 공유하고 있는 셈이다. 하필은 오직 불리는 이름의 온전한 특성으로 현상하기에 상징적이면서 동시에 주관적 창조물이기에 상상적이기도 하다. 그렇다면 하필은 지수가 즉각적인 심리적 정체성의 단계에서 상징적 정체성을 향해 나아가는 내면의 움직임과 접촉의 다른 이름일 것이다. 하필은 지수의 분신이면서 외부의 필요성에 의해 만들어진 낯선 인도자인 셈이다. 결국 지수가 실어증에 걸리고 이를 극복하는 전체적인 플롯은 아이의 언어를 버리고 어른의 언어를 받아들이게 되는 상징적 거세의 파노라마가 된다.

상징적 거세는 자신이 상징적 질서에 포획되어 있다는 사실을 받아들이는 데서 출발한다. 반면 작품에서 설명하고 있는 아이의 언어는 믿음이 곧 표현이 되는, 자아가 타자와의 간극을 전혀 느끼지 않는 상태이다. 지수는 미스터 하필에게 아이의 언어를 "말을 듣는 순간 나는 이미 그 냇물에 가서 멱 감으며 놀고 있는 거나 마찬가지예요."라고 설명한다. 그래서 "말이 없는 공간"은 아이의 언어가 궁극적으로 도달한 상태를 가리킨다. 말이 없기에 반성적인 인식과 자아에 대한 인식도 없다. 그러나 완전한 충일감에 사로잡힌 상태에서 타자의 개입이 시작되면서 자기이해에 간극이 생긴다. 때문에 자신의 믿음과 현실의 차이로 인한 상처의 순간은 주체에게 고통이지만 그 고통이야말로 주체를 성립가능하게 하며 차이들의 체계에서 살아가는 자리를 부여해주는 지점이기도 하다. 믿음과 현실의 차이는 기의와 기표의 차이이며 주체를 성립가능하게 하는 욕망의 동력을 발생케 한다. 혼자 사는 인간이 존재할 수 없듯 유아적 유토피아의 세계는 금지와 체계화가 이루어지는 순간 과거로 소급해서 뒤늦게 인지되는 접근 불가능한 환상임을 기억해야 한다. 유아적 유토피아는 현실의 상징적 체계를 통해서만이 말해지는 영역이다. 때문에 오해하지 말아야 하는 점은 상상의 세계에서 상징의 세계로 넘어오는 과정이 선택의 영역이 아니라는 점이다.

여기에서 우리의 성장의 궁극적 핵심은 어떻게 '버진 머더'를 이룰 것인가의 문제로 집약된다는 앞선 논의를 상기할 필요가 있다. 다시 말해 자기 동일시라

> 는 상상계의 단계에 머물러 있는 것은 어떤 면에서 쉬운 일이다. 문제는 상징계로 표상되는 현실의 잔인한 리얼리즘을 받아들이면서도 어떻게 어린아이의 순결함을 보존할 것이냐는 것이다. 그것은 처녀성을 훼손하지 않은 채로 어머니가 되는 동정녀 마리아의 고통에 비견될 수 있다.[5]

처녀성의 '훼손' 없이 상징계로 진입할 수는 없다. 앞에서 이야기한 것처럼 여기에는 역설적 논리가 깔려 있는데 주체는 오직 상처의 순간 발생하며 과거로 회귀하여 자신의 순수성을 재구성해낸다. 어떤 처녀성이 존재하고 상징계로 진입하는 과정의 '탈락'과 '박탈'이 이루어지지 않는다. 훼손은 없다. 훼손의 믿음만이 존재한다. 논리적 순차성은 뒤집혀져 있다. 주체는 오직 자신의 상실을 자각하고 가정해야 성립하게 된다. 가장 소중하다고 믿고 있는 하나의 상실이 오히려 자신의 나머지 모두를 가능하게 한다. 작품의 말미에서 지수는 "내가 더 이상 어머니의 품에서 행복해질 수 있을 만큼 순수하거나 무지하지 않다는 것, 내가 이미 행복의 기억을 되찾기 위해 어머니가 아닌 다른 대상을 찾아 나섰다는 것"을 깨닫거나 지수의 성장을 비유하는 흰장미와 흑장미의 예도 마찬가지이다. 예전에 아이의 세계를 상징하는 흰장미, 순결의 세계를 좋아하던 지수는 어른의 세계를 표상하는 흑장미가 좋아졌다고 말한다. 흑장미의 "검은 색은 모든 색깔을 합친 색, 모든 삶의 색깔을 끌어안은 삶의 극치"라고 말하며 긍정한다. 주체는 자신에게 부여되는 상징적 타이틀 즉, 자신의 즉각적인 감정적 정체성을 넘어선 새로운 욕망의 지점으로 이동한다. 미스터 하필의 존재를 지수가 만들어낸 것처럼 주체는 자신의 존재성을 오직 타자적 존재와의 분리를 통해서 인지한다.

즉자화된 감정의 정체성은 믿고 싶은 주체의 환상일 뿐이며 우리는 외재적이고 낯선 옷을 입어야 한다. 사회로의 진입과 주체가 가능해지는 욕망의 이끌림은 오직 타인의 불가해한 시선 속에서 욕망과 정체성

---

5) 이도연, 앞의 책, 271쪽.

의 해답을 구하려는 움직임 속에 놓여진다. 상상적 믿음이 끊임없이 미끄러져나가는 이물감은 주체의 구성에 필수적인 요소인 셈이다. 투명하고 가시적인 흰색에서 "합친" 검은 색으로의 이동은 정체성에 대한 질문과 간극에 타자의 위치를 받아들이는 성장의 보편적인 의미로 표상된다. 어머니는 욕망의 원인이 아니다. 어머니는 주체의 파노라마가 성립가능하기 위해 반드시 거세되어야 하는 어떤 결핍과 간극의 다른 이름일 따름이다. 성공적인 분리의 믿음하에 과거는 현재를 위해 미래로 투사된다.

이도연은 이 작품에 대해 "무의식의 정치적인 차원을 끊임없이 상기시키는데, 이는 무의식의 문제를 가족 삼각형 내에 가두어두지 않으려는 작가의 의식적인 노력"으로 평가한다. 물론 이전에 김원일, 윤흥길, 이문열, 전상국 등의 소설에서도 당대현실과 성장의 접목을 다루었었다. 다만 이전의 작가들이 분단현실과 제도교육의 문제점, 집단들의 기회주의적 속성 등의 고발을 다루었다면 이 소설은 보다 일상화된 공간에서 개인의 문명으로의 진입을 사회적 에피소드와 결합하여 다루고 있다는 데서 구별된다.

"정치적인 차원"이라는 말은 조금 유의해서 사용해야 한다. 가령 대선동 당숙집에 얽힌 현대사의 비극은 정치적이고 이데올로기적 역사이지만 고택의 유래에 대한 설명으로 처리되어 있을 뿐이다. 보다 중요하게 다루어지고 있는 사건은 사회시간에 5.16 쿠데타를 오일륙으로 읽지 않고 오찜일륙으로 읽음으로써 드러나는 폭력적 사건과 학교 위생검사에 걸려 여학생교실 앞에서 성적 모욕을 당하는 사건 등이다. 첫 번째 사건은 권력이 휘두르는 가혹함이 자신의 정당성에 대한 불안감의 반영임을 보여준다. 가혹한 폭력성은 불안을 무마하는 입막음이다. 부당한 권력은 자신의 정당성에 의심이 될 만한 것은 하나씩 덮고 가린다. 아이러니한 점은 권력의 정당성은 그것이 외견상 완벽한 디테일을 갖추어나갈수록 내부적으로는 참을 수없는 불안감의 점증을 가져온다는 점이다. 불안감은 정치적 해석의 무차별적 확장과 폭력으로 대체

된다. 처음에는 직접적인 정치적 프로파간더를 탄압하고 나중에는 일상적 차원의 행동과 의미단락도 정치적 해석의 알레고리로 끌어오게 된다. 아무 의미 없는 말실수는 아무 의미 없는 권력의 정체성에 대한 환유와 겹쳐진다. 이를테면 박정희 정권 때의 민주주의 탄압은 '한국적 민주주의'와 좌익을 나누는 사소한 디테일을 향한 편집증적 반복이었다. 스스로의 존립근거를 찾기 위한 외부의 '적'들과 불순물들은 권력 구성에 필수적인 요소였다. 거의 구분할 수 없지만 아주 사소하게 삐져나온 흔적들, 그리고 미약한 차이는 불순한 정치적 음모의 결정적 징후로 단정되고 수집된다.

이런 무의식의 정치적 차원에 대한 상징은 두 번째 사건에서 남자아이들이 개구리로 변하는 환상에도 드러난다. 학교의 위생검사에 걸린 아이들은 발가벗긴 채 여학생들 앞에 서있는 체벌을 받는다. 여기에는 시선의 권력이 작동한다. 타인 앞에 아무런 가림 막 없이 고스란히 노출되는 상황은 시선의 일방적인 위치가 지니는 폭력성의 경험이다. 게다가 남성적 자존심이 여지없이 조롱당하는 데에 아무런 대응을 할 수 없다는 무기력까지 더해진다. 위대한 권력과 대조되는 나약한 개인의 관계설정에서 권력은 자신의 힘을 무기력한 신체 위에 낙인찍는다. 남자아이들은 여성 앞에 안전한 상징적 기호체제를 전혀 두르지 못한 채 그저 동물과도 같은 지점으로까지 내려간다. 사회적으로 동물로 취급되자 아이들은 주관적으로도 동물 되기를 승인하지 않을 수 없다. "어두운 감정들이 내 피부의 돌기들 사이를 축축하게 젖게" 만들 때 아이들은 스스로의 존엄성을 반납하고 녹아내리는 정체성의 파편 속에 개구리로 화한다. 근대적 처벌의 지렛점은 내부의 정체성에까지 어떻게 작용하는지를 이 작품은 설득력 있게 보여주고 있다.

벤야민Benjamin은 "어떤 문학작품의 경향은, 그것이 문학적으로 올바른 경우라야만 정치적으로도 올바르며", "어떤 문학이 시대의 생산관계에 대해서 어떤 입장에 서 있는가 하고 질문하기에 앞서 그것이 생산관계 속에서 어떻게 되어 있는가"[6]라고 질문해야 한다고 말했다. 작품의 정치적 차원은 어떤 면에서 비정치적 소재를 통해서 더욱 효과적으로 전달될 수 있을 뿐만 아니라 중요한 점은 주어진 소재를 다루는 작가의 방법론이라는 점을 말하고 있다. 『굿바이 미스터 하필』은 그런 가능성을 보여주는 성장소설로 볼 수 있다. 개인의 성장이 정치적 무의식과 어떻게 닿아 있는지를 살펴볼 수 있는 작품이라 하겠다.

5. 감성의 진화

성장소설은 근대적 주체의 성장과 사회적 상황의 이데올로기 전체를 문제를 삼는 양식이다. 우리 사회에서 성장을 이야기한다는 건 철저히 이데올로기적 스펙트럼을 통과하지 않을 수 없다는 점은 반성장을 이야기하든 가능한 성장의 알레고리를 끌어오든 작가들의 보다 내밀한 작업을 요구한다. 이를테면 제1회 창비 청소년문학상 수상작인 김려령의 『완득이』(2008)는 대중적인 성공을 거두었다. 그러나 이에는 문학적 득실을 꼼꼼히 따져보는 셈이 필요하다. 청소년문학이냐, 본격문학이냐는 논쟁을 이야기하려는 게 아니라 "2000년대 후반 대중들의 문화적 기호 변화를 능동적으로 포착해"[7]냈지만 그만큼 아쉬움도 큰 것 또한 사실이다. 청소년들의 감성과 단문적 배열은 가독성을 분명 높이고 있지만 작품은 대중성을 위해 너무 많은 것을 양보했다는 생각이 든다.

완득이의 담임선생인 똥주는 쿨한 척하지만 인정을 담고 있는 인물로 그려지며 운동경기는 주인공의 사회화와 작품의 성장을 위해 설치된 관성화된 장치이다. 문제는 이런 설정이 이미 기존의 대중문화의 수많은 캐릭터들의 범주에서 조합되었다는 데 있다. 희극적이면서 그 안에 대중들이 기대하는 따뜻한 감성을 버무려내는 충무로의 작업방식은 이미 영화와 각종 문화 엔터테이먼트의 상투적인 소재들이다. 게다가

---

6) 발터 벤야민, 반성완 역, 『발터 벤야민의 문예이론』, 민음사, 1983, 254~256쪽.
7) 이도연, 앞의 글, 272쪽.

좌충우돌하는 어수룩한 남자와 그를 좋아하는 여자의 사랑까지 대중들이 좋아할만한 요소는 아무 탈 없이 잘 설치되어 있다. "이주노동자나 다문화가족이 환기하는 디아스포라적 정체성"[8]라는 평가가 껄끄러운 점은 그래서이다. 외국인 노동자로 나오는 완득이의 어머니는 피부색만 다를 뿐이지 나머지는 우리사회의 표준적인 어머니상에서 벗어나있지 않다. 받아 들여질만한 이질성은 낯익은 귀환을 위해 멀어질 뿐이다. 대중들의 기호는 작가가 온전한 감당할 유혹이요 십자가임을 잊지 말아야 한다.

2000년대 작가들이 보이는 자유롭고 유희적인 창작태도는 80년대의 대타의식조차 찾을 수 없는 무중력의 공간으로 파악된다. 내면과 사회 그 어디에서도 진실이라고 말한 만한 것을 찾기 어려워졌다면 이제 필요한 것은 상실을 대체하려는 위무와 위로의 영역일지도 모른다. 이제 문학은 진실의 영역이 아니라 자기애의 배려를 통한 행복의 영역으로 들어섰는지도 모르겠다. 역시나 황석영의 『개밥바라기별』은 "문학과 뉴미디어의 결합 가능성과 문학의 새로운 시장적 가능성을 유감없이 검증받았다."[9] 그러나 중요한 점은 컨버전스 문화가 실어 나르는 것은 이 사회 어디에서도 찾지 못하는 질문에 목말라하는 대중의 소망이라는 점이다. 대중적 성공은 또 다른 평가를 위한 출발점이 되어야 한다. 성장에 관한 한국적 장편소설의 전범이 희박한 이유는 다른 항목으로 결코 대체되지 않을 과제이다. 당연하게도 좋은 문학은 대중에게 다가가는, 느리지만 결국은 가장 빠른 지름길이기 때문이다. 인터넷이 안되면 활자를 통해서라도 보고 싶고 것은 보고 읽고 싶은 것은 읽을 터이니 말이다.

이훈
문학평론가. 1972년생. 2007년 《실천문학》 신인상 당선. 경희대 객원교수 ki876@hanmail.net

8) 위의 글, 267쪽.
9) 소영현, 앞의 글, 253쪽.

<이 작가를 주목한다>에서 언급했던 소설가와 시인들

소설가 이명랑(≪작가와비평≫ 2호, 2004.11)
시　인 이　원(≪작가와비평≫ 2호, 2004.11)
소설가 김지우(≪작가와비평≫ 3호, 2005.06)
소설가 한지혜(≪작가와비평≫ 3호, 2005.06)
소설가 손홍규(≪작가와비평≫ 4호, 2005.12)
소설가 김이은(≪작가와비평≫ 5호, 2006.06)
시　인 이승희(≪작가와비평≫ 5호, 2006.06)
소설가 김윤영(≪작가와비평≫ 6호, 2007.01)
소설가 김애란(≪작가와비평≫ 6호, 2007.01)
소설가 심윤경(≪작가와비평≫ 7호, 2007.08)
시　인 이병률(≪작가와비평≫ 7호, 2007.08)

이명랑　이 원　김지우　한지혜　손홍규
김이은　이승희　김윤영　김애란　심윤경　이병률

우스꽝스러운 지옥도(地獄圖)가 생성되는 몇 가지 원리 / 이정현

: 이시백론

야릇한 것의 시작 / 이근화

: 진은영론

이 작가를 주목한다

소설가 이시백

경기도 여주 출생
중앙대 문예창작학과 졸업
1988년 『동양문학』 소설부문 신인상으로 등단
1990년 장편소설 『메두사의 사슬』(1990)
2003년 산문집 『시골은 즐겁다』(향연) 발간
2006년 자유단편소설집 『890만 번 주사위 던지기』(삶이보이는창) 발간
2009년 현재 경기도 수동면 광대울 산중에서 주경야독하고 있다.

우스꽝스러운 지옥도地獄圖가 생성되는 몇 가지 원리

이시백론

이정현

1. 불편한 웃음을 찾아가는 여로에서

늦겨울 바람이 매서운 2월, 작가 이시백이 은거하고 있는 남양주의 산골을 찾아 나섰다. 한 계절 내내 도시에서 은거하던 내게 던져진 이시백의 '농촌소설'은 묘한 기분을 선사했다. 복잡한 도시의 인물들과는 달리 이시백의 소설 속 인물들은 충분히 괴로운 삶의 여건 속에서도 웃고 있었다. 책을 읽는 내내 나는 그 웃음이, 불편했다. 웃음은 오로지 인간만의 소유이다. 웃음이 잦고 원인이 복합적일수록 그것은 어떤 이유(상황과 국면)들을 은폐하고 있다. 따라서 웃음은, 단자적인 것이 아니다. 웃음이 이루어지는 것은 인간들 사이의 사회적 삶에서이다. 다시 말해서 웃음은 관계 속에서 나오는 것이다. 인간의 웃음은, 광인이 아니라면, 혼자 웃을 때조차 사회적이다. 베르그송의 전언에 따르자면, 웃음은 생명 있는 생생한 것에 덮여 씌워진 기계적인 것이기 때문이다.

일반적으로 비극보다 희극을 창출하기가 더 어렵다. 슬픔과 비애는 쉽게 직조되지만 웃음이 이루어지는 풍경은 복잡한 '관계'의 터널을 거친다. 상황과 말투, 표정, 그리고 의식적인 도피까지, 웃음을 만드는 기제는 다양하다. 이시백의 연작소설집 『누가 말을 죽였을까』(삶이보이는 창, 2008)에 등장하는 인물들은 그것을 가르쳐준다. 다양한 인물들이 얽히며 만들어내는 소설 속의 풍경은 계속해서 읽는 이에게 웃음을 선사하지만 그 웃음들은 어쩔 수 없이, 슬프다. 웃음은, 궁극적으로 슬픔을 견인하는 동력이 아닐까. 웃음, 그 자체의 맑은 이미지를 겨냥할 생각은 없다. 필자가 말하고 싶은 것은 웃음을 짓는 자 스스로가 의도하지 않은 상황의 기계적인 틈입이므로. 소설을 읽는 내내 조용한 미소를 짓고, 때로는 포복절도하다가 결국은 불편해져 버린 이유이다. 동시에, 농촌을 배경으로 불편한 웃음의 풍경을 그린 작가를, 찾아 나선 동력이기도 하다.

프랑스의 소설가 장 그르니에는 이렇게 말한 바 있다. "모든 아름다운 곳에는 무덤이 있다." 소설가 이시백을 찾아가는 여정에서 나는 기꺼이 그 말에 동의할 수 있었다. 우리나라의 산 좋고 물 좋은 곳에는 과연, 무덤이 많았으므로. 소설가 이시백이 은거하고 있는 남양주의 아름다운 산골도 다르지 않았다. 그러나 남양주의 산골에는 무덤 외에 다른 것들도 존재했다. (남양주뿐 아니라) 우리의 아름다운 곳에는 무덤 말고도 두 가지가 더 존재한다. 군부대, 그리고 러브호텔. 이 세 가지는 우리의 현실에서 묘한 은유로 다가온다. 양지 바른 산자락에 들어앉은 무덤들을 바라보다가 눈을 돌리면 철조망에 둘러싸인 군부대가 들어오고 강가에는 러브호텔 등 위락시설이 늘어선 풍경이 들어온다. 이것들은 '동시에', '같은 공간에' 존재한다. 믿기 어려우면 당신도 눈을 뜨고 살펴보라. 어울리지 않는 이 세 가지는 우리의 의식과 역사를 압축시켜서 보여주는 강렬한 은유가 아닐까. 무덤은 안락과 평안을 내세에서라도 이루려는 인간의 안간힘을, 군부대는 국가이데올로기의 폭력적인 세뇌를, 러브호텔을 비롯한 위락시설들은 은밀한 쾌락의 이미지를 통해 인간의 욕망을 상징할 터이다. 이 세 가지는 인간이 스스로의 터전을 파괴하면서도 어떻게 웃을 수 있는지를 파악할 수 있는 은유적 증거물이다. 소설가 이시백의 소박한 자택이 들어서 있는 남양주 수동면의 풍경은 앞서 언급한 '한국적 은유'의 압축판이었다. 그의 소설이 선사하는 웃음에 불편함을 느끼면서도 농촌의 나른한 풍광을 연상했던 내 생각은 그야말로 단순한 읽기이자 도시 안에서 관조한 결과였음을, 아프게 확인할 수 있었다. 폐가弊家를 연상시키는 허름한 집들 너머로 서울의 대학교수와 '사장님'들이 휴양을 위해 지었다는 깔끔한 전원주택과 별장이 들어서 있고 건너편 산자락은 흙먼지를 날리며 사정없이 깎여나가고 있었다. 또한 '농촌의 도시화'라는 국가적 개발 열풍에 노출되어 황급히 도시의 풍경을 닮아가는 읍을 빠져나와 수동면으로 가는 길에는 쾌락을 위해 잠시 놀러오는 사람들을 위한 시설이 빼곡하게 들어서 있었다. 별장과 모텔, 텃밭을 일구는 노인의 쓸쓸한 뒷모습, 그리고 곳곳에 군사시설이 존재하는, 어울리지 않는 것들이 동거하는 풍경. 이시백의 소설은 바로 이 풍경 속에서 펼쳐진다.

2. 낡은, 그러나 여전히 작동되는 이분법

우리의 소설사를 살펴볼 때 농촌소설들은 어쩔 수 없이 상당 부분 '적대적 이분법'을 내재하고 있다. 이를테면 '농촌'과 '도시'라는 두 개의 이질적인 항목을 설정하고 많은 가치를 양립시키는 형국이다. 이러한 이분법은 소설뿐만 아니라, 시, 영화와 드라마 등 활자와 영상 매체의 기저에 견고하게 박혀 있다. 군사 독재정권의 '농촌의 도시화' 계획이 본격적으로 진행되기 전에 농촌에서 태어나고 성장기를 보낸 대다수의 사람들—특히 이시백과 같은 50년대 후반생들을 비롯하여—은 농촌이라는 공간을 '따뜻함, 고향, 고요함, 선함, 이타성'이 가득한 정서의 기원으로 여기는 데 주저하지 않는다. 반면 경제성장으로 인하여 청년시기에 도시에 진입한 그들에게 도시라는 공간은 필연적으로 '차가운 타지'이며 '시끄럽고, 잔인하고, 이기적인' 공간으로 인식된다. 이문구의 『우리 동네』(1981) 연작과 김승옥의 「무진기행」(1964)이 지니는 상반되는 이미지를 염두에 둔다면 '농촌 / 도시'라는 이항대립을 쉽게 연상할 수 있으리라. 도시에서의 무의미한 삶에 지친 사람들은 농촌으로 상징되는 정서적 휴식처를 찾아 떠나지만 생활의 지속을 위해 잠시 머물다가 다시 도시로 돌아간다. 삶의 터전이 되지 못하는, 노스탤지어로 작용하는 안식처로서의 농촌(고향). 이러한 인식은 그 동안 손쉽게 각인되어 왔다. 농촌 소설만이 아니라 1960~70년대 소설을 기점으로 지금—여기까지 수많은 소설과 드라마, 영화 속에서 이러한 이분법은 계속 현재진행형으로, 작동 중이다. 입소문을 타고 최근까지 흥행 중인 다큐멘터리 영화 〈워낭소리〉(2009)의 성공도 '농촌 / 도시'의 이러한 적대적 이분법에 상당 부분 빚지고 있다. 아울러 노년층과 장년층 대다수가 우리의 경제구조가 1차 산업에 머물렀던 시기에 성장했다는 사실과도 연동되어 있다.

현실도 과연 그러한가. '농촌 / 도시'라는 이분법은 낡은 채로 여전히 작동되고 있지만 대다수 사람들은 이미, 알고 있다. 적대적인 이분법으로 갈라놓지 않더라도, 이미 자신들이 태어나고 성장했던 농촌은 이미 찾을 수 없음을. 영화 〈워낭소리〉의 성공은 이미 파괴되어 버린 줄 알고 많은 이들이 체념했던 농촌의 가치들—이를테면 신뢰, 우직함, 소박함, 변하지 않음—이 여전히 존재함을 확인하며 기꺼이 감동할 준비가 되어 있는 노년층과 장년층의 지원에 힘입은 바 크다. 깊은 곳에 묻어둔, 아련한 기억을 자극하면 인간은 반응하기 마련이다. (기억과 향수를 자극하는 데 있어서 '실화'라는 이미지를 입힌 다큐멘터리라는 장르는 더없이 효과적이다.) 이는 〈워낭 소리〉가 좋은 영화라는 사실에 일정 부분 동의하면서도 영화의 흥행요인에 대해 어떤 의구심을 지울 수 없었던 이유이기도 하다.

그렇다면 농촌은 영화 속의 늙은 소가 주인과 오랜 세월을 함께 하며 변함없이 신뢰를 지키던 공간에서 얼마나 멀어졌는가. 이시백의 소설은 이 질문에 대한 구체적인 답변으로 다가온다. '연작소설' 형태를 취하고 있는 이시백의 『누가 말을 죽였을까』에 수록된 단편들은 오늘날의 농촌을 풍자적인 동시에 사실적으로 묘사하고 있다. 무엇보다도 지금—여기의 농촌은 조용하지 않다. 첫 소설 「땅두더지」에서 재규 씨는 아들과 심각한 갈등을 겪고 있다. 평생 씨앗을 뿌리고 수확하는 정직한 삶을 살았던 재규 씨에게 아들은 이미 그런 시대는 지나갔음을 강변한다. "즤 땅 갖고 즤가 먹고 살 곡석 길러먹는다는디, 대통령이 뭐고 에프티에이가 무슨 소용"이라는 재규 씨의 당연한 말에 아들은 땅두더지처럼 땅만 파먹고 사는 세상은 지나갔다며 재규 씨의 순박함을 질타한다. 국가가 앞장서서 땅값 상승을 부추기고 농산물 가격을 형편없이 떨어뜨리는 마당에 재규 씨와 같은 순진한 농부는 더 이상 땅에 기대어 살 수 없다. 아들은 이미 그 '대세'를 파악하고 아버지에게 땅을 팔아넘기자고 말한다. 재규 씨는 갈등한다.

> 알량한 땅 붙들고 있다가 일이라도 당하면 공연히 남은 자식들에게 세금이며 서류만 복잡하게 하여 원망만 들을 일이었다. (…중략…) 그러면서도 재규 씨는 일찌감치 밥술깨나 먹는다는 이들이 문전옥답 다 팔아 자식들 공부 시키고는, 막상 답답한 아파트 구석방에 갇혀 숨도 크게 못 쉬며 눈칫밥으로 노후를 보내는 것을 번연히 알고 있었다. 죽으나 사나 땅두더지처럼 흙만 파먹고, 제 땅을 지킨 이들은 이제 행정수도다 뭐다 하여 덩달아 오른 땅값으로 멀리 있던 자식들까지 한걸음에 달려와 갖은 정성으로 수발과 효도를 받는 것도 보고 있다.
>
> —「땅두더지」, 28~29쪽

땅을 팔 수도, 계속 남아 있을 수도 없는 '땅두더지'로서의 삶은 점차 궁지로 내몰릴 수밖에 없다. 언젠가 개발의 삽날이 땅두더지가 살아가는 터전을 뒤엎을 날은 오고야 말테니까. 그렇지만 평생 땅을 파먹고 살던 땅두더지가 도시로 이전하여 행복한 삶을 꾸리길 바랄 수도 없다. 이렇듯 잔존과 이전 사이에서, 오늘날의 농촌 가정들은 지금 이 시간에도 수많은 갈등을 겪고 있으리라. 땅두더지로 남으려고 해도 소용없는 현실은 이어지는 소설 「조우」에서도 나타난다. 종필은 젊은이들이 돈을 벌기 위해 도시로 떠난 고향 마을의 젊은 일꾼이자 '영농후계자'이다. 그는 피폐해지는 고향 마을을 구하기 위해 갖은 노력을 행한다. 도시인들의 농촌에 대한 향수를 이용하여 '생태마을' 계획을 추진하기도 하고, 유기농법을 도입하는가 하면 마을 노인들에게 컴퓨터를 보급시키기 위한 '정보화 마을' 구축하기 등 '농촌의 선진화'를 위해 애를 쓰지만 늘 피해만 보고 종국에는 마을 사람들의 원성만 듣게 된다. '정보화'를 위해 들여놓은 '콤퓨타'는 아내의 인터넷 고스톱 놀이기구로 전락하고, 농업고교에 진학한 아들이 학교에서 하는 일이란 축산과라는 명목 아래 남의 농장에 가서 "상머슴 노릇하는 것"(38쪽)에 불과하다. 이런 와중에 깨끗한 농산물을 찾아 생태관광을 오는 도시인들의 작태와 농민들의 돈을 모아 '사업'을 벌이는 농협은 종필의 의지를 여지없이 무너뜨린다.

> 당장 제 자식부터 농사 안 지으려 하고, 시킬 마음도 없는데 앞날이 뻔한 거 아닌가. 그저 한 푼이라도 더 받아 내려고 떼쓰는 꼴이 아닐 수 없었다. 자신부터도 땅 팔아서 서울로 떠나려 하고, 막상 서울 가서 살다 보면 쌀금 올라야 좋은 낯색 할 리가 없는데, 언제까지 선량한 고향 팔아가면서 농촌 살리라고 악을 쓸 수 있을까.
>
> —「조우」, 42쪽

이들은 결국, 땅을 팔아치우고 도시로 편입되거나 농사를 짓더라도 정부의 보조금에 기대야 하리라. 그러나 여기에도 '농간'은 계속된다. 「방골 골프장 저지 투쟁 위원회」(이하 「방골」)와, 「소적리 데모쟁이」는 종필 씨나 재규 씨처럼 자의든 타의든 농사짓던 땅을 팔 수밖에 없는 상황으로 내몰리는 농민들을 상대로 자행되는 일들을 다루고 있다. 「방골」에 등장하는 영배 할배는 다 큰 어른들이 "주먹만 한 공을 작대기로 후려쳐서, 쥐구멍에 집어넣는" 골프라는 운동을 위한 시설이 마을에 들어선다는 소식을 듣고 어이 가 없다. "다 큰 으른들이 그따위 다마치기 노름을 하고 노는 것"도 황당한 판에 "데모하는 데는 선수들이라는 장정"들이 마을에 들어와서 "환경이니 생태니 하는 말들을 한창 지껄이는" 말들을 통 알아들을 수가 없다. 데모꾼(이들은 현 정권에서 말하는 소위 '떼잡이'들과 흡사하다)들이 들어와서 경찰과 대치하는 상황까지 벌어지고 나서야 그들의 목적은 명확해진다. 공사를 늦추면서 협상을 통해 땅값을 상승시키려는 것이다. 이 과정에서 마을 이장은 동네 사람들을 설득하고 다닌다. 땅값 상승에 관한 협상이 끝나자 '떼잡이'들은 흔적도 없이 사라진다. 그들은 처음부터 땅값 상승을 주도하고 대학생들이 데모하러 들어오는 것을 막는 것이 목적이었으므로. 땅을 지키려던 영배 할배 앞에서 아들마저 이렇게 내뱉는다.

> 골 빠지게 농사지어봐야 비료 값, 농약 값두 안 나온다고 케비에스 뉴스를 허신 분이 누구신대유? 이번을 기회루 타산 안 맞는 농사를 줄이구, 남들처럼 투자가치 높은 데다 쟁겨 두는 거시 훨 낫쥬
>
> —「방골」, 220쪽

이와 같은 풍경은 「소적리 데모쟁이」에서도 반복된다. 미군기지 이전을 반대하는 투쟁을 벌이는 '떼잡이'들이 한바탕 휩쓸고 지나간 후에 남는 것은 철저한 계산이다. 여기에도 어김없이 마을 이장을 비롯한 '내부협력자'가 활약한다.

> 아, 띠 두르구 악 쓰니께 그나마 보상비 올려 받은 거 아녀. 츰부텀 내는 미리 계산을 놓아 둔 일이여. 동산리 이장이 즤들두 츰에 그리 데몰 혀서 재밀 봤다구 코치를 해 주었지.
>
> —「소적리 데모쟁이」, 237쪽

능청맞은 사투리 사이로, '땅두더지'들이 평생을 기대고 살아온 땅들을 '가격'으로만 가치평가 하는 잔인한 풍경은 지속된다. 땅은 개발업자와 군부대 이전으로 인하여 침탈되지만 농촌 사람들에게 그 이후의 삶

에 대한 보장은, 존재하지 않는다. 그럼에도 불구하고 농촌에 닥친 실질적인 문제들은 은폐되고 농촌의 현실은 외면당하며 단지 상징적인 안식처로 전락시킨다. 그러나 여기서도 여전히 농촌(내부)은 선하며, 외부(개발업자, 정부)는 악하다는 이분법은 유효하다. 골프를 작대기로 쥐구멍에 공을 넣는 노름 정도로 파악하는 순진무구한 사람들의 남겨진 삶은 어떻게 될 것인가. 아무도 대답하지 못한 채로 우리의 근대화는 진행되었고, 앞으로도 계속 진행될 것이다. 낡은 이분법이 은폐하는 가운데 지옥도의 밑그림은 거의 마무리 되었다. 날카로운 욕망들이 얼마나 순진무구하게 말하여질 수 있는가를 냉정하게 바라보는 작가의 눈은 이제 '내부'까지 파고들며 색을 입힌다.

3. 연대와 저항을 막는, 분열과 무지의 풍경

이시백의 소설은 피폐한 농촌 현실에 대한 독자적인 시선을 확보하고 있기에 문제적이다. 우리는 이미 농촌을 연민이 담긴 눈으로 응시했던 지난 시절의 소설들을 알고 있다. 그 소설들과는 달리 이시백의 소설에 등장하는 인물들은 농촌의 인간적이고 따뜻한 풍경을 견고하게 만드는데 기여하지 않는다. 그들은 도시인 못지않은 욕망에 젖어 있으며 무지로 인해 전락의 상황으로 스스로를 몰아가면서도 그것을 깨닫지 못한다. 다시 말해 많은 사람들이 고향의 이미지로 떠올리는 인물들이 아니다. 이들은 무지 속에서 천박한 욕망에 쉽게 포획되고, 기세등등하던 국가의 폭력이 판을 쳤던 시대를 그리워하는가 하면, 농촌 개발의 열풍에 기대어 이웃의 정보를 파는 등 속물의 모습을 띠고 있다. 「방골」과 「소적리 데모쟁이」의 '이장'과 영농 후계자 종필 씨, 그리고 아들과 땅 문제로 다투는 재규 씨와 영배 할배의 모습을 통해 우리는 그 모습을 적나라하게 볼 수 있다. 농촌 사람들이 겪는 부적응과 소외는 과연 변해가는 세상의 속도에 적응하지 못함에서만 비롯되는가. 이시백은 이들의 부적응과 소외의 원인을 '외부'의 개입에서만 찾지 않는다. 외부의 타격이 강해지면 내부는 더욱 단단히 뭉치는 것이 일반적이지만 이시백의 인물들은 저항을 위한 견고한 연대를 이루지 못한다. 연작으로 이어진 풍경들 속에서 인물들은 서로 이어져 있으면서도, 연대하지 못하고 각각의 난관에 봉착하여 차례차례 '각개격파' 당한다. 날카로운 욕망들이 순진한 사투리로 뱉어내는 풍경을 직조하는 이시백은 그들의 '의식'을 응시한다.

「복」의 최 회장은 월남 참전 경험을 바탕으로 마을의 반공 교육을 도맡고 있다. 고엽제에 대한 보상 문제가 불거지자 최 회장은 상이용사 노릇까지 하며 '끗발'을 세운다. 그러나 "반공이란 말은 어느 결에 슬그머니 통일이란 말에 덮여" 흔적도 없어지고 반공용사인 그를 찾는 이도 줄어든다. 최 회장은 바뀐 현실에 분노하며 "언제고 때를 만나 예전처럼 군인이 나라를 다스리는 시절"이 다시 오면 세상 사람들에게 복수하겠다고 이를 간다. 최 회장과 같은 인물들은 연작 소설들 속에서 자주 등장한다. 「없을 무, 암 것두 암」에 등장하는 다음과 같은 대사는 대통령이 막강한 권력을 휘두르던 군사 정권 시기를 그리워하는 농촌 인물들의 의식을 대변한다.

> "으른이면 으른 노릇을 혀야 으른 대접두 받는 거시쥬. 아 전 대머리럴 보셔유. 몇백 억을 해 먹어 도 부하덜 죄 나눠 주니께 밑엣 사람덜이 여적지 으른으루 뫼시잖어유. 근디 그 노가리는 워쩌유? 혼자 해 먹으려다 지두 못 처먹구, 냄두 먹은 거시 읎으니 곁에 남아봐야 욕백에 더 은어 먹겄시유. 그러니께 여치츠름 다 튀어 갔겄쥬."
>
> "그 으른이 혼자 뭘 드실 분이여? 노심초사 농민덜 위해구, 국민덜 위해서 불철주야루 고민허던 분인디……."
>
> —「없을 무, 암 것두 암」, 139쪽

전두환과 노태우를 비교하는 이 대화 속에서 무지한 농민들은 정치

권력자를 '으른'으로 여기고 의식적으로 그들의 지배 아래 있던 시절을 그리워한다. 자신이 먹은 것을 나눠주는데서 '으른'들은 존경을 획득할 수 있다는 전제 아래서. 이시백이 그리는 농민들은 독재를 자행했던 자들에 대한 비판의식을 갖고 있지 않다. 오히려 밥그릇을 확보해줬던 지난 시절에 대한 향수를 숨기지 않는다. 이들은 다만 그 시절을 향수할 뿐 박정희, 전두환, 노태우로 이어지는 군사정권 시기 동안에 꾸준히 진행되어 왔던 것이 바로 '농촌의 근대화'였으며, '애국운동'으로 여겨졌던 '새마을 운동' 이후에 농촌의 황폐화가 더욱 심해졌다는 현실에 대한 자각을 하지 못한다. 농촌의 근대화가 시작될 무렵 증산된 식량과 깔끔해진 고향의 외양에 들떴던 농민들은 그 시절의 '으른'들과 '애국운동'을 기억하며 이렇게 말한다.

> 으르신 살았을 때, 새마을 운동 앞장서던 분덜 봐유. 국회의원으루 딴딴한 회사 회장으루 높은 자리서 애국허믄서 살잖으유,
>
> —「누가 말을 죽였을까」, 131쪽

이들이 응시하는 것은 오로지 '지금—여기'에서의 이익이다. 이 근시안적이고 무지한 의식의 대가는 무엇인가. 이시백은 표제작 「누가 말을 죽였을까」의 마지막에 제시한 독백을 통하여 이 근시안적인 의식의 대가가 무엇인지를 직설적으로 언급한다.

> 그럼 너는 뭐냐?
>
> 양반이 배 내밀고 타고 다니다, 늙어 허리가 꺾어져 죽은 말과 다를 바가 무엇이더냐? 그것도 정이랍시고, 새에게 쪼이고 개에게 뜯기지 않도록 길가에 묻어준 것만으로도 평생토록 주인 태우고 다닌 덕이라고 감지덕지하는, 너는 도대체 말이 아니고 또 뭐란 말이냐?
>
> —「누가 말을 죽였을까」, 131쪽

이 문장을 읽으며 우리는 비로소 〈워낭소리〉에 담긴 따뜻한 신뢰가 불편했던 이유를 깨달을 수 있다. 풍경을 전회轉回시킨다면 쉽게 이해할 수 있으리라. 영화 속의 소를 나라의 '으른'에게 감사해 하며 평생 땅만 파다가 자본(욕망)의 침입으로 삶의 터전을 잃는 농민에 대한 은유로 받아들이면 어떠한가. '애국운동'인 새마을 운동에 앞장서고, 선거 때면 '으른'들에게 표를 몰아주고 분단된 조국을 위하는 길이므로 선선히 미군부대 이전에 협조하는 농민들. 이 순박한 농민들이야말로 〈워낭소리〉의 소와 같지 않은가. 영화 속의 할아버지는 평생 자신을 위해 일한 소를 그리워하고 매장한 뒤에 소의 죽음을 애도해 주지만, 현실의 '으른'들은 과연 그러한가. 기력을 잃은 소의 짐을 덜어서 지고 가거나 마지막 순간 소의 고삐를 풀어주며 눈물을 보이는 할아버지의 그것과 조금이라도 닮았는가. "너는 도대체 말이 아니고 또 뭐란 말이냐?"는 마지막 질문에서 '말'을 〈워낭소리〉의 소와 흡사한 삶을 사는 농민들로 치환시킨다면, 농민들의 근시안적인 향수에 내재된 어리석음에 균열을 가할 수 있으리라.

농촌 사람들의 인식에 대한 이시백의 비판은 한층 더 나아간다. 「새끼야 슈퍼」의 주인공 평식은 자신이 운영하는 슈퍼에서 물건을 구입하는 외국인 노동자들에게 주저하지 않고 거친 언어폭력을 구사한다. 처음에는 외국인 노동자들을 낯설어하던 평식은 '차츰 익숙해지면서' 그들에게 욕을 덧붙였다. 새끼야.

> "뭐 줘, 새끼야."
>
> "씨발 새꺄. 오천원 여."
>
> "말두 떡떡히 못혀, 병신 새끼야."
>
> 이러다 보니 한국말에 익숙지 않은 외국인 노동자들은 가게 주인이 말끝마다 '새끼야'를 붙이는 동산슈퍼를 '새끼야 슈퍼'라고 저들끼리 부르게 되었다.
>
> —「새끼야 슈퍼」, 189쪽

외부의 억압과 침탈보다 심각한 것은 내부의 갈등과 더 나약한 자들에 대한 폭력이 아닐까. 베트남에서 미국의 대리전을 치루고 왔으면서도 참전 경력을 훈장 삼는 최 회장과 베트남에서 돈을 주고 데리고 온 신부를 가차 없이 위협하며 비인간적으로 대하는 「개 값」의 충국은 약자의 약자에 대한 폭력을 담은 풍경을 더욱 견고하게 만든다. 약하고 무지한 베트남 신부와 외국인 노동자들은 그들의 폭력에 속수무책으로 노출된다. 마찬가지로 평식과 충국, 최 회장을 비롯한 이들이 존경하는 '으른'들도 농민들이 약하고 무지해 보였기 때문에 '애국운동'으로 내몰며 이용했으며 FTA와 쇠고기 협상 등을 '아무렇지 않게' 실행하지 않았는가. '으른'들의 폭력과 농촌 사람들의 풍경은, 이렇듯 다르면서도 닮아 있다. '으른'들의 실상을 인식하지 못하며 더 약한 자들에 대한 폭력을 태연하게 행하는 이들의 모습은 앞서 명명한 '낡은 이분법'에서 명명된 '농촌 / 도시'의 항목들을 서로 교환해도 지나치지 않을 정도이다. 이쯤 되면 우스꽝스러운, 그러므로 더욱 끔찍한 지옥도는 거의 완성단계다. 스스로를 반성하지 않는 풍경을 '절망'이라고 명명했던 한 시인의 언급은, 여전히 유효하다.

> 농촌의 상황이 힘든데 농촌을 위하는 소설을 쓰지는 못할망정 왜 그렇게 직설적으로 썼느냐는 질문을 많이 받는다. 그러나 상당부분 진실이 아닌가. 농촌이 힘든 것은 사실이지만 농촌의 이미지를 왜곡하고 소비하는 데 일조하는 소설을 쓰는 건 기만이다.
>
> —지난 2월, 필자와 작가 이시백의 대화 중

4. 세대의 양가적 위치와 부채의식에 관하여

개인적인 고백이 허용된다면, 지난 늦겨울의 담화에 대해 적으려 한다. 나는 소설가 이시백의 서재를 찾아가서 아직 사회학적으로 정확하게 호명되지 못한 나의 세대에 관해서 토로했다. 386선배들이 보기에는 한없이 나약하고 책임감 없는 세대로 비춰지는 세대. 그러나 대학시절 IMF의 환란을 맞이하여 1990년대의 후반을 암담하게 보내야 했던 세대. 그래도 386세대 선배들은 확고히 싸워야 할 무엇이 존재했었고, 우리처럼 밥벌이를 구하기 어렵지는 않았느냐고 반문했다. 아울러 선배들에게는 성장을 요구받으며 어린 세대와는 일정 부분 섞이기 어려운 간극이 존재하는, 불안한 나이라고 술에 흔들리며 주절거렸던가.

어느 세대가 그런 시기를 거치지 않았을까. 어리석게 떠든 것을 후회하던 찰나에 소설가 이시백은 동질감을 피력했다. 자신은 지금까지 세대에 관해서 부채의식을 느낀다고. 이시백은 74학번이다. 전쟁이 끝난 후에 출생한 1950년대산産 세대는 전쟁을 경험하지 않은 '신세대'였다. 이 세대들은 박정희의 통치를 비롯한 군사정권 시기에 청춘을 보내야 했다. 전쟁을 직접 경험한 세대들에게 그들은 전쟁을 모르는 철부지였고, 군사정권과 정면으로 맞섰던 386후배들에게 그들 중 상당수는 '가해자'였다. 쉽게 말하자면 광주 때문에 분노했던 후배들에게 그들의 세대는 '진압군' 세대였던 것이다. 광주에 진압군으로 들어갔다가 폭력에 중독되고, 훗날 종교에 맹목적으로 몰입하는 인물('영세')이 등장하는 이시백의 최근작 「마비」는 그 세대의 한 단면이 아닐까. 경제발전의 주역인 동시에 군사정권의 반공교육과 강요된 폭력에 정면으로 노출되었던.

"나두 텔레비전서 봤는디, 광주에 빨갱이허구 폭도란 것들이 깽판을 쳐가지구, 공수부대가 들어갔단 소린 들었어."

"긔가 바루 우리 부대여. 0 공수. 허가받고 사람 패보긴 첨이대. 여관방에 들어가서, 홀딱 벗구 빠구리하는 걸 그냥 끌어다가 개머리판으로 조지는디, 퍽 치니께 핏물이 쭉 나오믄서 대굴빡이 박덩이츠럼 쫙 빠개지더만."

—「마비」, ≪실천문학≫, 2009년 봄, 226쪽

한편 경제기반이 1차 산업을 중심으로 형성되었던 시기에 출생했기에, 그들 세대의 대다수는 바로 농촌이 고향이다. 그들은 농촌에서 성장했으며 도시로 진출하여 경제 발전의 원동력이 된 세대이다. 이시백도 농촌이 고향이다. 이는 이시백이 농촌을 배경으로 소설을 창작할 수 있는 동력이 되었음은 물론이다. 그러나 농촌을 소설의 배경으로 설정한 요인은 단지 성장기의 체험 때문만은 아니리라. 계급은 상당 부분 의식과 학습의 영향을 받지만 세대란 무의식의 영역에 속하지 않을까. 혹독한 군사 정권 시기를 관통했으면서도 오히려 그것을 아름답게 향수하는 동세대의 모습, '끼어 있는' 세대로서 느꼈던 윗세대와 아래세대와의 간극, 농촌의 선한 사람들이 영위하는 순박한 삶이 점차 파괴되어 가는 모습들을 목도한 이시백의 세대에는 나름대로 겹쳐지는 무의식이 존재하지 않을까. 그 무의식을 기반으로 형성된 부채의식이 그로 하여금 글을 쓰게 만들었을 것이다. 문예창작학과를 졸업한 후 집안 사정으로 교직 생활을 시작한 이시백은 전교조 활동에 몸담기도 했다. '유신세대'로서의 부채의식이 그로 하여금 진보적인 교육 운동에 몸을 담게 한 원인이 되었으리라. 그러다가 이시백은 24년간의 교직을 접고 다시 문학으로 회귀했다. 무엇이 그로 하여금 다시 펜을 들게 하였는가.

작가는 누구나 '자신이 할 수 있는 이야기'를 통해서 발언하고, 주장한다. 이시백은 자신이 교직에 몸담았던 남양주시의 산골에 기거하며 자신을 둘러싼 풍경을 관조하며 글을 썼다. 그 풍경은 이시백의 소설과 〈워낭소리〉를 동시에 보고 그를 찾아오는 여정에서 내가 마주한 풍경이기도 하다. 별장, 모텔, 그리고 무덤이 동시에 존재하는, 어울리지 않는 풍경들의 공존은 그의 소설에 드러난 여러 인물들의 모습과 쉽게 겹쳐진다. 그의 눈에 비친 지금－여기에서 농촌 풍경은 소설 「천렵」의 마지막 장면과 흡사했으리라. 가뭄으로 인하여 물줄기가 끊겨서 웅덩이로 변한 강에서 온갖 사람들이 모여서 풍류를 즐기고 고기를 잡으며 난리법석을 피운다. 생존을 위해 더럽고 좁은 웅덩이로 '몰린' 물고기들의 모습은, 욕망에 물들어가는 현실 속에서 파괴되는 인간들의 삶과 겹쳐진다.

> "똥물이구 뭐구 괴기들이 바글바글혀."
>
> (…중략…)
>
> 사람들로 바글거리는 웅덩이를 바라보자니, 참으로 가관이 아니었다. (…중략…) 한편에선 멱살을 잡고 죽이네 사네 쌈박질을 하고, 그 곁에선 행여 자기네 매운탕을 뒤엎을까 삼각팬티만 입은 몸으로 솥을 감싸고 둘러앉은 이들과, 멀리서 보기에도 맵고 뜨거울 듯한 매운탕 국물을 후후 불어가며 입으로 가져가느라 분주한 이들과, 그 와중에도 마침 웅덩이가 빈 틈에 고기를 건지려 서둘러 투망을 던지는 군상들이, **만약에 지옥이 있다면 바로 이 모습이 아닐까** 싶었다.
>
> ―강조는 인용자, 「천렵」, 183~186쪽

고향, 교직생활, 현거주지 모두 농촌인 탓에 이시백 소설들의 배경은, 농촌이다. 그렇지만 나는 그를 '농촌소설을 쓰는 작가'로 명명하고 싶지 않다. 이시백 소설의 배경은 농촌이지만 그것은 외피일 뿐이다. 그는 농촌을 잠식하는 개발의 위협과 농촌 사람들의 무지몽매를 동시에 포착하면서 "지옥이 있다면 바로 이 모습"(186쪽)이리라고 언급한다. 그러나 농촌, 도시를 구분 짓지 않아도 지금―여기의 세계는 구도만 달리한 지옥도이다. '땅두더지'들을 몰아내기 위해 온갖 방법을 동원하는 '떼잡이'들과 부동산업자들, 그리고 내부협력자들의 모습은 낯설지 않다. 먼 기억을 호출할 필요도 없이, 이미 올해 초 용산에서 그 지옥의 가장 극렬한 장면을 목격했으므로. '으른'들에게 복종하던 시절이 좋았다고 회상하는 무지한 농민들도 낯설지 않다. 우리와 같이 사회를 구성하고 있는 사람들 중 대부분이 아직도 군사정권의 시작을 열었던 사람을 '가장 훌륭한 지도자'라고 여기는 곳에서 우리는 살아가고 있으므로.

이시백의 소설을 독해할 때 배경에 집착하게 되는 이유는 충청도 사투리와 작가의 '세대' 때문이리라. 모든 세대는 어쩔 수 없이, '끼어 있는' 세대이다. 모든 세대는 공통적으로 생성된 기억과 상처를 가지고 나름의 방식으로 상처를 내면화한다. 우리의 문학사에서 '전후세대', '4.19세대', '386' 세대, 그리고 '88만원세대'는 다양한 방식으로 호출된 바 있으며 지금도 많은 호명이 이루어지고 있다. 이시백은 여기에 그동안 외면되거나 불충분하게 조명되었던 '유신세대'와 '농촌세대'로서의 부채의식을 가지고 새로운 대화를 시도하고 있다. 한 세대가 지닌 부채의식을 해소하는 적절한 방식이란 어떻게 존재되고 기록할 수 있을까. 세대 사이의 원활한 대화와 소통이라는 손쉬운 대답은, 보류하고 싶다. 그보다 중요한 것은 바로 자신의 세대에 대한 반성과 돌아보기일 터이다. 이러한 자기반성의 터널을 통과한 후에야 비로소 세대와 세대 사이의 대화와 이해는 시작될 수 있지 않을까. '끼어 있는 세대'로서의 설익은 불만을 토로하던 내게 이시백의 자기고백과 소설들은 하나의 아픈 화두로 다가온다. 단순히 농촌을 보고 와야 글이 써질 것 같다는 이유로 막무가내로 이시백을 찾아 나선 여정의 수확은, 농촌 풍경의 확인이 아닌 '세대'와 '자기반성'이라는 화두였다.

5. 다시, 가능한 저항과 연대를 위하여

지금까지 우스꽝스러운 풍자를 거쳐서 그려지는 지옥도의 생성 요인을 살펴봤다. 농촌에서의 기억을 온전히 간직하고 있음에도 역사를 관통하는 시야가 결여된 인물들의 무지는 농촌의 현실을 더욱 파탄으로 몰고 간다. 아름다운 곳이면 어디든 파고드는 인간의 욕망은 지금도 수많은 산과 강을 파괴시키고 있다. 궁극적으로 박정희 시절부터 국가를 중심으로 부르짖었던 '농촌의 도시화'가 안팎으로, 완성 단계에 이르고 있다. 이미 우리의 내면에 상징처럼 지니고 있는 농촌은 거의 존재하지 않는다. 이런 상황에서 도시에서만 자라온 세대가 농촌 문제에 대하여 어렵지 않게 접근할 수 있는 방법이 있다. 농촌을 향해 무책임한 동정의 시선을 보내며 힘없는 구호를 외치는 것이다. 이는 손쉬운 도피에 불과하다. 자신이 딛고 서 있는 '여기'와 동떨어진 타지의 공간으로서 농촌을 설정하고 바라보는 것은 낡은 이분법의 연장이며, 풍경의 내부를 관통하지 못하는 얕은 시선이다. 이런 상태에서 외치는 저항과 연대의 구호는 공허할 따름이다.

당신은, 이 공허한 외침의 주인공이었던 적이 없는가. 한가한 어느 오후에 극장에서 〈워낭소리〉를 관람하고 농촌이 지닌(지녔으리라고 믿는), 이미지를 신봉하면서 풍경의 외부만을 바라보며 아쉬워하지 않았는가. 전략인 줄도 모르고 땅을 팔면서 시대에 맞춰간다고 생각하는, 무지한 농민들이 그려내는 풍경들을 단지 웃음의 코드로만 독해하지는 않았는가. 자기 세대가 지닌 아픔에 관해서는 엄살 섞인 비명을 지르면서도 다른 세대가 지닌 아픔은, 외면하지 않았는가. 이것들이 바로 우스꽝스러운 지옥도를 생성하는 마지막 요인이 아닐까.

우리가 딛고 사는 세계가 이미 거대한 지옥이라는 사실에 동의한다면 특정 소설의 배경은 중요하지 않다. 지옥 같은 세계에서도 숱한 무지와 갈등과 욕망 속에서도, 저항과 연대는 과연 가능한 것일까. 이 가능성을 타진하기에 앞서 나는 이시백 소설에 대한 명명을 수정하고 싶다. 그는 농촌을 이상적 이미지로 상정하여 일방적인 그리움으로 바라보는 농촌소설가가 아니다. 이시백의 소설은 농촌 소설이 아니다. 그의 소설은 농촌을 배경으로 이미 노년을 바라보는 자기 세대에 대한 고발서이며, 현실에 맞서기에 앞서 자기 안의 풍경을 냉철하게 관찰해야 함을 주장하는 '정치적 우화'이다.

외면되고 은폐되어 왔던 것들을 미학적으로 다듬어서 드러내는 것이 예술이라면, 표면 위로 드러난 것들을 통해서 무언가를 주장할 때 시작되는 것이 정치다. 보이지 않았던 풍경을 응시한다는 점에서, 들리는 소리들에 내재된 다른 소리들을 표현한다는 점에서, 예술과 정치는 긴밀하게 내통한다. 따라서 이시백의 소설은 농촌을 배경으로 한 정치소설이다. 현실의 정치와 사회를 직접적으로 묘사하지 않았더라도, 그가 그리는 인물들은 농촌이라는 공간에 포획된 자들이 아니다. 그 인물들은 확보된 안정 거리 밖에서 농촌의 문제를 무책임하게 언급하고 쉽게 외면하는 우리들과 다르지 않다. 우리는 이시백의 인물들을 농촌의 인물인 동시에 지옥을 살아가는 보편적인 인간의 모습을 그린 알레고리로 파악해야 하지 않을까. 이시백 소설을 읽으면서 그 안에 탑재된 웃음이 불편했던 까닭은, 이제야 확연해진다. 우스꽝스러운 지옥도는 농촌 사람들의 이야기가 아니라, 결국에는 스스로 '죽은 말'이라는 사실을 모르며, 자기부정이 아닌 자기연민에 시달리는 보편적 인간들의 이야기였으므로. 저항과 연대가 아직도 가능하다는 사실을 말할 수 있으려면, 바로 이 사실에 대한 인정과 성찰이 선행되어야 하지 않을까. 저 멀리에 존재하는 풍경이 실은 나를 지배하는 풍경이라는 사실을 깨달은 이후에, 비로소 우리는 저항과 연대를 다시, 새롭게 말할 수 있으리라.

이정현
문학평론가. 1978년생, 2008년 ≪문화일보≫ 신춘문에 문학평론 당선. 중앙대 국문과 박사과정, 주요 평론으로 「우연의 패러독스, 상처를 넘어 자기-되기」 등이 있음. sevastian2@freechal.com

이 작가를 주목한다

시인 진은영

1970년 대전 출생
이화여자대학교 철학과와 같은 과 대학원을 졸업했다.
2000년 계간 「문학과사회」 봄호에 시 「커다란 창고가 있는 집」 외 3편을 발표하면서 등단.
2003년 시집 『일곱 개의 단어로 된 사전』(문학과지성사) 발간
2004년 『순수이성비판, 이성을 법정에 세우다』(그린비) 발간
2007년 『니체, 영원회귀와 차이의 철학』(문학과지성사) 발간
2008년 시집 『우리는 매일매일』(문학과지성사) 발간

야릇한 것의 시작

진은영론

이근화

1. 우리 시대의 감각이 있다면

진은영 시의 상상력에 대해 논해야 한다면, 선명하고 감각적인 이미지들을 살펴봐야 할 것이다. 행과 행, 연과 연 사이의 비약적인 전개가 불러일으키는 낯섦의 효과도 따져봐야 할 것이다. 진은영은 '감각적 견자'라 불리기도 하고(차창룡, 「우리는 매일매일 거룩하고 허무한 줄넘기를 한다」), '대상적 실체'가 아닌 '감각적 속성'을 묘사하는 것이 그의 시의 가장 특징적인 언술 방식으로 꼽히기도 한다(오형엽, 「꿈속의 진혼제」). 모호한 정념들로 가득 찬 기표들과 그 기표들 간의 생산적인 충돌이 젊은 시인들의 공통된 특성이라면, 진은영의 시도 그러한 특성을 분유分有하고 있는 것 같다. 우리는 "몽상적 물질들"로 가득 찬 그의 시에서, "이미지의 우연적인 결합과 비약들로 그려진 기하학적 무늬"(신진숙, 「실패라는 미학적 거절」)를 보게 된다. 그의 시는 마치 이 세계에 한쪽 발만 들이밀고 있는 것처럼 몽환적이고 환상적인 느낌을 불러일으키며, 우리는 그의 언어에 매혹된다.

대상과 소통하는 시인의 독자적 에너지가 분출하는 데서 시적 언어는 출발할 것이다. 독자성과 소통성이라는 두 개의 서로 다른 특성이 어떻게 시적 감각 속에 융회되는가. 진은영은 "우리가 특정한 방식으로 느끼는 감각의 확실성을 뒤흔들면서 감각을 불안정하게 만드는 일이 문학적으로 가치 있다고 믿"는다(진은영·김안, 「어둠 속에서 호명하는 문학적인 삶들」). 또 "새로운 고뇌, 새로운 불확실성에 도달하기 위해서 감각적으로 의심한다"(진은영, 「카프카와의 대화」). 이 말들은 소통성보다는 독자성을 강조하는 것 같지만, 의심과 회의의 대상으로서 '감각'을 문제 삼는다는 것은 소통성 그 자체에 대한 문제 제기라고 할 수 있다. 그것은 독자성을 확보하기 위해 '다른' 소통 방식을 추구하는 일이 된다. 결국 진은영은 시에서 독자성과 소통성, 그 어느 것도 포기하지 않는 것 같다.

그런데 문제는 '감각'의 영역과 그 경계를 설명하거나 확정지을 수 없으며, 익숙해진 감각을 교란시키려는 목적만으로 시의 언어가 장르적으로 구축되지 않는다는 점이다. 상투성을 피하려는 언어 역시 상투성에 빠지기 쉽다. '새로운' 언어와 감각을 상상력이나 환상성의 차원에서만 논할 수도 없을 것이다. 실재와의 대면을 통해 시적 언어가 발생하는 것이라면, 그리고 그러한 순간을 기입하는 '불확실한' 주체가 있다면, 시적 독자성은 소통성의 필수 불가결한 조건이 되는 것이 아닐까. 소통과 불화는 하나의 거울 속에 비춰지는 '나'의 모습들일 것이다. 때로는 '금이 간' 거울들이 이 세계를 더욱 '진실되게' 비출 수도 있다는 생각을 해본다. 진은영이 "시를 통해 습관화된 감각과는 다른 감각을 촉발시키고, 나와 내 시를 읽는 사람들의 신체적 감각을 변화시키는 데 자꾸 관심이 가요"(김행숙, 「진은영과 친구되기」)라고 말했듯이, 그는 메시지를 전달하기 위한 글쓰기보다는 서로 다른 것들을 만나게 하는 장을 열어 미지의 감각을 불러일으키고 이질적인 경험을 생산하는 데 특장을 가지고 있다. 어쩌면 격절과 비약 없이는 이 세계를 감각화하는 것이 불가능한 것인지도 모른다. 물론 의미의 문법과 감각의 문법이 미묘하게 갈라지는 지점에 대한 인식 없이 이러한 작업은 이루어질 수 없을 것이다.

아마도 '사회학적 / 정치적'이라는 수식어를 붙여서 사용한다면 진은영의 시를 더 잘 말해줄 수 있을 것도 같다. 진은영 시의 사회학적 / 정치적 상상력(이찬은 백무산에 대해 "정치적 생태시"라는 말을 쓴 바 있다). 하지만 나는 시인이 어떻게 문학적 글쓰기와 현실 세계 간의 접합을 시도하는가를 쓸모 있게 논의할 능력이 없다. 다만 진은영의 시를 살피면서 우리 시대의 감각이 발생하는 장소로서 '몸'을 확인하고, '고통스런' 몸을 이끌고 그가 하는 '이야기'에 귀 기울여 보고 싶다. 일종의 체질 분석이라고 해야 할까(최승자에 대한 사모에도 불구하고 그의 체질은 확실히 최승자의 그것과는 달라 보인다. 당연한 일이지만). 나는 시를 쓰는 '행위' 속에 내밀하게 감춰진 이야기들을 엿듣는 데 관심이 많다. 고백컨대, 시를 쓰는 건 진은영이지만 이야기를 듣는 귀는 나의 것이다.

2. 무질서한 이야기들

나는 어린 시절 자주 숙모들의 '이야기'에 빠져들었고, '이야기'의 끝은 언제나 〈옛날얘기 너무 좋아하면 똥구멍이 찢어지도록 가난하게 산다〉였다. 아 찢어져도 좋으리. 이야기는 날마다 새롭게 시작되었다. 이야기 속의 "사물들은 올리브유의 초록처럼 내내 투명"하게 느껴졌고 "다른 시간 속에서 활활 타오"르고 있는 것 같았다. 이야기에는 분명한 시작과 끝이 있었지만 "불명료함의 심장에서 솟구치는 무언가"에 나는 매혹되었다(「주어」). 나는 '무질서한' 이야기들을 그때보다 지금 더 좋아한다. 비단 찢는 소리를 좋아했던 포사처럼 잔인하게. 망국의 원인을 포사에게 찾는 이야기의 질서는 언제나 다시 시작되어도 좋을 것이다. 우리는 엉뚱한 대목에서 하얀 이를 드러내며 웃어도 좋을 것이다. 부주의하게 흘려버린 '용의 침'과 거기서 비롯된 한 여자로부터.

노래의 시작과 끝에 관해서라면 나는 반성하지 않을 것이다. "야릇한 것들이 시작"(「어떤 노래의 시작」)되는 순간에는 더욱 그렇다. '우리'는 이 세계를 발명하지 않고는 지루해서 못 견디겠다는 듯이 우리의 감각을 진화시키고 있는지도 모른다. "멋대로 자고, 담배 피우고 입 다물고, 우울한 채 있으"면서(「무질서한 이야기들」). 그러한 순간에 '나'는 한없이 늘어나 '너'(혹은 '그')에 근접하고 '우리'의 간극은 정말 야릇하다. '나'가 복수複數인 듯 출렁거릴 때, '나'의 노래는 시작되고 '우리'가 살고 있는 이 세계의 편린들은 잠깐씩 되살아난다. 야릇하다.

그는 나를 달콤하게 그려놓았다
뜨거운 아스팔트에 떨어진 아이스크림
나는 녹기 시작하지만 아직
누구의 부드러운 혀끝에도 닿지 못했다

그는 늘 나 때문에 슬퍼한다
모래사막에 나를 그려놓고 나서
자신이 그린 것이 물고기였음을 기억한다
사막을 지나는 바람을 불러다
그는 나를 지워준다

그는 정말로 낙관주의자다
내가 바다로 갔다고 믿는다

—「멜랑콜리아」 전문[1)]

'나'는 진술의 주체로서 '그'에 관해 이야기하지만 더 많은 경우 대상의 자리에 놓인다. "뜨거운 아스팔트에 떨어진 아이스크림"에서 "모래사막에" 그려놓은 물고기에 이르기까지 '그'의 믿음과 기억의 방식대로 '나'는 존재한다. 그런데 정말 '나'는 그러한가. '그'에 의해 만들어졌다 사라지는 '나'와 '나'라는 존재 사이의 간극을 '나'는 물끄러미 응시한다.

---

1) 『우리는 매일매일』, 문학과지성사, 2008, 11쪽. 이후 이 시집에서 인용할 경우 II로 표기하고 인용면수만 밝힘. 본문 중에는 제목만 표기.

'나'는 정말 '그'의 믿음대로 존재할 수 있는가. '나'와 그가 그려낸 '나' 사이의 간극, 그러니까 불일치 속에 '나'가 존재한다는 사실에 멜랑콜리아의 원인이 있을 것이다. '나'는 본질적으로 '존재하'는 것이 아니라, 특정한 사건과 현상 속에서 잠깐씩 '출몰할' 뿐이다. 그러나 우리가 아무리 의심하더라도 목소리의 근원지는 바로 '나'일 것이다. 이 시의 3연에서 '나'는 근접한 '나'의 목소리로 이야기한다. "그는 정말로 낙관주의자다". 이것은 믿을 만하지만, 그 다음 이어지는 "내가 바다로 갔다고 믿는다"는 반만 믿어야 하지 않을까. 그의 '믿음'과 '사실'은 아주 느슨한 것 같다. 이 느슨함 사이에서 '나'는 그의 '믿음'대로도 '사실'대로도 존재하지 않으며, 바로 그곳에서 멜랑콜리아가 또한 발생한다. '나'는 무언가에 닿지 못하고 지워지고 말지만 애초에 어떤 확실성에 대한 기대는 없는 것처럼 보인다. 간혹 '너'와 '나'는 화해의 몸짓으로 더 큰 불화를 겪기도 한다. "세계의 배꼽 위를 걷는" 기분으로 "서로의 존재를 포옹"하지만 그 포옹 속에는 "수요일의 텅 빈 체육관, 홀로, 되돌아오는 샌드백을 껴안고 노오란 땀을 흘리며 주저앉는 권투선수"의 처절한 몸짓이 배어 있다(「연애의 법칙」).

의심스럽고 불안한 '나'의 자리에서 '우리'는 무엇인가, 어디에 머물러 무엇을 보는가. "영원한 녹색에서 영원한 회색으로 건너뛰"는 방랑자의 태도로 "얼어붙은 자신의 발들에게", "나는 누구의 연인인가"(「방랑자」) 되묻기. 명랑함을 잃지 말기. 진은영 시의 언어는 '고통'과 '명랑함' 사이에서 진동한다. '나'는 왜 이렇게 아프고 즐거운가. '너'는 왜 그렇게 아름다운가. '나'가 '너'를 만드는 것이 아니라, 너의 '아름다움'을 만들며, 너의 아름다움을 '쫓는 것'은 고통과 즐거움을 동시에 준다. 움직이는 '몸'은 고통과 즐거움의 생산지며, 공장주는 물론 진은영이다. 기계들은 다음과 같이 작동한다.

> 너는 모르지 네가 황급히 떨어뜨린 슬리퍼 한 짝이 얼마나 아름다운지
> 오늘밤도 종이 울리고 나는 네가 흘린 슬리퍼들을 주우러 다니지

네가 뭘 보고 웃었는지 너는 잘 모르지

나는 일러주러 왔다
커다란 발을 가진 재미난 사내를 만들기 위해
무한히 신발을 줍고 있는 밤이야

다 가져가도 좋아
나의 젖은 손과 나의 취한 시간과 나의 목소리

(…중략…)

뻐꾸기들의 익살스런 울음을 위해
5시 25분26분27분
쉬지 않고 노래하는 새들의 빨갛게 젖은 깃털을 위해
유리 숲으로 슬리퍼를 던지네

폭탄은 정각에 터지지 않네
구름은 매일 흩어진다네

그래도 저기 오는 가난한 유리장수
손목에 한 번도 시계를 차본 적 없는 추억처럼
나를 너를 사랑했네
하나뿐인 흰 발을 사랑했네

—「신발장수의 노래」 일부(II, 30~31쪽)

「신발장수의 노래」에는 사랑과 혁명의 시간이 뒤섞여 있다. '나'는 버려진 신발에서 신발 주인을 보고, 빠진 나사를 통해 혁명의 시간을 그려 본다. 최초에 떨어진 슬리퍼 한 짝이 있고, 그 다음 종이 울리고,

그리고 사내가 만들어진다. 동화의 문법을 따르자면, 멋진 사내가 있고 시계종이 울리고 유리 구두 한 켤레가 떨어져야 하지만 역전된 순서 속에서 '나'는 슬며시 등장한다. 동화적 모티프들이 다양하게 변주되면서 사랑과 혁명은 겹쳐지며 이 시대의 새로운 동화가 '나'에 의해 씌어진다. 유리 구두 대신에 슬리퍼로, 유리 숲으로, 그리고 발의 크기가 아니라 흰 발을 사랑하는 이야기로 끊임없이 미끄러지는 이야기 속에서, 구름은 멈추고 매일 흩어진다. 새들의 깃털은 이미 빨갛게 젖어 있는데, '나'는 아름다운 슬리퍼를 유리 숲으로 던진다. 마치 폭탄처럼. 다 터지고 없는데 "저기 오는 가난한 유리장수"처럼, 사랑은 영원히 구원의 다른 이름인가. 혁명의 텔로스를 구름 위로 숨겼는데 매일 흩어지고 마는 것일까 혹은 혁명의 텔로스를 구름 위로 숨겨서 매일 흩어지고 마는 것일까. "우리는 매일매일" 실패하고 노래 부른다. 틀린 것을 말하고, 너무 오래 생각한다(「우리는 매일매일」). "우리는 매일매일"에서, 생략된 목적어 또는 서술어의 일부는 사랑과 혁명을 되살리는 대상 혹은 바로 그 행위일 것이다. 사랑과 혁명 그 자체에 대한 주석이 아니라, 그것을 사건화하는 일이 진은영에게 날마다 대상과 직면하고 그 대상들과 함께 움직일 수 있는 내적 에너지를 부여하는 것 같다.

등단작과 두 권의 시집을 통해 보건대, 진은영의 시는 조금 더 활달해진 것 같다. 등단작들이 이 세계 안에 숨어 있는 불길한 징후들에 대한 시적 직관을 드러내며 이미지의 독특한 단층을 만들어 내고 있다면(이광호, 「진은영의 시에 대하여」), 이후의 시들에는 시적 윤리성을 감싸고 있는 모종의 명랑성이나 어느새 씻은 듯한 웃음 같은 것이 발견된다(김행숙, 「진은영과 친구되기」). 한편, 첫 시집 이후의 변화들에 대해 진은영은 "감각과 정서의 차원에서 소멸을 긍정한다는 것이 과연 뭘까 하는 의문들이 작품 속으로까지 이어졌"다고 말한다(진은영·김안, 「어둠 속에서 호명하는 문학적인 삶들」). 나는 몸이 꽤 '정직한' 기계에 속한다고 생각하는 편이다. '긍정한다'에 이르기까지의 생생하고 구체적인 통증을 상상하는 것이 나는 힘들다. 그리고 조금 미안하다.

3. 시인 공화국

내게 "그날"의 공기는 달콤했으며 하늘은 처음 보는 하늘같았다. "그날" 계단을 내려오고 있었는데 세상의 어떤 뱀보다 계단은 구불거리고 아름다웠다. 나는 아직 "그날"에 관한 시를 쓰지 못했다. 지나가 버린 것들은 참으로 매혹적인 것 같다. 내게 "그날"은 붙잡을 수 없는 '꼬리'의 형식으로 존재한다. 그 꼬리로부터 사라진 것들의 얼굴을 만들어주는 일은 흘러가버린 "그날"을 되살리는 것이 될 터. 영원한 현재를 발명하거나 또는 현재 속의 영원성을 발현하기 위해 우리는 시간을 탕진한다. 그러나 '시간'을 향한 나의 짝사랑은 강물을 들여다보는 것과 마찬가지다. 거리를 두고 보자면 강물은 유유히 흘러가지만 강물을 가까이 들여다보면, 강물은 보이지 않고 물속의 '나'만 보인다. 강물을 보려면 강물과의 거리를 잘 조절해야 한다. '강물'과 '나' 사이에 무엇이 있는가. "푸르던 것이 흘러와서 다시 푸르른 것으로 흘러갈 때까지 잠시 투명해져 나를 비출 뿐 물의 색은 바뀌지 않는"다(「물속에서」).

(…중략…)

차도로 뛰어들던 날
수백 장의 종이를 하늘 높이 뿌리던 날
너는 수직으로 떨어지는 커튼의 파란 줄무늬
뒤에 숨어서 나를 바라보았다
양손에 푸른 꼬리만 남기고 네가 사라져버린 날

누가 여름 마당 빈 양철통을 두드리는가
누가 짧은 소매 아래로 뻗어나온 눈부시게 하얀 팔꿈치를 가졌는가
누가 저 두꺼운 벽 뒤에서 나야, 나야 소리 질렀나
네가 가버린 날

나는 다 흘러내린 모래시계를 뒤집어놓았다

—「그날」 일부(II, 46~47쪽)

「그날」의 시간은 순차적이지 않다. 선조적인 사건은 없는 것 같다. "네가 가버린 / 사라져버린 날"들 이후에, '너'는 확실히 '나'에게 이른다. '너'가 먼저 있고 그리고 떠난 것이 아니라, 네가 떠난 후에 너는 '부재'의 형식으로 나에게 영원히 지속적으로 '이른다'. "양손의 푸른 꼬리", "눈부시게 하얀 팔꿈치"처럼 부재는 분명하게 주어지며, "커튼의 파란 줄무늬", "두꺼운 벽 뒤의" 소리처럼 선명하게 인식된다. 너의 '부재'를 내 곁에 둘 수 있는 나는 "외롭지 않"다. 부재를 앞뒤로 한 시간들이 흐른다. 그 시간들은 "그날"이 낳은 무수히 많은 '너'의 시간들이며 '나'는 그 시간들을 만끽할 줄 안다.

누가 가늘고 긴 유리관을 만들고 거기에 모래를 쏟아 부었을까. "다 흘러내린 모래시계를 뒤집어놓"는 마음은 어떨까. 모래가 흘러내리면서 함께 흘러내리는 것은 무엇일까. 유리의 이쪽과 저쪽 사이 모래알갱이들은 정말 똑같을까. 무수히 더 작게 부서진 알갱이들이 시간을 조금씩 늘리고 있는 것은 아닐까. "그날" 이후 확실히 나는 물음표형 인간이 되었다. 진은영 역시 "그날"을 기억하고 물음표에 여러 가지 색깔과 이름을 달아주고 있는 것 같다. 시간은 뒤통수만 보이려는 듯이 우리의 어깨를 스치고 지나가버린다. 그 시간의 방향성이 아니라 반복성이야말로 희망과 슬픔이라는 두 얼굴을 우리에게 깊이 새겨놓는 것이 아닐까. "슬픔이 녹색 플랑크톤처럼 나를 덮"을 때(「인공호수」), 슬픔의 형식을 찾아 떠나지 않고서 이 반복되는 시간의 결을 다스릴 방법은 없지 않은가. 진은영 시의 상상력 혹은 감각을 논한다면, 훤히 보이면서도 끝내 잡을 수 없는 시간을 다스리는 자의 슬픔의 형식을 말해야 할 것이다. 그런데 슬픔은 머리나 가슴에서가 아니라 '몸'에서 비롯된다. 기억은 신체에 '들러붙어' 있다. 물고기의 유영 속에서 "불타는 지느러미"(「Summer Snow」)를 보는 사람은 모래알갱이처럼 쏟아지는 자신을, 시계

추처럼 흔들리는 자신을 오래 지켜봐야 한다. 우리는 흔들리고, 고통스러운 흔들림 속에서만 '우리'는 존재한다. 이 존재의 양식을 갖게 된 데에 영향을 주었을 것들이 물론 궁금하지만 희미한 시간의 흔적들과 그 결을 따라가 보는 것이 가능할 뿐이다. 「어느 날」 같은 데서 말이다.

> (…중략…)
>
> 오렌지 만(灣) 위로 달콤한 태양이 떠올랐다. 해안선의 긴 혀를 따라 지붕의 자줏빛 이파리가 무성해졌다. 마음은 빗자루에 엉겨붙은 먼지덩어리였다. 호두나무를 닮은 여자인지도 몰랐다. 팔을 펼쳤다. 커다란 호두열매가 주렁주렁 열렸다. 놀이터의 끊어진 그넷줄처럼 흔들렸다. 모든 게 빛나는 한 쌍이던 시대는 가버렸어 너는 외쳤다. 쇳소리 나는 오후 내내, 사라진 오후를 찾아다녔다. 햇빛은 9회말 마지막 공격의 야구장이었다. 어디에나 가득했다. 나는 만루의 투수처럼, 외롭지 않았다. 호두까기 병정의 부서진 턱뼈가 상점 진열장 밑 마른 바닥에서 바스락거렸다.
>
> —「어느 날」 일부(II, 54~55쪽)

"그날"도 하루일 것이고, "어느 날"도 하루일 것이지만, 그날은 특별한 하루이며 어느 날은 불현듯 다가왔던 하루일 것이다. 그러나 특별하든 불현듯 다가오든 '하루'는 '하루들'이 된다. 복수가 될 수 없는 1일이 더 무수히 많은 날들로 쪼개져 시간을 지배해버리기 때문이다. 확실히 어떤 하루들은 '그날'이 되고 또 어떤 하루들은 '어느 날'이 되지만, 우리는 적은 기억들만을 일생에 걸쳐 펼쳐 놓고 있는지도 모른다. 혹은 아주 사소한 것들을 잊어버리기 위해 애쓰는지도 모른다. 어리석게도 삶의 반은 기억하는데, 또 반은 잊어버리는 데 쓴다. 그럴 때 '마음'은 '먼지'였다가, '호두열매'였다가, '엉겨붙'었다가, '흔들렸'다가. 시간은 가혹하고 불가해한 것이어서 기억과 망각의 놀이 속에서 자유로운 사람은 아무도 없을 것이다. '너'의 외침과 '나'의 방황은 시간의 결과이면서 동시에 시간을 만든다. 우리는 "외롭지 않다".

'나'와 '너'의 이야기 그리고 '우리'의 시간들에 이르면, 진은영 시의 아름다움의 시작과 끝을 다시 따져보지 않을 수 없다. 진은영은 "'아름답고 동시에 정치적인' 시에 도달할 가능성이 있는 몇 안 되는 시인"들 중의 하나로 꼽힌다(신형철, 「아름답고 정치적인 은유의 코뮌」). 하나의 실재를 창조하는 은유의 능력으로부터 온 것이든 다른 것으로부터 온 것이든, 진은영의 시는 상상력이나 환상성의 차원에서 논의하는 것보다 끊임없이 사회학적 상상력 혹은 시적 정치성과 조우하려는 감각의 개방성으로부터 논의하는 것이 필요한 것 같다. '나'와 '너' 혹은 '우리'를 둘러싼 모든 문제들을 다시 '나'의 윤리적 문제로 되돌려 놓고 있는 방식과, 그럼에도 불구하고 나의 '중심'을 해체하고 내 안에 있는 '바깥'만을 의지하고 믿으려는 진은영 시의 언어를 다시 살펴봐야 할 것이다. '나'는 나의 '중심'에 있지 않으며 '우리'는 나의 '바깥'에 있지 않다. 무엇을 어떻게 새롭게 배치할 것인가 혹은 새로운 삶의 형태는 무엇인가에 대한 단초를 '관계성'과 '미결정성'으로부터 찾을 수 있을까. "미학적으로 낡았지만 마음을 이동시키"는 사물들에게 나를 조금만 나누어 줄 것. 딱딱한 책을 태우고 기억보다는 우연을 사랑할 것(「나에게」).

4. 낙타가 바늘귀를 통과하듯

우리가 죽지 않는다면, 천국은 영원히 도래하지 않을 것이다('가난한' 우리가 죽는다면 천국에 이를 것이다). 살아서 우리가 천국을 실험할 때 그것의 존재를 잠시 믿을 수 있을 뿐. 어쩌면 패배나 절망이 기록되는 순간(처절한 싸움에 대한 기록일수록), 더 많은 '구원'이 우리에게 몰려오는 것은 아닐까. 그러나 시는 '쓴다'라는 행위의 알리바이여서는 안 될 것이다. 첫 시집에 수록된 몇 편의 시에서, 정치성과 조우하는 시적 감각의 가능성을 더 잘 확인할 수 있을지도 모른다. 특정한 사건들을 다루거나 메시지를 전달하는 것이 아니더라도, 나는 시가 정치적인 것이 '되는'

아주 좁은 통로가 있다고 생각한다.

하나의 밀알로 썩어
거대한 밀밭을 꿈꾸는 사람들

나는 하나의 밀알로 썩어
세상의 모든 바람이 취기로 몰려오는
한 방울 향기
아득한 밀주
아무런 후일담도 준비하지 않는

—「하나의 밀알이 썩어」 전문[2)]

시를 쓰는 건
내 손가락을 쓰는 일이 머리를 쓰는 일보다 중요하기 때문. 내 손가락, 내 몸에서 가장 멀리 뻗어나와 있다. 나무를 봐. 몸통에서 가장 멀리 있는 가지처럼, 나는 건드린다, 고요한 밤의 숨결, 흘러가는 물소리를, 불타는 다른 나무의 뜨거움을.

모두 다른 것을 가리킨다. 방향을 틀어 제 몸에 대는 것은 가지가 아니다. 가장 멀리 있는 가지는 가장 여리다. 잘 부러진다. 가지는 물을 빨아들이지도 못하고 나무를 지탱하지도 않는다. 빗방울 떨어진다. 그래도 나는 쓴다. 내게서 제일 멀리 나와 있다. 손가락 끝에서 시간의 잎들이 피어난다

—「긴 손가락의 詩」 전문(Ⅰ, 85)

사물들은 시간의 흐름에 따라 서로 다른 이름으로 불리거나 서로 다른 수식어들을 요구한다. 씨앗에는 새싹의 시간이 있고 나무의 시간이 있고 열매의 시간이 있다. 신선한 것들은 무르익고, 썩어간다. 그러나

---

2) 『일곱 개의 단어로 된 사전』, 문학과지성사, 2003, 77쪽. 이후 이 시집에서 인용할 경우 Ⅰ로 표기하고 인용면수만 밝힘.

문장의 차원에서 그런 형상과 존재감을 훌쩍 뛰어넘을 수도 있을 것이다. "썩다"를 두고 '나'와 '사람들' 사이의 다른 꿈은 "썩다"의 시간을 다른 종류의 의미에 가닿게 만든다. 약속의 땅을 향해 나아가는 것과 아무것도 기약하지 않는 발걸음 사이, 한 알의 밀알은 똑같이, 동시에 "썩어" 간다. 하지만 썩어 무엇이 될 것인가와 어떻게 될 것인가의 질문은 좀 다른 것 같다. 대상은 결과이지만 방법은 결과를 언제나 보장해주지 못한다. 실패한 혁명처럼. 혹은 혁명은 언제나 실패한다. 이 세계에서는.

질서의 내부로 들어갈 것인가, 그것으로부터 빠져나와 경계에 설 것인가. '나'와 '사람들'을 어떻게 위치 지을 수 있을 것인가의 문제 앞에 "한 알의 밀알"이 다시 놓인다. 이 시가 그 경계의 저쪽에 '사람들'이 있고 이쪽에 '나'가 있는 것을 말하기 위한 것은 아닌 것 같다. 사람들과 나는 모두 '꿈꾼다'. 모두 '썩어' 무엇이 될 것이라 기대한다. 한 알의 밀알로부터 거대한 밀밭 혹은 아득한 밀주를. '우리'는 연루되어 있으나 연과 연 사이의 아득한 공백처럼 아직 어떤 것에도 어떤 방식으로도 '이르지' 못한 것 같다. 그 경계에서 "세상의 모든 바람이 취기"로 몰려온다. 여전히 실재하는 '가능성'만이 '혁명'의 유일한 존재 양식일 것이다. 이 세계에서는.

시를 "쓰는 일"에서 '손가락의 것'과 '머리의 것'을 구분하는 것 역시 그러한 질문과 관련된 것일지도 모른다. 몸에서 가장 멀리 뻗어 나와 있는 것으로 가장 중요한 것들을 기록하게 하는 아이러니로부터 시는 씌어진다. '나'가 한 그루 나무로서 "불타는 다른 나무의 뜨거움"을 건드릴 수 있는 것은 나의 중심으로부터가 아니라, 주변으로부터 '나'를 세우기 때문이다. 손가락은 주변이면서 동시에 서로 다른 방향성을 가지는 것들이다. "모두 다른 것을 가리"키는 손가락이 내 몸으로부터 뻗어 나와 있다는 것은 얼마나 다행스러운 일인가. 몸이 아닌 다른 것들을 향해 제각각. "가장 멀리 있는 가지는 가장 여리"고 잘 부러지지만 시간의 잎들은 가지 끝에서 피어오른다. 손가락에서 시의 시간들이 피어오르는 것처럼. 진은영은 뿌리의 시가 아니라 가지의 시를, 머리가 아니라 손가락으로 시를 쓴다. 손가락은 몸 중에 가장 신뢰할 수 있는 기관인 것 같다. 그것의 고유한 감각과 그 성질이 고정된 방향과 관계만을 고집하지 않기 때문이다.

진은영은 문학을 비롯한 예술 전반이 "'감각적인 것을 분배하는' 문제로서 '정치'와 관계한다는 랑씨에르의 기본 입장을 수용하여, 예술 체제에 대한 랑씨에르의 분류법에 따라 우리 시대 새로운 시를 전망하였다(진은영, 「감각적인 것의 분배」). 80년대 민중시에 깊이 공감했고 또 그것을 좋아했지만 그렇게 쓸 수 없었다는 '자연스런' 고백이 '새롭게' 느껴지는 것은, 문학적 글쓰기와 현실 정치 사이의 간극을 적극적으로 사유하고 자신의 언어가 이 시대와 어떻게 연결되는가에 대한 고민을 솔직 담백하게 보여주기 때문이다. "사회참여와 참여시 사이에서의 분열을 창작과정의 문제"(「감각적인 것의 분배」) 앞에 놓고 고민했던 진은영은, 그 자신의 언어를 현실 불능인 채로 둘 수 없다는 자각 위에 서 있다. 신교육을 받았던 모던 보이 백석이 재래의 풍속과 향토 음식에서 새로움을 발견했던 것처럼, 자본주의의 물결에 냉소적 거리를 취했던 김수영이 그 문화와 상품들에 상당한 매혹을 느꼈던 것처럼, 시인들은 그 자신이 발 딛고 서 있는 현실 속에서 모순과 아이러니를 '몸소' 겪고 있는 것 같다. 진은영이 말했던 것처럼, "삶과 정치의 실험이 문학적 실험에 선행"되어야 한다(「감각적인 것의 분배」)고 했을 때, 진은영은 전면전을 치를 체질은 아닌 것 같다. 진은영에게 '아름다움'은 시의 최선이 아니지만, 그의 언어는 그 아름다움을 포기하고 세계를 감지할 수 없는 것처럼 보인다. 그녀의 시를 우리가 살고 있는 이 세계에 대한 '아름답고 불온한' 주석으로 보아도 될까. 이 세계는 더 많은 주석을 필요로 한다. 끊임없는 간섭만이 문장과 문장 사이의 관계와, 문맥의 강력한 통제와 억압의 질서를 해체시킬 수 있을 것이다. 이 세계에 간섭하기 위해 가능한 '명랑하게' 자기 발견의 지점을 모색하는 것이 진은영 시에서 가장 빛나는 부분일 것이다.

5. 에디슨처럼 달걀을 품고서?

에디슨은 위대한 과학자이자, 기술과 자본을 결합시켜 '일상'을 창출한 자본주의적 영웅이다('사라진' 소년 에디슨이 마구간의 건초더미 위에서 달걀을 품고 있었다는 일화는 감동적인 부분이 있다). 가사 노동에 해방된 사람들은 넘쳐나는 시간과 에너지를 소비하기 위해 자본주의 세계로 '다시' 뛰어들었다. 에디슨의 기술은 자본을 재생산했으며 사람들은 극대화된 효율성으로부터 상당한 피로감을 느끼게 된 것 같다. 자본주의 사회에서 산출된 일상의 여유를 소모하기 위해 대중은 문화와 예술로 인도되었다. 자본주의의 영광과 그늘 속에서 예술은 어디로 가고 있는가. 시인들은 무엇을 가지고 어디로 뛰어들고 있는가. 소년 소녀들은 종종 사라지지만 이제 아무도 마구간의 건초더미 위에서 달걀을 품지는 않는다. 사라진 자들의 얼굴을 대면하며 다른 시간을 꿈꾸는 것일지도.

〈꿈은☆이루어진다〉는 더 많은 경우 미래를 선취함으로써 우리를 꿈의 노예로 만들어 버리는 것 같다. 우리의 현재는 언제나 양보되어야 하는 것인가. 우연히 산출되는 미래의 혁명적 가능성 위에서 현재를 소모하거나 자신을 탕진해버리는 것. 젊은 시인들은 가진 것 없이 비우는 데 확실히 재주가 있는 것 같다. 그런데 나는 근래 들어 '상상력'이라는 말속에, '자본주의적'이라는 수식어가 자꾸 따라붙는 것 같은 느낌이 든다. '자본주의적' 상상력. 유통 가능한 혹은 상품화의 가능성이 있는 것만을 '상상력'이라고 부르는 것 같다. 나는 시가 정말 괜찮은 상품이 되는 것에 대해서는 나쁘게 생각하지 않지만, 장르적 안전망으로서 파괴적 상상력을 담보로 하고 있어야 되는 듯한 분위기 속에서는 정말이지 숨이 막힌다.

자본주의적 생산과 소비 관계를 해체하는 위대한 감성을 위해 '무질서한 이야기'들로 뛰어들 수 있을까. 이상한 나라의 폴이 니나를 구출하기 위해서 대마왕의 세계로 들어가거나 빠져나오는 순간에 이 세계는 잠시 정지한다. 자본주의적 시간을 멈추기 위해 우리도 니나를 만들고, 대마왕도 만들고, 폴처럼 머리를 헝클어뜨리고 딱부리(요요)를 할 필요가 있는 것 같다. 우리는 자본주의적 시간을 단절시키고 시민적인 삶을 위반하고 민주주의의 허위를 폭로할 수 있다? 자본주의의 뿔이 점점 더 커지고 증식되어 늘 패배가 준비되어 있는 것도 같다. "글쓰기는 지각 불가능한 것"이지만 '생성'을 향해 한 발짝씩! 그것은 "혁명의 상투어들을 감각화하기" 위해 고유한 결을 가진 감각을 되살려 내는 일이 될 것이다. "바다 밑으로 뚫린 백만 킬로의 컴컴한 터널"(「일곱 개의 단어로 된 사전」)을 지나가기 위해 우리는, "모든 감각의 무절제를 시도"한다(진은영, 「나는 이렇게 시를 쓴다」). 그런데 자본주의적 시간을 향유하지 않아도 '청춘'은 간다. 우리가 시간의 노를 젓지 않으면 시간이 우리를 노 저어 간다. 자본주의의 광포함 앞에서 시인들은 무력하지만, 무력함을 무기로 삼을 수는 있을 것 같다. "현대예술 혹은 현대적 글쓰기가 내포하는 (진정한) 자기모순과 역설적 상황이 정확하게 현대예술 자체의 존재조건이라는 점"(이장욱, 「시, 정치 그리고 성애학」)에서.

소금 그릇에서 나왔으나 짠맛을 알지 못했다
절여진 생선도 조려놓은 과일도 아니었다
누구의 입맛에도 맞지 않았고
서성거렸다, 꽃이 지는 시간을
빗방울과 빗방울 사이를
가랑비에 젖은 자들은 옷을 벗어두고 떠났다
사이만을 돌아다녔으므로
나는 젖지 않았다 서성거리며
언제나 가뭄이었다
(…하략…)

—「청춘 1」 일부(Ⅰ, 38쪽)

맞아 죽고 싶습니다

푸른 사과 더미에
깔려 죽고 싶습니다

붉은 사과들이 한두 개씩
떨어집니다
가을날의 중심으로

누군가 너무 일찍 나무를 흔들어놓은 것입니다

—「청춘 2」 전문(Ⅰ, 39쪽)

「청춘 1」의 술어들은 모두 불온하다. 온통 어긋나 있는 것들뿐이다. 그 중에 특히 '서성거렸다'와 '젖지 않았다'는 청춘과 가장 잘 들어맞는 술어인 것 같다. 온몸이 "하나의 커다란 귓바퀴"가 되어 밤새 떠다니는 시기. 불가능한 것들 속에서 "언제나 가뭄"이었다. 「청춘 2」의 "푸른 사과"와 "붉은 사과" 사이의 시간 역시 마찬가지다. "너무 일찍 나무를 흔들어놓은" 까닭에 충분히 익지 못하고 붉어진 것만 같다. 어쩌면 푸른 사과와 붉은 사과 사이에는 '익다'보다 '썩다'의 시간이 존재하는 것은 아닌지. 충분히 늙지 못한 채 가을을 맞이하는 자들에게 청춘은 맛보지 못한 환희들을 기억하게 한다. 우리의 청춘을 빼앗아간 것들의 이름은 무엇인가, 어디로 갔는가.

청춘 시편들은 특정 시기를 건너는 자의 후일담으로 읽어야 할 것이다. 한 것과 하지 못한 것을 재구하는 언어 속에서 후일담은 완성되겠지만, '덧붙이기'로서의 후일담과 '기억하기'로서의 후일담 사이에는 아주 사소하게 다른 점이 있는 것 같다. '추억'이 달콤한 시간에 혀끝을 대고 있다면 '기억'은 자신의 입술을 갈아치우며 단맛의 정도를 분별하고 단맛의 기원을 추적한다. 그것은 분명히 씁쓸하고 고통스러운 과정을 수반하지만, '좋아한다'고 말할 수 있는 더 큰 용기를 가진 사람들 중에 하나가 진은영이다. 취향이 "도덕과 필연적으로 융합"되어 있으며, "자본주의의 윤리가 선호하는 기호들의 온갖 달콤한 사기 행각과 경쟁"(정한아, 「취향의 도덕」)하고 있다면, 진은영은 "더 잘 실패하"기 위해 물속에 뛰어드는 불꽃처럼 자신을 소진시키며 아주 담담하고 솔직하게 '좋아한다'고 고백한다. 그러한 고백은 촌스럽지만 의외로 그 촌스러움을 감당할 수 있는 사람은 많지 않을 것이다. 그가 좋아한다고 했을 때, 그는 단순히 감정과 기호만을 밝히는 것이 아니라, 우리가 발 딛고 있는 세계에서 그 취향과 기호를 지켜가고자 신념을 세운다. 그 신념 위에서 그의 시는 다정하면서도 단단하다. 종종 비평가와 관료들을 향해 그가 직설적인 화법으로 이야기할 때에도 그의 송곳니는 빛이 난다(「비평가에게」, 「문학적인 삶」). "이제 어디로?"(「Quo Vadis?」)를 묻는 솔직함으로. "학살자의 나라에서도 시가 씌어지는 아름답고도 이상한 이유를" 물을 수 있는 사람이라면 좋겠지, 정말로 가능하겠지(「러브 어페어」).

6. 목도리

글을 쓰다 보니 과도하게 내밀해진 것 같다(나는 정말로 낙관주의자다). 하지만 나는 시인들의 고민과 의문들이 서로 통하고 잇닿은 곳에 시론을 넘어서는 환희가 있다고 믿는 편이다. 별 쓸모는 없겠지만, 그것이 한 두 명의 삶을 가능하게 한다면 쓸모 이상의 것이 될 수도 있을 것이다. 너의 절망을 말하고 나의 절망을 말하면 세계는 굴러가고 자연은 풍경을 가로질러 움직이는 거니까(메리 올리버, 「기러기」).

(…중략…) 검은 설탕물의 흐르는 귀에 미끈거리는 오미자를 담그세요. 안녕? 소녀들. 안녕? 소년들. 검은 피스톨의 동그란 총구를 향해 발사되는 관자놀이의 피냄새처럼. 바지 입은 구름 블라디미르도 안녕? 이제 내 앞에도 탕, 탕, 탕 은빛 텅스텐 같은 서른여섯 개의 겨울이 배달되었어. 블라디미르블라디미르. 먼지들의 흩어지는 어깨에 잠시 흘러내리는 긴 이름 같은 블라디미르라는 이름의 목

도리. 환상적으로 어여쁜 그녀가 검붉은 털실로 내게 만들어 준.

—「블라디미르라는 이름의 목도리」 일부(II, 65)

나는 진은영이 어느 술자리에서 집으로 가기 위해 일찍 나섰다가 잃어버린 목도리를 찾아 황급히 되돌아가는 것을 보았다. 늘 침착하고 차분한 편이었는데 굉장히 소중한 것을 잃어버린 사람처럼 허둥댔다. 아마도 여동생이나 친구가 사준 오래되고 낡은 목도리일 것이다. “블라디미르라는 이름의 목도리”였을까. 그의 푸른 더플코트처럼 오래고 익숙하고 친근한 사물을 향해 황급히 뛰어가는 그가 나는 좋았다. 그걸 찾았는지 잃어버리고 말았는지 잘 모르겠다. 새 목도리를 선물해준다면 그는 또 그렇게 소중하게 길들이고 아낄 것이다. 조금 더 친해진다면 나는 그에게 목도리를 하나 떠주고 싶다. 코가 얼기설기 하고 무늬가 뒤죽박죽이어도 그는 아주 근사한 시간의 주름들을 그 목도리 속에서 섬세하게 건져 올릴 것이다. “같은 시대를 함께 살아가는 친숙함과 우스꽝스러움과 노여움이 날카로운 힘이 되어 솟아오르”(이바라기 노리코, 「6월」)기를 바라며. 그의 오랜 친구들과 함께 「바지 입은 구름」을 읽으며. 작은 ‘몸’과 큰 ‘나’의 불균형과 부조화를 견디며. ‘나’를 떠나려 하는 ‘나’를 간신히 붙잡고 희미하게 웃으며. 또박또박 척척 이런 발소리들이 들리는 것 같다. “서른여섯 개의 겨울이 배달”되는 동안 그런 발소리를 익혔다면 그래도 괜찮지 않은가. 그런 이야기라면 귀 기울일 만하지 않은가. 언젠가 우리의 피냄새가 “총구를 향해” 강력하게 발사될 날이 올지도. 또 언젠가 “설탕물의 흐르는 귀”가 그 동안의 우리의 인사를 달콤하게 되돌려줄지도.

이근화
시인. 1976년생. 2004년 ≪현대문학≫으로 등단. 시집 『칸트의 동물원』이 있음. redcentre@naver.com

현실의 토대 위에 환상 건설하기 / 이상복
: 페터 바이스의 문예미학

연속기획:

우리 시대의 이론 읽기 1

연속기획
우리 시대의 이론 읽기 1

현실의 토대 위에 환상 건설하기

페터 바이스의 문예미학

이상복

1. 관계의 미학

작가의 출생지가 그의 예술에 대한 새로운 이해를 자극하기도 한다. 지난 2006년 페터 바이스 탄생 90주년이 되던 해 독일 포츠담의 바벨스베르크에서 행사가 있었다. 이곳에서 바이스에 대한 행사가 열린 이유는 현대 독일조형예술과 영화예술의 역사적 현장인 바벨스베르크가 다름 아닌 바이스가 태어난 곳 '노바베스'이기 때문이다. 화가, 영화예술가 그리고 작가 바이스를 바벨스베르크가 새롭게 바라보아야 한다는 것은 당연하다. 당시 콜로키움의 목적은 바이스의 문학을 '상호관계적' 측면에서 접근해보는 것이었다.

바이스는 최근까지 좌파 정치적 작가로 이해되어 왔다. 그러나 이는 바이스와 그의 문학세계를 지나치게 단순화시킨 것이다. 특히 '거대 담론'의 종언 후 그에 대한 새로운 논의가 요구되었고, '세계화'와 '다문화' 라는 또 다른 담론의 시대에서 그에 대한 새로운 논의가 필요하다.

바이스의 삶이 다양한 문화적 체험으로 이루어졌듯이 그의 문학 역시 단성單聲이 아니라 다양한 소리를 담고 있다. 그는 헤세를 모방했고, 단테와 횔덜린 그리고 카프카를 자신의 문학모델로 삼았다. 그는 피스

카토르의 기록극과 브레히트의 서사극을 새롭게 발전시켰다. 그는 뒤러, 브루겔, 제리코, 들라크루아, 피카소 등의 그림에서 소수에 대한 억압을 분석했다. 페르가몬 제단과 앙코르와트에서 피지배자들의 고통을 탐구했고, 앙골라와 베트남에서 자행된 제국주의의 악행에 대해 논쟁했다. 그는 독일에서 태어나 체코, 헝가리, 영국, 스웨덴을 떠돌며 살았다. 이처럼 바이스의 문학은 '상호텍스트', '상호매체', '상호문화'의 토양에서 이루어진 것이다.

스웨덴 여권은 소지하고 있었지만 그에게는 실질적인 조국은 없었다. 그는 독일어로 작품을 썼지만 모국어가 없던 작가였다. 그는 여러 차례 가족을 가졌지만 진정한 보금자리를 갖지 못했던 작가였다. 그의 실제 삶은 '탈'관계적이었지만, 그의 문학은 늘 상호관계적이었다.

바이스에게 작가의 과제는 문학적 상상력을 극대화시키는 것이다. 그는 사람들이 파시즘의 폭력을 막지 못한 궁극적 원인을 상상력 부족에 있다고 분석한다. 그는 파시즘의 폭력은 "자신의 소멸을 상상할 줄 모르는 인간의 무능력"으로 인하여 발생했던 것으로 판단하고, 자신의 예술적 과제는 "현실의 토대 위에 환상을 건설"하는 것이라 선언한다.

> "나의 필연성: 현실의 토대 위에 환상을 건설하고, 공상에 모든 가능한 현실성을 부여하는 것. 나는 내가 사건들이 벌어졌던 실제의 장소들을 볼 때마다, 그 모든 것들이 내 눈앞에서 얼마나 손에 잡힐 만큼 가까이 다가오게 되었는지를 언제나 다시금 깨닫곤 했다."
>
> —『저항의 미학』

바이스는 문학을 단순한 허구로 제한하지 않는다. 그는 사실을 바탕으로 허구를 조립한다. 그리고 조립된 허구를 통해 현실을 더 현실적으로 전달하고자 한다. 그러나 그것은 불가능한 것이다. 언어가 현실을 서술하고 표현하기에 불충분하다는 것에 대해서는 이미 많은 논의가 있었다. 이 점에 대해 인식하고 있었던 바이스는 이를 극복하기 위해 자신만의 글쓰기 전략을 개발했고, 그것은 '관계의 미학'으로 환원된다. 그는 조형예술과 언어예술, 묘사와 서술, 상상과 현실, 허구와 사실, 낭만과 계몽, 감성과 이성의 상호관계에서 자신만의 글쓰기 전략을 탐구한다.

2. 형상과 언어

바이스는 미술에서 출발해서 문학으로 장르를 바꾼 예술가이다. 그는 젊은 시절 미술과 영화에 몰두했다. 그러나 그는 매체의 선택이 잘못이었다고 판단하고 문학창작에 전념하게 된다. 그러나 문학을 하면서도 미술 매체에 대한 미련을 정리하지 못한다. 그것은 여전히 언어의 한계를 인식했기 때문이다.

그가 생각하는 언어의 한계는 사실주의 문학의 한계이다. 그는 "문학은 모호한 말들을 가지고 만족하면서 요술이나 피우고", "문학은 너무 지쳐있는 까닭에" 진실을 보여주지 못하고 있다고 판단한다. 그가 불만족스럽게 생각한 것은 질서를 중시하는 계몽주의적 언어관이다. 그는 그러한 언어로는 기존의 문학틀을 깰 수가 없다고 생각한다. 그는 언어예술인 문학은 지속적인 언어적 형식실험과 자기해체의 길을 모색해야 한다고 지적한다. 그러나 많은 문학적 시도들은 기존의 문학원칙들이 너무 낡아서 인간성의 새로운 면모를 담을 수 없다는 것만을 확인하는데 그치고 만다. 이미 조형예술에서 아방가르드 예술의 한계를 경험한 바이스는 매체의 특성과 세계관적 전망을 유기적으로 결합함으로써 매체의 가능성을 극대화할 수 있다는 점을 인식한다. 그는 형상과 언어의 고유한 특성을 모두 취합하여 자신만의 문학원칙을 발전시킨다.

바이스는 1965년 독일 함부르크 시가 수여하는 '레싱 문학상'을 받는다. 여기서 그는 「라오콘 혹은 언어의 한계에 대하여」라는 연설을 하는데, 이 연설에서 형상과 언어의 관계에서 정립한 자신의 문학원칙을 밝힌다.

조각상 「라오콘」을 통한 형상과 언어에 관한 논의는 이미 레싱에 의해 이루어진 바 있다. 이러한 논의에 대해 바이스가 다시 거론한 것은 레싱이 형상매체를 단순하게 평가절하 했고, 언어매체를 지나치게 계몽주의적 관점에서 파악했다고 보았기 때문이다.

레싱은 「라오콘」에서 회화와 시문학을 공간예술과 시간예술로 구분한다. 전자는 '순간의 고정'에, 후자는 '시간의 흐름'에 적합한 장르라고 설명한다. 회화는 순간을 구체적으로 확정해서 제시함으로써 수용자의 상상력을 제한시키는 반면, 시문학은 불확정적인 언어에 대한 수용자의 상상력이 보충되어야 한다고 주장한다. 다시 말해서 회화적 형상은 사유를 완결시키지만, 언어는 '사유의 관성'에 부합하도록 수용자의 상상력을 활성화시킨다는 것이다. 레싱이 회화와 문학의 경계를 논하면서 매체의 특징을 거론하는 까닭은 언어가 그림을 그리듯 사물을 묘사하는 것은 언어에 어울리지 않음을 지적하기 위한 것이다. 레싱은 그림이 해야 할 본연의 과제는 묘사이고, 글이 가장 잘 할 수 있는 일은 서사라고 주장한다. 그러나 바이스는 언어가 갖고 있는 형상에 대한 '시기심'을 복원하고자 한다. 그는 언어가 단지 서술뿐 아니라 묘사의 과제를 수행해야 한다고 주장한다.

그림은 고통을 있는 그대로 표현한다. 그럼으로써 수용자에게 충격과 동요를 경험하게 한다. 반면 언어는 그림에 나타나는 고통을 소리쳐 알려 그 원인을 분석하게 한다. 바이스는 이 점을 조각상 「라오콘」의 두 아들을 비교하여 설명한다. 조각에서 작은 아들은 뱀에 휘감겨 고통스러워한다. 반면 큰아들은 자신에게 닥친 위기상황을 알리려는 모습을 하고 있다. 정적靜的인 작은 아들은 회화적이며 형상적이고, 동적動的인 큰아들은 문학적이며 언어적이다. 바이스는 형상과 언어에 대해 「라오콘 혹은 언어의 한계에 대하여」에서 이렇게 적고 있다.

형상은 언어보다 깊은 곳에 있다. 그가 형상의 개별적인 것들에 대해 생각할 때, 그것들은 이미 효력을 잃게 된다. 그는 무조건 어떤 형상의 동기들에 대하여 개의치 않게 되며, 그런 만큼 전달된 효과는 더욱 더 믿을 만한 것이 된다. 언어들은 언제나 질문을 담고 있다. 언어는 형상을 의심한다. 언어들은 형상들의 요소들을 둘러보고 분해한다. 형상들은 고통에 만족한다. 언어는 고통의 시원을 알고자 한다.

—「라오콘 혹은 언어의 한계에 대하여」

바이스는 형상매체의 묘사적 특성을 문학에 사용하여 언어매체가 관성적으로 지향하는 서사를 차단하려한다. 이를 통해 독자는 문학작품에서 묘사된 대상과 동일시하게 되어 작품의 진실에 더욱 근접할 수 있다. 순간적 고통을 묘사를 통해 언어화함으로써 고통을 더욱 생생하게 보여주고, 고통의 근본을 서술할 수 있다. 또한 형상적 묘사를 통해 고통의 순간을 극대화할 수 있다면, 서사를 통해 인물이 느끼는 순간적 공포와 전율에 시간성을 부여할 수 있다. 즉 독자에게 묘사를 통해 제시하는 순간적 상황은 물론, 묘사의 순간에 나타나지 않는 이후의 상황을 상상할 수 있게 한다. 형상적 묘사를 통해 제시되는 순간을 언어적 서술을 통해 영원으로 확장시킬 수 있다는 것이 바이스의 문학전략이다. 그는 이러한 과정에서 언어는 현실을 극복하고 저항할 수 있는 매체로서 근거를 갖게 된다고 설명한다.

3. 현실과 환상

바이스는 극작품 『횔덜린』에서 문학이 세상을 변화시킬 수 있는 방법에 대해 청년 마르크스를 통해 토로한다. 탑에 유폐된 횔덜린이 죽기 전 그를 방문한 청년 마르크스는 다음과 같이 횔덜린의 예술활동을 긍정한다.

> 근본적인 변화의 / 준비를 위해서는 / 두 가지 길을 갈 수 있지요 / 그 한 길은 / 구체적인 역사적 상황을 / 분석하는 것이고 / 다른 한 길은 / 가장 깊은 개인적 경험을 / 환상을 통해 형상화하는 것입니다 / (…중략…) / 당신 앞에서 / 저는 두 길을 / 동등하게 가치가 있는 것으로 제시하겠습니다 / 당신이 / 반세기 전에 / 사회개혁을 / 과학적으로 근거한 / 필연성으로가 아니라 / 신화적 예감으로서 / 묘사했던 것은 / 당신의 잘못이 아닙니다.
>
> —『횔덜린』

위의 대사처럼 바이스는 초기에 구체적인 역사적 상황을 아주 자세하게 분석하는 '기록극'을 지향한다. 그의 대표 작품 『수사』는 아우슈비츠 전범에 대한 프랑크푸르트 재판기록을 근거로 재구성된 것이다. 그는 이 드라마는 99% 사실만으로 구성되어 있다고 밝힌 바 있다. 이 작품은 과거의 역사를 통해 간접적으로 현재를 반성하는 것이 아니라 당시 현실적으로 당면하고 있던 나치 과거청산문제를 직접적으로 다룬다. 바이스는 이 작품에서 강제수용소에서 범죄를 저지른 피고 개개인의 법적, 도덕적 책임을 묻거나 희생자들의 운명에 대한 관객의 동정이나 분노를 자극하지 않는다. '수사'라는 제목이 암시하듯 강제수용소와 같은 범죄체계를 가능하게 만들었던 당시의 사회적, 경제적 구조를 분석하고, 그러한 요소들이 오늘날의 사회에도 여전히 존재한다는 것을 밝히려는 것이 이 드라마의 궁극적인 의도이다.

바이스는 기록극이 현실의 자료를 토대로 특히 계급을 편드는 '당파적 예술'이 되어야 한다고 주장한다. 이런 이론적 입장을 토대로 쓴 작품이 『루지타니엔의 괴물에 관한 노래』이다. 이 작품에서 개별적인 인물의 성격묘사는 완전히 포기된다. 단순히 숫자로 표시되는 인물들은 단지 사회적인 세력을 지시하는 기능을 한다. 이 극의 의도는 착취하고 억압하는 개인들의 죄를 추궁하는 것이 아니라, 제국주의의 착취구조

및 거기에서 사용되는 이데올로기를 폭로하고 착취당하는 대중들의 저항을 유도하는 데 있다. 이런 의도에서 작가는 포르투갈과 앙골라 사이의 관계를 일종의 모델로 이용한다.

『베트남 논쟁』에서도 "끔찍한 과거를 환기시키고 희생자들에 대한 기억을 유지하려는 시도"와 함께 역사적 사건들을 사실 그대로 알림으로써 왜곡된 역사에 대한 주의를 환기시킨다.

바이스는 기록극에서 기록물들을 통해서 당시나 현재의 사회적 구조와 역사의 법칙을 객관적으로 분석하여 보여주고자 했다. 그러나 사회변혁의 움직임이 가라앉는 1970년대 들어서면서 바이스는 작가로서의 새로운 과제에 직면한다. '기록극'이 지나치게 당파적이라는 비판과 사회주의 체제가 전체주의적 폭력의 온상이었다는 것을 인지한 바이스는 기록극의 원칙을 수정한다.

『망명 중의 트로츠키』에서 그는 진정한 혁명으로부터 벗어난 현실사회주의 대해 비판한다. 그는 트로츠키를 러시아 혁명으로부터 스탈린 체제에 이르는 과정에서 발생했던 오류들을 반성하기 위한 소재로 이용한다. 이 드라마 역시 많은 부분 역사기록과 문서를 바탕으로 구성되어 있다. 그러나 이전의 드라마들과는 달리 많은 허구가 추가된다. 트로츠키가 예술과 혁명에 대해 레닌과 논쟁하는 부분이 대표적인 예이다. 두 사람은 사회주의 혁명의 이념을 공유하지만 예술에 관한 생각은 다르다. 레닌이 다다이스트들의 예술관을 거부하고 사실주의 문학을 고집하는 반면, 트로츠키는 그들의 예술관을 부분적으로 인정한다. 그러나 다다이스트들이 초현실적인 것, 비이성적인 것, 비합리적인 것처럼 기존의 기준들과 다른 요소들을 주장하자 이를 비판하며 예술은 세계를 변화시키는 것이 궁극적인 과제라고 반박한다. 이런 비판에도 불구하고 바이스는 이미 인간의 이성과 비판만이 사회변혁을 이루는 것이 아니라 감성과 초현실적인 상상과 허구가 사회변혁을 도모할 수 있을 것이라고 판단한다. 그는 작가의 주관적 환상을 통해 억압적인 현실에 대항하고 이상적인 미래상을 표현하고자 한다.

그의 문학에서 환상과 꿈은 예술적 창조과정의 중요한 구성성분이다. 이것들은 그의 문학에서 현실과 사회를 변화시키는 행위와 대립하는 것이 아니라, 그것을 통해 아직 실현되지 않은 인간의 가능성들을 표현하여 그것을 보완하는 수단이 된다.

환상과 꿈은 억압적인 사회에서 자유를 획득하기 위한 저항의 수단이며 자신의 정체성을 찾는 수단으로 기능한다. 바이스의 문학은 단순하게 사회주의적 강령을 추종하는 '현재'의 문학이 아니라 새로운 세계를 준비하는 '미래'의 문학, 꿈과 환상의 드라마투르기를 지향한다.

바이스의 드라마에서는 인물의 기억과 꿈속에 역사적 사건들과 환상들이 뒤섞여 나타난다. '사드 씨의 지도 아래 샤렝통 정신병원 연극단이 상연한 장 폴 마라의 살해와 박해'라는 원제의 『마라 / 사드』는 1808년 나폴레옹 복고체제 시대의 한 정신병원에 수감된 환자들로 구성된 연극단이 1793년 발생했던 '마라의 살해와 박해'를 사드의 연출로 병원 관계자와 외빈 앞에서 공연한다는 내용으로 바이스를 세계적인 작가로 알린 작품이다. 극중극으로 이루어진 이 드라마에서 극중극의 시간, 극의 시간 그리고 현재 관객의 시간이 중첩되면서 시간의 굴절이 이루어진다. 환상과 현실이 중첩되는 드라마를 통해 바이스는 "교양과 예술의 시대"에서도 프랑스혁명 시기의 시대사적 문제가 여전히 해결되지 않고 있다는 것을 폭로하고 비판한다.

일반적으로 환상은 현실이 아닌 것으로 현실 '밖'에 있지만, 그러나 현실이 없다면 환상은 불가능하다. 그래서 환상은 완전히 현실의 '밖'에만 있는 것이 아니라, '안'에도 있다. 이처럼 환상은 현실과 밀접한 관계를 갖고 있고, 바이스의 문학은 그 '사이'에 위치한다. '문지방'이 안과 밖을 분리하기도 하지만, 양쪽을 연결시키고 모두 포함하는 공간이 될 수 있는 것처럼 바이스는 문학작품이 현실과 환상 양면을 모두 담아내고 보여주어야 한다고 생각한다.

표현할 수 없는 현실을 표현하기, 말할 수 없는 현실을 말하기가 문학의 과제라면 문학은 '모순의 예술'이다. 이러한 모순을 극복하는 방법으로 바이스가 택한 것이 '현실에 근거하는 상상'이다. 그의 문학의 일관된 관심은 억압받는 자들에 가해지는 '폭력'이었다. 폭력에 "고통스러워하는 육체"는 바이스의 전 예술작품을 관통하는 하나의 중심적인 테마이다. 그는 육체적 고통이나 죽음과 같은 폭력에 대한 체험을 궁극적으로 어떻게 문학화 할 수 있는가를 고민했다. 특히 그는 희곡 『수사』에서 아우슈비츠에서 행해진 폭력의 실체를 규명하고자 했다. 아우슈비츠의 역사적 체험을 서술할 수 없고 이해할 수 없게 만드는 것은 그 역사적 원인이나 과정 자체가 아니라 오히려 피해자들의 고통과 죽음이라고 분석한다. 이 체험에 대한 언어적 표현이 아무리 객관적 사실에 가깝다 할지라도, 그 표현은 피해자들이 아무런 의미 없이 죽어간 것처럼 절대적으로 무의미할 수밖에 없다고 주장한다. 즉 죽음과 폭력에 의한 고통은 그 어떤 설명과 인식, 언어를 통한 표현으로도 합당한 의미를 부여할 수 없는 사건이므로 무의미하고 서술될 수 없다는 것이다. 따라서 이에 대한 예술적 시도는 아도르노의 결론처럼 '야만적 행위'이다. 무엇을 표현하고자 하는데 표현할 수 없다는 인식은 예술의 위기이다. 이를 극복하는 방법은 새로운 표현방법을 추구하는 것이다.

바이스가 말하는 환상은 '역사적 상상력'이다. 그의 상상력은 단지 초超현실을 탐색하고자 하는 예술적 상상력이 아니라, 역사적 사건의 주인공들 혹은 폭력의 피해 당사자들이 겪었던 육체적 고통과 죽음에 대한 추체험追體驗이다.

바이스는 서술될 수 없는 것을 드러내거나 전달하려면 상상력이 필요하다는 인식에 도달한다. 이는 바이스가 아우슈비츠 수용소 방문을 통해 얻은 체험의 결과이다. 그런 점에서 아우슈비츠를 처음 방문하고 쓴 『나의 마을』은 그의 문학세계를 이해하는 중요한 단서를 제공한다.

> 내가 그것에 대해 듣고 그것에 대해 읽었을 때, 나는 그것을 내 눈앞에서 보았었다. 그러나 나는 이제 그것을 더 이상 보지 못한다.
>
> —『나의 마을』

바이스는 자신이 직접 겪지 않은 것을 간접체험 했을 때 그 고통이 더욱 생생하다는 인식에서 '서술될 수 없는 것을 전달할 수 있는 유일한 방법은' 상상력일 수밖에 없다는 미학적 결론에 도달한다.

> 나는 담 너머에 있는 나무를 보았다. 그러나 아주 가까이에서 뒤통수를 향해 쏘는 칼리버 소총의 총소리는 듣지 못했다.
>
> ―『나의 마을』

멀리 있는 나무는 볼 수 있지만 가까이서 들리는 총소리를 듣지 못했다는 것은 고통의 현장에서 묘사할 수 있는 것은 '단지' 남아 있는 흔적뿐이라는 암시다. 실제 피해자들의 고통과 죽음을 언어를 통해서 전달하는 것은 불가능하다. 폭력적 현실에 대한 바이스의 냉정한 묘사는 현실에 대한 감정이입을 허락하지 않는다. 그런 점에서 현실은 '서술적 거리'를 갖게 한다. 이러한 서술적 거리는 대상의 폭력성을 증폭시킨다. 언어를 통해서 폭력에 의한 공포와 죽음을 완전하게 전달할 수 없다는 것은 실제의 폭력은 더욱 잔혹할 수 있다는 것이다.

바이스는 '서술 불가능한 것'에 대한 미학적 인식으로부터 '저항'이란 사회적, 정치적 실천 양식을 끌어낸다. 그는 바로 '서술 불가능한 것' 뒤에서 "어떤 실제적인 역사적 모순이나 갈등"을 읽어낸다. 바이스가 현실을 세부적으로 기술하는 것은 미메스시적인 효과가 아니라 상상 속의 폭력적인 장면을 강조하기 위한 것이다. 현실에 관한 기록을 통해 과거를 돌아보는 작업은 현재를 이해하기 위한 작업인 동시에 미래에 대한 전망을 발견하기 위한 것이기도 하다. 현실은 환상을 확장하기 위한 토대이며, 환상은 미래를 향한 작업이 된다. 바이스가 역사적 기록을 인물들의 현재상황과 연결시키는 것은 과거를 통해 미래를 전망하고, 현재를 변화시킬 힘을 얻고자 하기 때문이다. 현실은 단지 역사적 현실이 아니라 미래에 다가올 상상의 현실로 기능을 확장한다.

저항의 미학

바이스가 과거의 기록을 토대로 미래를 전망하는 것처럼, 국지적 경험을 세계적 경험으로 확장한다. 그래서 그의 문학은 비단 자본주의체제의 정치경제적 모순뿐 아니라 인종과 성별의 차이 등의 총체적인 문화적 모순들에 대한 복합적인 담론형태를 띠고 있다. 그에게 있어서 저항의 대상은 자본주의나 사회주의를 넘어서서 모든 종류의 지배를 겨냥한다. 그는 프롤레타리아뿐만 아니라 역사 속의 노예, 앙골라와 베트남의 주민들 등 모든 억압받는 사람들을 폭력에 시달렸던 피지배자로 간주한다. 그에게 폭력의 역사는 역사적 과거가 아니고 현재에도 진행되고 있고 미래에도 벌어질 수 있는 가능태이다. 그는 개별적인 사회구성체의 정치경제를 분석하여 투쟁하는 것이 중요한 것이 아니라 문화적 패러다임을 바꾸는 것이 불평등한 사회구조를 근원적으로 해결할 수 있는 방안이라 판단한다. 그는 저항의 개념을 정치적 차원을 넘어 실존적 내지 인류학적 차원으로 이해하며 정치적 한계를 극복하는 해결책을 미학적 차원에서 찾는다.

많은 독일작가들이 그러했듯이 유대인이라는 사실은 바이스에게 지울 수 없는 낙인으로 작용한다. 유대인이라는 이유 때문에 그는 독일을 떠나 다른 나라로 이주할 수밖에 없었다. 그의 문학은 근본적으로 인종적 다름으로 인한 소외에서 비롯되었다. 아우슈비츠 방문기록인 『나의 마을』에서 망명자로서의 존재적 소외감을 그는 다음과 같이 진술한다.

> 망명은 나에게 국가적 범주에 대한 모든 생각을 없어지게 했다. 베를린에서 유대인으로 태어나 1918년 체코슬로바키아인이 된 오스트리아-헝가리 출신의 아버지와 스위스-엘자스 출신의 어머니를 두었고 (…중략…) 39년 3월 체코국적을 박탈당하고 뒷길로 스웨덴 외국인 여권을 얻었던 나는 어떤 소속감도 알지 못했다.
>
> -『나의 마을』

그는 스웨덴에서는 독일인이었고, 독일에서는 스웨덴 작가였다. 독일에서는 나치시절 독일 밖으로 도피한 사람이었다. '국가적 범주'의 상실은 '존재적 소속감'의 상실이 된다. 그러나 1947년 그는 스웨덴 신문사 특파원으로 베를린에 오게 되자, 자신을 추방한 폐허의 도시에서 인간의 "보편적 고통의 흔적"을 보게 된다. 그는 이런 경험을 통해 자신의 소외와 고립을 참여와 해방으로 전환한다. 그는 "한 나라에 속하지 않아도 주변에서 일어나는 생각들을 교류하는 데 참여할 수 있다"라는 국경을 초월하는 연대의식을 갖게 되고, 1960년대 사회주의노선을 택한다. 1965년 발표한 「나누어진 세계에 있는 작가의 열 가지 작업」에서 그는 "사회주의 지침은 내게 타당한 진실성을 지닌다."라고 선언한다. 이어 1966년 그룹47 모임에서 「나는 은신처에서 나온다」라는 제목의 연설에서 억압당하고 착취당하는 계층들과 연대하겠다는 뜻을 밝힌다. 그러나 그는 서독에서도, 동독에서도 환영받지 못하는 작가였다. 동독에서는 스탈린을 비판하는 작가로, 서독에서는 자본주의를 비판하는 작가였기 때문이었다. 그는 "두 독일로부터 국가의 적"이었다.

작가는 정신적 내상內傷을 전제로 한다. 그것은 종종 작가의 예술적 원천이 된다. 유대인 바이스의 내상은 '아우슈비츠'이다. 비록 그와 가족들은 안전하게 스웨덴으로 망명했지만, 친척과 친구들은 집단수용소에서 비참한 죽음을 당하게 된다. 같이 죽지 못한 죄의식은 그에게 천형과 같은 것이었다.

> 내가 죽었어야 했다. 내가 희생되어야 했다. 내가 잡히지 않고, 살해되거나 전쟁터에서 죽지 않았을 때, 나는 적어도 내 죄를 졌어야 했다. 그것이 내게 요구되는 최후의 것이었다.
>
> —『소실점』

바이스에게 문학은 이러한 죄의식에서 벗어나기 위한 출구였다. 그는 자신의 죄의식을 문학화하였고, 그것은 필연적으로 정치적으로 발전되었슈비츠는 그의 문학의 탄생지가 되었고 고향이 되었다. 그는 아 비츠를 실제로 경험하지 못했지만 아우슈비츠는 그의 문학의 원천이 었다. 그는 그곳을 어떻게 문학적으로 접근할 수 있을까 늘 고민했다. 그는 그곳을 '현재화'시켰다. 그는 마치 지금 자신이 아우슈비츠에 있는 것처럼 서술한다. 그곳에 도착하는 기차에서부터 황량하게 서 있는 나무들, 철조망과 장벽, 수용소 내부 지형과 시설물들을 귄터 아이히의 유명한 시 『목록』에서처럼 나열한다. 11블록의 목욕실, 벙커로 이어지는 계단, 4개의 쪽 감방, 수용소 사령관 숙소와 행정실, 근위대 병원, 정치국과 화장장 I, 수용소 부엌, 입소자들이 처음 들어오는 건물과 '극장' 등.

이런 식으로 바이스는 28개의 수용소 블록의 지도를 그린다. 그는 자료들을 목록으로 만들어 콜라주처럼 조합한다. 이러한 콜라주의 목적은 수용소에 대한 기록과 직접 본 것 사이에서 발생하는 괴리를 폭로하기 위한 것이다. 아우슈비츠에 대한 지형적 서술은 바이스 자신의 생각을 드러낸 것이다. 장벽의 견고함은 작가의 심리적 경직을 반영한다.

> 아무 생각도 없다. 아무런 느낌도 없다. 내가 이곳에 홀로 서있을 때 춥다는 것 외에는. (…중략…) 이러한 말들, 이러한 생각이 어떤 것도 말할 수 없고 설명할 수도 없다. 단지 돌무더기들과 잡초에 묻혀있을 뿐이다. (…중략…) 그들의 죽음의 총체적인 무의미함 외에는 아무 것도 남아있는 것이 없다.
>
> ―『나의 마을』

바이스는 아우슈비츠를 통해 나락에 떨어졌던 세계로부터 빠져나와 미래의 세계로 도약한다. 『나의 마을』의 마지막 문장 "그리고 그는 안다. 그것이 아직 끝나지 않았음을"처럼 작가는 '실제 세계'에서의 새로운 시작을 그리고 있다.

『나의 마을』에서 바이스는 상상 속의 죄수가 된다. 지각생 죄수로서 그는 여러 가지 죄의식을 느낄 수밖에 없다. 그는 우연히 살아남은 사람으로서의 양심의 가책, 히틀러 시대부터 60년대 초까지 취해왔던 자신의 비정치적 태도를 스스로 비판한다. 그는 아우슈비츠를 통해 자신의 무기력한 태도를 반성한다. 그리고 그는 "그가 너무 늦게 왔고", 그가 '이곳'에서 할 수 있는 것이 아무 것도 없다는 것을 알게 된다. 그러나 그는 아우슈비츠를 자신의 유산으로 받아들인다. 그는 아우슈비츠의 폐허에서 미래에 대한 희망을 찾는다. 그는 아우슈비츠에서 비로소 고국을 찾고 망명의 그늘로부터 벗어난다.

바이스는 아우슈비츠에서 '법적 조건'을 '인간적 조건'으로 일반화시킨다. 그리고 당시 살해당했던 유대인을 오늘날 전 세계에서 박해받고 억압받는 민중으로 현재화한다. 억압받는 것은 '나'뿐만이 아니라 전 세계의 '너'들이 모두 포함된다.

아무런 조건 없이 찾았던 아우슈비츠가 방문자가 처음에 느꼈던 심리적 경직을 해소시킨다. 그에게는 '과거에 대한 생각'보다 '앞으로의 생각'이 중요하다. 과거가 중요한 것이 아니라 미래가 중요하다는 인식이 바이스의 정치적 인식이 된다. 아우슈비츠에서의 베케트적인 '마지막 게임'은 세계주의자인 바이스에게는 에른스트 블로흐의 유토피아인 '거짓 희망'이 된다.

이런 희망을 실현하기 위한 바이스의 전략은 '저항'이다. 바이스에게 있어서 저항은 삶의 근본요소이며 삶에 적대적인 환경에 대한 인간의 태도이다. 바이스는 「페르가몬 제단」의 수용과 관련하여 다음과 같이 적고 있다.

> 우리에게 세계상을 전승해 온 그들은 언제나 세계의 규율을 규정해 온 자들 편에 서 왔다. (…중략…) 억눌린 자들은 항상 지배세력들에 의해 규정지어진 형식 그대로 받아 들였다. (…중략…) 계급간의 벌어진 틈은 언제나 동시에 인식영역들 사이에 벌어진 틈이었다. 앎의 우월성은 경제적인 조건의 우월성과 불가분의 관계에 있고 지배계급은 자신의 힘을 무엇보다 우리의 알고자 하는 욕구를 억제하는 데에 쏟아왔다.
>
> —『저항의 미학』

스가 구상하는 저항의 궁극적인 목표는 인간의 자유로운 발전을 서 무엇보다도 피지배자들에게 익숙해져 버린 사고의 장애를 극복 는 것과 의식을 확장하는 것이다. 그는 정신의 황폐화로부터 해방되지 않고는 어떠한 사회적 변혁도 불가능하다고 주장한다. 억눌린 자들이 기존의 체제와 단절하고 새로운 사회관계에 대한 대안의 가능성을 찾아내지 못하는 한, 핍박의 상태로부터 벗어나지 못한다고 경고한다.

바이스는 억압은 어느 시대에서도 되풀이 될 것이며, 이에 대한 저항도 반복될 것이고 되어야 한다는 입장이다. 이런 악순환의 구조에서도 바이스는 희망의 원리를 기대한다. 예술은 과거의 폭력적 억압의 궤적을 현재의 관점에서 분석 비판하여 미래의 희망을 꿈꾸어야 하기 때문이다.

> 우리가 희망대로 이루어지지 않을 때에도 희망에선 변하는 것이 아무 것도 없을 것이다. 희망은 나중에도 무수하게 타오를 것이며 강력한 적에 의해 부셔져도 또 다시 일깨워질 것이다.
>
> —『저항의 미학』

분명한 것은 과거와 현재의 모든 저항이 앞으로도 여전히 영향을 미치는 아직 완결되지 않는 과정이라는 점이다. 폭력과 억압의 역사적 과정 속에서도 결코 양보할 수 없는 인간의 자유를 확보하려는 바이스에게는 글쓰기 작업이 바로 저항이기 때문이다.

이상복
1953년생. 원광대 문예창작학과 교수. 주요 저서로 『브레히트의 연극세계』(공저), 토마스 베른하르트(공저) 등이 있음. leesb@woku.ac.kr